Cilli

Bibliografische Information der Deutschen Nationalbibliothek:
Die Deutsche Nationalbibliothek verzeichnet diese Publikation in der
Deutschen Nationalbibliografie; detaillierte bibliografische Daten sind im
Internet über dnb.dnb.de abrufbar.

2. Auflage 2018
© 2016 Brigitte Karcher
Umschlag-Illustration: Brigitte Karcher
Umschlag-Gestaltung, Layout und Satz: Martin Karcher, Berlin
Herstellung und Verlag: BoD – Books on Demand, Norderstedt
ISBN: 978-3-7460-4367-8

Brigitte Karcher

Cilli

Erzählung

Für meine Zwillingsschwester Ulla

CILLI

*A*ls die Zwillinge an jenem Morgen erwachten, ahnten sie nicht, dass in wenigen Stunden ihre gemeinsame Kindheit zerstört, und am Ende dieses Tages nichts mehr so wäre wie an seinem Anfang.

Niemals hätte sich irgendjemand etwas Derartiges vorstellen können, nie war von solchen Vorkommnissen in ihrer überschaubaren Welt die Rede gewesen. Man lebte sorglos und sicher in der ruhigen Villenstraße, in der Stadt, in der Region. Alles war vertraut, die Annehmlichkeiten selbstverständlich. Jeder kannte im Stadtviertel fast jeden, die meisten Familien lebten schon lange hier im eigenen Haus, weitervererbt von Eltern auf Kinder, man kannte sich, das Vertrauen war groß.

Regine, die Mutter, quälte sich zeitlebens mit der Frage, ob sie etwas bemerken, etwas hätte verhindern können? An dieser Frage und dem eigentlichen Geschehnis zerbrach sie selbst, ihr Mann Oskar und zwei elfjährige Kinder, die zu schwach waren, die zerstörerische Katastrophe unbeschadet zu überstehen.

AM MORGEN JENES TAGES versprach ein wolkenloser Himmel wieder ungewöhnliche Wärme. Zu heiß für die Jahreszeit, meldeten die Meteorologen, gerade recht für die Ferien, sagten die Schüler. Ostern war in diesem Jahr auf ein spätes Datum gefallen, und zu Pfingsten hatten bereits hochsommerliche Temperaturen Einzug gehalten.

Mel war hellwach und sah hinüber zum Bett ihrer Schwester. Sie setzte sich auf und sah, wie Cillis Beine sich unter der Bettdecke streckten, wie sie zappelten, wie die Schwester ihre Arme über den Kopf nach oben stemmte und ihre Finger spreizte. Ihr Kopf lag in einem Nest brauner Locken, die sich wie kleine Bäche einen Weg über das leuchtend blaue Kopfkissen suchten. Mel besaß dieselbe üppige Lockenmähne, braune Kringel fielen über Stirne, Ohren und Schulter. Sie saß jetzt aufrecht am Bettrand, beugte sich nach vorn, richtete sich wieder auf und warf dabei in einem einzigen Ruck Kopf und Haare nach hinten. Sie nahm ein Gummiband vom Nachtkästchen und zurrte damit am Hinterkopf die Haarfülle zu einem dicken provisorischen Pferdeschwanz zurecht. Das war hilfreich bei der morgendlichen Wäsche.

Seit sie ins Gymnasium gingen, halfen sich Mel und Cilli gegenseitig beim Kämmen. Meistens entstand dabei ein Zopf im Nacken. Für Schule und Sport war das praktisch, der Zopf selbst schnell geflochten. Regine, ihre Mutter, war froh, diese Aufgabe an die Beiden abgegeben zu haben, denn das unvermeidliche Ziehen und Rupfen, das Jammern beim Entwirren der Locken, hatte sie Nerven gekostet. Und recht machen konnte sie es den Töchtern schon längst nicht mehr. Sie hatte Haareschneiden vorgeschlagen. Ein guter Schnitt, fertig! Ihr Frisör, Herr Bergemann, könne dies in weniger als einer Stunde erledigen. Sein Salon lag gleich um die Ecke.

Doch Mel und Cilli protestierten derart empört, als plane Regine eine unumkehrbare Amputation. Wie konnte die Mutter überhaupt an eine solche Verstümmelung denken! Das hatten sie nicht von ihr erwartet! Misstrauisch beobachteten sie seither Regines Aktivitäten, befürchteten ein Komplott zwischen der Mutter und Herrn Bergemann, ausgeheckt von den Beiden bei Regines letztem ihrer monatlichen Frisörbesuche. Gewarnt durch dieses schockierende Ansinnen, kämpften die Mädchen um ihre langen Haare. Ängstlich achteten sie darauf, dass die Mutter nur die zuvor ausgehandelten Zentimeter der nachwachsenden Haarpracht schnitt, was alle sechs Wochen zu aufregenden Verhandlungen führte.

Die Beiden liebten Ihre Haare, bevorzugt die der Schwester. Mel hielt deren Lockenfluss gern in beiden Händen wie in einer Schale und ließ Cillis glänzendes Geriesel durch ihre Finger gleiten. Sie tauchte ihr Gesicht in die lebendige weiche Fülle, roch an dem duftenden warmen Nest, wühlte darin mit der Nase wie ein kleines Tier und wollte damit nicht zu Ende kommen. Sie spürte, nie wäre dieses wohlige Gefühl, welches sie dabei empfand, durch etwas Anderes erlebbar. Cilli ging es ebenso. Auch sie spielte gerne mit Mels Locken, drückte sie mit ihren Händen zu einem einzigen dicken Knäuel zusammen und ließ sie wieder auseinanderfallen. Wie kleine Sprungfedern wippten die hüpfenden Kringel. Cilli lachte jedes Mal laut auf und begann das Spiel von neuem. Ein altes Spiel, sie liebten es seit langem. Sie konnten noch nicht laufen, da griffen sie sich gegenseitig in die noch kurzen, aber dicht wachsenden Locken, ließen die kleinen Finger durch das weiche Polster auf dem Kopf der Schwester wandern und stimmten dabei ein Konzert zärtlicher Töne an.

Regine glaubte die Zeit für ein Plüschtier sei nun gekommen und kaufte kleine Teddybären. Doch die Zwillinge zeigten nur mäßiges Interesse an den Tieren und wandten sich wieder einander zu. Die Haare wurden länger und das Spiel mit ihnen auch. Wie Wellen flossen sie um und über ihre Köpfchen und bedeckten sie, wenn sie sich müde aneinander kuschelten. Oft fand Regine sie so schlafend liegen. Sie holte Oskar, ihren Mann.

»Sieh nur«, sagte sie, »man kann kaum erkennen, welche Cillis und welche Mels Haare sind, so, als wären sie für alle Zeit ineinander verschlungen.«

Die Zwillinge freuten sich heute auf den Besuch des Marionettentheaters. Der kleine Prinz stand auf dem Programm, und die Schüler des Gymnasiums bekamen am letzten Ferientag für die Nachmittagsvorstellung ermäßigte Karten. Cilli und Mel gingen allein zur Aufführung. Der Weg zum Theater war für sie nicht weit. Sie würden dort viele Mitschüler und ihre Freundinnen treffen.

»Ihr bleibt zusammen«, verlangte die Mutter, »das ist die Bedingung!« »Aber ja«, versprachen die Mädchen, »das tun wir doch sowieso.« Noch nie war ein Kind ohne das andere unterwegs gewesen.

Regine sah ihnen nach, als sie die Steintreppe im Vorgarten hinuntersprangen und die Gartentür öffneten.

»Viel Spaß«, rief sie, »und denkt daran, beieinander zu bleiben!«

»Ja, ja, machen wir«, antworteten sie fast gleichzeitig und winkten noch einmal fröhlich.

Wie schön sie sind, dachte Regine Abel. Sie trugen blaue Sommershorts und zeigten ihre festen, leicht gebräunten Kinderbeine. In luftigen Sandalen hüpften sie davon, die langen Haare hüpften mit. Sie sind außergewöhnlich und wissen es noch nicht. Für sie ist es normal, bevorzugt zu sein, von der

Natur wunderbar ausgestattet, mit ihren vollkommen gestalteten kleinen Körpern, ihren völlig identischen, von Locken umrahmten Gesichtszügen, die sie manchmal an Botticellis Frühling denken ließen. Das Bild hatte sie in Florenz gesehen. Sie war darauf stolz, nicht nur gesunde, sondern solch schöne Kinder zu haben. Regine hatte es nicht erwartet, da sie selbst mit ihrem Aussehen nicht gerade zufrieden war. Sie litt unter einer stark gebogenen Nase und eng beieinander liegenden Augen. Sah sie sich auf Fotos, verglich sie sich oft mit einem Vogel. Das ertrug sie schwer.

Oskar verdeckte ein fliehendes Kinn mit einem gepflegten kurzen Bart, der es optisch verlängerte. Seine Nase war nicht so stark gebogen wie die seiner Frau, doch eine ungewöhnlich hohe Stirn passte nicht so recht zu den Gesamtproportionen seines Gesichtes. Aber sein Blick war von großer Freundlichkeit, wer ihm begegnete, fasste schnell Vertrauen. Das war wichtig, denn Oskar war Zahnarzt und behandelte viele Kinder. Mit seiner freundlich geduldigen Art nahm er den kleinen Patienten die Angst vor der Untersuchung. Das hatte ihn vor allem auch bei Müttern beliebt gemacht.

Regine fühlte sich plötzlich schwach auf den Beinen, als wollten diese sie nicht mehr tragen. Unruhe überfiel sie und ein leichter Schwindel. Sie ging die wenigen Stufen in den Garten hinunter. Dort setzte sie sich auf die Bank vor der Buchenhecke, die den kleinen Vorgarten umzäunte. Der Platz war schattig. Sie atmete heftig, als läge ihr etwas schwer auf der Seele. Regine schloss die Augen und lehnte sich zurück. Sie dachte an ihre Mädchen und daran, dass die beiden sie nur noch brauchten, wenn es um die tägliche Nahrung ging. Alles Weitere machten die Zwillinge unter sich aus. Nie besprachen sie ein Problem mit ihr, sei es schulischer, persönlicher oder anderer Art. All diese Dinge regelten sie in ihrer kleinen verschworenen Zweiergemeinschaft, zu der niemand Zutritt hatte. Immer kamen sie mit fertigen Lösungen und Entscheidungen, die derart vernünftig und gut durchdacht waren, dass Regine keinen Grund sah sie nicht zu akzeptieren.

Für Oskar war das sehr angenehm. Ihm fehlte oft die Zeit, sich mit den Töchtern zu beschäftigen. Er nahm es gelassen. Die Mädchen schienen sich auch ohne sein erzieherisches Eingreifen bestens zu entwickeln. Der Freiheit eines Kinderlebens wollte er ohnehin keine unsinnigen Grenzen setzen, an diese würden die Beiden noch früh genug von selbst stoßen, bedauerte er seine Lieblinge. Regine sah das etwas anders, zudem fühlte sie sich mehr und mehr ausgeschlossen und auf eine Rolle beschränkt, die sie auf das Heranschaffen und die Zubereitung der Mahlzeiten reduzierte. Denn Mel und Cilli waren so intensiv miteinander beschäftigt, dass sie ihre Mutter kaum beachteten.

Regine fiel ein, dass es eigentlich schon immer so gewesen war. Die Beiden hatten gerade erst begonnen, ihre Welt auf allen Vieren krabbelnd zu erkunden, da entdeckten sie sich gegenseitig und hatten nur noch Augen für das andere Kind. Wie kleine Tiere robbten sie durch das Zimmer, meist nebeneinander, manchmal hintereinander, hielt eines plötzlich an, hielt auch das andere ruckartig inne. Mit gespreizten Beinchen saßen sie auf dem Boden, lachten, erzählten sich gegenseitig in blubbernden Lauten Geschichten und streckten sich ihre Ärmchen entgegen, die vor Vergnügen zitterten. Winzige Fersen in winzigen Socken klopften dabei geräuschvoll auf das Parkett, was die Kleinen in neue Begeisterung versetzte. Sie fassten sich an den Händen, gluksten, stießen Luft aus ihren aufgeblasenen Backen und steckten sich gegenseitig den Zeigefinger in den Mund. Dabei waren sie vorsichtig, nie grob. Einmal drückte Cilli ihren Finger in Mels Auge. Die wunderbare blaue Murmel hatte es ihr angetan. Mel weinte heftig. Cilli erschrak und weinte mit. Sie saßen voreinander und schluchzten herzzerreißend, stießen wie in Panik spitze Schreie aus und schnappten dazwischen nach Luft. Regine nahm ihre kleinen Mädchen auf den Schoß und beruhigte sie. Danach tat keines dem anderen mehr auf diese Weise weh. Im Lauf der Jahre wurden sie zu regelrechten Komplizen, kleinen Verschwörern, Geheimagenten. Sie brauchten keine Worte, um sich zu verständigen, Blicke genügten. Beim Essen mit den Eltern gaben sie sich Zeichen, eine vorgeschobene Unterlippe, eine hochgezogene Nase, eine Zungenspitze, die im Mundwinkel auftauchte, links oder rechts, alles hatte seine Bedeutung. Regine sprach darüber mit Oskar. Sie glaubte, keinen Zugang zur geheimen Welt der Töchter mehr zu haben. Oskar lachte. Er fand die Art dieser Verständigung lustig und sehr interessant. Lass sie nur, riet er seiner Frau, das geht vorbei.

Regine stand auf und ging ins Haus zurück. Es ging ihr besser. Sie trank in der Küche ein Glas Wasser, dann griff sie nach der Einkaufstasche. Sie wollte noch Wurst und Käse fürs Abendessen besorgen.

Das Marionettentheater war schon gut besetzt, als Cilli und Mel dort ankamen. Vor einigen Jahren liefen im großen Saal noch Filme über die Leinwand. Als das Kino geschlossen wurde, mietete die Stadt die Räumlichkeiten. Die Leinwand wurde entfernt und eine Puppenbühne eingebaut. Eine Künstlergruppe schuf ausdrucksstarke Figuren und feierte mit dem Märchen Schneewittchen bei der Eröffnung des Theaters einen großen Erfolg. Heute gehörte das Marionettentheater zum etablierten Bestand des städtischen Kulturlebens, und jede Aufführung war in der Regel ausverkauft.

Cilli und Mel holten an der Kasse ihre Karten. Mel nahm noch eine große Tüte Popcorn dazu. Die beliebte Kinotradition des Popcornessens hatte sich auch im Theater durchgesetzt. Wenn sich der Vorhang zur Vorstellung öffnete, galt allerdings ein striktes Nasch-und Raschelverbot. Doch jetzt herrschte aufgeregte Vorfreude. Lautes Stimmengewirr drang durch die Saaltür, an der eine junge Frau die Karten der Mädchen durch einen kleinen Einriss entwertete. Sie wünschte ihnen viel Spaß, dann wandte sie sich zwei Jungen zu, die hinter Mel und Cilli standen. Mel betrat als erste den Saal und stellte sich auf Zehenspitzen, um einen besseren Überblick zu bekommen. Die Klappsitze waren fast alle schon besetzt. An den Seitenwänden brannten die Wandlampen, die schon leuchteten, als hier noch Filme liefen. Ein weinroter Samtvorhang versteckte die Bühne. In einer der mittleren Reihen sah Mel noch freie Plätze. Ein Mädchen drehte sich jetzt um und blickte suchend zum Eingang. Es entdeckte Mel und Cilli, stand auf und winkte.

»Kommt hierher, ich hab' Plätze für Euch!«

Die Zwillinge schoben sich durch die besetzte Reihe, vorbei an Klassenkameradinnen, die die Beine zur Seite stellten, um die beiden durchzulassen. Sie wurden freudig begrüßt und von Sitz zu Sitz weitergeschoben. Dann ließen sie sich in die Sessel fallen.

»Danke fürs Freihalten«, sagte Mel zu dem Mädchen neben ihr.

»Ihr seid knapp dran, hattet ihr euch verlaufen?«

Mel lachte. »Wer es nicht weit hat, kommt immer zuletzt!«

»Wer sagt denn sowas?«

»Mein Vater!« Sie hielt dem Mädchen die Popcorntüte unter die Nase, aus der ein feiner süßlicher Duft aufstieg. Die Freundin griff in die Tüte und bediente sich. Dann fasste Cilli hinein und ließ Popcorn aus ihrer kräftigen kleinen Hand in den Mund rieseln. Ein paar Körnchen fielen zwischen ihren Oberschenkeln auf den Sitz. Sie stand kurz auf, sammelte die kleinen weißen Brocken ein und steckte sie in den Mund. Sie blieb stehen, blickte in den dämmerig erleuchteten Raum, in dem in den nächsten Minuten langsam das Licht erlöschen würde, ein Vorgang, der die Zuschauer jedes Mal in erwartungsvolle Spannung versetzte.

»Das ist jetzt blöd, aber ich müsste schnell nochmal aufs Klo.«

Cilli war unsicher, ob sie den Gang zur Toilette noch schaffen würde, ehe sich der Vorhang hob. »Was meinst Du«, fragte sie, »kann ich das noch tun?«

Mel stöhnte genervt.

»Muss es denn sein?«

Cilli nickte.

»Mach halt schnell«, sagte Mel.

Wenn sie doch nur gleich gegangen wäre, ich hätte die Karten ja auch allein besorgen können. Jetzt muss es ihr einfallen, dachte sie und ärgerte sich.

»Ich bin gleich wieder da, lass noch Popcorn übrig!«

Cilli zwängte sich durch die enge Sitzreihe. Als sie die Tür des Saales erreichte, drehte sie sich noch einmal um und hob die Hand, als wolle sie etwas andeuten. Mel, die ihr nachgeschaut hatte, hob ebenfalls den Arm und machte dabei eine Handbewegung, als wolle sie Cilli nach draußen schieben.

»Jetzt geh endlich und beeil Dich!«

Cilli verschwand durch die Tür, die noch offenstand. Die Frau, die die Eintrittskarten entwertet hatte, sprach sie kurz an und nickte dann verständnisvoll. Als Cilli an ihr vorbeigegangen war, schloss die Frau bis auf einen kleinen Spalt die Tür. So konnten verspätete Besucher und Cilli ohne Probleme in den Saal gelangen.

Dort wurde es dunkel. Die Wandlämpchen spendeten gerade noch so viel Licht wie ein glimmender Streichholzkopf, und das laute Lachen und Reden ging in ein leises Flüstern über. Mel hielt die Popcorntüte in den Händen und sah, wie ein Lichtkegel die Mitte des roten Vorhanges suchte. In das helle Feld trat ein Mann in einer museumsreifen Pilotenuniform. Er trug eine Lederkappe mit Ohrenklappen auf dem Kopf und sah aus, als wäre er soeben hier im Saal gelandet. Er begrüßte alle Kinder und Erwachsene, sagte, er heiße Antoine de Saint-Exupéry und versprach ihnen eine besondere Geschichte, die er heute erzählen wolle, darum sollten nun alle mucksmäuschenstill sein und gut zuhören.

Er begann.

«Als ich zwölf Jahre alt war, sah ich in einem Buch über den Urwald, das Erlebte Geschichten hieß, ein prächtiges Bild. Es stellte eine Riesenschlange dar, die ein Wildtier verschlang. In dem Buch hieß es, die Boas verschlingen ihre Beute als Ganzes, ohne sie zu zerbeißen. Daraufhin können sie sich nicht mehr rühren und schlafen sechs Monate um zu verdauen.»

Die Kinder schrien »iiii«, und »oah«, als ekelten sie sich bei dieser Vorstellung. Lange konnten sie sich nicht beruhigen. Der Pilot wartete bis es wieder still geworden war, dann fuhr er mit seiner Erzählung fort.

Mel hatte das Kreischen der anderen gehört, konnte aber der Geschichte des Mannes nicht folgen. Sie befürchtete, Cilli könne im Dunkeln ihre Sitzreihe nicht mehr finden. Außerdem schien sie viel zu lang auszubleiben. Warum kam sie nicht? Unruhig sah sie um sich, doch sie konnte Cilli nicht sehen. Sie konnte sich auch nicht auf das konzentrieren, was allen anderen Zuhörern so viel Spaß bereitete. Sie lachten nun schallend beim Anblick einer großen Tafel die der Pilot in die Höhe hob. Eine Zeichnung war darauf zu sehen. Ein kleiner Elefant stand unter einem Hut mit breiter Krempe, als wohne er in diesem. Mel war über die Abbildung erstaunt, fand sie aber keineswegs besonders lustig, eher seltsam. Sie hörte die Stimme des Erzählers, doch was er sagte ging an ihrem Ohr vorbei. Sie überlegte gerade ob sie aufstehen und nach Cilli sehen sollte, als der Pilot plötzlich zur Seite trat und in der Dunkelheit verschwand.

Zu spät, dachte Mel, ich kann die Anderen nicht noch einmal stören, denn jetzt teilte sich der Vorhang und wanderte geräuschlos zu beiden Seiten der Bühne. Mel sah in eine gelb leuchtende Wüstenlandschaft. Kein einziger Baum oder Strauch wuchs dort, nur Wellen von Sandbergen türmten sich hintereinander auf bis hin zum Horizont. Über der Einöde ging gerade eine gleißende Sonne am tiefblauen Himmel auf. Im Vordergrund der Hügelkette lag ein Flugzeug. Eine Marionette saß im Sand und lehnte sich an den Rumpf der Maschine. Deutlich konnte man erkennen, dass ein Pilot hier notgelandet war. Seine Kappe war ihm über die Stirn gerutscht. Er schlief. Dabei glitt er im Schlaf immer mehr am Flugzeug ab und lag schließlich auf dem Boden.

Über die Hügelkette näherte sich ein kleines Männchen und blieb vor dem schlafenden Piloten stehen – ein Kind. Es trug einen luftigen hellgrünen Anzug mit einer weiten Hose. Sein Gesicht war fein modelliert, und ein Büschel sonnengelber Haare wehte wie in einem sanften Luftzug ständig hin und her. Es betrachtete den Schlafenden verwundert, was die kleine Puppe durch leichtes Kopfschütteln zum Ausdruck brachte. Der Pilot erwachte und rieb sich die Augen, als könne er nicht glauben, was er sah. Ruckartig richtete er sich auf und saß vor dem Jungen. Es war der kleine Prinz. Das Kind sprach ihn an und äußerte einen seltsamen Wunsch.

»Bitte, zeichne mir ein Schaf.«

»Wie bitte?«

Er glaubte nicht richtig zu hören und sprang auf die Füße.

»Bitte, zeichne mir ein Schaf«, wiederholte das Kind und schaute den Mann vor ihm erwartungsvoll an.

Der Pilot schüttelte ungläubig den Kopf.

»Aber, was machst denn Du da?«

Das kleine Kerlchen beachtete die Frage gar nicht, sondern wiederholte ganz sanft, aber ernsthaft, als handele es sich um eine äußerst wichtige Sache:

»Bitte, male mir ein Schaf.«

Mel hatte die Vorgeschichte nicht verstanden, auch jetzt verfolgte sie das Geschehen nur mit geteilter Aufmerksamkeit. Sie wunderte sich, war plötzlich sehr besorgt. Was war mit Cilli, wo blieb sie denn?

Warum dauerte es so lange, bis sie wiederkam, war ihr vielleicht in der Toilette schlecht geworden? Mel starrte befremdet auf den leeren Stuhl neben ihr, der hochgestellt war, seit Cilli ihn verlassen hatte. Sie klappte den Sitz vorsorglich nach unten, damit die Schwester sich sofort setzen könne, wenn sie käme.

Je länger Cilli aber fortblieb, desto größer wurde Mels Verwirrung. Sie konnte dem Erzähler, der nun seitlich auf der Bühne saß, kaum folgen. Doch das Spiel der Puppen zog sie schließlich nach und nach in ihren Bann. Während sie den Bitten des kleinen Prinzen lauschte, redete sie sich ein, Cilli sei vielleicht nach Hause gegangen, alles würde sich ganz natürlich aufklären. Dann fiel Mel ein, dass Cilli heute beim Mittagessen sehr wenig gegessen und über Bauchschmerzen geklagt hatte. Diese waren nach Regines Vorschlag, auf die Theatervorstellung zu verzichten und besser daheim zu bleiben, allerdings schnell wieder vergangen. Hatte Cilli ihr plötzliches Wohlbefinden nur des kleinen Prinzen wegen vorgetäuscht? Vielleicht war der freundlichen Kartenfrau aufgefallen, dass es Cilli nicht gut geht, und sie hatte sie in ihrem Büro auf ein Sofa gebettet? Womöglich hatte sie sich in der Toilette erbrochen, würde vielleicht krank werden, eine Krankheit ausbrüten, wie ihre Mutter es nannte. Ja, so musste es sein! Nach der Aufführung würden sie sich treffen. Eine andere Möglichkeit kam Mel nicht in den Sinn.

Die Stimme des Erzählers reihte die Erlebnisse des kleinen Prinzen aneinander wie Perlen auf eine Schnur, und die Puppen brachten deren Inhalt und Sprache zum Leuchten. Der kleine Prinz erzählte von seiner langen Reise zu verschiedenen Planeten, und unterschiedlich große, ballonähnliche Kugeln, bedeckt von fremdartigen Pflanzen und bizarren Gesteinsbrocken, schwebten aus der Tiefe der Kulisse heran. Auf jedem dieser Planeten hauste nur ein einziger seltsamer Bewohner. Mit jedem dieser Einsiedler führte der Kleine ein besonderes Gespräch, aufmerksam lauschte er ihren merkwürdigen Reden. Man sollte unbedingt den Planet Erde gesehen haben, er habe einen guten Ruf, belehrte ihn der Letzte seiner Gastgeber. Der kleine Prinz hüpfte nachdenklich auf der Planetenkugel umher, sein goldener Haarschopf flatterte kräftiger als zuvor, dann, durch einen dunklen Weltraum schwebend, landete er schließlich auf der Erde und dort mitten in der Wüste. Neue Abenteuer erwarteten ihn. Er traf eine gelbe Schlange, er traf einen Fuchs. Dieser schenkte ihm zum Abschied sein Geheimnis: Man sieht nur mit dem Herzen gut, das Wesentliche ist für die Augen unsichtbar.

Obwohl Mel noch ein Kind war, konnte sie diesen Satz verstehen. Sie teilte mit dem Jungen die Sorge um seine Rose, die er verlassen hatte und begleitete ihn und den verdurstenden Piloten durch die Wüste auf der Suche nach Wasser. Als sie endlich zu einem Brunnen kamen und trinken konnten, war nicht nur Mel erleichtert, durch den ganzen Saal ging ein hörbares Aufatmen.

Mel ließ sich vom kleinen Prinzen mit seinem wehenden Haarschopf restlos verzaubern, vergaß schließlich Zeit und Cilli, und erst zum Ende des Spiels, als der Junge, von der gelben Schlange tödlich gebissen, in den Sand fiel, und die Zuschauer laut aufschrien, erschrak sie. Plötzlich fühlte sie Angst. Der Tod des kleinen Prinzen legte sich schwer auf ihre Seele. Gleichzeitig spürte sie, wie die Geschichte in ihr eigenes Leben hineinzuwachsen begann, denn mit dem Ende des Theaterstücks fiel der Vorhang zwar vor diesem, doch nicht vor ihrer eigenen Sorge. Er öffnete sich weiter als zuvor und ließ sie in etwas dunkel Bedrohliches blicken, das unerklärlich war. Denn Cilli war nicht in den Kinosaal zurückgekommen. Der Platz neben Mel war leer geblieben. Cilli lag auch nicht auf einem Sofa im Büro der Kartenfrau, und sie war nicht nach Hause gegangen. Cilli war nirgendwo.

Ich lebe heute nicht mehr in der Stadt, in der Cilli verschwand. Ich gehe nicht ins Kino, nicht ins Theater. Ich bin verheiratet. Kinder habe ich nicht. Ich wollte keine eigenen Kinder haben. Ich wurde

Lehrerin, habe Kontakt zu den Kindern anderer. In der Stadt, in der Cilli verschwand, lebt heute niemand mehr aus meiner Familie.

Bald nach Cillis Verschwinden fing mein Vater an zu kränkeln. Er klagte über Schlaflosigkeit, Herzrasen und Appetitlosigkeit, zusehends magerte er ab. Immer wieder unterbrach er eine begonnene Zahnbehandlung, weil er sich im Büro seiner Praxis für einige Minuten auf das Sofa legen musste. Einmal fiel er während einer Behandlung in Ohnmacht. Der Notarzt kam. Die Zustände ließen sich mit Medikamenten behandeln, wurden seltener, blieben dann aus. Etwas später begann er zu trinken. Lange bemerkten es seine Patienten nicht. Als ich zum Studium in eine andere Stadt gezogen war, hörte ich von Mutter, dass die abendliche Rotweinmenge größer geworden war. Oft entkorkte er noch eine zweite Flasche und leerte diese bis zur Hälfte oder ganz. Am nächsten Morgen putschte er sich mit mehreren Tassen Schwarztee ins Arbeitsleben. Als er entdeckte, dass seine Hand zitterte, wenn er zu den Instrumenten griff, versuchte er, etwas weniger zu trinken. Während der Zahnbehandlung dicht gebeugt über seinen Patienten stehend, begannen diese, den abendlichen Alkoholkonsum zu riechen. Das sprach sich in der Stadt herum. Er hörte davon. Eines Morgens lag er tot auf dem Sofa in seiner Praxis. Er hatte zu dieser Zeit öfter dort übernachtet. Meine Mutter hatte sich deshalb keine Sorgen gemacht. Sie fand auf seinem Schreibtisch das ausgetrunkene Wasserglas neben einer leeren Tabletten-Packung. Sein Hausarzt bescheinigte als Todesursache Herzstillstand. Beide hatten sich gut gekannt.

»Er hat Cilli nun gefunden«, *sagte meine Mutter auf dem Heimweg von seiner Beerdigung.*

»Das glaub' ich nicht.«

Ich fuhr das Auto meiner Eltern. Meine Mutter saß neben mir. Ich warf einen kurzen Blick auf sie und sah, wie ihr Gesicht noch finsterer wurde, als es ohnehin schon gewesen war.

»Du gönnst mir nicht einmal diesen winzigen Trost«, *beschuldigte sie mich.*

In ihrer Stimme lag ein scharfer Ton.

»Wenn er sie jetzt gefunden hätte, müsste Cilli tot sein, und das will ich nicht denken.«

»Wenn sie nicht tot ist, warum meldet sie sich nicht, sie ist doch alt genug«, klagte meine Mutter weinerlich, eine Frage, die wohl eher provozierend als ernst gemeint war.

»Vielleicht hat sie uns aus irgendeinem Grund vergessen oder will nichts mehr von uns wissen.« Ich wusste, dass ich sie mit meiner Bemerkung quälte, und dass ich es absichtlich tat, um meiner Mutter weh zu tun. Die ganzen letzten Jahre hatte sie mir die Schuld für Cillis Verschwinden gegeben mit ihrem Vorwurf, damals nicht mit zur Toilette gegangen zu sein.

»In aller Ruhe hast du dir das Theaterstück angeschaut!« Damit hatte sie mir eine Last auf die Schultern gelegt, die ich nicht tragen konnte. Damals hatte ich begonnen sie zu hassen.

Wir fuhren schweigend zum Haus meiner Eltern, in dem Cilli und ich unsere gemeinsamen Jahre verbracht hatten. Ich war lange nicht mehr dagewesen, hatte die Besuche bei ihnen auf wenige beschränkt, hatte sie ihrem Kummer überlassen, so wie sie mich dem meinen überließen. Wir konnten nicht zusammen trauern. Jeder ging dabei seine eigenen Wege. Gleich nach Beendigung der Schule war ich weggegangen, aus dem Haus, aus der Stadt, aus meinem alten Leben. Ich hatte nicht gehofft, ein neues zu finden, doch Abstand zu den Jahren, die mir wie Blei in der Seele lagen. Ich hatte nicht viel mitgenommen: meine Bücher, meine Kleidung, keine Fotos, doch Erinnerungen die ich nicht dort lassen konnte, weil sie nicht dortblieben, weil sie mit mir gingen, mich nicht freigaben: das Puppentheater, Cilli, die die Hand an der Tür hochgehalten hatte, und das Lächeln des kleinen Prinzen, mit dem er sich von seinem Freund dem Piloten verabschiedete, bevor die Schlange ihm den tödlichen Biss versetzte.

Ich hatte damals während der ganzen Aufführung gehofft, Cilli warte entweder im Kartenbüro, oder sei aus irgendeinem Grund nach

Hause gegangen, habe sich womöglich nicht getraut, allein in den dunklen Saal zurückzugehen, obwohl das gar nicht zu ihr passte. Doch jeder Gedanke war mir recht gewesen, um mir das zu erklären, was ich nicht verstehen konnte: dass sie mich hier allein im Theater sitzen ließ.

Doch wollte ich nicht böse auf sie sein, gerne wollte ich sie verstehen. Das wichtigste war für mich, sie würde es mir erklären können. Ich war mir sicher gewesen, dass, wenn ich nach der Aufführung schnellstens nach Hause lief, Cilli bereits am Abendbrottisch säße und mir alles erzählen würde. Ich wollte auch Mutter bitten, nicht zu schimpfen, weil wir nicht zusammengeblieben waren. Ich wollte meine Schwester verteidigen und unser Verhalten rechtfertigen. Alles wollte ich tun, damit dieser Tag ein gutes Ende nähme. Damals konnte ich noch nicht das wirklich Bedrohliche der Situation in vollem Umfang erkennen. Das Zuwiderhandeln gegen die strikte Abmachung war in diesem Moment das eigentliche Vergehen, das es zu bereinigen galt.

Als eine der ersten verließ ich meinen Platz, noch während die anderen Schüler Beifall klatschten. Die Frau stand wieder an der Eingangstür, hatte diese schon geöffnet.

»Na, hat es dir gefallen?«

Vielleicht glaubte sie, das Mädchen wiederzuerkennen, das vor einer guten Stunde zur Toilette gegangen war. Ich nickte nur kurz und rannte durch das Foyer des alten Kinos hinaus auf die Straße. Mir war klar geworden, dass Cilli sich nicht in ihrer Obhut befand wie ich gehofft hatte. Die Hitze des späten Nachmittags schlug mir entgegen und erschreckte mich. Im Theater war es kühl gewesen, und ich hatte ein bisschen gefroren.

Den Weg nach Hause nahm ich im Dauerlauf, war außer Atem, als ich die Gartentür aufstieß und auf den Stufen zum Hauseingang stolperte. Dann stand ich in der Tür des Esszimmers und sah: meine Eltern saßen am Tisch und aßen bereits zu Abend. Sie hatten nicht auf uns gewartet, da es nur Brot, Tomaten, Wurst und Käse gab, eine Mahlzeit, die nicht warmgehalten werden musste. Mein Vater schaute auf, er kaute an einem Bissen des Salamibrotes, das auf seinem Teller lag. Meine Mutter legte ihr Messer neben den Teller und schaute an mir vorbei in die offene Zimmertür:

»Wo ist Cilli?«

Melanie Abel verließ am frühen Nachmittag das Schulgebäude durch den Hintereingang. Sie wollte vermeiden, jetzt noch irgendwelchen Schülern zu begegnen, die auf der großen Treppe des Haupteingangs saßen. Dort trafen sie nach Schulschluss Verabredungen oder diskutierten Unterrichtsprobleme. Melanie wollte heute von niemand mehr angesprochen werden. Sie war müde und ausgelaugt von fünf Stunden Zeichenunterricht. Viele Schüler nahmen das Fach Kunst nicht allzu ernst. Sie benutzten es, um zu schlafen, zu lesen oder gedankenlos ein Blatt Papier zu bekritzeln, auf dem Melanie gerne eine Farbkomposition gesehen hätte. Doch sie schaffte es nicht, uninteressierte Kinder für Farbe, Pinsel und Papier zu begeistern. Darum war sie froh über einen Stamm von Mitmachern, die kreativ arbeiten wollten und Melanies Vorschläge begeistert aufgriffen. Auf diese Schüler konnte sie sich verlassen. Sie waren es auch, die ihr das notwendige Gefühl gaben, nicht im falschen Beruf gelandet zu sein, eine Sorge, die ihr oft zu schaffen machte.

Heute hatte sie einen solchen Vormittag erlebt, an dem sie sich gefragt hatte, ob es nicht besser gewesen wäre, Jura oder Pharmazie zu studieren, eine Bank- oder Verwaltungslaufbahn zu beginnen. Die Hälfte der Klasse hatte keine Lust verspürt, die persönlichen Eindrücke eines Zoobesuchs in einer farbigen Collage darzustellen. Die zwölf- bis dreizehnjährigen Schüler hatten sich für eine Papierfetzen-Tauschbörse entschieden, indem sie Collage-Teile wie zerrissene Fotos und Farbpapiere, Naturmaterialien wie Gräser oder Blätter, in die Luft warfen und wieder auffingen, wie und wo sie diese gerade erreichen konnten. Die Schüler rannten dabei im ganzen Klassenzimmer umher, schnappten sich die fliegenden Teile aus der Luft und bliesen sie wieder nach oben. Was auf dem Boden landete, blieb liegen oder klebte an Schuhsohlen und war nicht mehr zu gebrauchen. Nur wenige gaben am Ende der Stunde eine fertige Arbeit ab. Melanie sammelte sie niedergeschlagen ein und legte sie in eine Mappe, die sie jetzt unter den Arm geklemmt hatte.

Sie ging zu ihrem Auto, das auf dem Parkplatz hinter der Turnhalle stand. Sie würde nach Hause fahren, sich ins Sofa fallen lassen, die Beine hochlegen und durchatmen. Sie würde ein Glas Rotwein trinken, jetzt gleich, noch bevor Veit nach Hause käme, noch vor dem Essen.

Diese Atempause brauchte sie heute. Sie spürte, wie ihre Nerven unter der Haut vibrierten. Sie legte die Hand an die Stirn. Ihr war, als hätte sie Fieber, aber ihr Gesicht war kühl. Als sie aus dem Parkplatz fuhr, in den Rückspiegel schaute, und zur Sicherheit den Kopf nach hinten drehte, schmerzte der Nacken. Sie fuhr langsam durch eine ruhige Straße, von dieser in die stark befahrene Hauptstraße. Mel ließ das Seitenfenster nach unten gleiten. Sie wollte Luft spüren. Es würde vielleicht helfen. Als sie die Stadt hinter sich gelassen und die Landstraße erreicht hatte, öffnete sie auch das zweite Fenster. Sie fuhr schneller und genoss den kräftigen Luftzug, der durch ihre Haare fegte.

Es wird vorübergehen, dachte sie, es wird vorbei sein, heute Abend, morgen früh.

Sie verriegelte das Garagentor und ging auf einem schmalen, mit Waschbetonplatten belegten Weg zum Haus. Es war ein älteres Gebäude, mit kleinen Fenstern und einem kleinen Balkon über dem Hauseingang. Dort oben konnte man sehr gut den Eingangsbereich überschauen und sehen, wer sich dem Haus nähern wollte. Gleichzeitig diente der Balkon als Schutzdach bei Regen. Das hatte Veit bei einer ersten Besichtigung besonders gut gefallen.

Mel stand oft dort oben und ließ den Blick über die Straße wandern, als erwarte sie jemand, als wolle sie vorbeigehenden oder vorbeifahrenden Leuten zeigen, wer hier wohnt. Eine Art Vorgarten, ein spärlich mit Gras bewachsener Streifen Erde, grenzte an den Gehsteig. Dort hätte sie Blumen oder Sträucher pflanzen können. Sie tat es nicht. Was dort gewachsen war, hatte sie entfernt. So stand das Haus schmucklos an der Straße, zur Verwunderung der Dorfbewohner, die in ihren Gärten für wahre Blütenwunder sorgten. Sie tat es nicht. Sie hielt den Grasstreifen vor dem Haus so kurz wie eine Bürste. Öfter als nötig fuhr sie mit einem kleinen Handmäher über die Fläche und schnitt unsaubere Ränder mit einer Gartenschere nach. Dabei ließ sie sich viel Zeit, ging hin und her, schnitt hier und da etwas nach und behielt dabei die ganze Zeit die Straße im Auge, soweit sie diese überblicken konnte.

Heute hatte Mel keinen Blick für die Straße und das Rasenstück vor dem Haus. Sie schloss die Haustür auf, blickte nicht wie sonst zurück. Im Flur legte sie die Mappe mit den Schülerarbeiten auf ein Tischchen neben der Garderobe. Sie hängte ihre Jacke an einen Haken und zog die Schuhe aus. In Strümpfen ging sie in die Küche. Dort legte sie ihre Schultasche auf den großen Holztisch mitten im Raum. An diesem Tisch wurde gegessen, Gemüse geschnitten, gemalt, gekleistert und gesägt. Das sah man ihm an, deutliche Arbeitsspuren zeugten davon. Jetzt war der Tisch leer und sauber geputzt und eine Weinflasche stand an Mels gewohntem Platz. Veit hatte sie für Mel bereitgestellt. Er wusste, sie würde diese heute benötigen. Mel drehte sofort am Schraubverschluss der Flasche und ließ den Deckel auf den Küchentisch fallen. Er rollte bis zum Rand des Tisches und fiel auf den Boden. Mel ließ ihn liegen.

Sie packte die Flasche am Hals, hielt sie mit einer Hand nach unten und schlenkerte sie hin und her, während sie ins angrenzende Wohnzimmer ging. Dort versank sie in einem dunkelbraunen Ledersofa, streckte die Beine von sich und

stemmte die Flasche gegen ihren Oberschenkel. Sie hatte große Lust, sie sofort an den Mund zu setzen für einen ersten Zug,
dann noch einen und noch einen zu tun, doch sie stand wieder
auf und holte sich aus dem Wandschrank ein Glas. Sie goss
Wein ins Glas bis knapp unter den Rand und balancierte es
vorsichtig an die Lippen. Sie nahm einen tiefen Schluck, legte
die Füße auf einen kleinen Couchtisch und ließ sich im Sofa
nach hinten sinken. Sie hatte sich vorgenommen zu entspan-
nen, der Wein sollte helfen. Sie konnte jedoch nicht verhindern, dass die Bilder des Tages auftauchten und sie belästigten.
Sie trank noch einmal, behielt das Glas in der Hand und dachte an den missratenen Vormittag, an den in ihren Augen völlig
misslungenen Unterricht.

Und dann dachte sie an das Mädchen, das vor einer Woche
neu in die Klasse gekommen war. Es hieß Marilen Alberti. Seine Eltern waren vor kurzem nach Radstett gezogen und hatten
die Kanzlei eines verstorbenen Steuerberaters übernommen.
Soweit war Mel von der Rektorin informiert.

Marilens Mutter hatte ihre Tochter am ersten Tag in der
neuen Schule nach Unterrichtsschluss abgeholt. Dabei sprach
sie auch mit Mel und stellte sich vor. Frau Alberti schien eine
Frau Mitte vierzig zu sein. Sie war klein, ziemlich beleibt, doch
balancierte ihr schwerer Körper mühelos auf sehr hohen Stö-
ckelschuhen. Ihr Haar war blauschwarz und, wie Mel annahm,
gefärbt, dicht gewachsen, sehr kurz und perfekt geschnitten.
Wie eine Pelzkappe umrahmte es ein rundes Gesicht, dessen
Haut über den Backenpolstern spannte. Im Gegensatz zu ihrer
Mutter war Marilen ein mageres Mädchen, groß für ihre zwölf
Jahre, und Mel konnte sich nicht vorstellen, dass die Tochter
einmal einen ähnlichen Umfang haben könne wie die Mutter.
Marilens dichte braune Locken waren straff nach hinten ge-
kämmt, in einem Zopf im Nacken gebändigt.

Marilen verhielt sich bisher sehr zurückhaltend. Sie sprach
keinen Mitschüler von sich aus an, gab jedoch freundlich Ant-

wort, wenn sie gefragt wurde. Schüchtern schien sie nicht zu sein, da sie mit großer Aufmerksamkeit alle Vorgänge in und um den Unterricht herum verfolgte. Fast sah es so aus, als beobachte sie vorerst ein Schlachtfeld, um später darüber Bericht erstatten oder irgendwann selbst Position darin beziehen zu können.

Was Mel schon wusste, ein Blick in Marilens letztes Zeugnis hatte diese als sehr gute Schülerin ausgewiesen. Ab und zu schien das Mädchen sich zu amüsieren, wenn sich Mel mit einem Schüler in eine Auseinandersetzung verstrickte und dabei den Kürzeren zog. Dann verengten sich Marilens Augen zu kleinen Schlitzen. Sie lächelte, zog ein wenig ihre Schultern nach oben und tat so, als lese sie in ihrem Buch.

Mel gefiel es. Sie fühlte sich in diesem Augenblick mit dem Mädchen seltsam verbunden, als wären sie beide so etwas wie Komplizen. Sie suchte Blickkontakt zu Marilen, während sie sich mit anderen Schülern beschäftigte und beobachtete sie unverhohlen und neugierig. Noch nie hatte ein Kind sie derart überrascht wie dieses Mädchen. Dabei war ihr nicht klar, was Marilen so sehr von den Anderen unterschied. War es ihre offensichtliche Klugheit, der wache Blick, der unbefangen beobachtend in alle Richtungen schweifte, war es der magere Körper mit den braunen langen Armen, zu denen das hellblaue T-Shirt so gut passte, oder das silberne Armkettchen, das am Handgelenk glitzerte? Mel wusste es nicht. Doch sie bekam Herzklopfen, wenn sie hinter Marilen stand und deren kräftigen Zopf über den Rücken fallen sah.

Mel goss Wein nach. Sie trank mehrere Schlucke und goss sofort noch einmal nach. Das Glas sollte voll sein, wenn sie daraus trank. Sie stellte es auf das Tischchen, streckte sich auf dem Sofa aus, legte die Beine auf ein Kissen und ihren Kopf auf die gepolsterte Armlehne, schloss die Augen und wollte an nichts denken, doch dann tauchte es auch schon wieder auf, ein Bild, das sie seit vielen Jahren zu vergessen suchte:

Ihre Mutter am Esstisch, die das Messer neben den Teller legt und fragend zur Tür schaut. Der Vater, der nicht verstehen will und glaubt, Cilli erlaube sich einen Spaß und verstecke sich hinter der geöffneten Tür. Und Mel sieht sich wieder einmal zum Mädchenzimmer laufen, in der Hoffnung, Cilli läge dort in ihrem Bett, aus irgendeinem Grund, den sie nicht kennt. Sie hofft, Cilli sei unbemerkt an der Mutter vorbei ins Zimmer geschlichen, um sich hinzulegen, habe nicht erklären wollen, warum sie ohne mich nach Hause gegangen ist. Aber sie findet das Bett leer, das Zimmer auch. Mel hastet wieder zurück zu den Eltern, die reglos dasitzen. Auf dem Esstisch stehen zwei unbenutzte Teller. Die Mutter hat für beide Mädchen aufgedeckt. Doch Mel wagt nicht, sich an ihren Platz zu setzen. Sie steht einfach nur da und flüstert:

»Ich weiß nicht, wo Cilli ist, sie wollte doch gleich wieder zurück sein.«

Die Mutter beginnt, Mel zu drängen: »Was ist passiert, warum kommst Du allein?«, sag' endlich was los ist!« Mel tut es. Die Mutter gerät in Panik.

»Hast du nicht auf der Toilette nachgeschaut? Vielleicht ist das Türschloss dort verklemmt, und Cilli kann nicht nach draußen kommen! Vielleicht ist Cilli immer noch auf dieser Toilette eingesperrt! Warum nur hast Du nicht sofort nach der Vorstellung nachgeschaut? Warum hast Du das nicht getan!«

Mel erinnerte sich, dass diese letzten Worte wie Schläge auf sie niedergegangen waren. Sie hatte auch geglaubt, Schläge zu verdienen, und irgendwie hätten sie ihr in diesem Moment sogar gutgetan. Aber gleichzeitig keimte auch eine winzige Hoffnung auf, dass es so sein könne, wie die Mutter sagte. Cilli war noch dort im Theater und konnte sich selbst nicht befreien!

Mel gibt zu, nach dem Ende des Stückes sofort losgerannt zu sein, um schnellstens nach Hause zu kommen.

»Aber das hättest du nicht tun dürfen, du hättest nachschauen müssen, du hättest um Hilfe bitten, hättest Meldung

dort machen müssen. Wie konntest du deine Schwester so allein lassen!«

Regine klagt verzweifelt und legt in diesem Augenblick
eine schwere Last auf die Schulter ihres Kindes, das verstört
zu ihr aufsieht und schließlich zu weinen beginnt. Der Vater,
der bisher schweigsam und versteinert dasaß, schiebt seinen
Stuhl zurück und steht auf. Er geht zu einem kleinen Tisch, auf
dem das Telefon steht. Er stützt sich mit der linken Hand auf
den Tisch. In der rechten Hand hält er den Hörer und wählt
mit dem ausgestreckten Zeigefinger eine Nummer. Eine Weile wartet er, dann hört Mel ihn nach der Telefonnummer des
alten Kinos fragen. Als er dort anruft, hat er kein Glück. Ein
Anrufbeantworter verweist ihn auf die Öffnungszeiten der
Kasse. Diese sei erst wieder am nächsten Tag erreichbar.

Oskar Abel stützt sich mit beiden Händen auf den Tisch
und lässt seinen Kopf nach unten fallen. So steht er eine Weile.
Dann wählt er eine weitere Nummer, und Mel hört ihn langsam und mühsam sprechen.

»Ich möchte eine Vermisstenmeldung machen, meine Tochter ist verschwunden.« Ein Beamter ist kurze Zeit später im Haus.

Mel starrte an die Decke, als sähe sie dort das unvergesslich
Schreckliche jenes Abends, der an diesem Tag dreißig Jahre
zurücklag. Sie schloss die Augen, aber die Bilder verschwanden nicht. Sie drehte sich zur Seite und presste ein Sofakissen
vor ihr Gesicht. Der Beamte hatte ihr damals Fragen gestellt.
Sie hatte geantwortet. Mel erinnerte sich, dabei geweint zu
haben. Sie erinnerte sich auch an Hunger und Durst, aber sie
hatte an diesem Abend nicht gewagt zu essen oder zu trinken.
Die Eltern hatten sie nicht mehr beachtet, und sie selbst wollte
nicht essen. Wie hätte sie es tun können, solange Cilli nicht
nach Hause kam?

Der Beamte bleibt sehr lange. Er telefoniert mehrmals und
bespricht mit Oskar und Regine die allernächsten Schritte, die
die Polizei unternehmen wolle.

»Zwei meiner Leute sind bereits im Theater, durchsuchen die Toiletten und das gesamte umliegende Areal. Das hat im Augenblick allerhöchste Priorität.«

Er sieht sich nach Mel um.

»Wer sind denn eure besten Freunde? Hast du die Telefonnummern deren Eltern?« Mel nennt ihm einige Namen und kann auch mit Nummern helfen. Sie holt ein kleines Adressbuch aus ihrer Schultasche und gibt es dem Kommissar. Der ruft der Reihe nach Adressen an. Er sorgt vor allem für große Aufregung und Bestürzung bei den Eltern der Freundinnen und Mitschülern, die, soweit sie ebenfalls im Theater gewesen waren, angestrengt überlegen, wann sie Cilli zuletzt gesehen haben.

Es gibt zwei Aussagen die sich gleichen. Zwei Mädchen behaupten unabhängig voneinander, Cilli am Ende der Vorstellung noch im Kinosaal gesehen zu haben. Aber nein, versichert Mel dem Kommissar, Cilli war die ganze Zeit nicht im Saal, ihr Platz war ja leer geblieben.

»Nun, es kann doch sein, dass sich deine Schwester in die letzte Reihe gesetzt hat, um die begonnene Vorstellung nicht zu stören?«

Regine horcht auf und schöpft Hoffnung.

»Ja, aber warum hat sie dann nicht auf mich gewartet, sie hätte mir doch zuwinken können.« Sie überlegt. »Warum ist sie nicht wenigstens heimgegangen, so wie ich?«

Mel setzt sich an den Tisch, wagt aber nicht ein Brot zu nehmen, obwohl sie plötzlich großen Hunger hat. Sie glaubt, es stünde ihr nicht zu, jetzt etwas zu essen, weil Cilli auch nicht isst in diesem Augenblick und hier am Tisch.

Damit beginnt etwas, was sie zuvor noch nie gefühlt hatte. Ein Gedanke trifft sie mit harter Gewissheit. Sie glaubt, es wäre besser, Cilli säße hier, und Mel wäre verschwunden. Diese plötzliche Erkenntnis frisst sich geradezu in ihr fest und sollte sie nie mehr freigeben, denn sie ist sich plötzlich sicher, das Unglück wäre mit ihrem Verschwinden nicht so groß.

Die Eltern scheinen durch ihren Anblick die Abwesenheit der Schwester ganz besonders schmerzlich zu empfinden, und Mel fühlt sich wie ein personifizierter Missstand , den es so nicht geben dürfe. Sie glaubt im Blick der Mutter zu lesen, was tust du hier ohne deine Schwester?

Der einzige, der Mitgefühl für Mel zu haben scheint, ist der Kommissar. Erich Lutz ist ein guter Bekannter ihres Vaters, zudem Patient von ihm seit langem, und für die Eltern im Moment die Person, auf die sie ihre ganze Hoffnung setzen. Was bleibt ihnen auch anderes übrig.

Lutz versucht vor allem, Zuversicht zu verbreiten, verspricht, alles zu tun, was in seiner Macht stünde, um Cilli zu finden. Er beugt sich über das Mädchen, das wie betäubt und verloren am Esstisch sitzt.

«Glaub' mir, wir werden deine Schwester finden. In ein paar Stunden sehen wir alle schon klarer. Ich meine, du solltest aber etwas essen. Du hast doch ganz bestimmt Hunger?»

Bei dieser Frage wendet er sich an die Eltern, als richte er sie mehr an sie als an das Kind. Mel schüttelt langsam den Kopf, als wundere sie sich über den Vorschlag des Beamten. Doch Erich Lutz sieht, wie sich die Augen des Mädchens mit Tränen füllen, und denkt, man müsse sich um dieses Kind ebenso große Sorgen machen wie um das vermisste.

Der Vater tröstet sich in den kommenden Monaten immer öfter mit der Formel »die Polizei hat nichts versäumt, sie tut, was sie kann.« Lutz ist für ihn der richtige Mann zur richtigen Zeit, und er zählt alle Aktivitäten auf, die die Suche nach Cilli begleiten.

Diese beginnen zunächst mit dem Bescheid am selben Abend, dass die Durchsuchung des gesamten Theaterareals und seiner näheren Umgebung ergebnislos verlaufen sei. Das können wir also ausschließen, kündigt der Kommissar fast erleichtert an, so als sei man durch dieses negative Ergebnis einen gewaltigen Schritt vorangekommen.

»Wir konzentrieren uns nun auf die erweiterte Umgebung«, und fast entschuldigend bittet er Regine um ein Kleidungsstück von Cilli, »etwas Getragenes, bitte nicht frisch gewaschen. Wir werden noch heute Nacht das gesamte Viertel mit einer Hundestaffel absuchen, ebenso den Stadtwald, ein Gebiet, das sich bis weit über den Stadtrand ausdehnt und ein beliebtes Naherholungsgebiet ist.«

Regine kann nicht helfen. Stattdessen beginnt sie zu weinen und lässt sich in den Lesesessel vor der Bücherwand fallen. Sie weint hemmungslos und zittert plötzlich am ganzen Körper.

»Ein Schock, ich muss ihr etwas geben.«

Oskar verlässt das Zimmer, er hat Beruhigungsmittel im Haus.

»Ich könnte etwas von Cilli holen.«

Mel schaut den Kommissar fragend an.

»Aber natürlich. Du weißt ja wohl am besten, was deine Schwester zuletzt getragen hat. Das wäre jetzt eine große Hilfe für mich, und auch für Cilli«, setzt er nach kurzem Zögern hinzu.

Mel nickt und steht auf. Sie lassen die immer noch zitternde und schluchzende Regine in ihrem Sessel allein zurück. Mel geht voraus durch den breiten Flur, der angenehm freundlich wirkt. Ein großes Fenster an seinem Ende wirft warmes Abendlicht an die Wände. Zwei Korbstühle und ein kleines Tischchen stehen davor und verbreiten wohnliche Atmosphäre. In einem der Korbstühle sitzen ein Teddybär und eine Puppe, etwa gleich groß, und lehnen aneinander. Bei der letzten Tür kurz vor dem Fenster bleibt Mel stehen.

»Das ist unser Zimmer, hier wohnen Cilli und ich.« Erich Lutz tritt ein.

»Ihr habt also ein gemeinsames Zimmer«, stellt er beim Anblick der beiden weiß lackierten Betten sachlich fest. Er sieht sich um. Die Betten stehen links und rechts der Länge nach an der Wand. Das Besondere an diesem Raum ist der

halbrunde Erker mit einem Kranz hoher Fenster, durch die der
Kommissar einen Blick in den Garten wirft. Er nimmt sich vor,
den Garten nach Spuren durchsuchen zu lassen. Vor den Fenstern stehen zwei weiße Schreibtische dicht nebeneinander, die
zeigen, dass die Mädchen ihre Schularbeiten und anderes in
großer Nähe zueinander erledigen. Lutz seufzt, denkt, es wird
mir doch hoffentlich gelingen, das Kind zu finden. Am Fußende der Betten steht für jedes Mädchen ein schmaler Kleiderschrank an der Wand. Zwischen den Betten bietet ein genügend großer Raum Platz für Spiele. Ein halbfertiges Puzzle
liegt auf dem Boden. Der bereits fertige Teil lässt eine Pferde-
koppel erkennen, auf der zwei Schimmel friedlich grasen.

»Und welches ist nun Cillis Bett?«, fragt Lutz.

Mel geht zu einem der Betten und setzt sich ans Fußende.

»Das hier«, sagt sie und streicht vorsichtig über die Zude-
cke, die ordentlich zurechtgelegt war. »Liegt Cillis Schlafanzug oder ein Nachthemd unter der Decke?«

Lutz wartet Mels Antwort gar nicht ab, er hebt die Decke
an und schlägt sie zurück.

»Das Nachthemdchen wäre ideal, ich würde es gerne mitnehmen.« Lutz sagt es so, dass seine Absicht wie eine Bitte
klingt, doch ist es eine Feststellung. Er übersieht bewusst, wie
Mel erschrocken nach dem Hemdchen ihrer Schwester greifen
will. Das Nachthemd ist aus einem luftigen gelben Baumwollstoff, die Armausschnitte und der Saum sind mit einer breiten
Rüsche verziert. Lutz formt eine kleine Rolle aus dem Hemdchen und hält diese in der linken Hand nach unten, während
seine rechte in einem Buch blättert, das auf Cillis Nachtkästchen liegt. Cilli hat noch am Abend in dem Buch gelesen. Es
erzählt von einem Indianermädchen, das in einem Reservat in
Amerika aufwächst. Hiawatha steht auf dem farbigen Schutz-
umschlag, über einem Mädchenkopf mit tiefschwarzen langen
Haaren. Lutz ergreift alle Seiten auf einmal und lässt sie wie
ein Daumenkino durch seine Hand laufen. Er hofft, irgendei-

nen Zettel oder einen anderen Hinweis zu finden, der in dem Buch versteckt sein könnte. Doch da ist nichts.

»Fällt dir irgendeine Veränderung in eurem Zimmer auf, oder kannst du sehen, dass etwas fehlt, was noch dagewesen war, bevor ihr heute zusammen weggegangen seid?«

Mel, die immer noch auf Cillis Bett sitzt, sieht sich um. Dann schüttelte sie müde den Kopf.

»Nein, es ist alles wie immer. Aber Cilli hat heute Morgen schon ihre Schultasche gepackt, sie steht neben ihrem Tisch.«

Mel zeigt mit dem ausgestreckten Arm in Richtung Tasche. Lutz will noch wissen, ob Cilli Tagebuch schreibt.

«Natürlich nicht«, antwortet Mel.

Lutz lächelt.

»Zwillinge erzählen sich wohl alles, sie brauchen deshalb nichts aufzuschreiben, ist das so?«

Mel nickt wieder, dann kommen ihr die Tränen. Ja, sie haben sich alles erzählt, am liebsten abends, wenn sie in ihren Betten lagen, wenn die Dunkelheit sie wie eine große Decke einhüllte und ihre Stimmen im Flüsterton hin- und hergingen. Mel wird bewusst, dass die kommende Nacht keine heimlichen Gespräche im Dunkeln bringen kann. Sie ist allein und weiß nicht, wo Cilli in dieser Nacht schlafen wird.

Etwas Unvorstellbares, etwas Abgründiges tut sich vor ihr auf, und es ist Mel, als fiele und fiele sie, und niemand könne diesem Fallen Einhalt gebieten. Sie krampft ihre Hände in Cillis Bettdecke, um irgendeinen Halt zu finden, doch das Fallen wird nur noch schlimmer und die Tiefe vor ihr er- scheint bodenlos. Der Kommissar bemerkt Mels Verzweiflung, geht zu ihr, hebt sie hoch und trägt sie zu ihrem Bett. Er setzt sie an dessen Rand, kniet sich nieder und zieht ihr die Sandalen aus. Er legt sie vorsichtig auf das Bett, deckt sie behutsam zu und streicht ihr über die Locken.

»Ich bringe Cilli zurück«, flüstert er Mel ins Ohr, dann bemerkt er, dass sie aus Erschöpfung bereits eingeschlafen ist.

Die Eltern kümmern sich an diesem Abend nicht mehr um Mel. Dieser Mann hat sie zugedeckt in ihrem weißen Mädchenbett, und er hat ihr versprochen, die Schwester wieder zurückzubringen. Dabei ist sich Erich Lutz keineswegs sicher, ob ihm dies gelänge. Doch ist er sich sicher, alles dafür tun zu wollen.

Veit Klarenberg kam später als üblich nach Hause. Er hatte es nicht eilig, da er wusste, was ihn erwartete. Heute war der Jahrestag des Verschwindens, schwierig für ihn, seit er Melanie kannte. Er fürchtete ihn Jahr um Jahr. Zu Beginn ihrer Beziehung war er Mel mit sehr viel Verständnis begegnet. Mit großer Geduld hatte er immer wieder mit ihr gemeinsam alle Möglichkeiten bedacht, die auch nach vielen Jahren erfolglosen Suchens doch noch zur Aufklärung der schrecklichen Geschichte führen könnten. Er hatte ihre Trauer ausgehalten und ihr den Alkohol besorgt, den sie zu deren Bewältigung benötigte, zumindest immer an diesem bestimmten Tag. In den ersten Jahren hatte er mitgetrunken. Das tat er schon lange nicht mehr. Aber er hatte noch heute Morgen dafür gesorgt, dass sie bei der Heimkehr aus der Schule eine Flasche Rotwein vorfand. Den würde sie heute brauchen.

Veit ging zuerst in die Küche und legte auf dem Tisch zwei Pizzapackungen ab. Er bemerkte, dass sie den Rotwein gefunden hatte und ging ins Wohnzimmer. Dort fand er Mel auf dem Sofa liegend. Sein zweiter Blick galt der Weinflasche. Er stellte erleichtert fest, dass sie noch nicht leer war. Mel lag auf der Seite und hatte ein Sofakissen im Arm. Sie schaute ihn an, legte das Kissen beiseite und setzte sich auf.

»Ich habe nichts eingekauft und nichts gekocht.«

Veit schob die Weinflasche vom Rand des Couchtisches in die Mitte und setzte sich an die Tischkante.

»Ich habe uns Pizza mitgebracht. Möchtest Du welche?«

Mel nickte. Sie griff wieder nach dem Kissen. Sie drückte

es vor ihre Brust. Es sah aus, als wolle sie nicht sich selbst, sondern dem Kissen etwas Gutes tun. Veit ging in die Küche und legte die Pizzen auf Teller. Mel war aufgestanden und kam, mit Weinflasche und Glas in der Hand, hinterher. Sie hob die Flasche vor ihre Augen und spähte am Etikett vorbei durchs dunkle Glas.

»Es ist noch Wein da, möchtest du?«

»Nein«, sagte Veit, »du kannst ihn haben.«

Er wusste, diese Flasche gehörte heute Mel allein, ihr und ihrem Kummer, der in all den Jahren nicht kleiner geworden war. Sie setzte sich an den Tisch und betrachtete ihre Pizza. Veit aß schnell und hastig. Er hatte Hunger und konnte nicht verbergen, wie sehr es ihm schmeckte. Der Bäcker hatte die heißen, duftenden Fladen vor seinen Augen mit einem Schneidrad wie einen Kuchen zerteilt, man brauchte nur noch zuzugreifen. Mel aß ein paar Bissen. Danach trank sie einen Schluck und sagte, sie habe keinen Hunger mehr. Sie schob ihren Teller von sich weg, und Veit hatte kein Problem damit, auch noch ihren Teil zu essen.

Wie er nur so viel essen kann, wunderte sie sich. Sie schaute auf Veits Hände, wie sie mit Messer und Gabel hantierten. Seine Hände arbeiten für sein Wohlbefinden, ging es ihr durch den Kopf, sie bewegen sich zügig hin und her und schaffen die Nahrung in sein Inneres, damit diese tüchtigen Hände weiterarbeiten können und beweglich bleiben. Als beide Teller leer waren, sah Mel, wie Veits Hände die Teller ineinander stellten, Messer und Gabeln oben auflegten, und, als hätte das Hantieren mit dem Geschirr sie außergewöhnlich angestrengt, vollführten beide Hände gleichzeitig eine Lockerungsübung, indem sich die Finger spreizten und wieder zu Fäusten zusammenballten. Das taten sie fünfmal. Mel zählte mit. Veit hatte sich diese Fingerübung nach dem Essen angewöhnt, ein Zeichen dafür, da er jetzt rundum satt war. Er fragte Mel nicht danach, wie es ihr gehe. Er wusste es. Mel hatte noch Wein im

Glas, beruhigend für ihn. Er würde sich jetzt noch einen Film ansehen und danach zu Bett gehen. Er war froh, dass es schon so spät war, eine Endlosdiskussion war heute wohl nicht mehr zu befürchten. Mel sah ihn an. »Ich habe eine neue Schülerin in meiner Klasse, sie sieht so aus, also, es könnte Cilli sein!«

Veit atmete tief ein und stieß die Luft mit einem Blasgeräusch wieder aus, wobei sich seine Backen blähten.

»Es ist nicht Cilli«, mahnte er, »du weißt das. Cilli ist heute auf den Tag genau so alt wie Du.« Dabei vermied er den Zusatz, »wenn sie noch lebt.« Dieser Satz war streng verboten, Veit hatte ihn längst abgeschafft.

»Ich weiß auch, dass es nicht Cilli ist, ich will nur sagen, dass sie mich an Cilli erinnert. Noch nie war ihr jemand so ähnlich wie dieses Mädchen, und ich spüre eine Art Verwandtschaft zwischen uns, ja, das tu ich.«

Mel sagte es trotzig und goss den Rest des Weines in ihr Glas. Veit wusste, dass keine zweite Flasche mehr im Vorrat war. Er musste deshalb versuchen, das Gespräch in eine beruhigende Bahn zu steuern. Leider fiel ihm nicht viel dazu ein, denn in den vergangenen Jahren war zu diesem Thema alles gesagt worden, was sich irgendwie dazu sagen ließ. Es fiel ihm gar nichts ein und so sagte er nichts.

Er war müde. Er hätte sich gerne vor den Fernseher gesetzt, ein bisschen in den Programmen herumgezappt. Er sehnte sich nach einem Fußballspiel oder nach einem Krimi, nach etwas, das ihn zerstreute und ihm keine besondere Aufmerksamkeit abverlangte. Stattdessen begann Mel von diesem Mädchen zu erzählen. Sie beschrieb ihr dichtes Lockenhaar, das wie Cillis Haar zu einem Nackenzopf geflochten war. Mel beschrieb die Ähnlichkeit mit Cillis Gesichtszügen, den schmalen Kopf, den kindlich mageren Körper, die Hände, die wie Cillis Hände gern den Zopf nach vorne über die Schulter holten.

»Marilens Hände spielen mit dem Zopfende, wenn sie angestrengt nachdenkt. Sobald sie aber die Lösung eines Prob-

lems gefunden hat, wirft sie den Zopf mit Schwung wieder
nach hinten, als benötige sie ihn jetzt nicht mehr. Danach meldet sie sich voller Eifer mit hochgerecktem Arm.«

Mel redete so erregt, als hätte sie noch nie eine derartige
Erfahrung gemacht, obwohl Veit von einigen interessierten
und motivierten Schülern in ihrer Klasse wusste. Veit registrierte mit Besorgnis die aufkeimende Euphorie in Mels Schilderung. Sie war ihm nicht unbekannt. Wie oft hatte er schon
ähnliche Ausbrüche erlebt, wenn sie plötzlich auf der Straße
eine Frau entdeckte, die vor ihnen ging. Sie hatten zusammen
Menschen verfolgt, weil diese Mel auf irgendeine Art an Cilli
erinnerten. Sie waren gemeinsam hinter jungen Frauen herge-
laufen, hatten sie mit schnellen Schritten überholt und waren
stehen geblieben, um sie von vorne sehen zu können. Dabei
fingen sie an, sich heftig und laut zu streiten. Verunsichert gingen die meisten der Frauen etwas langsamer auf sie zu, weil sie
nicht recht wussten, wie sie sich einem derart streitenden Paar
nähern sollten, oder weil es ihnen peinlich war. Genau das
wollte Mel erreichen, so konnte sie die Unbekannte eingehen-
der mustern. Alle hatten Mel und Veit einen Blick geschenkt,
hatten mit den Augen die Frage gestellt, kann ich helfen oder
schafft ihr es allein?

Cilli war nie unter den Fragenden gewesen. Die Frauen
waren weitergegangen, Mel und Veit hatten ihren Streit beendet, sobald sie außer Sicht waren. Vor einigen Jahren hatte
Veit seinen Part bei diesem Straßentheater, wie er es nannte,
gekündigt. Ihm war klar geworden, die meiste Zeit seines Lebens mit Mel damit verbracht zu haben, einer Verschollenen
nachzujagen. Für ihn war die Schwester seiner Frau zu einem
Phantom geworden, das sich in ihre Ehe drängte, ihre Freizeit
beherrschte, sich einen festen Platz in einer Art Dreierbund
gesichert hatte, ohne jemals wirklich da zu sein. Er hatte sich
einen Therapeuten gesucht. Er war genervt und verzweifelt
genug für diesen Schritt gewesen. Ernstlich hatte er an eine

Trennung von Mel gedacht. Dann lernte er in dieser Therapie sich zu distanzieren, von Cilli, von den vergangenen Jahren einer vergeblichen Suche, aber vor allem von Mel.

»Ihre Frau benutzt sie für ihre Zwecke, es ist ihr nicht einmal bewusst, dass sie das tut. Sie denkt, er liebt mich, also muss er mir helfen, muss ständig mit mir auf dem Hochstand sitzen und nach etwas Ausschau halten, das ich verloren habe. Für ihre Frau ist die verzweifelte Suche ein Bedürfnis, sie kann nicht anders, sonst geht sie zu Grunde. Aber für Sie ist es eine Tortur, die ihre wahren Interessen untergräbt und Sie in ein Schattendasein inhaftiert. Sie sollten allmählich ihre Frau mit ihrem Problem allein lassen, immer wieder und immer öfter. Zeigen Sie Ihre Liebe, aber anders, da wird Ihnen manches einfallen, da bin ich mir sicher. Aber üben Sie das nein sagen, es ist überlebenswichtig für Sie. Machen Sie sich klar, dass dieses Problem mit der verlorenen Schwester, so schlimm es ist, ein Problem Ihrer Frau ist, es darf nicht Ihres werden. Erinnern Sie sich an den Menschen, der Sie waren, bevor Sie Mel getroffen haben. Verbünden Sie sich mit ihm und pflegen Sie eigene Interessen. Das ist sehr wichtig für Sie, sonst reißt Sie das schwarze Loch, in das Sie beide seit Jahren starren, in einen unumkehrbaren Sog.«

Veit begann wieder mit dem Tennisspiel. Mit vierzehn Jahren hatte er damit angefangen, in derselben Stadt, in der auch Mel mit ihren Eltern lebte, und in der Cilli verschwunden war. Veit kannte die Zwillinge seit der Schulzeit auf dem Gymnasium. Er hatte nie mit ihnen gesprochen, doch auf dem Schulhof waren sie ihm aufgefallen. Zwei Mädchen, die sich so ähnlich sahen, dass man nicht glauben wollte, so etwas sei möglich. Manchmal hielt er sich wie absichtslos in ihrer Nähe auf, um sie zu beobachten, ja um sie regelrecht studieren zu können. Er verglich sie, hoffte auf Unterschiede zu stoßen. Aber alles, was sie unterschied, war ihre Kleidung. In der Schule achteten die Zwillinge darauf, sich durch verschiedene Farben zu kennzeichnen. Oft trug das eine Mädchen Rock und T-Shirt, das andere Hose und Pullover. Sie wollten es ihren Mitmenschen nicht unnötig schwer machen, sie auseinander zu halten. Veit war fünf Jahre älter als die beiden und daher in einer höheren Klasse. Normalerweise gaben er und seine Freunde sich nicht mit diesen kleinen »Schulhofschmetterlingen« ab, die als Neulinge des Gymnasiums in ihren Augen umherflatterten, als wäre der Schulalltag eine vergnügliche Sache. Doch die Zwillingsmädchen machten eine Ausnahme. Sie verfügten über eine Anziehung, die nicht nur Veit spürte. Ständig waren sie von Freundinnen und anderen Schülern umringt. Oft standen auch sehr viel ältere Schüler bei den beiden. Es war daher nicht leicht, den Ring der Anhänglichen zu durchbrechen, um einen Blick auf diese Kuriosität der Natur werfen zu können.

Veit sah einmal zu, wie eine Mitschülerin die langen Haare der beiden zu einem einzigen Zopf zusammenflechten wollte, damit sie körperlich wie siamesische Zwillinge aneinandergefesselt wären. Cilli und Mel wehrten sich nach kurzer Zeit. Das Experiment war offensichtlich sehr schmerzhaft und das Ziehen und Ziepen unerträglich. Eine blöde Idee, dachte er. Aber er wunderte sich nicht besonders, denn Mädchen in diesem Alter erschienen ihm grundsätzlich unvernünftig und unterentwickelt. Bald nach dieser Beobachtung verschwand eines der Zwillingsmädchen. Die Schüler und Lehrer des Gymnasiums fanden sich in einer Schockstarre wieder. Die Rektorin suchte nach Worten für das Unglück und brach in der großen Aula in Tränen aus, als sie den Schülern das Geschehene mitteilen musste. Die Schwester des vermissten Mädchens fehlte wochenlang im Unterricht. Es hieß, sie sei krank geworden. Die Polizei war im Haus, zog von Klasse zu Klasse, stellte Fragen. Eine junge Polizistin kam in die Klasse der Zwillinge. Sie sagte, sie heiße Carolin Greiner, und es wäre jetzt sehr wichtig, aufmerksam zuzuhören. Die Kinder blickten teils erschrocken, teils fragend zum Klassenlehrer. Der nickte und legte

beschwörend den Finger auf den Mund, womit er sagen wollte, seid jetzt ganz still und hört gut zu, was die Polizistin euch
sagen möchte. Die wollte nun wissen, ob eines der Kinder Cilli
auf dem Weg zur Toilette gesehen habe.

»Vielleicht war jemand von euch zur selben Zeit wie Cilli
auf der Toilette und hat das nur schon wieder vergessen? Versucht euch zu erinnern, was ihr im Puppentheater beobachtet
oder auch gehört habt. Vielleicht ist jemand von euch auch
zu spät gekommen und hat dabei einen Mann oder eine Frau
vor dem Haus oder im Eingangsbereich gesehen. Alles, was
euch einfällt, ist für uns wichtig. Falls sich jemand mit Cilli am
selben Tag oder an den Tagen vorher unterhalten hat und sich
daran erinnert, sagt es uns. Wenn ihr euch über etwas gewundert habt in Cillis Verhalten oder ihren Reden, wenn sie zum
Beispiel von einem Geheimnis gesprochen hat, das sie jemand
gab, dann erzählt es uns bitte. Ihr könnt es auch einem Lehrer
anvertrauen oder euren Eltern. Wichtig ist, wir erfahren es.«

Die Kinder schauten mit großen Augen auf die Polizistin.
Einige stützten den Kopf in die Hände, um besser nachdenken
zu können. Doch es fand sich keines, das eine besondere Erinnerung melden konnte. Greiner bat nun die engeren Freundinnen der Zwillinge, mit in einen leer stehenden Aufenthalts-
raum zu kommen. Dort, in einer kleineren Runde, stellte sie
die gleichen Fragen noch einmal. Am Ende der Befragung gab
sie jedem Mädchen ihre Visitenkarte mit ihrer privaten und
dienstlichen Durchwahl.

»Lasst euch alles gut durch den Kopf gehen, ihr könnt mich
immer anrufen, bei Tag und Nacht, jede noch so winzige Kleinigkeit zählt. Denkt daran, vielleicht könnt ihr eurer Freundin
damit helfen.«

Die Kinder dachten ernsthaft nach. Sie wollten Cilli unbedingt finden, konnten nicht glauben, dass sie einfach verschwunden war. Einem Jungen fiel ein, dass er Cilli nach der
Aufführung gesehen habe. Sie sei auffällig schnell gerannt, er

habe sie gerufen, sie aber habe nicht reagiert. Er sei mit dem Fahrrad unterwegs gewesen, sei kurze Zeit neben ihr gefahren. Die Polizei fand schnell heraus, dass es Mel gewesen war, die der Junge gesichtet hatte. Mel, die voller Angst nach Hause gerannt war. Eine Woche später meldete sich eine Mutter bei der Polizei. Sie schilderte folgendes:

»Ich holte meine Tochter vom Theater ab und war zu früh gekommen, die Vorstellung war noch nicht zu Ende. Ich wartete draußen vor dem Eingang. Dort ist eine sehr junge Frau auf und ab gegangen. Sie war nervös, eher ängstlich, und schaute häufig auf ihre Armbanduhr. Allerdings hab ich dann auf die Dame nicht mehr ständig geachtet, weil die ersten Kinder nach draußen drängten, allen voran Melanie Abel, die eilig an mir vorbei rannte. Als ich noch einmal nach der jungen Frau schaute, war sie nicht mehr zu sehen, da bin ich mir ganz sicher.«

Die Mutter beschrieb die Frau genau.

»Sie hatte kurzes schwarzes Haar, war gut gekleidet. Sie trug einen knielangen schwarzen Rock und eine ärmellose gelbe Bluse mit kleinen weißen Pünktchen. Eine einreihige Perlenkette lag um ihren Hals. Sie ging auf hochhackigen weißen Sandaletten, am Arm fiel mir ihre Armbanduhr mit weißem Lederband auf, eine kleine weiße Tasche hing am linken Arm. Ich erinnere mich so gut an alles, weil ich ihr Äußeres außergewöhnlich elegant fand, es gefiel mir.«

»Woher wissen sie denn dass es Melanie Abel war und nicht ihre Schwester, die so eilig an Ihnen vorbei gerannt ist?«

Der Kommissar war sehr aufmerksam geworden bei dieser Schilderung.

»Ja, da sagen sie etwas, nein das kann ich natürlich nicht wissen, die beiden sind ja nicht zu unterscheiden, natürlich, sie haben recht«, gab die Frau nachdenklich zu.

Auch diese Beobachtung führte ins Leere. Niemand sonst hatte die Frau gesehen, weder vor noch in dem alten Kino, auch nicht in der Straße oder in der näheren Umgebung. Die

Polizei hatte über einen Bericht in der Zeitung die junge Frau gesucht und gebeten, sie möge sich als Zeugin melden. Tatsächlich tauchte die Gesuchte schon am nächsten Tag auf. Zur Erkennung trug sie exakt die Kleidung, die sie an jenem Tag getragen hatte, als sie ihren Angaben nach mit einem Freund vor dem alten Kino verabredet war. Der Freund allerdings habe sie versetzt, daher der ständige Blick auf die Armbanduhr. Sie zeigte dem Beamten die Uhr mit dem weißen Lederarmband.

Die Beamten verhörten auch den Freund, der nicht zur Verabredung gekommen war, und plötzlich sah es doch so aus, als habe man eine vage Spur. Doch es schälte sich aus seinen anfangs nicht eindeutigen Angaben ein Alibi heraus.

»Ich kam nicht zu dieser Verabredung, weil ich überraschend einen Vorstellungstermin bei einer Baufirma in Stuttgart bekommen hatte. Ich habe meiner Freundin nichts davon gesagt, weil ich ein Mädchen in Stuttgart kenne und zu ihr ziehen möchte. Meine Freundin hier weiß es noch nicht, na ja, jetzt wird sie es mittlerweile mitbekommen haben, auch gut.« Die Firma in Stuttgart konnte seine Angaben bestätigen. Er hatte zur fraglichen Zeit einen Vorstellungstermin wahrgenommen und die Stelle auch bekommen.

Mehr Hinweise gab es nicht, so sehr die Polizei die Bevölkerung um Mithilfe bat. Cilli blieb wie vom Erdboden verschluckt. Polizisten durchsuchten den Garten der Abels, tagelang mit Hunden die Wälder in Stadtnähe, dann in einem größeren Radius. Die beiden Schwimmbäder der Stadt wurden abgesucht, unzählige Fahndungsplakate geklebt, zwei Kanäle abgelassen und im Schlamm gestochert, am großen Wehr des Flusses suchten Taucher das Tiefbecken und den großen Rechen ab. Schon öfter hatten dort leblose Tiere und einmal ein Mann gehangen, die flussabwärts getrieben waren. Ein Foto von Cilli hing in allen Polizeistationen des Landes. Eingehend hatte Kommissar Lutz die Kassiererin des alten Kinos und die

Frau, die die Eintrittskarten entwertet hatte, befragt. Diese junge Frau war die letzte gewesen, die Cilli gesehen hatte. Ihr kam eine besondere Wichtigkeit zu. Sie war aufgeregt, sprach schnell, wiederholte sich mehrmals, glaubte sie müsse sich verteidigen.

»Das Mädchen hat sich erkundigt, ob die Tür zum Saal geschlossen würde, und ich versicherte, ja ich versprach, die Tür bliebe angelehnt, sie könne jederzeit zurück an ihren Platz gehen. Zur Sicherheit hängte ich noch das dicke Lederpolster in den Türspalt, das nimmt ja keiner weg! Ich mach das immer so, und es gab noch nie damit Probleme!«

Sie war danach zur Kasse gegangen, um mit der Kassiererin etwas zu besprechen.

»Vom Kinosaal bis zur Kasse muss ich allerdings um die Ecke gehen, ich konnte den Eingang zum Saal nicht sehen. Als ich zurückkam, nahm ich an, das Mädchen wäre längst wieder auf seinem Platz, so kleine Dinger verbringen nie viel Zeit auf Toiletten!«

»Wie lange dauerte ihr Aufenthalt im Kassenraum?«, fragte Lutz und überlegte, ob eventuell eine Aufsichtspflichtverletzung vorliegen könne.

»Wie lange ich mit der Kassiererin gesprochen habe? Also, da dürfen sie mich nicht festlegen, eine Viertelstunde wird es schon gewesen sein«, schätzte sie, »vielleicht auch länger.« Sie wollte keine genaue Zeitangabe machen. Auch die Kassiererin konnte sich an die Länge des Gesprächs nicht erinnern. »Man redet, da schau ich doch nicht auf die Uhr!«

Erich Lutz hakte nach: »Entfernten sie das Lederpolster als sie zurückkamen?«

»Nein, das tat ich erst zum Ende der Vorstellung, als ich die große Saaltür wieder öffnete.«

»Sie kamen also zum Ende der Vorstellung zurück und öffneten die Tür?« Lutz stellte diese Frage in einer wagen Ahnung, und schon wurde klar, was er vermutete. Die junge Frau hatte sich im Kassenraum festgeredet und war gerade noch rechtzeitig zum Ende der Vorstellung aufgetaucht, um die große Saaltür wieder zu öffnen.

Bei der ersten Durchsuchung des alten Kinos untersuchte die Polizei auch eingehend den Notausgang, welcher der Toilettentür gegenüber lag. Beide Türen konnten vom Kinosaal aus nicht gesehen werden. Der Notausgang war während der Vorstellung geöffnet gewesen, die junge Frau hatte ihn, nachdem die Besucher gegangen waren, von innen wieder verschlossen. Sie war durch alle Stuhlreihen gelaufen, hatte danach die Beleuchtung abgeschaltet und anschließend den Haupteingang von außen verriegelt. Die Kassiererin hatte mit ihr das Theater verlassen. Vor dem Eingang hatte sie noch einmal einige Minuten mit der Kollegin geredet. Dann war sie heimgegangen.

Unzählige Befragungen hielten die Polizei wochenlang auf Trab. Supermarktangestellte, Taxifahrer, Kioskbesitzer, Verkäuferinnen in den Kinder- und Jugendmoden-Abteilungen der Kaufhäuser, Pfarrer der verschiedenen Gemeinden und die Angehörigen eines kleinen Zirkus, die auf einem Freizeitgelände ihr Zelt aufgebaut hatten, gaben bereitwillig Auskunft und versuchten mit genauen Angaben der Polizei zu helfen. Nach drei Jahren ging Erich Lutz in den Ruhestand und die Akte Cilli wurde geschlossen. Jederzeit kann sie wieder geöffnet werden, wenn sich neue Anhaltspunkte ergeben, versprach die Polizei.

Veit hörte Mels begeisterter Beschreibung des Mädchens Marilen längst nicht mehr zu. Er stand auf und ging ins Wohnzimmer, ließ sie allein am Küchentisch sitzen. Er setzte sich vor den Fernseher und zappte die Programme durch. Bei einer Dokumentation über die Donau, vom Ursprung bis zur Mündung, blieb er hängen.

Mel wusch die beiden Teller, Messer und Gabeln unter fließendem Wasser ab. Danach trat sie ans Fenster und legte ihre Stirn an die Glasscheibe. Unten auf der Straße fuhren nur wenige Autos. Trotz der Dunkelheit konnte sie deren Nummern-

schilder lesen. Darin hatte sie Übung. Nach mehreren deutschen
Kennzeichen entdeckte sie ein französisches. Der Wagen fuhr
wohl in Richtung Rhein zur Grenze, die seit dem Schengener
Abkommen ohne Kontrolle passierbar war. Weit hatte es der
Fahrer des Autos nicht mehr nach Frankreich, er würde wohl
bei Wintersdorf über die Brücke fahren. Die Straße, in der Mel
und Veit wohnten, führte auf direktem Weg dorthin. Vor allem deshalb hatte Mel dieses unscheinbare Haus, in dem sie
nun wohnten, allen anderen zur Wahl stehenden Immobilien
vorgezogen. Sie konnte die Entscheidung für das Haus jedoch
nicht begründen, aber als sie es gesehen hatte, stand für sie fest:
»Dieses oder keines.«

Veit stand am anderen Morgen um sieben Uhr auf. Er liebte
den Morgen, das Alleinsein in Bad und Küche, die Ruhe am
Tisch. Er kochte Kaffee und füllte ihn in eine Thermoskanne.
Er stellte eine Tasse an Mels Platz, dazu einen Teller. Mit Brot
und Butter würde sie sich selbst versorgen. Auf einen kleinen
Zettel schrieb er die Nachricht:

»Bin schon ins Atelier gefahren. Bis später, Veit.«

Er legte den Zettel in Mels Teller und trank, am Fenster
stehend, eine Tasse Kaffee. Er wollte so schnell wie möglich
aus dem Haus kommen. Er blickte in einen blauen Himmel, in
eine schon wärmende Sonne.

»Nur jetzt keiner verkaterten, übel gelaunten Mel begegnen müssen!« Er beeilte sich und trank rasch seine Tasse leer,
dann stellte er sie mit der Öffnung nach unten auf die Ge-
schirrablage. Im Flur zog er sich eine leichte Windjacke über
und öffnete geräuschlos die Haustür. Das Garagentor ließ sich
nicht lautlos öffnen, doch Veit wusste, Mel wäre heute nicht
so leicht zu wecken, dem Rotwein vom Vorabend sei Dank.
Veit schob sein Fahrrad unter dem nach oben gekippten Tor
hinaus auf die Straße. Er ließ die Garage offen stehen, Mel
würde später mit dem Auto nachkommen und das Tor wieder

schließen. Er stieg aufs Rad und trat kräftig in die Pedale. Die Straße stieg zunächst leicht an. Ein wenig später, als Feldheim längst hinter ihm lag, fuhr er auf ebenem Gelände und ohne Anstrengung durch Felder und Wiesen, vorbei an Reihen von üppigem Buschwerk und Obstbaumgruppen, vorbei an einigen Bauernhöfen und einem einsam liegenden Kirchlein mit dem Namen Maria im Felde. Für kurze Zeit führte die schmale Straße durch ein lichtes Laubwäldchen und senkte sich danach ins Tiefgestade der Rheinebene ab. Veit musste nicht mehr treten, es ging abwärts, das Fahrrad fuhr von selbst, vor zwei, drei Kurven bremste er ab, um nicht ins Schleudern zu geraten. Er kannte die Kurven.

Er kam durch den kleinen Ort Auweiler. Auweiler am Rhein stand in einem Faltblatt, das in der Gemeindeverwaltung auflag. Es gab eine Kirche aus rötlichem Sandstein, mit Spitzbogenfenster und einem Turm von bescheidener Höhe. Auf einer breiten Treppe aus demselben Sandstein stieg man zum Haupteingang der Kirche hinauf. Diese Treppe erwärmte sich in der Sonne wie ein Backofen, und Kinder saßen gerne auf den Stufen und ließen sich braten. Es gab eine Hauptstraße, ein Rathaus, ein Wirtshaus, eine Bäckerei und einen Metzger und viele kleine Häuser mit großen Gärten, in denen es blühte und duftete. Fliedersträucher in Hochblüte leuchteten in allen Schattierungen von weiß, zartrosa, blasslila bis dunkelviolett. Sie hingen schwer über Gartenzäune und Mauern und verdeckten halb zerfallene Hütten und Geräteschuppen. Und es gab das Atelier bei den letzten Häusern des Dorfes. Dort hielt Veit an und stieg vom Fahrrad. Er schob das Rad in einen zum Rhein hin offenen Hof. An der Rückseite des Hofes stand die alte Kramersche Glaserei, die Mel und Veit vor drei Jahren mieten konnten.

An zwei Seiten begrenzte ein Lattenzaun das Glasereiareal, zum Rheinufer hin war es offen und für jedermann zugänglich. Zwischen Hof und Uferböschung lag ein breiter dürftig bewachsener Wiesenstreifen, durch den der Radweg führte,

auf dem Veit angekommen war. Auf diesem Weg konnten
Spaziergänger und Radfahrer ein sehr langes Stück am Fluss
entlanggehen oder fahren und dabei das Vorbeiziehen großer
und kleiner Lastkähne verfolgen. In geringen Abständen standen Bänke am Ufer, die von Spaziergängern als Rastplatz ge-
nutzt wurden. Auch Veit saß gerne dort und sah dem fließenden Strom zu, dessen Wasser unermüdlich vorwärts drängte.
Er stellte sein Fahrrad neben einer schmalen Tür ab, dem Hintereingang der ehemaligen Glaserei. Der offizielle Eingang
zur Werkstatt befand sich auf der anderen Seite des Hauses,
der Dorfstraße zugewandt. Dort gab es auch einen größeren
Parkplatz und eine Garage, die immer noch Herrn Kramers
alten Lieferwagen beherbergte. Veit hatte den Eindruck, es
bräche Kramer das Herz, dieses Auto zu verkaufen.

Vor drei Jahren war Glaser Kramer in Rente gegangen.
Mel und Veit fuhren damals mit den Rädern durch die Dorf-
straße von Auweiler und sahen den Handwerker auf einer
Leiter vor seiner Werkstatt stehen. Er war dabei, das Schild
über der Türe abzumontieren. Es wurde nur noch von einer
Schraube gehalten und pendelte leicht hin und her.

»Was ist los«, rief Veit und hielt an, »soll ein neues Schild
über die Tür?«

»Nein.« Kramer hielt sich mit der linken Hand an der Leiter
fest und ließ die andere in der Luft kreisen. »Ich mache dicht,
genug gearbeitet, einmal muss Schluss sein.«

»Und was wird mit der Werkstatt, macht ein anderer Glaser hier weiter?« Mel hatte alle Gläser für ihre Bilderrahmen
hier zuschneiden lassen. Kramer stieg ein paar Stufen abwärts.
Er wollte nicht, dass seine Stimme durch die ganze Dorfstraße
hallte und jedermann mithören konnte.

»Ich weiß noch nicht, was ich mache. Einen Glaser werde
ich nicht so leicht finden, und verkaufen will ich auch nicht,
obwohl das Ganze hier einen schönen Wert hat. Aber von
Grund und Boden trennt man sich nur in der höchsten Not.

Ich hab das hier vielen gesagt, was glauben Sie, wie viele Leute schon Interesse zeigten. Dreimal am Tag könnte ich das Anwesen verkaufen, so sieht es aus.«

Kramer nahm noch die letzte Stufe und stand jetzt dicht vor Mel und Veit.

»Wenn ich Kinder hätte, wäre es leichter für mich, ich könnte übergeben, aber so!« Er zog die Schultern hoch, ließ sie wieder fallen, seufzte besorgt und ratlos. Veit sah eine Gelegenheit, von der er nie geglaubt hätte, dass sie sich biete.

»Herr Kramer, was halten Sie davon, die Werkstatt an uns zu vermieten, schon lange suchen wir ein Atelier. Sie wissen ja, meine Frau ist Künstlerin, eine Malerin, und das hier wäre genau der richtige Raum für ihre Arbeit.«

Mel war sprachlos und blickte verständnislos auf Veit. Nie hatten sie über eine derartige Möglichkeit gesprochen, wie kam er nur auf diese Idee? Aber er hatte eigentlich recht, dieses Haus entspräche all ihren Vorstellungen von einem idealen Arbeitsplatz. Es war ebenerdig, vom Grundriss her ein lang gestrecktes Rechteck. Ein über die gesamte Längsseite reichendes Glasfenster erhellte den Innenraum bis in seinen hintersten Winkel. Das Fenster war durch Metallsprossen in mehrere Felder eingeteilt. Einige dieser Felder ließen sich öffnen und sorgten für eine angenehme Belüftung. Glasermeister Kramer hatte wohl seinen ganzen Ehrgeiz und sein Können in die Ausführung dieser langen Fensterwand gelegt. Und der Blick! Mel stand, wenn sie auf einen Zuschnitt warten musste, gern vor einer der Scheiben und schaute hinaus, auf den Strom, die Schiffe und das gegenüberliegende Ufer mit seinem undurchschaubaren Saum von Bäumen und Büschen, hinter dem in weiter Ferne manchmal eine goldfarbene Kirchturmspitze in der Sonne blinkte. Ja natürlich, Veit hatte recht, hier könnte etwas entstehen, ein neues Lebensgefühl ebenso wie neue Schaffenskraft. Mel spürte eine aufgeregte Spannung und Erwartung, die sie augenblicklich aus ihrer immerwährenden Traurigkeit riss. Das hatte sie schon lange so nicht mehr erlebt, und sie wunderte sich über sich selbst. Herr Kramer schaute die beiden an und sagte gar nichts. In seinem Kopf schien etwas hart zu arbeiten. Das dauerte.

»Eigentlich müsste ich mich erst mit meiner Frau beraten«, überlegte er laut, »aber was soll's, kommt einfach gleich mal mit.«

Veit schloss die Tür auf und schob sein Fahrrad in einen kleinen Vorraum. Dort stand es geschützt, vor allem vor den Blicken des alten Kramer, der gern eine morgendliche Runde um seinen alten Glaspalast drehte, wie er ihn nannte. Wann immer er konnte, suchte er das Gespräch mit Veit oder Mel, manchmal draußen im Hof, ab und zu im Atelier, wenn sie ihn dazu einluden. Da er nie lange blieb und wusste, was sich schickte, konnten Mel und Veit gut damit leben.

Heute jedoch wollte Veit seine Ruhe haben und keinen Kramerschen Besuch. Das Ehepaar lebte in einem Haus schräg gegenüber der Glaserei, auf der anderen Seite der Dorfstraße. Sie hatten ihre ehemalige Werkstatt ständig im Auge. Ein großes Küchenfenster ermöglichte ihnen einen befriedigenden Überblick über ihren Besitz und einen großen Teil der Straße. Veit störte das nicht, im Gegenteil. Mel und er waren ja nicht ständig im Atelier, manchmal nur an zwei Tagen in der Woche. So hatte Kramer die Bewachung von Haus und Hof übernommen, und das war gut so. Der Glaser war ihnen auf überraschend wohlwollende Weise entgegengekommen, jetzt dankten sie es ihm mit dem Dauerwohnrecht seines Lieferwagens, der Einlagerung alter Glasplatten und der Zusicherung, alles könne so bleiben wie es war. Nur das Schild hatte Herr Kramer noch am gleichen Tag endgültig entfernt.

»Nein, nein, das muss runter, sonst glaub' ich nicht, dass ich im Ruhestand bin.« Ein neues Schild informierte nun über einen neuen Betrieb im Haus. Kunstatelier war da zu lesen. Herr Kramer hatte es eigenhändig und stolz an Stelle des alten Schildes an die Wand geschraubt.

Einige Wochen nach dem Einzug besprach Veit mit Kramer einen kleinen Umbau. Er wollte für sich ein winziges Schreibstudio einrichten. Kramer stimmte zu und half sogar beim Einbau einer Holzwand, die im rechten Winkel zu den Längswänden eingezogen, die längliche Halle um wenige Meter verkürzte, ebenso die lange Fensterfront, die auch noch in Veits Schreibstube für einen guten Ausblick sorgte. Kaum war der Einbau fertig, hing draußen unter dem Atelierschild schon ein zweites. Mel und Veit nahmen es klaglos hin, als sie die Aufschrift lasen: Schreibstudio stand da, und wie das erste eine Metallausführung in unverwüstlicher Qualität. Kramer hatte seine Handwerkerbeziehungen spielen lassen. Stolz begleiteten die beiden Kramers den Hausherrn der Schreibstube in sein neues Quartier, überreichten eine Flasche badischen Weißweins und selbstgebackene Kekse.

Veit fragte sich manchmal, was Kramer dazu bewogen habe, ihnen beiden so spontan die Werkstatt zu vermieten. Er ahnte den Grund. Bestimmt hatte es dem Glasermeister viel Freude gemacht, den Auweiler Mitbürgern ihre Hoffnungen auf seinen Besitz zu nehmen.

Veit zog seine Windjacke aus und hängte sie über einen Haken im Vorraum. Im Atelier roch es wie gewohnt nach Farbe, ein angenehmer und vertrauter Geruch. Er setzte den Wasserkocher in Gang und goss Kaffee auf, trat ans große Werkstattfenster und schaute hinaus auf den Strom. Lastkähne und kleinere Schiffe zogen mit der Strömung rheinabwärts. Flussaufwärts arbeiteten sie sich langsam durch die Gegenströmung. Veit sah einen besonders langen Schlepper, der sich beharrlich Meter für Meter voran kämpfte.

Gegen den Strom schwimmen, wie schwer ist das, sinnierte er, wie viel Kraft ist nötig, dieses Schiff in Fahrt zu halten. Er sah ihm nach und trank dabei seinen Kaffee. Als der große Lastkahn aus seinem Blickfeld verschwunden war, sah er hinüber zum anderen Ufer. Drüben lag Frankreich, das Elsass.

Das Mädchen

Veit arbeitete den ganzen Vormittag an einem Artikel für eine badische Wochenzeitung. Er bediente mehrere Zeitschriften, Magazine, eine Tages- und eine Wochenzeitung mit seinen Berichten. Oft handelte es sich dabei um lokale Ereignisse, die er kommentierte, aber auch seine sozialpolitischen Beiträge wurden gern veröffentlicht. Heute schrieb er allerdings an einer Lebensbeschreibung Simone de Beauvoirs für den Kulturteil der Wochenzeitung. Der Chefredakteur hatte ihn um eine Artikelfolge gebeten, in der es in lockerer Folge um Schriftstellerinnen ging. Veit war Freiberufler, um eine feste Anstellung hatte er sich nie bemüht. Er konnte es sich leisten. Zwei große Mietshäuser in seiner Heimatstadt, mit der verpachteten Apotheke im Erdgeschoss des einen, ermöglichten ihm dank der pünktlich fließenden Mieteinnahmen ein finanziell sorgenfreies Leben. Zusammen mit den Honoraren, die er für seine Artikel bekam, konnte er großzügig planen und sich Freiheiten nehmen, die er für seine schriftstellerische Arbeit benötigte, wie die seit Jahren unvollendete Biografie über Erich Kästner.

Gegen Mittag klappte er das Notebook zu und lehnte sich zurück, verschränkte die Arme vor der Brust. Er war zufrieden mit dem Geschriebenen, ein, zwei Korrekturen standen noch an, er würde sie gegen Abend vornehmen. Alles war ruhig geblieben. Kramers schienen nicht daheim zu sein, auch gut!

Dann fuhr ein Auto in den Hof, Räder knirschten beim Einparken im Kies, den Kramer erst vor wenigen Wochen neu aufgeschüttet hatte. Veit ging nach draußen und half Mel, ein

Paket Keilrahmen und eine neue Leinwandrolle ins Atelier zu tragen. Das Holzpaket und die lange Stoffrolle legte er auf den Boden, schön dicht vor die Wand, damit niemand darüber stolperte.

Mel hatte unterwegs eingekauft. Sie legte Brot, Tomaten und Käse auf eine große Platte und stellte sie auf den langen alten Holztisch, den sie mit der Werkstatt übernommen hatten. Sorgfältig hatte ihn Mel geschrubbt und abgeschliffen. Das schöne Holz, das dadurch sichtbar geworden war, hatte sogar die Kramers in Verwunderung versetzt. Teller und Besteck entnahm sie einer Kommode, die ebenfalls zur Hinterlassenschaft der Glaserei gehörte.

Veit kochte Tee. Er wunderte sich über Mel. Sie machte einen ausgeglichenen, fast unternehmungslustigen Eindruck. Und das nach dem vorhergegangenen Abend!

»Du siehst gut aus.«

Er sagte es erleichtert und erfreut. Sie saßen sich am Tisch gegenüber. Veit goss duftenden Tee in zwei große Tassen. Mel hatte sich die Haare im Nacken zusammengebunden. Ihre dunkelbraunen Locken waren immer noch sehr üppig und schwer zu bändigen. Sie trug sie selten offen und eigentlich waren sie ihr zu lang. Trotzdem geizte sie beim Schneiden der Spitzen immer noch mit jedem Zentimeter, als fiele dabei ein Stück gemeinsamer Vergangenheit mit Cilli zu Boden. Sie trug ein ärmelloses weißes T-Shirt, darüber ein hellblaues, offenes Jeanshemd. Das helle Blau der Bluse glich dem Blau ihrer Augen, das in irritierendem Kontrast zum dunklen Haar und einer von der Sonne getönten olivfarbenen Haut stand. Diese Farbmischung hatte Veit von Anfang an fasziniert. Sie fiel ihm heute wieder besonders auf im hellen Licht des Mittags. Mel blickte ihn über ihre Tasse hinweg aus diesen blauen Augen an. Sie nahm noch einen Schluck.

»Frau Alberti, Marilens Mutter, hat heute Morgen angerufen und ein Portrait ihrer Tochter bei mir bestellt. Sie kennt meine Arbeiten, hat auch schon Ausstellungen mit meinen Bildern gesehen. Sie möchte, dass ich Marilen portraitiere, sie hat jedenfalls angefragt, ob ich dafür Zeit hätte.«

»Aber das kannst du nicht tun«, entfuhr es Veit spontan, »das geht doch nicht!« Mels Gesicht verfinsterte sich.

»Warum nicht, warum sollte das nicht gehen?«

»Es geht meines Erachtens nicht, weil sie eine Schülerin von dir ist! Es würde Abhängigkeit schaffen zwischen dir und Marilens Eltern.«

Veit sah die bekannte dunkle Wolke zwischen ihnen aufziehen. Er überlegte, wurde vorsichtiger. «Du müsstest es vielleicht mit deiner Rektorin vorher besprechen«, warf er eher fragend als feststellend ein.

Er wusste jetzt, woher die anfangs lockere Stimmung gekommen war. Er wunderte sich, dass Mel nicht selbst auf den Gedanken kam, den Vorschlag von Frau Alberti abzulehnen, sie kannte doch die Leitlinien der Schule. Aber sie wehrte sich wie ein Kind, dem etwas verweigert wird, das es so gern tun möchte.

»Ich muss nicht meine Rektorin um Erlaubnis fragen, ob ich ein Bild malen darf. Wo käme ich da hin!«

»Aber darum geht es doch gar nicht. Du weißt doch, was ich meine, oder?«

Mel ging auf die Frage gar nicht ein, sie war in ihrer Überlegung schon einen Schritt weiter.

»Ich habe nur einen kleinen Lehrauftrag an dieser Schule. Wenn sie mir Schwierigkeiten machen, kündige ich den auf. Im Ernstfall tu ich das.«

Sie war gereizt. Veit hielt den Mund. Jedes weitere Wort hätte zu einer umfassenden Auseinandersetzung geführt, an deren Ende sie nicht mehr gewusst hätten, um was es wirklich ging. Er kannte diese unheilvollen Dialoge. Sie begannen als sachliches Gespräch. Langsam nahmen sie Fahrt auf, und am Ende saßen sie beide im Schleudersitz und landeten mit tiefen

Verletzungen in vermintem Gelände. Der Rückweg aus dieser Zone wurde dabei immer schwieriger, besonders dann, wenn die Irrfahrt der Gefühle in Mels Ausruf gipfelte:

«Du willst ja gar nicht, dass ich sie finde!«

Als sie es zum ersten Mal gesagt hatte, herrschte wochenlange Eiszeit. Sie sprachen damals nur das Allernötigste, um den gemeinsamen Haushalt am Laufen zu halten. Veit dachte seither immer wieder über diesen Vorwurf nach, auch weil er in regelmäßiger Wiederkehr von Mel geäußert wurde. Er hatte darüber auch mit dem Therapeuten gesprochen, weil Mels Anschuldigung ihn tief verletzte. Mittlerweile wusste er, dass Mel gar nicht so unrecht damit hatte. Der Gedanke, Cilli stünde plötzlich leibhaftig vor ihnen, war für ihn eher beängstigend als beglückend. Wenn er sich die Möglichkeit konkret vorstellte, wurde ihm klar, dass das Leben mit Mel in dem Augenblick vorbei wäre oder eine einschneidende Veränderung mit sich brächte. Manchmal aber dachte er, dass es gut wäre, wenn es dazu käme.

Bereits eine Woche später stand Marilen im Atelier. Mel hatte ihre Rektorin nicht informiert, sie ließ den Dingen ihren Lauf. Frau Alberti war ebenfalls anwesend. Sie saß auf einem schwarzen Ledersofa, dem großen Fenster gegenüber und bewunderte die Aussicht auf den Rhein.

»Das ist ja herrlich hier«, sagte sie ehrlich angetan, »kein Wunder, dass in diesem Haus so schöne Bilder entstehen.«

Marilen besah sich währenddessen ein paar fertige Arbeiten von Mel, die neben- und übereinander an den sonst kahlen Wänden hingen. Sie sagte kein Wort. Sie blickte gespannt, als müsse jeden Augenblick etwas Aufregendes passieren, auf die Darstellung zweier Mädchen, von denen das eine sich anschickte, mit der blauen Hintergrundfarbe zu verschmelzen, während das andere klar hervortrat und seinem Betrachter aufmerksam in die Augen schaute. Marilen ging einen Schritt zurück und machte Schlitzaugen, dann riss sie die Augen weit auf und bewegte sich wieder auf das Bild zu.

»Es ist nur ein Mädchen richtig zu sehen, das andere verschwindet gerade!« Marilen drehte sich zu ihrer Mutter um.

»Schau es dir mal an«, bat sie, »das musst du sehen.« Frau Alberti stand auf und stellte sich neben Marilen.

»Ich kenne das Bild«, sagte sie, »ich sah es schon einmal in einer Ausstellung. Ich glaube, es war vor vier Jahren in Köln. Ich konnte mich schon damals nicht von seinem Anblick trennen. Diese Mädchen beunruhigten mich, gefielen mir aber gleichzeitig so gut, dass ich sie nicht vergessen konnte. Ich bin sehr glücklich sie heute wieder zu sehen.«

»Wer sind denn diese beiden?«

Marilen war wie immer wissbegierig. Sie konnte nicht ahnen, mit dieser Frage an einer Tür gerüttelt zu haben.

Veit war ebenfalls im Haus, saß aber in seinem Schreibzimmer. Dort hörte er, was gesprochen wurde, und zu seiner Verwunderung sagte Mel:

»Es sind meine Schwester und ich. Wir sind Zwillinge. Doch ist meine Schwester nicht mehr da, sie ist vor dreißig Jahren verschwunden.«

Veit nahm die Finger von den Notebook-Tasten, legte seine Hände vor den Mund. Er hielt den Atem an und bemühte sich, dem weiteren Verlauf des Gesprächs zu folgen.

»Wie verschwunden?«

Marilens Stimme klang eher neugierig als erschrocken.

»Ist sie einfach weggelaufen?«

»Ja, sie ist weggegangen. Wir waren gemeinsam in einem Puppentheater. Sie musste zur Toilette. Danach sah ich sie nie wieder.«

Wenige Sätze, die das Drama beklemmender skizzierten als eine ausführliche Schilderung. Danach war es fürchterlich still nebenan. Wer würde als Nächster etwas sagen, was lässt sich überhaupt dazu sagen?

Marilen aber hatte damit kein Problem.

»Ja, haben Sie denn nach Ihrer Schwester nicht gesucht, man hätte sie doch finden müssen?« Frau Alberti fuhr heftig dazwischen.

»Marilen, was fällt dir ein, ganz sicher wird man nach dem Mädchen gesucht haben, was denkst du denn nur!«

Es hörte sich an, als wollte sie sich für die Tochter entschuldigen. Da hörte Veit aufs Neue Mels Stimme:

»Marilens Frage ist berechtigt. Nein, ich habe nicht sofort nach ihr gesucht. Ich saß im Theater und schaute mir die Geschichte vom kleinen Prinzen an. Ich habe nicht sofort nach ihr gesucht. Als man damit anfing, war es zu spät, um sie zu finden.«

Eine lange Pause entstand. Wieder war es Marilen, die darauf los redete.

»Und deshalb haben Sie dieses Bild gemalt? Das finde ich gut! Es kann ja helfen, Ihre Schwester zu finden. Wenn viele Leute das Bild betrachten, ist vielleicht einmal jemand dabei, der das Mädchen irgendwo gesehen hat. Aber es ist so verschwommen gemalt, und darum nicht gut zu erkennen.« Marilen war besorgt.

Als verrate sie ein lang gehütetes Geheimnis, sagte Mel mit ruhiger Stimme: »Ich bin zu erkennen, und ich sehe genauso aus wie meine Schwester. Es gibt keinen Unterschied zwischen uns.«

»Oh«, rief Marilen, »oh das ist ja wahnsinnig toll, ein Zwilling zu sein, jemand völlig ähnlich zu sehen. Da können andere Leute gar nicht wissen, wer da wer ist.«

»Marilen, ich bitte dich, hast du nicht gehört, was passiert ist!« Frau Albertis Stimme drängte beschwörend dazwischen. Und an Mel gewandt und wie um etwas gutzumachen, sagte sie: »Sie müssen wissen, Marilen ist ein Klappenkind. Sie versucht sich ihre leibliche Mutter vorzustellen, seit einiger Zeit jedenfalls.« »Ja«, rief Marilen fröhlich, »niemand kennt sie. Sie hat mich wie ein Postpaket durch eine Klappe geworfen und ist dann weggerannt. Ich bin auf ein weiches Kissen geplumpst, und eine Glocke hat geläutet. Dann kam die Schwester und hat sich riesig über mich gefreut. Später haben mich meine Eltern abgeholt und«, sie machte es richtig spannend, »hier bin ich.« Veit konnte das eben Gehörte kaum fassen, auch nicht Marilens kindlich naiv klingende Beschreibung des außergewöhnlichen Ereignisses. Dann hörte er plötzlich lautes Lachen. Alle drei lachten, Marilen am lautesten, auch das konnte Veit nicht glauben, und Mel setzte noch eins drauf: »Was für ein Glück, dass dort ein weiches Kissen lag!«

Wieder Lachen. Anscheinend war da drüben im Atelier die große Heiterkeit ausgebrochen. Doch Veit dachte, was für ein Gespräch, wie wird das enden? Gleichzeitig erkannte er hinter Marilens Erzählweise, die sie bestimmt mit Absicht gewählt hatte, die Gabe zu karikieren. Sie konnte über sich selbst lachen, ein Hinweis auf ihre Intelligenz. Sie war scharfsinnig genug gewesen, Mels Plan zu begreifen. Zum ersten Mal hatte jemand Mels Absicht erkannt, die hinter ihrer Arbeit steckte. Mel hatte ihren Bildern eine Aufgabe erteilt. Sie sollten ihr helfen, Cilli zu finden.

Frau Alberti war aufgestanden. Sie gab Mel die Hand und bedankte sich überschwänglich für die Zeit, die Mel sich genommen habe, auch für die Geduld, die sie für Marilen ihrer Meinung nach aufbringe. »Meine Tochter ist eben sehr spontan und redet gern frei weg, das ist nicht immer einfach«, glaubte sie noch einmal sagen zu müssen.

»Das ist sehr gut so, es ist nur gut und nichts anderes«, sagte Mel. Sie wunderte sich über die Mutter und deren Probleme mit Marilens freimütiger Art.

»Wir müssen uns ab und zu treffen«, schlug diese nun vor. »Wir würden Sie gerne einmal einladen, Sie und ihren Mann. Es wäre wunderbar, wenn wir Kontakt miteinander hätten.

Marilen kommt also nächste Woche hierher, damit sie mit dem Portrait beginnen können. Sie wissen nicht, was es für mich bedeutet, dieses Bild von meiner Tochter zu bekommen.«

Kurze Pause, konstatierte Veit.

» Verzeihung«, legte Frau Alberti nach, »wie konnte ich das sagen, gerade Sie können es gut verstehen, Sie mit ihrer eigenen Geschichte.«

So redete sie, während sie in ihre leichte Leinenjacke schlüpfte und sich dabei nach Marilen umschaute. Diese stand wieder mit staunendem Blick vor dem Mädchenbild.

»Ich kann mich gar nicht von den Zwillingen trennen«, klagte sie, doch die Mutter fasste sie am Arm.

»Wir müssen gehen, Marilen. Du kannst das Bild nächste Woche wiedersehen, da wirst du wieder hier sein.« Mel begleitete Mutter und Tochter zur Tür. Frau Alberti drehte sich noch einmal um und warf einen Blick zurück in den Raum.

»Es ist so schön hier, wirklich schön. Ich habe mich wie in einer anderen Welt bei Ihnen gefühlt.« Sie ging mit Marilen zum Auto. Das Mädchen winkte aus dem geöffneten Fenster, als handele es sich um einen langen Abschied. Dabei würde sie ihre Lehrerin morgen schon wieder in der Schule sehen. Mel sah ihnen nach. Dann ging sie ins Atelier zurück und setzte sich auf das Sofa, auf dem eben noch Frau Alberti gesessen hatte. Mel schloss die Augen. Sie war erschöpft und gleichzeitig aufgewühlt. Sie wollte die Geschichte mit der Babyklappe nicht wirklich glauben, weil Marilen sie so fröhlich erzählt hatte.

»Es liegt an ihren Eltern«, sagte Veit, der plötzlich neben ihr stand. »Die Eltern haben sie mit dieser Geschichte aufgezogen, sie haben eine spannende Sache daraus gemacht und es so aussehen lassen, als wäre es ein besonderer Vorzug, wie ein Postpaket in der Welt zu landen, und außerdem, die Eltern sind ihre Eltern, sie kennt niemand anderen in dieser Funktion, also vermisst sie nichts.«

Mel schlug mit der Hand aufs Sofa und lud Veit wortlos ein, sich neben sie zu setzen.

»Warte, ich glaub', wir brauchen einen Schluck.«

Er holte eine Weinflasche und zwei Gläser aus seinem Zimmer. Sie saßen nebeneinander und streckten die Beine von sich. Schon lange war Veit nicht mehr so friedlich neben seiner Frau gesessen. Sie redeten kein Wort, tranken Wein und sahen aus dem Fenster. Draußen fuhr ein Schlepper Rheinabwärts. Sie hörten ihn nicht, sahen ihn nur und folgten ihm mit den Augen. Es war immer dasselbe, was da auf dem Fluss passierte, und trotzdem war es jedes Mal neu und erregend.

»Wie findest Du Marilen?« wollte Mel endlich wissen.

Veit hatte Mutter und Tochter kurz begrüßt und sich danach in seine Schreibstube verzogen. Er wusste, was Mel gerne gehört hätte. Wenn er die Ähnlichkeit mit Cilli bestätigte, würde sie ihm wahrscheinlich um den Hals fallen. Aber die hatte er nicht feststellen können. Er hatte die Zwillinge als Schülerinnen gekannt und seine Erinnerungen waren derart genau, dass er eine Ähnlichkeit mit Marilen geradezu abwegig fand, sah man davon ab, dass Marilen etwa das gleiche Alter und tatsächlich lockige braune Haare hatte. Mel und Cilli waren im selben Alter kleiner gewesen, wirkten beinahe muskulös mit ihren festen rundlichen Waden und kräftigen Armen. Marilen dagegen war größer und mager, das Gesicht schmal und sehr fein geformt. Ein langer, zarter Hals ließ die Vermutung zu, dass sie einmal eine sehr schöne Frau sein würde. Doch von Ähnlichkeit konnte keine Rede sein. Veit behielt diese Erkenntnis für sich.

»Marilen ist ein interessantes Mädchen, ich denke, du wirst ein wunderbares Bild malen können, sie ist ein sehr schönes Modell.«

Mel war eine Weile still.

»Ich glaube, ich liebe dieses Kind, wie ich noch nie jemand geliebt habe.« Veit dachte, außer Cilli, doch er sagte es nicht.

Kurze Zeit später fuhr Veit mit seinem Fahrrad nach Hause. Mel war mit dem Auto zum Atelier gekommen. Sie sagte, sie wolle noch eine Weile bleiben, käme später nach. Während er ein Stück auf einem Damm zwischen Altwasser und Fluss fuhr, fragte er sich, mit was er demnächst rechnen müsse. Mels Liebesgeständnis zu diesem Kind ließen eine Reihe möglicher Szenarien vor seinen Augen erstehen. Zunächst würde sie Marilens Eltern für sich einnehmen, indem sie diese mit dem Portrait ihrer Tochter regelrecht verzauberte, da es ihren Erwartungen nicht nur entspräche, sondern diese weit überträfe. Frau Alberti war auch so schon, ohne dass Mel einen Strich getan hatte, von ihr sehr angetan gewesen. Wenn sie erst das Bild in der Hand hielte, wäre ihre Begeisterung überschäumend. Auf diese Weise bekäme Mel mit Sicherheit eine Sonderstellung im Hause Alberti. Nur konnte sich Veit noch nicht vorstellen, welche Auswirkung diese neue Freundschaft auf ihrer beider Leben haben würde. Er befürchtete bereits, Marilen könne in ihrem Haus ein- und ausgehen, ganz nach Belieben, wäre plötzlich Teil ihres Lebens, und die Eltern kämen womöglich auch noch dazu.

Mittlerweile hatte er den Damm verlassen und fuhr mit wenig Anstrengung die Steigung zum Laubwäldchen hinauf. Als die kleine Kirche in Sicht kam, bog er in den Weg nach Maria im Felde ein. Das Barockkirchlein war ein beliebter Rastplatz. Rund um die Kirche standen Bänke, die vor allem bei den traditionellen Wallfahrten von den müden Wanderern belagert waren. Die Wallfahrts-Gruppen waren im Lauf der letzten Jahre zwar nicht weniger, die Zahl der Teilnehmer jedoch deutlich kleiner geworden. Männer waren kaum dabei, Jugendliche eine Ausnahme. Ohne die ältere Frauengeneration käme der Wallfahrtsbetrieb längst zum Erliegen. An Maria Himmelfahrt herrschte hier allerdings noch Hochbetrieb. Holztische wurden aufgestellt, nach der berühmten Kräuterweihe Getränke ausgeschenkt, Frauen hatten Kuchen gebacken. Dieser Tag vereinte viele Pfarrangehörige des Umlandes zu einem überregionalen Pfarrfest, das von sehr vielen Leuten gern besucht wurde.

Veit hatte vor einiger Zeit einen Bericht über die heimische Wallfahrtstradition verfasst und dabei die Kräuterweihe in Maria im Felde in den Mittelpunkt gestellt. Er lehnte das Fahrrad an die Kirchenmauer und suchte sich eine Bank in der Spätnachmittagssonne. Er ließ die Arme über die Rückenlehne baumeln und streckte die Beine von sich. Er war allein. Die Sonne brannte nicht mehr heiß, sondern wärmte auf angenehm wohlige Weise. Er dachte an Mels Liebesgeständnis.

Er sah darin eine maßlose Übertreibung, im schlimmsten Fall eine Gefühlsverwirrung pubertären Ausmaßes. In keiner Weise fühlte er sich gekränkt, obwohl er die Botschaft durchaus vernommen hatte: dich Veit, habe ich nie so geliebt wie dieses Mädchen.

Irgendwie war Mel noch mit ihren Kinderschuhen verwachsen. Manchmal schien es ihm, als habe sie sich nur einseitig fortentwickelt, als wäre ein Teil ihrer Persönlichkeit verdorrt wie ein abgeknickter Zweig. Sie war zu Schule gegangen, hatte Abitur gemacht und studiert, hatte alles getan, was von ihr erwartet wurde. Ein Teil ihres Wesens aber war wohl für immer in seiner Entwicklung beschädigt worden an jenem Abend, der so schrecklich geendet hatte. Sie war das Kind geblieben, das sie an jenem Tag gewesen war, als Cilli verschwand. Er konnte es immer wieder deutlich erkennen.

Er legte sich auf die Bank, verschränkte die Arme hinter dem Kopf und sah in den wolkenlosen Himmel. Er dachte an das Gefühl, das er hatte, als er Mel nach langer Zeit in der Mensa auf dem Campus der Universität wieder getroffen hatte. Da saß eine junge Frau, die ihn mit ihrem ersten Blick verzauberte, und gleichzeitig das Mädchen von damals, das auf ihn einen absolut verlorenen Eindruck machte. Er wusste nicht, ob andere, die die Vorgeschichte nicht kannten, Mel auch so sahen wie er, als ein schutzbedürftiges Wesen, das es zu betreuen galt. Vielleicht ging es nur ihm so, weil er ihr Unglück kannte. Er konnte Mel immer nur mit diesem Wissen wahrnehmen. Er sah das Bild jetzt wieder vor sich. Dicht vor der Wand unter den hohen Fenstern, saß ein Mädchen allein an einem Tisch. Dunkle Locken fielen ihr über die Schultern. Sie trug einen hellblauen Pullover, darüber eine schwarze Jeansweste. Sie saß vor einem vollen Teller Gemüse, nur Gemüse. In der Hand hielt sie ein Glas mit Wasser. Sie trank einen Schluck. Dabei schaute sie in Richtung Tür, als erwarte sie jemand. Veit erkannte sie sofort wieder. Er steuerte mit seinem Tablett auf ihren Tisch zu und sah sie an.

»Kennst Du mich noch?«

Mel wusste, wer er war. Sie hatte ihn bis zu seinem Abitur in der Schule gesehen. Er war einer der fleißigsten Plakatkleber gewesen, als es darum ging, Cillis Suchbild in der Schule und in der Stadt zu verteilen. Er hatte sich nicht verändert.

»Ja«, antwortete sie, »ich weiß, wer du bist, Veit Klarenberg. Setz dich, hier ist viel Platz.«

»Wartest du auf jemand?«

»Ja, ich warte immer.«

Er wusste sofort, was sie damit sagen wollte. Er wunderte sich nur, dass sie die Geschichte so schnell ansprach. Dann sagte er sich, sie vertraut mir, weil wir uns kennen. Das gefiel ihm.

Er setzte sich Mel gegenüber und begann, seine Schinkennudeln mit der Gabel aufzuspießen. Sie glänzten fettig, was er nicht mochte, aber er hatte einen Riesenhunger und musste auf der Stelle etwas essen. Die Nudeln schmeckten besser als sie aussahen, so aß er fast den halben Teller leer, ehe er etwas sagen konnte.

Mel hatte in Ruhe zugesehen.

»Hast Du keinen Hunger?«

Veit deutete mit seiner Gabel auf das unberührte Gemüse.

»Schon, aber es schmeckt mir nicht, ich habe davon pro-biert.« Veit sah bis zum Zerfall zerkochte Karotten und einen breiartigen Blumenkohl in einer weißen, glänzenden Soße schwimmen. Er überlegte kurz.

»Wenn du magst, lassen wir das hier alles stehen. Ich lade dich zu einer Pizza ein. Eine Straße weiter weiß ich eine gute Pizzeria. Ich meine, wir sollten es feiern, dass wir uns nach so langer Zeit in einer fremden Stadt über den Weg laufen. Einen größeren Zufall gibt es doch gar nicht.«

Mel schaute ihn an und nickte eifrig.

»Das sollten wir tun, das ist eine gute Idee.«

Sie nahmen ihre Tabletts, schoben sie in einen Wagen für Schmutzgeschirr und verließen den großen, hallenartigen Raum, der vom Stimmengewirr der Studenten, Besteckklappern und Essensdunst erfüllt war. Draußen auf der Straße at-mete Mel tief ein.

»Ich gehe nicht gern in die Mensa, doch ich mag mir nichts kochen, und andere Lokale sind zu teuer.«

»Du bist mein Gast, mach dir keine Sorgen.«

Dann sprachen sie kein Wort, bis sie in dem kleinen italie-nischen Restaurant einen Platz gefunden hatten. Sie saßen an einem Fenstertisch und sahen auf die Straße. Draußen fing es an zu regnen. Die Vorbeigehenden spannten Schirme auf. Veit überlegte, wie und womit er ein Gespräch beginnen könne. Mel schien sehr befangen, fast schüchtern zu sein. Auch war dies für ihn nicht irgendeine Begegnung mit einem Menschen, den er noch aus der Schulzeit kannte. Er wollte nicht über belangloses Zeug reden mit dem Wissen um das Schicksal die-ses Mädchens, das hier vor ihm saß. Trotzdem fiel ihm nichts Besseres als die Frage:

»Welches Studium hast du denn angefangen?«

Als Mel antworten wollte, kam der Kellner. Sie hatte Lust auf ein Glas Rotwein.

»Warum nicht«, sagte Veit und bestellte Wein für sie beide.

»Der Anlass verlangt, dass wir was Gutes trinken.«

Mel fühlte sich wieder wie das kleine Schulmädchen, als das sie sich älteren Schülern gegenüber immer gefühlt hatte, besonders nachdem sie ohne Cilli auskommen musste. Sie hatte Veit als einen ernsten, sehr freundlichen Mitschüler in Erinnerung, den sie mit Respekt, aber auch Bewunderung immer nur von Weitem wahrgenommen hatte. Jetzt saß sie ihm gegenüber, und er hatte sie eingeladen. Sie war aufgeregt und unsicher.

»Ich habe mich in Kunsterziehung fürs Lehramt eingeschrieben. Nebenher möchte ich, so gut ich kann, noch Bilder malen, das mach ich gern.«

Sie hatte einen aufmerksamen Zuhörer, der jedes Wort wie eine wichtige Botschaft aufnahm.

»Dann bist du in der Kunstakademie gelandet. Welchen Schwerpunkt hast du dir denn ausgesucht?«

»Den konnte ich mir nicht aussuchen. Es war die Frage, wo ich noch Platz bekäme. Professor Rees hat mich genommen. Dabei hatte ich Glück. Er hat eine Malklasse, und Malerei stand ganz oben auf meiner Wunschliste. Mein zweites Fach ist Geschichte, das interessiert mich. Ich mochte es schon in der Schule.«

Veit freute sich, als er das hörte.

»Dann bist du ja ab und zu an der Uni, da werden wir uns sicher sehen. Das wäre schön.« Veit hatte sein Staatsexamen in neuer deutscher Literatur abgelegt und war glücklich, einen Job als Assistent an der Uni bekommen zu haben. Auch wenn er keine Universitätslaufbahn plante, gab ihm diese Stelle die nötige Freiheit, darüber nachdenken zu können, wie er sein berufliches Leben gestalten würde.

Er wollte schreiben, aber das war vorerst ein geheimer Plan, den er für sich behielt. Als Erbe von zwei großen Mietshäusern brauchte er sich nicht ernstlich zu sorgen. Er würde immer von den Miet- und Pachteinnahmen leben können.

Der Kellner brachte Pizza und Wein. Mel ging es nach dem ersten Schluck besser. In Veits Anwesenheit fühlte sie sich zusehends wohl, ein Gefühl, das sie nach dem Start in der fremden Stadt genoss.

»Ich bin froh, dass wir uns getroffen haben, ich kenne hier noch niemand wirklich gut. Es ist sehr schwer für mich.«

Veit sah sie an. In seinem Blick lagen Fürsorge und Mitgefühl für das Mädchen, das er schon so lange kannte und auch wieder nicht. Ihre Gesellschaft macht mich glücklich, stellte er verwundert fest, und er wusste schon jetzt, er würde sich, wenn sie es zuließ, um sie kümmern. Er wäre gerne für sie da.

Ich glaube, ich habe mich in sie verliebt, dachte Veit, oder nein, ich war es schon immer, ob das nun Cilli oder Mel gewesen war oder alle beide Mädchen zusammen, konnte er nicht sagen.

Mel war jedenfalls das verbliebene. Und er war froh, dass es da war.

Sie trafen sich nach diesem Tag regelmäßig. Mel ließ sich Veits Umsorgen gern gefallen. Er kochte für sie am Abend. Sie kam in seine winzige Wohnung, sie aßen zusammen, irgendwann blieb sie über Nacht, und bald war klar, dass sie ein Paar geworden waren.

Endlich, nachdem sie schon drei Jahre zusammen waren, fuhren sie gemeinsam in die Stadt, in der Cilli verschwunden war und besuchten Veits Vater. Dieser hatte die Apotheke inzwischen verpachtet und lebte in einer seiner Wohnungen, die frei geworden war. Mit dieser Lösung war er sehr zufrieden. Als Veit und Mel ihn besuchten, als sie ihm ihre Heiratspläne mitteilten, war er nicht nur einverstanden, sondern überglücklich.

»Das ist eine gute Nachricht für einen einsamen Mann«, sinnierte er. »Das hätte Mutter sehr gefreut.«

Sie war kurz vor Veits Abitur gestorben, ein schwerer Schlag für ihn und seinen Vater. Doch war Herr Klarenberg ein selbstständiger Mann mit einer positiven seelischen Grundausstat-

tung, die Freunde und seine Kunden an ihm schätzten. Er küm-
merte sich, nach dem Tod seiner Frau, neben der Arbeit in der
Apotheke so gut es ging um den Haushalt. Veit half mit. Sein
Vater konnte gut kochen, er versorgte den Sohn und sich, die
beiden verstanden sich außergewöhnlich gut, so konnte Veit in
Ruhe sein Abitur schaffen, danach ein Studium beginnen. Den
Vater besuchte er, so oft er konnte. Dieser pflegte aufmerksam
den Umgang mit alten Freunden und Weggenossen, eine gute
Hilfe gegen die Einsamkeit. Als Apotheker hatte er mit großer
Freude nicht nur Medikamente verkauft, sondern seine Kunden
vor allem hilfreich beraten. Er war beliebt. Man ging gern in die
Klarenberg-Apotheke. Auch die Abel-Zwillinge waren mit ihrer
Mutter dort ein- und ausgegangen. Herr Klarenberg hatte ihnen
bei jedem Besuch Pfefferminzplätzchen, Brausepulver vitamin-
haltig, oder Rahmkaramellen in Cellophantütchen geschenkt.

Mel hatte, als sie zum Studium ging, ihre Heimatstadt für
immer verlassen wollen und keinen Besuch mehr dort geplant.
Aber zur Beerdigung ihres Vaters war sie noch einmal heim-
gekommen. Das war ein schwerer Gang für sie gewesen. Als
sie später mit Veit dort war, seines Vaters und ihrer Heirat
wegen, fiel ihr der Aufenthalt an seiner Seite leichter. Das Zusammensein mit Veits Vater war zudem erfreulich und ermu-
tigend. Er wollte gerne ihr Trauzeuge sein.

Zwei Monate nach ihrem Staatsexamen ging sie mit Veit
aufs Standesamt. Herr Klarenberg war gekommen. Es war ihm
sehr wichtig, die beiden Brautleute, wie er sie nannte, zu begleiten. Mel hatte ihre Mutter zur Hochzeit eingeladen. Sie
entschuldigte sich telefonisch.

»Kind«, sagte sie, »es ist mir nicht möglich, zu Deiner Trauung zu kommen. Meine Nerven sind sehr angegriffen, und ich
müsste die ganze Zeit an Cilli denken und weinen. Ein solcher
Gast passt nicht auf eine Hochzeit.«

Mel fand das auch. Sie war über die Absage der Mutter erleichtert gewesen. Zur Trauung schickte Regine eine pompöse

Glückwunschkarte mit Rosendekor und schnäbelnden Täubchen. Mel warf sie weg. Sie fand, die Mutter hätte sich mehr Mühe geben können mit der Wahl ihrer Karte. Wie konnte sie ihr nur schnäbelnde Täubchen zumuten, grundsätzlich und in ihrem besonderen Fall! Täubchen und Rosen, umschlungen von einem himmelblauen Band, in dem goldene Eheringe glänzten. Sie glaubte, Regine wolle sie mit diesem Motiv verhöhnen. Mel hätte ihr das zugetraut. Auf ihrem Kontoauszug fand sich eine großzügige Überweisung mit dem Vermerk: Hochzeitsgeschenk. Die Rosenkarte kam aus Felding, Felding am See, wohin Regine bald nach dem Tod von Oskar gezogen war. Sie hatte das Haus, so schnell es ging, verkauft und dafür eine Eigentumswohnung erworben. Haus und Zahnarztpraxis erzielten beim Verkauf eine hohe Summe. Zusammen mit einer Witwenrente und einer von Oskar geschaffenen Zusatzpension für seine Frau, war sie bestens finanziell versorgt. Sie stellte einen Betrag auf Mels Konto. Bei guter Einteilung würde dieses Geld bis zum Ende ihres Studiums ausreichen.

»Sieh zu, dass du mit dieser Summe auskommst. Wenn ich einmal gehen muss, wirst du noch immer reichlich erben, als Alleinerbin, die du womöglich sein wirst.«

Mit diesen Worten zog sich Regine aus Mels Leben zurück und entließ sie, so deren Eindruck, aus allen Tochterpflichten. Das Wort Alleinerbin hatte Mel verletzt. Immer noch machte die Mutter sie für das tragische Geschehen von damals mit verantwortlich. Nur so konnte Mel diese taktlose Bemerkung verstehen.

Nun, sie hatte jedenfalls verstanden, die Mutter wollte endlich ihre Ruhe haben, vielleicht noch ein ganz anderes Leben beginnen. Im Grunde hatte ihre Mutter das gleiche Bedürfnis wie sie selbst. Beide wollten nichts mehr voneinander wissen. Ein jährlicher Kontakt fand trotzdem statt. Mel schickte zu Weihnachten eine Karte, und Regine bedankte sich dafür mit einem Telefonanruf.

Als sie das Haus in der Rheinebene kauften und sich dort für längere Zeit einrichteten, teilte Mel ihrer Mutter die Veränderung schriftlich mit. Einen Besuch in Felding hatte es nur einmal gegeben. Ein Jahr nach Mels Hochzeit war Regine schwer erkrankt. Das junge Paar fuhr nach Bayern und besuchte die Mutter im Krankenhaus. Sie war schwach und kämpfte mit einer schweren Lungenentzündung. Es war ihr nicht angenehm, sich in diesem Zustand, dazu noch mit ungewaschenen Haaren, vor Veit zu zeigen. Die meiste Zeit lag sie mit geschlossenen Augen im Bett, als wäre sie dadurch unsichtbar. Sie wünschte, Mel möge von ihrem jetzigen Leben erzählen. »Gut, dass du Lehrerin geworden bist, das ist doch eine sinnvolle Arbeit.«

Einmal öffnete sie die Augen und wagte einen Blick auf Veit. Sie konnte sich nicht vorstellen, dass hier ein Schwiegersohn an ihrem Bett saß.

»Dass ihr meinetwegen diese weite Fahrt gemacht habt,« wunderte sie sich, »das wäre doch nicht nötig gewesen.«

Sie entschuldigte sich für ihr rosarotes Bettjäckchen.

»Rosa steht mir gar nicht, hat es noch nie getan,« klagte sie. »Meine Farbe ist gelb.« Mel schaffte es, in einem Wäschegeschäft in Felding ein gelbes Strickjäckchen aus einer feinen Seide-Wolle-Mischung aufzutreiben. Die Kranke hielt es prüfend in der Hand und legte es an ihre Wange. Ja, es war gut und angenehm auf der Haut. Es gefiel ihr.

Die Tochter half ihr beim Wechseln. Regine musste sich dazu aufsetzen. Mel zog das rosarote Jäckchen aus und streifte das gelbe über das Nachthemd. Das war für Regine ein anstrengender Kraftakt gewesen, jedenfalls lag sie danach erschöpft in den Kissen. Veit war nicht dabei. Er machte einen Spaziergang am See und betrachtete das Bergpanorama am gegenüberliegenden Ufer.

Die Mutter erholte sich wieder. Seither war Mel nie mehr in Felding gewesen, die Kartengrüße wurden wieder aufgenommen wie zuvor.

Es war schattig geworden bei der Bank vor der Kirche. Veit sprang auf und machte Streckübungen. Er zog die Arme weit nach hinten und schob die Brust nach vorn. Er lockerte die Beine, hüpfte ein paarmal hoch und fuchtelte mit den Armen wild um sich. Danach fuhr er die letzte Etappe entspannt nach Hause. Mel war noch nicht angekommen. Er klappte das Garagentor hoch. Als er das Fahrrad in die Garage schob, machte er sich Sorgen über ihr Ausbleiben. Sie hatte Wein getrunken, fiel ihm ein.

»Ich hätte sie nicht allein lassen dürfen. Ich hätte das Fahrrad stehen lassen und selbst fahren sollen.«

Er vergaß, dass auch er Wein getrunken hatte. Doch dann kam Mel. Veit war erleichtert. Sie hatte noch in einem Supermarkt bei Radstett eingekauft. Sie war in bester Stimmung. Veit kochte Tee, und Mel legte Käse, Oliven und Trauben auf eine große blaue Keramikplatte, eine Elsässer Tonware. Auch eine kleine Portion Wurstaufschnitt war dabei. Sie schnitt ein Baguettebrot in dicke Scheiben und legte sie in einen Brotkorb. Sie wollte noch Eier kochen.

»Möchtest du eins oder zwei?«

»Mir reicht eines.«

Sie kochte vier Eier ab, für alle Fälle. Veit genoss die gute Stimmung und freute sich auf das Essen mit Mel. Er sagte sich, wenn Mels gute Laune dem Umgang mit Marilen zu verdanken ist, kann mir der nur recht sein. Er nahm sich vor, in Ruhe geschehen zu lassen, was geschah. Außerdem sah er auch keine andere Möglichkeit für sich, nicht jetzt.

Eine gute Zeit brach an. Am Montag, Dienstag und Mittwoch ging Mel zur Schule, am Donnerstagnachmittag kam Marilen ins Atelier. Ihre unbefangene Art tat Mel offensichtlich richtig gut. Veit spürte es. Seine anfänglichen Bedenken legten sich. Seine Befürchtungen traten nicht ein. Er hielt seine Sorgen nun selbst für übertrieben. Auch war ihm klar geworden, dass es schließlich Mel war, die übersteigerte Gefühle zu diesem Mädchen entwickelte. Marilen hatte ganz andere Interessen und ahnte nichts von Mels besonderer Zuneigung für sie. Das Mädchen tauchte weder unvorhergesehen bei ihnen zu Hause auf noch hing es dauernd am Telefon. Ein Handy hatte Marilen noch nicht. Letzteres hätte ihr auch nicht viel genützt, denn Mel und Veit gebrauchten ihre Handys nur auf Reisen oder in wenigen Ausnahmefällen.

Auch Marilens Eltern verhielten sich zurückhaltend. Was zu Anfang besprochen worden war, galt. Frau Alberti hatte die Größe des Bildes ausgehandelt, ebenso einen Preis und diesen schriftlich zugesagt. Weitere Kontakte gab es vorerst nicht. Sie brachte Marilen zum ersten Treffen am Donnerstagnachmittag mit dem Auto pünktlich zum Atelier, stieg aber selbst nicht aus.

»Grüße Frau Abel und gutes Gelingen,« rief sie ihrer Tochter hinterher, wendete das Auto im knirschenden Kies und fuhr davon.

Der Donnerstag war Mels Maltag. Nach ihren drei Schultagen arbeitete sie oft schon früh am Morgen an ihren eigenen Ideen. An diesem Tag überließ Veit das Atelier seiner Frau. Sie sollte sich frei und unbeobachtet fühlen. Seine Anwesenheit im Verschlag, wie er den Schreibraum nannte, wäre sicher nicht angenehm für sie gewesen. Die Holzwand trennte die beiden Räume zwar optisch, Geräusche wie Stimmen drangen aber hörbar von Raum zu Raum.

Meistens arbeitete er an diesem Tag zu Hause, saß vor seinem Notebook am Küchentisch. Manchmal, bei gutem Wetter, fuhr er mit dem Fahrrad auf dem Damm bis zur kleinen Fähre, die wenige Kilometer rheinaufwärts die beiden Länder im Minutentakt verband.

Wie er diese kleine Fähre liebte! Er genoss die kurze Fahrt auf dem Fluss, auf dieser schwimmenden Brücke, die, an einem Seil hängend, von der Kraft der Strömung an das andere Ufer gezogen wurde. Wenn er bei der Anlegestelle ankam, hatten sich meistens schon mehrere Fußgänger und Radfahrer eingefunden. Auch einige Autos warteten, ordentlich hintereinander aufgereiht. Sechs Autos konnte die Fähre laden, mehr Platz gab es nicht. Erwartungsvoll richteten sich die Blicke der Wartenden auf das herannahende Schiff, das flach wie ein großes Floß im Wasser lag. Hatte es angelegt und eine Landeplatte ausgefahren, setzten sich zuerst die Autos in Bewegung. Sie standen in der Mitte der Fähre im Kreis und verließen diese nun in der Folge wie sie eingefahren waren. Danach gingen Fußgänger und Radfahrer von Bord. War niemand mehr auf dem Schiff, begann die Auffahrt der zulässigen sechs Autos von neuem, denen Fußgänger und Radler folgten. Das alles geschah nach einer strengen Ordnung. Veit war von dem Ritual jedes Mal aufs Neue fasziniert, von dieser Art der Fortbewegung, die dem Gesetz der Langsamkeit gehorchte. Es ging nicht schneller. Wer an dieser Stelle übersetzen wollte, brauchte Zeit. Alle, die hier ankamen, hatten sie oder nahmen sie sich. Liebevoll betrachtete man das Schiff, tätschelte das umlaufende, kindersichere Geländer, das Eltern nicht davon abhielt, ihre Kleinkinder an der Hand oder an einem Zipfel ihrer Kleidung festzuhalten. Sicher ist sicher.

Drüben im Elsass erwartete Veit ein gleiches Bild, als spiegele sich das eine Ufer im anderen. Ein Rad-Wanderweg führte am Fluss entlang, Sträucher und Bäume begleiteten den Wasserweg als dichtes grünes Band. Dahinter landeinwärts flaches Auenland, manchmal ein Haus am Ufer, von dessen Fenster aus der Blick hinüberging. Veit fuhr am Fluss entlang, hielt an und setzte sich ans Ufer, schaute nach drüben, erkannte dort jeden Baum, jedes Haus. Er sah Licht im Atelier, Menschen auf den Bänken. Oft winkte er ihnen zu. Jemand winkte zurück. Ab und zu kehrte er ein, Gasthäuser gab es genug am Weg. Er konnte sich keinen besseren Platz zum Leben vorstellen, als hier in diesem Land am Strom, wie er es nannte und auch in einigen seiner Berichte beschrieben hatte.

Mel wollte es langsam angehen mit ihrer Arbeit für Marilens Portrait. Sie hatte für die erste Sitzung beim Auweiler Bäcker Nusshörnchen gekauft und Apfelsaft bereitgestellt. Ein kleines Tischchen stand vor dem Sofa. In einem alten, etwas löcherigen Korbstuhl saß Marilen. Darin sollte sie auch für das Portrait sitzen. So würde es Mel gut gefallen. Doch wollte sie auch Marilen nach ihren eigenen Vorstellungen zu dem Bild befragen. Ob sie überhaupt welche dazu hatte?

Marilen trug die Haare an diesem Tag offen. Ein fülliger Lockenkranz umrahmte ihr Gesicht und ließ es noch schmaler als sonst erscheinen.

»Möchtest du mit offenen Haaren gemalt werden?«

»Mir ist das echt egal, aber Mama findet die offenen Haare besser«, sagte Marilen und biss in das Nusshörnchen.

Mel versuchte es nochmal.

»Und wie ist es mit dir, hast du einen Wunsch für das Bild?«

»Ja, hätte ich schon«, sagte sie mit verschmitztem Lächeln, »aber ich glaub' nicht, dass er meinen Eltern gefiele.« Sie kicherte vor sich hin und wischte sich die Krümel vom Mund.

»An was denkst du, vielleicht können wir mit deinen Eltern verhandeln?«

Marilen trank einen Schluck Apfelsaft, dann noch einen und noch einen. Sie stellte das Glas zurück auf das Tischchen. Mel sah in glitzernde Augen, die sich plötzlich zu schmalen Schlitzen verengten, als wären sie von der Sonne geblendet. Dann blinzelte Marilen und blickte zur Decke, als käme Hilfe von dort oben.

Sie ist eine kleine Schauspielerin, dachte Mel und war gespannt auf weitere Darstellungen.

»Also, ich hätte gern ein dickes Kissen auf meinen Knien, auf dem ein Baby liegt, so ein ganz kleines, wie ich damals eines war, als ich durch die Klappe flog.«

Sie schob den Rest des Hörnchens in den Mund. Mel setzte ihre Kaffeetasse ab. An alles hatte sie gedacht, aber nicht an das. Was für ein Gedanke! Im ersten Augenblick war sie sprachlos.

»Das ist eine sehr gute Idee, wirklich, so etwas wäre mir nie eingefallen.« Das entsprach der Wahrheit. Sie schüttelte den Kopf, als wolle sie sagen: nein, dieses Mädchen, welch erstaunliches Kind! Im gleichen Augenblick sah sie das fertige Bild vor sich, in allen Einzelheiten. Es war in ihrer Vorstellung zum Greifen nah und musste nur noch gemalt werden.

Immer wieder erlebte Mel, dass es nur einer kleinen Anregung, irgendeines Impulses bedurfte, und der Funke zündete. Schon immer hatte sie sich auf diesen Erkenntnisblitz verlassen können, der ihr Gewissheit über die Vollkommenheit einer Idee gab, und sie noch nicht Vorhandenes konkret sehen ließ. Sie hatte keinen Zweifel daran, dieses Motiv wäre einzigartig und wert, gemalt zu werden. Sie war entschlossen, das darzustellen, was sie soeben gesehen hatte, ganz einfach. Nie ging sie an die Arbeit ohne eine fertige Vorstellung. Sie experimentierte nicht. Das Bild war in ihrem Kopf oder nirgends. Der Rest war Fleiß und Können. Und darauf konnte sie sich verlassen.

Sie lehnte sich entspannt im Sofa zurück. Marilen hatte sich ein zweites Hörnchen gegriffen und ließ es sich schmecken. Mit vollem Mund sagte sie:

»Und, wird es gehen, ich meine, mit dem Baby?«

»Wir werden sehen, ich muss mit deinen Eltern reden, vielleicht finden sie den Gedanken auch sehr schön«, hoffte sie und blickte auf Marilen, als befände sich im alten Korbstuhl ein übergroßes Geschenk, das ihr jemand gemacht hatte. Der Korbstuhl würde Teil des Bildes sein. Das Geflecht aus Weide ergab vor einem dunkleren Hintergrund ein interessantes grafisches Muster.

Sie wollte Marilen bitten, bei den Sitzungen etwas Hellblaues zu tragen und, wenn möglich, ihren Zopf. Dieser sollte bei leichter Drehung des Kopfes sichtbar sein und über die linke Schulter fallen. Lang genug wäre er. Sie beschrieb Marilen, was sie vor sich sah.

»Mir ist es ganz egal, was ich anziehe. Das mit dem Zopf ist auch okay, Hauptsache, das Baby ist mit dabei.«

»Möchtest du deine Eltern wegen des Babys fragen, oder soll ich das tun?« »Ach, ich glaub', das lassen wir lieber, sonst erlauben sie es am Ende doch nicht. Ich möchte es aber so, deshalb sagen wir lieber gar nichts. Ich nehm' das auf meine Kappe«, sagte sie forsch.

Obwohl Mel wusste, dass sie darüber sprechen musste, sagte sie: »Ja, so viel Freiheit sollte eigentlich sein. In der Kunst muss Freiheit herrschen, wo sonst, wenn nicht da. Das ganze Leben wird von Regeln und Forderungen bestimmt, tu dies, tu das, tu das nicht. Die Kunst muss davon frei sein, darin liegt ein hohes Gut.« Mel fühlte sich so wohl wie schon lange nicht mehr. In Marilens Gesellschaft war ihr, als schließe sich eine Lücke, die vor vielen Jahren entstanden war und sie unendlich quälte. Sie wusste, der Umgang mit Marilen ist begrenzt. Doch darüber wollte sie jetzt nicht nachdenken. Im Augenblick gab Marilen ihr etwas, was sie noch nie bei jemand gefunden hatte, auch nicht bei Veit. Sie glaubte, wieder mit Cilli zusammen zu sein, obwohl sie wusste, dass es nicht realistisch war. Aber ihr Gefühl war real, und das genügte ihr.

Für ihren Kunstunterricht in dieser Woche hatte sie sich für alle Klassen ein gemeinsames Thema ausgedacht. Alle sollten darüber nachdenken, was ihnen besonders wichtig war in ihrem jetzigen Leben und versuchen, es bildlich darzustellen. Als sie vor den Schülern in Marilens Klasse stand, vergewisserte sie sich in einem Schnellüberblick, ob alle anwesend waren. Sie hatte Herzklopfen und musste erst tief durchatmen, ehe sie sprechen konnte.

»Ihr sollt heute ein Selbstportrait malen. Thema: Ich selbst und etwas, das mich glücklich macht. Das kann ein Gegenstand, ein Mensch, ein Tier, aber auch etwas zum Essen sein. Egal, was es ist, es sollte euch wichtig sein. Habt ihr das verstanden?«

Die Kinder staunten. Einige nickten zustimmend mit dem Kopf und rückten Farben, Pinsel und Zeichenblock zurecht. Andere mussten länger nachdenken. Sie besprachen sich untereinander und kicherten dabei. Ein paar Schüler machten eine düstere Miene, zuckten mit den Schultern und taten gelangweilt.

»Was soll mir denn wichtig sein«, überlegte ein Junge laut und schüttelte den Kopf.

»Du kennst gar nichts, was wichtig für dich ist, dir fällt nichts dazu ein?« »Na ja«, der Junge wippte ein paarmal auf seinem Stuhl vor und zurück. Dann grinste er und beugte sich über seinen Zeichenblock.

Marilen hatte ohne Zögern ihr Bild begonnen. Mel vermied es, einen Blick über ihre Schulter auf das Blatt zu werfen. Sie ging von einem Tisch zum anderen, blieb manchmal stehen, jedoch nicht an Marilens Tisch. Sie sah, wie konzentriert sie arbeitete, bemerkte, wie sorgfältig Frau Alberti heute Morgen den Zopf geflochten hatte. Mel spürte einen Stich in der Herzgegend. Sie ermahnte sich selbst: Es ist ihre Mutter, ich kann doch nicht eifersüchtig auf die Mutter sein!

Rasch ging sie zu ihrem Tisch, setzte sich auf den Stuhl und blätterte in einem dicken Hochglanz-Magazin, in dem unter anderem eine indonesische Batiktechnik erklärt wurde. Sie las nicht wirklich, und Batik interessierte sie auch nicht. Nie würde sie mit den Kindern diese Technik ausprobieren. Sie hielt das Heft nur fest in der Hand und versuchte, dem Wirbel im Kopf Herr zu werden. Sie wusste, Marilen erinnerte sie in aufregender Weise an Cilli, sie hätte am liebsten die Arme nach ihr ausgestreckt, sie an sich gedrückt und nicht mehr losgelassen. Sie spürte Schweiß auf ihrer Stirne und Übelkeit im Magen, und fand sich wieder einmal mitten im freien Fall, den sie nicht stoppen konnte. Seit jenem schrecklichen Tag, als es passierte, wurde sie immer wieder von diesem Zustand überrascht, in dem sie das Gefühl hatte, tief und ohne Halt zu fallen, weil sich Grund und Boden vor ihren Augen in ein dunkles Nichts auflösten.

Ihr Herz schlug wild, für einen Augenblick begannen Stuhl und Tisch zu schwanken wie ein Boot in den Wellen. Was war das? Sie schlug das Magazin mit lautem Knall auf den Tisch. Es ist nicht Cilli, sie ist es nicht, ist es nicht, sie kann es gar nicht sein, und Schluss. Sie sah hoch. Ein paar Schüler hatten bei dem Knall kurz aufgeschaut, fanden es aber völlig normal, dass jemand eine Zeitschrift auf einen Tisch knallte. Beruhigt malten sie weiter. Es war still in der Klasse. Mel hörte, wie Pinsel im Wasser hin und her geschwenkt wurden, sie schlugen an die Wand der Gläser, das Wasser gluckerte.

Stuhl und Tisch hatten aufgehört zu schlingern, hatten wohl den lauten Schlag verstanden und verhielten sich wieder so, wie es sich für Stuhl und Tisch gehört. Mel war erleichtert. Sie schaute in die Schülerrunde. Das Thema schien sie zu interessieren, wenigstens diesmal ein gelungener Unterricht. Bei einer Doppelstunde wie dieser erlebte sie solchen Eifer nicht oft. Gestern, in einer neunten Klasse, war es wieder einmal gründlich schiefgelaufen. Selbes Thema, aber keine ernste Auseinandersetzung damit. Die meisten Jugendlichen hatten nur gelacht und behauptet, es gäbe rein gar nichts, was ihnen wichtig wäre, außer das Ende dieser Stunde. Hier und heute war es anders, was für ein Glück!

Die ersten Kinder hatten ihr Werk beendet und wurden unruhig.

»Wer fertig ist, kann sein Bild abgeben. Danach könnt ihr gern etwas lesen. Bleibt aber ruhig dabei, um die anderen nicht zu stören.«

Nach und nach kamen die Kinder an Mels Tisch und legten ihre fertigen Blätter ab. Sie sah erstaunliche Dinge. Viele

hatten sich raumgreifend in die Mitte des Papierformats gestellt. Einige zeigten sich mit Vater oder Mutter, manchmal
auch zwischen beiden Eltern. Ein Junge hatte den Arm um
seinen Bruder gelegt. Ein Mädchen kniete vor einem großen
Hund und umarmte ihn, ein anderes hatte einen dicken Hasen
auf dem Arm, den es an sich drückte. Ein Junge hatte sich mit
einem sehr großen Fisch gemalt, der ihn fröhlich anlachte. Das
Tier war so groß wie er. Es stand aufrecht auf seinen Schwanz-
flossen und der Junge umarmte es. Mel gefiel das Bild sehr.

Der Schüler, dem nichts einfallen wollte, kam nach vorne.
Er hielt sein Blatt an einer Ecke zwischen Daumen und Zeigefinger. Dann streckte er den Arm hoch und ließ das Papier
auf Mels Tisch segeln. Es landete mit der leeren Seite nach
oben. Mel drehte es um. Er hatte sich mit einem Mädchen dar-
gestellt, das er küsste. Er umarmte sie, und sie umarmte ihn.
Spontan lächelte Mel ihn an und nickte ihm zu, als wolle sie
sagen: Siehst du, jetzt ist dir doch etwas eingefallen.

Dann legte Marilen ihr Bild auf den Tisch. Mel erkannte
darauf ein Mädchen mit dichtem, kurzem Haar, das struppig
vom Kopf abstand. Es saß auf einer Treppe und hatte eine
leuchtend rote Katze auf dem Schoß.

Mel schaute Marilen einen Augenblick lang irritiert an.

»Bist du das?«

»Aber ja.« Marilen lachte.

»Deine Haare sind geschnitten.« Mel war erschrocken.

»Ja, das wünsch ich mir schon so lange, ich mag die langen
Haare nicht, so kurz wäre mir lieber.« Marilen deutete auf den
gemalten Strubbelkopf.

»Aber das darfst du nicht tun«, entfuhr es Mel, und leise,
fast beschwörend, flüsterte sie: »Bitte, tu es nicht.«

Sie hätte das nicht sagen dürfen, sie wusste es. Schwach
fügte sie hinzu: »Und das ist wohl dein Lieblingstier?«

»Ja. Nur habe ich leider keine Katze, ich wünsch sie mir
aber.«

Sie hat viele Wünsche, ging es Mel durch den Kopf. Sie wünscht sich ein Baby auf einem Kissen, jetzt eine rote Katze und raspelkurzes Haar. Zum Glück, sagte sich Mel, hat sie nicht bemerkt, wie viel sie mir bedeutet. Unbekümmert hat sie dieses Bild von sich gemalt und sich darauf die Haare abgeschnitten.

Beim nächsten Treffen im Atelier wollte Mel sofort eine endgültige Fassung auf die Leinwand skizzieren. An diesem Donnerstag war sie schon frühmorgens ins Atelier gefahren, hatte die Leinwand über den Keilrahmen gelegt und sie rundum mit dem Tacker aufgespannt. 100 auf 160 Zentimeter groß war das besprochene Format, das Frau Alberti sich gewünscht hatte. Sie wusste auch schon genau, an welchem Platz das Bild hängen sollte: über einer sehr alten Kommode aus ihrem Familienbesitz.

Mel trug mit einem breiten Pinsel weiße Grundierung auf. In einer guten Stunde war die Leinwand durchgetrocknet. Jetzt stand das vorbereitete Bild auf der großen Staffelei. Mel hatte sich in einiger Entfernung davon auf einen Stuhl gesetzt und besah die leere Fläche, um sich mit der Bildgröße vertraut zu machen. Das hatte sie von Ihrem Lehrer gelernt, der seinen Schülern geraten hatte, eingehend vor Beginn der eigentlichen Arbeit das Format zu verinnerlichen. In der Malklasse war sie die einzige gewesen, die es ablehnte, abstrakt zu malen. Es interessierte sie nicht. In dieser Zeit stand die abstrakte Malerei hoch im Kurs. Wer gegenständlich malte, galt als veraltet, wurde in die Ecke der Hobbymaler geschoben und hatte keine Chance, in bedeutenden Ausstellungen jemals eine Rolle zu spielen.

Mit Unverständnis betrachteten die Kommilitonen Mels Bilder, wenn am Ende eines Semesters die Werkschau stattfand. Doch Professor Rees hatte sie stets unterstützt. Er sah etwas, was sie nicht sahen.

Lasst sie machen, hatte er zu seinen Studenten gesagt, wenn diese Mels Grundansatz zur Malerei in Zweifel zogen. Lasst sie einfach machen, sie will nicht anders. Es ist gut so. Er sollte recht behalten. Schon mit ihrer ersten Ausstellung hatte sie einen überraschenden Erfolg. Ihre Bilder erzielten große Aufmerksamkeit, wurden in einer Kultursendung im Fernsehen vorgestellt, in Zeitungen besprochen. Sie gab Interviews. Vielleicht hing der Erfolg auch damit zusammen, dass ihre Arbeiten aus dem Rahmen des Gewohnten fielen. Viele Kunstliebhaber hatten sich an abstrakter Malerei einfach satt gesehen und freuten sich über eine Künstlerin, die, so schrieb ein Kritiker, den Mut habe, sich wieder mit konkreten Motiven auseinanderzusetzen. Vor allem, wie sie dies tat, begeisterte eine aufmerksam gewordene Fachwelt. Mel malte Menschen, einfach nur Menschen. Diese Menschen standen da, sie taten nichts, sie schauten den Betrachter an oder sahen zur Seite, manche in einer leichten Drehung des Oberkörpers nach hinten, über die eigene Schulter, andere wie in eine außerhalb des Bildformats liegende Ferne.

Es waren Mädchen und Frauen. Sie saßen, sie standen, manche wendeten dem Betrachter den Rücken zu, als verließen sie einen Raum. Das Besondere war, dass diese Menschen nicht allein waren. Sie waren immer zu zweit, doch in ihrem Äußeren ein- und dieselbe Person, wobei die Begleiterin sich aufzulösen schien und mit der Farbe des Hintergrundes verschmolz. Die Bilder waren von einer betörenden Farbgebung, und sie verwahrten ein Geheimnis, das sich nicht enträtseln ließ bei allen Deutungsversuchen, allen Überlegungen, die es zu ihrem Inhalt gab. Selbst als Mel in einem Interview vom Schicksal ihrer Schwester gesprochen hatte, schienen die Mädchen und Frauen ihr Geheimnis nicht zu verlieren, welches in Wirklichkeit einzig und allein darin bestand, dass, wer sie einmal gesehen hatte, sie nicht mehr vergessen konnte. Genau das war auch Mels Absicht gewesen.

Frau Alberti war es wohl auch so ergangen, nachdem sie eine Ausstellung von Mels Bildern in Köln gesehen hatte. Mel hatte in verschiedenen größeren Städten ausgestellt, ein Kunstagent, Friedhelm Klenze, hatte die Vermarktung übernommen. Er sorgte dafür, dass ihre Arbeiten im Gespräch blieben, von verschiedenen Museen erworben und in seiner Galerie zu steigenden Preisen verkauft wurden. Mel war inzwischen bekannt und ihre Arbeiten begehrt.

Eigentlich hatte sie es nicht mehr nötig, in die Schule zu gehen. Dass sie es immer noch tat, lag am Wunsch, den Kontakt zu Kindern nicht zu verlieren. Kinder knüpften ein Band zu ihrer eigenen Kindheit und zu einer Zeit, in der Cilli noch an ihrer Seite war. Sie hatte mit der Schwester nur in einer Kinderwelt, nie in einer Erwachsenenwelt gelebt. Zur Welt der Kinder und der Schule gehörte Cilli. Sie war untrennbar mit ihr verbunden. Mel wusste, sie war keine besonders gute Lehrerin und daher immer wieder versucht, den Unterricht an den Nagel zu hängen. Dachte sie jedoch ernsthaft darüber nach, erschrak sie bei der Vorstellung, nur noch Erwachsene unter Erwachsenen zu sein. Auftragsarbeiten nahm sie nicht mehr an. In früheren Jahren hatte sie es des Geldes wegen getan.

Das Bild für die Albertis war die absolute Ausnahme und diente vor allem ihren eigenen Interessen. Das wusste Frau Alberti natürlich nicht. Diese war selig und empfand es als eine persönliche Auszeichnung, dass die Künstlerin Melanie Abel ein Portrait ihrer Tochter malen würde. Sie hatte es zuerst nicht glauben wollen, als sie erfuhr, wer hier an der Schule den Kunstunterricht erteilte. Aufgeregt hatte sie darüber ihren Mann informiert und noch am selben Abend Pläne für das Bild gemacht, die auch ihren Mann überzeugten. Diese Gelegenheit war so einmalig, sie musste ergriffen werden, koste das Bild was es wolle.

Frau Alberti kam wieder pünktlich. Sie ließ Marilen aussteigen und wollte gerade das Auto wenden, als Mel aus der

Tür trat. Sie stellte den Motor ab und stieg aus, gab Mel die Hand.

»Marilen wird Ihnen erklären, worüber wir daheim gesprochen haben. Ich bin leider wie immer sehr in Eile und muss zurück in die Kanzlei, in der letzten Woche hat sich viel Arbeit angesammelt.«

Mel zeigte Verständnis.

»Kein Problem. Marilen und ich kommen gut klar. Heute werden wir richtig loslegen.« »Dann hole ich meine Tochter um 17 Uhr ab, wenn das recht ist.« Mel war es recht, je länger sie Marilen bei mir lässt umso besser, dachte sie.

Die Mutter stieg ins Auto und aus dem geöffneten Fenster wandte sie sich an die Tochter.

»Marilen, wir sind uns einig«, dabei warf sie ihr einen eindringlichen Blick zu.

Mel hatte wieder Nusshörnchen und Apfelsaft besorgt. Sie war sehr begierig, endlich mit der Arbeit zu beginnen.

»Fangen wir gleich an«, schlug sie deshalb vor. »Die Zeit ist knapp. Später machen wir eine Pause und stärken uns.«

Marilen schaute neugierig auf die leere weiße Leinwand. Statt T-Shirt und Hose trug sie ein hellblaues luftiges Hängerkleidchen, dessen schmale Träger auf den Schultern mit kleinen Schleifen verziert waren. Es ließ Marilen sehr kindlich erscheinen, doch entsprach dies vollkommen Mels Vorstellung. Allerdings war Frau Alberti ihrer Bitte um einen Zopf nicht nachgekommen. Auch dieses Mal trug Marilen die Haare offen.

»Du hast keinen Zopf«, stellte sie nüchtern fest.

»Mama möchte mich mit offenen Haaren sehen, geht das?« Sie packte eine dicke Strähne und zog sie straff vom Kopf weg. Dabei lachte sie und stöhnte.

»Ach, die Mama!«

Mel war enttäuscht, fasste sich aber schnell.

»Natürlich geht das. Alles geht. Ich könnte Dich auch mit

einer Mütze malen, oder mit einer Riesenkrone auf dem Kopf, die dir über die Augen rutscht. Alles ist möglich.«

Marilen musste lachen. Sie bemerkte Mels Enttäuschung nicht. Sie lachte und konnte sich kaum beruhigen, so lustig fand sie diese Vorschläge. Dann wurde sie plötzlich nachdenklich. Es war ihr eingefallen, dass sie etwas sagen musste.

»Die Eltern wollen kein Baby auf dem Bild haben. Sie möchten nur mich, so wie ich jetzt aussehe. Das Baby fanden sie überhaupt nicht toll, aber das hab ich mir gleich gedacht.«

Auch Mel hatte es befürchtet. Wenn es hier nicht um ihr persönliches Interesse ginge, würde sie den Auftrag zurückgeben. Sie ließ sich niemals ein Motiv diktieren. In diesem Fall jedoch war sie bereit, auf alle Forderungen einzugehen. Sollen die Albertis ihr gewünschtes Portrait doch bekommen. Sie würde sich viel Zeit damit lassen und das Zusammensein mit Marilen genießen.

»Wir machen es so. Deine Eltern erhalten ihr Wunschbild. Nebenbei male ich ein kleineres für dich mit Baby und Zopf, das würde mir Freude machen. Ist das für dich in Ordnung?«

»Aber sicher. Das machen wir. Das Baby möchte ich sehr gerne haben. Die Haare sind mir egal. Wenn das Bild fertig ist, kommt die dicke Wolle sowieso herunter. Das hat Mama mir versprochen.«

Marilen schüttelte den Kopf derart, dass die Locken flogen. Sie ist sich ihrer Schönheit noch nicht bewusst, dachte Mel. Sie fand es ungewöhnlich für ein Mädchen ihres Alters. Die meisten ihrer Schülerinnen entwickelten in dieser Zeit eine auffallende Eitelkeit. Viele schminkten sich, lackierten Fuß- und Fingernägel, verbrachten viel Zeit vor dem Spiegel. Marilen war in der Beziehung noch ein Kind. Sie interessierte sich für vieles, aber nicht für ihr Äußeres. Ich muss mich beeilen, wenn ich diesen göttlichen Zustand festhalten will, bevor er sich ändert. Sie befürchtete, nicht mehr viel Zeit zu haben, um den Zauber dieses Kindes einzufangen. Sie musste sofort damit beginnen. Sie stellte den sandfarbenen Korbstuhl vor das große Fenster.

»Setz dich mal hierher«, erklärte sie mit einladender Handbewegung.

Marilen setzte sich. Sie legte ihre Hände als Fäuste auf die Oberschenkel, stellte die Füße über Kreuz und lehnte sich entspannt zurück. Sie lächelte erwartungsvoll und sah zu, wie Mel mit schnellen Strichen direkt auf die große Leinwand zeichnete. Dabei tauchte sie ihren Pinsel immer wieder in eine Schale mit rötlicher, stark verdünnter Farbe. Mit dieser skizzierte sie in kurzer Zeit das gesamte Motiv, das sie dann in weiteren Stufen zur fertigen Komposition ausarbeiten wollte. Dieser Moment der ersten Skizze war für Mel der wichtigste Arbeitsvorgang. Dabei konnte sie Marilens Haltung, die diese so selbstverständlich und unbekümmert eingenommen hatte, in einer Art Momentaufnahme für alle Zeiten festhalten.

Sie hatte ihr keine Anweisung für eine bestimmte Pose gegeben. So wie Marilen sich im Korbstuhl selbst präsentieren würde, wollte Mel sie haben. Dies war Marilens Anteil am Bild, und sie sah, dass ihre Überlegung richtig war. Wie Marilen saß, das war gänzlich Marilen und kein künstlich zugerichtetes Modell. Ihre Haltung war natürlich und locker, entsprach dem Kind, das sie noch war und nicht einem jungen Mädchen. Gelänge es Mel, die unweigerlich vergehende Ausstrahlung des kindlichen Wesens zu fassen, wäre das auch Marilens Verdienst. Alles andere wie Farbgebung, Hintergrund oder Lichteinfall, war ihre Aufgabe. Diese konnte sie in einer Weise erfüllen, die einen Journalisten einmal ins Schwärmen gebracht hatte.

Ihre Bilder sind nicht nur außergewöhnlich in der Motivwahl, sie haben die verheerende Eigenschaft, beim Betrachter Begehrlichkeiten zu wecken. Wer sie sieht, kann sie nicht vergessen. Der Zauber, den sie ausstrahlen, hält einen gefangen. Man will sie besitzen.

Mel war mit der Skizze zufrieden.

»Machen wir Pause«, schlug sie vor und stellte den Pinsel in ein Glas mit Wasser. Marilen trat neugierig vor die Staffelei: ein Mädchen saß in einem Korbstuhl. Es schaute ihr direkt ins Gesicht. Große Aufmerksamkeit sprach aus seinen Augen. Der Mund war leicht geöffnet, als wolle es etwas sagen. Marilen stand gebannt vor der Skizze und überlegte, was das Mädchen ihr mitteilen will.

»Sie spricht ja, was sagt sie denn?«

»Ich weiß es nicht«, antwortete Mel, »nur du kannst wissen, was sie erzählen möchte. Du bist es, die dort im Stuhl sitzt.«

»Ach jaah«, sagte Marilen, das Ja nachdenklich in die Länge ziehend. Ihr war gerade ein beunruhigender Gedanke gekommen.

»Hoffentlich wollen nicht alle, die das Bild sehen, wissen, was ich sage. Das wäre lästig.« Aber sie wusste sofort wieder einen Ausweg.

»Ich lege mir eine Antwort zurecht. Ich werde allen verraten, dass ich von einem Nusshörnchen sprach, als das Bild entstand.«

Diesmal war es Mel, die lachte. Sie hätte Marilen am liebsten in den Arm genommen für diese Bemerkung.

Was für ein Glück dieses Kind hier zu haben!

Mel fühlte sich in seiner Nähe sorglos und beinahe übermütig wie lange nicht mehr.

»Dann wollen wir uns schnell um das Nusshörnchen kümmern, es hat lange auf uns warten müssen.«

Sie saßen an dem kleinen Holztischchen, auf dem Mel die Stärkung angerichtet hatte. Marilen durfte sich auf das Sofa setzen, während Mel für sich einen Hocker aus Veits Verschlag besorgt hatte. Das Mädchen trank in schnellen Zügen seinen Saft. Dann griff es nach einem Hörnchen, ebenso Mel. Für sie war es ungewöhnlich, tagsüber etwas Süßes zu essen. Normalerweise trank sie mehrere Tassen Kaffee, das genügte.

Doch diesmal wollte sie das Gleiche essen wie ihr Gast, das Gleiche trinken.

Sie wollte noch einmal über das Babymotiv sprechen, doch für Marilen war das Thema nicht mehr wichtig.

»Mama hat sich ein Bild gewünscht. Mir ist es ganz egal, wie das aussieht.« Mel nickte. Sie war inzwischen froh, mit dieser ersten Skizze weiterarbeiten zu können. Sie wusste schon jetzt, dass diese leicht hingeworfene Pinselzeichnung nicht mehr zu übertreffen wäre. Sie war beim Gedanken an die nun folgende Ausführung sehr aufgeregt. Sie hatte es schon gespürt, das große Verlangen, Marilen zu betrachten und es auf diese Weise ohne Verlegenheit tun zu dürfen. Sie konnte deren Gesichtszüge ungehemmt erforschen, den kindlichen Körper mit den Augen ertasten. Sie wollte ihr eine unvergängliche Form geben, sie in ihrer zarten Anmut und Schönheit erstehen lassen, zum Staunen anderer. Sie würde ihr eine immerwährende Kindlichkeit verleihen, die unzerstörbar durch Veränderung und Wandel bestehen bliebe, und sie würde ihr näherkommen, Strich für Strich, sie würde sich mit ihr verbinden. Marilen würde ihr gehören, nicht auf Dauer, aber in diesen Stunden hier im Atelier.

Das Kind ahnte nichts von dieser Gefühlswoge, die Mel ergriffen hatte. Es aß mit großem Appetit zwei Hörnchen und bröselte auf sein blaues Sommerkleid und das Sofa, wobei es fröhlich einen Zwerghasen beschrieb, den die Eltern ihr bereits zugesagt hatten.

Frau Alberti kam pünktlich um 17 Uhr. Sie blieb neben der geöffneten Autotür stehen.

Nein, sie wolle nicht hereinkommen. Nein, sie möchte das Bild erst sehen, wenn es ganz fertig wäre. Darauf freue sie sich heute schon. Sie wirkte fast schüchtern, als sie das sagte. Sie fuhr los, kaum dass Marilen sich angeschnallt hatte.

Mel war erschöpft. Sie ging ins Haus zurück und schloss die Türe von innen ab. Sie verließ das Atelier durch den Hofeingang und verschloss auch diesen. Sie lief über die Wie-

se vor zu ihrer Bank am Rhein. Dort saß sie und schaute auf
den Fluss. Das ziehende Wasser, der schon dunkel werdende
Auwald am anderen Ufer, ein kleiner Schleppkahn, der flussabwärts tuckerte, hatten eine beruhigende Wirkung auf Mels
aufgewühlte Stimmung. Sie lehnte sich zurück und schloss
die Augen. Sie überkreuzte ihre Füße und legte die Hände als
Fäuste auf die Oberschenkel. Sie spürte kühlende Luft vom
Wasser her auf ihrem Gesicht, versuchte an nichts zu denken,
sich dem Augenblick hier am Ufer zu überlassen. Sie hörte die
kleinen Wellen schmatzen, die in ständiger Folge die großen
Steinblöcke unterhalb der Böschung umspülten. Der Schleppkahn stieß einen schwachen Hup-Ton aus, als grüße er Mel im
Vorbeifahren. Sie schaute auf und blickte ihm nach.

»Ich will mir Zeit lassen mit dem Bild, viel Zeit.«

Sie schloss aufs Neue die Augen und hörte die Geräusche
des Wassers, dann, plötzlich, Marilens Lachen, als säße diese
neben ihr auf der Bank.

Als sie an diesem Abend nach Hause kam, hatte Veit das
Abendessen vorbereitet. Auf dem Küchentisch stand bereits
eine Schüssel mit Kartoffelsalat. Veit hatte einen Fleischklop-
fer in der Hand und schlug mit der flachen Seite des Geräts
zwei Schnitzel mürb. Sie wurden dadurch fast doppelt so groß.
Er hatte es so von seinem Vater gelernt. Manchmal schaute er
sich Kochsendungen am Bildschirm an, in denen neuerdings
Schnitzelklopfen abgelehnt, ja regelrecht verboten war, doch
in Klarenbergs Küche war schon immer geklopft worden. Veit
glaubte eher seinen Eltern als allen Starköchen zusammen.

»Schön, dass du da bist. In fünf Minuten ist das Essen fertig.« Mel setzte sich an den Küchentisch und stützte sich mit
verschränkten Armen auf. Sie blickte in drei Teller. In einem
lag Mehl, im anderen verquirltes Ei und im dritten ein kleiner
Berg Semmelbrösel. Ihr Mann drehte die Kochplatte an und
ließ Öl in die Pfanne laufen. Dann zog er die ausgedünnten
Fleischscheiben beidseitig durch das Mehl, danach durch flüs-

siges Ei und drückte sie zuletzt in den Semmelbröselberg. Er
klemmte die Schnitzel zwischen Daumen und Zeigefinger und
ließ sie nebeneinander in das heiße Fett der Pfanne gleiten.

»So, das wär's.«

Er wusch sich die Paniermasse von den Händen, schnitt
eine Zitrone in zwei Hälften, legte sie auf den Rand der Zitro-
nenpresse und stellte diese auf den Tisch.

»Nimm die Arme hoch«, sagte er, wischte mit einem feuchten Lappen über den ganzen Tisch und trocknete mit einem
Handtuch nach. Er warf einen Blick in die Pfanne, es war Zeit,
die Schnitzel zu wenden, mit goldfarbener Kruste lagen sie
jetzt im Öl, und Veit konnte die heiße Platte schon mal ab-
schalten. Aus dem Wandschrank holte er zwei Teller, legte
Messer und Gabeln daneben und hob nun mit einer flachen
Schaufel das Fleisch aus der Pfanne. Es war im heißen Fett
etwas geschrumpft, aber immer noch landete auf jedem Teller
ein beachtliches Stück.

»Na, geht's gut?«

Er presste eine Zitronenhälfte aus, schob Mel die Presse zu,
und sie träufelte den Saft über ihr Schnitzel. Veit häufte einen
ordentlichen Berg Kartoffelsalat auf seinen Teller und ließ es
sich schmecken.

»Es sieht ziemlich gut aus. Ich habe die Skizze bereits fix
und fertig auf der Leinwand.« Veit wusste, was das bedeutete.
Gute Skizze gutes Bild, schlechte Skizze gar kein Bild, zumindest nicht so bald und es konnte dauern.

»Das ist ja wunderbar, wie hast du das so schnell geschafft?«

»Es liegt an Marilen. Sie ist einmalig, sie macht es mir
einfach leicht.« »Und wie ist es mit den Eltern, halten sie sich
zurück?«

»Sehr, Frau Alberti will das Bild erst sehen, wenn es fertig
ist. Ich werde mir jedenfalls viel Zeit lassen müssen, da Marilen nur einmal in der Woche kommt.«

»Ist das ein Vor- oder ein Nachteil?«

Veit vermutete eher das Letztere.

»Nein, es ist gut so. So kann das Bild in Ruhe entstehen. Wir sind in einem Entwicklungsprozess. In einer längeren Phase kann ich Marilen besser kennenlernen. Das ist wichtig für die Arbeit, für den Ausdruck in ihrem Gesicht.«

Ja, dachte Veit, vor allem wird es wichtig sein, so lange wie möglich den Umgang mit dem Mädchen zeitlich auszudehnen. Denn wenn das Bild erst einmal im Besitz der Familie Alberti ist, gibt es wohl keinen Grund mehr für Mel, sich mit Marilen zu treffen.

Er sah sie an, sie hatte plötzlich aufgehört zu reden. Es kam ihm vor, als sähe sie außerhalb der Küche, in der sie saßen, etwas, was er nicht sehen konnte. Es schien, als wäre sie an einem anderen Ort, als beobachte sie ein Geschehen, das sich in diesem Augenblick in weiter Ferne ereignete. Sie hielt noch Messer und Gabel in ihren Händen, es sah aus, als wäre ein laufender Film plötzlich mitten in einer Szene stehen geblieben. Sie hatte noch nicht fertig gegessen, starrte an Veit vorbei, dann lächelte sie. Mel horchte auf etwas, das aus ihrem Inneren zu kommen schien, als lausche sie einer Erzählung, einer Stimme, einem Ruf. Sie war vollkommen abwesend, als befände sie sich in einer anderen Welt.

Veit kannte diese Aussetzer, wie er sie nannte. Er hatte diese seltsame Veränderung zum ersten Mal erlebt, als er mit Mel zu Beginn ihrer Beziehung bei Studienfreunden eingeladen war. Sie kannte damals seinen Freundeskreis noch nicht und hatte sich auf den Abend gefreut. Die beiden Gastgeber, Günter und Maja, hatten vor wenigen Wochen geheiratet und luden die Freunde zu einer Nachfeier ein. Sie saßen zu acht um einen festlich gedeckten Tisch. Kerzen brannten, auf jedem Teller lag ein Schokoladenherz, in Goldfolie verpackt, und Maja hatte einen wunderbar zarten Rinderbraten zubereitet.

Veit kann sich heute nicht mehr an das Gesprächsthema erinnern, bei dem es laut und ausgelassen zuging, weil alle durcheinander redeten. Auch Mel unterhielt sich gut und ohne Scheu mit seinen Freunden, die sie erst seit gut zwei Stunden kannte. Doch plötzlich verstummte sie mitten in einem Satz und saß da wie schockgefroren. Derselbe Blick wie jetzt, als sähe sie etwas in großer Ferne, das Hinhorchen auf etwas, das nur sie zu hören schien, dazu diese unheimliche Starre, die alle erschreckte. Einige Freunde schauten in dieselbe Richtung wie Mel im Glauben, sie habe dort etwas entdeckt. Aber da war nichts, es gab nur diese erstarrte Mel, die Furcht verbreitete.

Veit erschrak heftig. Er packte sie an den Schultern und schüttelte sie. Sie kam zu sich und aß ein Stückchen Braten, das auf ihrem Teller lag. Sie redete munter weiter, niemand unterbrach sie. Alle waren froh, sie sprechen zu hören. Die Stimmung blieb den weiteren Abend lang gedämpft, niemand sprach über den Vorfall. Man warf Veit einige besorgte Blicke zu, die Mel nicht bemerkte. Die ganze Vorstellung hatte nur zwei bis drei Minuten gedauert. Veit scheute sich, Mel auf dem Heimweg anzusprechen. Doch nach mehreren Wiederholungen in wenigen Monaten tat er es. Es stellte sich heraus, dass sie sich an nichts erinnern konnte. Sie lachte und wollte ihm nicht glauben.

Veit befragte einen Arzt, Facharzt für Neurologie, den er auf einer Wohltätigkeitsveranstaltung seiner Wochenzeitung kennenlernte. Dieser wollte wissen, wann und in welcher Situation die Anfälle auftraten. Dann grenzte er ein.

»Man kann also sagen, es geschah bislang immer dann, wenn Ihre Frau sich besonders wohl fühlte, entspannt war, sich vielleicht umsorgt oder sogar betreut sah.«

»Ja genau«, bestätigte Veit.

»Ich bin kein Psychologe«, meinte der Arzt, »aber ich würde vermuten, dass es sich um eine Form von Bewusstseinsstörung handelt auf Grund eines traumatischen Erlebnisses. Diese tritt in einer Entspannungsphase auf, also am ehesten dann, wenn der Betroffene frei ist von Verantwortung oder

Sorgen, im Grunde wäre dies eine Kindheitssituation. Manche Menschen zeigen verstörende Reaktionen auf schlimme Erfahrungen, die sie irgendwann einmal gemacht haben. Ich kenne den Fall eines Mannes, dem nach einem Autounfall Bilder wie Filmstreifen durch sein Gehirn liefen. Er hatte bei dem Unfall schuldhaft Frau und Kind verloren. Das Fürchterliche an den Bildfolgen war, dass das was er sah, wenig später eintrat. Er konnte also in die Zukunft sehen. Der Mann litt sehr unter dieser Gabe. Er bekam Medikamente, die zeitweise Hilfe brachten, aber nicht auf Dauer zuverlässig waren, zudem unangenehme Nebenwirkungen hatten.«

Veit fragte den Arzt, ob Mel als Autofahrerin durch ihre Aussetzer eine Gefahr für sich selbst und andere wäre.

»Das glaube ich nicht. Es sieht so aus, als wäre sie in Situationen, die ihr Verantwortung, Anstrengung und Aufmerksamkeit abverlangen, eher vor diesen Attacken geschützt. Doch empfehle ich Ihrer Frau dringend, einen Trauma-Therapeuten aufzusuchen. Natürlich kann auch ein neurologisches Gutachten einen physischen Befund wie einen Tumor ausschließen.«

Veit erzählte ihm Mels Erlebnis aus ihrer Kindheit. Der Arzt sah ihn an.

»Du liebe Güte, das ist ja schrecklich. Ihre Frau kann demnach keinen Abschluss finden, weil sie nicht weiß, was mit ihrer Schwester passiert ist. Sie dürfen sich daher nicht wundern, wenn das Unterbewusstsein verrückt spielt. Aber klarer wird mir jetzt auch, dass der Fall in den Bereich der Psyche gehört.«

Mel war wieder im Hier und Jetzt angekommen und aß unverzüglich den Rest ihres Schnitzels.

»Gut war das«, lobte sie Veits Kochkunst. »Schnitzel haben wir schon lang nicht mehr gegessen, und dein Kartoffelsalat ist herrlich.«

Anschließend machte sie den Abwasch. Das tat sie gern. Je mehr Teller und Töpfe sie durchs Spülwasser ziehen konnte desto besser. Diese Beschäftigung befriedigte sie in einer besonderen Weise. Sie war anspruchslos und zeigte ein schnelles Ergebnis. Das gefiel ihr. Keinerlei Aufregung war damit verbunden, im Gegensatz zum Unterricht, bei dem sie ständig mit unliebsamen Zwischenfällen rechnen musste. Abwaschen war wie alles wiedergutmachen. Das Chaos in der Küche konnte noch so groß sein, es konnte beseitigt werden. Wenn sie die gereinigten Teller und Töpfe in den Schrank stellte, das Besteck in die Schublade legte und die Tischplatte abgewischt hatte, fühlte sie sich selbst innerlich aufgeräumt. Ruhe trat ein, wenigstens für kurze Zeit. Das tat ihr gut. Die Beiden hatten daher eine Vereinbarung getroffen: er kocht, sie wäscht ab, und eine Spülmaschine käme nicht ins Haus.

Veit machte sich an diesem Abend Sorgen um Mel. Er sah sich noch einen Dokumentarfilm über Pinguine am Südpol an, war aber nicht wirklich bei der Sache. Seit gut zwei Jahren hatte er keinerlei Ausfälle mehr wie den heutigen beobachtet, und gerne hätte er gewusst, was an diesem Abend der Auslöser gewesen sein konnte. War es das Zusammensein mit Marilen, oder die Anspannung beim Skizzieren des Bildes, oder hatte Frau Alberti damit zu tun? Bisher waren die Ausfälle immer Teil einer entspannten Phase gewesen und nicht eines ungelösten Problems. Wobei das Problem in Mels Fall permanent vorhanden war, in einer Tiefenschicht ihres Bewusstseins, wie der Arzt damals vermutet hatte. Vielleicht bestand auch gar kein Zusammenhang mit realen Vorkommnissen, und Mels Zustände folgten keinem Muster? Er würde es wohl nie erfahren, da Mel selbst nichts dazu sagen konnte.

Im Moment sahen beide auf dem Bildschirm zwei Pinguinbabys, die über eine Eisplatte schlitterten und, am Ende der Platte angekommen, ins Wasser plumpsten. Sie tauchten unter, als hätte sie jemand unter die Wasseroberfläche gedrückt. Wieder losgelassen, schnellten sie wie Gummibälle nach oben. Mel lachte laut auf. Sie hatte ihre Beine auf den Couchtisch gelegt. Veit stand auf.

»Magst Du etwas trinken? Ich hol mir noch ein Bier.« »Ich trink ein Glas mit«, antwortete sie und musste wieder lachen, weil inzwischen eine riesengroße Pinguin-Sippe auf die gleiche Weise den Weg ins Wasser nahm.

Wenig später öffnete Veit eine zweite Flasche. Mel trank noch ein Glas. Die kleinen Pinguine waren inzwischen in Begleitung ihrer Mütter an Land geklettert, auf die Eisplatte, von der aus sie gestartet waren und verkrochen sich jetzt unter den schützenden und wärmenden Pelz ihrer Mütter.

»Glaubst du an die Geschichte mit der Babyklappe?« fragte Mel unvermittelt.

Aha, dachte Veit, jetzt versteh ich. Damit geht sie seit Tagen um, das also ist es, was sie beschäftigt. Die eigene Geschichte reicht wohl nicht, jetzt kommt auch noch das Rätsel um Marilen und die Klappe dazu. Er wurde wütend. Schonungslos legte er los.

»Ja klar glaub' ich das. Warum sollte ich nicht. So etwas kommt dauernd vor. Dazu sind die Klappen schließlich auch da. Außerdem ist es nicht illegal, ein Kind da einzuwerfen, im Gegenteil. Wer sein Kind nicht brauchen kann, darf es ungestraft dort ablegen. Marilen scheint es ja nicht geschadet zu haben.«

Es war keine gute Antwort auf Mels Frage. Das war ihm klar. Sie war provozierend und lieblos. Doch er hatte es so satt, immer nur verständnisvoll und sensibel ihre Befindlichkeiten mitzutragen. Im Moment hatte er Lust, alle Babyklappen einzutreten, sämtliche Puppentheater abzufackeln und noch einiges mehr.

»Herrje, nimmt es denn nie ein Ende.«

Noch nie hatte Mel ihn so außer sich gesehen. Sie war bestürzt. Veit legte nach.

»Es kotzt mich allmählich an, dass wir nie einen Schlussstrich unter das Problem ziehen können. Immer ist es präsent, steht zwischen uns. Ich kann es nicht mehr ertragen. Sie ist nun mal nicht meine, sondern deine Schwester.«

Die Pinguine standen reglos dicht beieinander. Sie wärmten sich gegenseitig und waren so auch sicherer vor Angreifern. Die größeren Tiere hatten sich zu einem Ring formiert, der die Herde umschloss. Wie in einer Fluchtburg war die Sippe so gegen die feindliche Außenwelt geschützt.

Mel schaute schuldbewusst und unglücklich zu Boden und sagte gar nichts. Veit war jetzt selbst erschrocken über seinen Ausbruch und dämpfte seine Stimme.

»Ich frage mich, ob es nicht möglich ist, einmal in Ruhe einen angenehmen Abend zu verbringen, diesen Film zum Beispiel anzuschauen, ein Bier zu trinken. Nur das und weiter nichts. Nicht mehr und nicht weniger.«

Dann setzte er hinzu: »Es tut mir leid, aber einmal muss es raus, sonst erstick ich noch.« Er stand auf und ging nach oben, sofort ins Schlafzimmer, warf mit lautem Knall die Tür zu, zog sich aus, den Schlafanzug über und kroch unter die Decke. Als Mel sich später neben ihn legte, schlief er tief und fest.

Veit hatte das Frühstück bereitet, und beide saßen immer noch betroffen am Küchentisch. Sein Zornausbruch vom Vorabend wirkte nach, keiner von beiden sagte etwas. Aufmerksam schoben sie sich Butter, Brot und Marmelade zu.

»Ich fahr nachher ins Atelier und arbeite weiter. Ich will nachsehen, ob die Zeichnung etwas taugt.« In Wahrheit wollte sie allein sein, über den gestrigen Abend nachdenken. Veit ahnte das, bot aber an, in der Mittagszeit eine kleine Stärkung zu bringen, und außerdem könne er gerne die Küche aufräumen, damit sie loskäme und keine Zeit verliere. Sie sagte nicht nein. Sie sehnte sich nach Ruhe im Atelier, war neugierig auf ihre Skizze und gespannt darauf, ob sie auch heute noch ihrer Vorstellung entspräche.

Doch zuallererst sah sie Herrn Kramer, der mit einem breiten Rechen den Kies auf dem Vorplatz durchkämmte. Er trat beiseite und wies Mel mit dem Rechen in den Parkplatz ein, wobei er zum Spaß eine Verbeugung machte.

»Guten Morgen, Frau Abel«, grüßte er und war offensichtlich erfreut über die Aussicht auf ein kleines Schwätzchen.

»Hat sich so allerhand hier abgelagert.«

Er deutete auf das winzige Häufchen vor seinen Füßen. Da lagen einige Blätter, ein paar einzelne dünne Zweiglein, wenige verwehte Fliederblüten.

»Wenn ich das Zeug nicht regelmäßig entferne, wächst es mir über den Kopf.«

Mel sah Herrn Kramer von einem riesigen Blätterhaufen lawinenartig verschüttet.

»Das wär's noch, Herr Kramer«, pflichtete sie bei, doch dieser wusste natürlich nicht, welche Katastrophe seine Mieterin dabei im Auge hatte. »Geht's gut daheim?«

Mel wusste, dass sie diese Frage eigentlich nicht stellen durfte, wenn sie nicht ehrlich an deren Beantwortung interessiert war. Herr Kramer benötigte eine halbe Stunde, um Mel die jüngsten Ereignisse in seinem Hause zu schildern, angefangen mit der Venenentzündung seiner Frau, die jedoch bereits am Abklingen war, über geänderte Müllabfuhr-Zeiten, »da muss ich Ihnen noch den neuen Plan 'rüberbringen«, bis zur Rattenfalle, die er neuerdings in seinem Keller aufstellte. Er hatte eindeutige Beobachtungen gemacht. Kein Wunder bei der Lage hier so nah am Fluss!

»Jedenfalls sagen Sie es mir, wenn Sie etwas bemerken, ich werde sofort Maßnahmen ergreifen.« »Das machen wir, Herr Kramer, ganz klar, dass wir uns dann melden«, versprach Mel und wünschte ihm einen schönen Tag.

Er wollte dasselbe auch für Mel. Das Gespräch drohte sich bereits wieder in die Länge zu ziehen, doch Mel schloss die Türe auf und verschwand mit einem freundlichen Winken.

Als sie vor ihrer Zeichnung stand, war die bedrückende Erinnerung an den gestrigen Abend vergessen. Sie erblickte ein sehr schönes Kind. Es saß erwartungsvoll in einem Korbstuhl und schien sich über das, was es sah, zu freuen. Es wollte etwas sagen, sein Mund war leicht geöffnet. Vielleicht hatte das Mädchen aber auch eine überraschende Entdeckung gemacht, oder etwas Erfreuliches erfahren, man glaubte fast, einen Laut des Erstaunens zu hören. Weiche Locken fielen auf die Schultern und umrahmten ein schmales Gesicht. Es war Mel vollkommen zugewandt, die Augen schienen leuchtend auf ihr zu ruhen, obwohl nicht Farbe diesen Eindruck erzeugte, sondern wenige sepiafarbene Striche, die an japanische Tuschezeichnungen erinnerten. Das Mädchen trug ein ärmelloses Hängerkleid, dessen schmale Träger auf den Schultern zu kleinen Schleifen gebunden waren. Das Sommerkleidchen bedeckte knapp die Knie des Kindes. Es hatte die Beine gekreuzt, die Hände lagen locker eingerollt auf seinen Oberschenkeln, die nur andeutungsweise unter dem duftigen Stoff zu erkennen waren. Kinderhände, zu Fäustchen geformt, die Daumen in den umgebogenen Fingern versteckt, wie es Marilen vielleicht schon als Baby getan hatte. Mel war glücklich, diese Eigenart auf dem Bild festgehalten zu haben. Vermutlich würde das Mädchen diese kindliche Geste über kurz oder lang verlieren, war doch die Pubertät eine unbarmherzige Verwandlungsmeisterin.

Mel hatte an ihrer Schule oft erlebt, dass Kinder in die großen Sommerferien gegangen und wenige Wochen später als kleine Erwachsene zurückgekommen waren. Sie hielt diese Veränderung im Zeitraffer-Tempo für ein typisches Merkmal dieser Zeit und konnte sich nicht daran erinnern, im gleichen Alter Ähnliches erlebt zu haben. Zumindest das äußere Erscheinungsbild bewahrten sich die Mädchen, die sie gekannt hatte damals länger, glaubte sie. Sie schminkten sich nicht, lackierten keine Fingernägel, sie veränderten sich auf leise Art, wurden größer, wuschen sich die Haare öfter, tuschelten und klärten sich gegenseitig über die wichtigsten Dinge des Lebens auf. Doch vielleicht war ihr vieles nur entgangen, weil sie damals mit einem ganz anderen Problem als mit Schmink- und Kleiderfragen beschäftigt gewesen war?

Sie rückte den Korbsessel vor das Bild und setzte sich. Sie hatte Marilen gebeten, im selben Kleid zur nächsten Sitzung zu kommen. Blau passte wunderbar zu Marilens zart gebräunter Haut, zum hellen Sandton des Korbgeflechts und zum dunklen Hintergrund, für dessen Farbigkeit Mel sich noch nicht entschieden hatte. Im Moment dachte sie an einen Ton der an Steine erinnerte, etwas zwischen braun und grau.

An diesem Morgen tat sie gar nichts. Ab und zu stand sie am Fenster, legte sich auf das Sofa und starrte zur Decke, in der die tragenden Balken des Giebeldachs sichtbar waren. Sie sah sie gerne und war froh, dass Herr Kramer diese schönen Balken nicht mit irgendeinem Baustoff verkleidet hatte. Immer wieder trat sie vor das Bild, bis sie nach und nach die fertige Ausführung erkennen konnte. In allen Einzelheiten sah sie es vor sich, es war von jenem Zauber, für den ihre Arbeiten berühmt waren.

In den folgenden Wochen lebte Mel von Donnerstag zu Donnerstag. Die Tage dazwischen erschienen ihr karg und freudlos. Jeder ging seiner Arbeit nach. Veit hatte sich angewöhnt, daheim zu bleiben und schrieb seine Artikel am Küchentisch. Er überließ Mel das Atelier und das Auto, um dahin zu kommen. Er kochte wie gewohnt am Abend. Sie machte den Abwasch. Dabei ließ sie sich viel Zeit, sie kam meistens erst zum Ende eines Filmes oder einer Sendung zu ihm ins Wohnzimmer und setzte sich.

Früh ging sie ins Bett, lange vor Veit, der zu später Stunde die interessantesten Beiträge im Fernsehen fand, Spielfilme aus Frankreich, deren Regisseure die Kunst beherrschten, mit wenig Handlung viel auszusagen, Dokumentationen, die im Abendprogramm kaum Zuschauer gefunden hätten. Manchmal entspannte er sich bei der Spätausgabe einer Sportsendung.

Seinen Gefühlsausbruch erwähnte er mit keinem Wort. Mel war erleichtert. Was hätte sie auch dazu sagen können.

Er hatte sie erschreckt. Sie war verunsichert und versuchte, eine ähnliche Situation zu vermeiden. Bis jetzt hatte sie in Veit stets einen Beschützer und Helfer gehabt. Lange hatte sie sogar geglaubt, ihn triebe dasselbe Interesse am Fall Cilli an wie sie, immer weiter zu suchen und nicht aufzugeben. Veit hatte es sogar versprochen, damals, als sie heirateten.

Wir geben niemals auf, hatte er gesagt und wirklich viel dafür getan. Immer wieder hatte er darüber geschrieben. Er konnte die Geschichte in Zeitungen unterbringen, hatte zusammen mit einem Studenten der Filmhochschule einen kleinen Film gedreht, der den Ablauf der Tragödie erzählte und Bilder der Stadt und des Puppentheaters zeigte. Ein kurzes Gespräch mit Mel informierte die Zuschauer, dass sie ihrer vermissten Schwester zum Verwechseln ähnlich sehe. Am Ende des Films hatte sich Mel mit ergreifenden Worten an ihre Schwester gewandt.

»Cilli, wenn du mich hier sehen und hören kannst, wenn du irgendwo lebst, dann melde dich, bitte bitte melde dich.«

Bei diesen Worten hatte sie geweint. Der kleine Streifen wurde in einer passenden Fernsehsendung gezeigt. Er hatte keine Reaktionen zur Folge.

Doch wie konnte sie dieses Interesse nach so vielen erfolglosen Jahren der Suche immer noch erwarten oder verlangen? Sie erkannte, dass Veit nicht mehr an Cillis Überleben glaubte. Wie sonst hätte er so wütend und aufbrausend reagieren können.

Sie schlich müde durch die Tage, ihre einzige Freude fand sie im Kunstunterricht in Marilens Klasse und an den Donnerstagen, wenn Marilen in ihrem hellblauen Kleid im Korbstuhl saß, wenn sie ihre Nusshörnchen verspeiste, und Mel sich von Mal zu Mal in eine immer verstörendere Zuneigung zu dem Kind verstrickte.

Einmal ergab sich die Gelegenheit, Marilen nach Hause zu fahren. Frau Alberti hatte ihre Tochter wie üblich nach Auweiler gebracht. Sie könne diese jedoch nicht abholen, ein Kunde benötige umfassende Beratung, und ihr Mann halte eine Schulung in Stuttgart. Er käme erst in zwei Tagen wieder nach Hause.

»Das ist kein Problem«, versicherte Mel der ratlosen Frau, die atemlos ihre Sorge schilderte.

»Ich kann Marilen heimbringen. Ich wohne in Feldheim, an der Straße nach Radstett. Den kleinen Abstecher in die Stadt mache ich mit Vergnügen. Auf dem Rückweg kann ich noch in den Supermarkt gehen.«

Die Mutter hatte den Vorschlag gerne angenommen und war erleichtert heimgefahren. Nach einem ausgedehnten Nachmittag, die Vesperpausen waren inzwischen länger geworden als die Arbeitszeit, fuhr Mel das Mädchen nach Hause. Es war kühler als sonst. Marilen hatte keine Jacke dabei und fror in ihrem luftigen Sommerkleid, für Mel ein unerträglicher Anblick.

An der Wallfahrtskapelle hielt sie an.

»Wir machen kurz Halt, dann kannst du meine Strickjacke anziehen. Du holst dir sonst noch eine Erkältung.«

Marilen nickte und löste ihren Gurt. Sie stiegen aus. Mel zog ihre Jacke aus, legte sie über Marilens Schulter und half dem Mädchen, seine dünnen Arme durch die langen Ärmel zu schieben. Diese rutschten Marilen über die Hände. Einer Vogelscheuche gleichend, schaute sie belustigt an ihren plötzlich überlang gewordenen Gliedern hinab, watschelte wie eine Ente umher, dann schlug sie mit den Armen auf und ab, als hätte sie Flügel und würde gleich wie ein Riesenvogel zum Flug ansetzen. Sie hüpfte hin und her und drehte die Arme wie ein Windmühlenrad. Plötzlich, einem spontanen Einfall folgend, lief sie zu ihrer Lehrerin und schlang die Arme um sie. Sie drückte ihren Lockenkopf gegen Mels Brust und ließ nicht los.

Überrumpelt vom Überschwang des Kindes, legte Mel ihre Hände auf seinen Kopf, dann fasste sie nach Marilens Schultern und schob das Mädchen von sich weg.

Das, genau das, konnte sie nicht zulassen. Sie wusste es und ihr wurde heiß vor Aufregung.

»Du erdrückst mich ja, und wenn du das tust, kann ich unser Bild nicht fertig malen.«

Sie versuchte der Situation einen lustigen Anstrich zu geben. Das wäre gar nicht notwendig gewesen, denn Marilen hatte sie nur in ihr Spiel mit einbezogen, sie hätte ebenso einen Baumstamm umarmt, wäre zufällig ein solcher in der Nähe gewesen. Unbekümmert wirbelte sie weiter, drehte sich im Kreis, wobei die Ärmelenden flatterten.

»Wir müssen los, Marilen«, mahnte Mel.

Das Mädchen blieb ruckartig stehen.

»Ja klar, ich komm schon, Mama wird warten.«

Mel fuhr los. Sie war befangen und irritiert, da sie Marilens Verhalten völlig falsch einschätzte. Für das Mädchen hatte eine solche Umarmung nicht dieselbe Bedeutung wie für sie, doch das erkannte Mel nicht. Für das Kind war es Teil eines Spiels gewesen, für Mel ein aufwühlendes Erlebnis. Sie sprach kaum, konzentrierte sich auf den Abendverkehr, der im Augenblick lebhafter war als tagsüber. Dafür redete Marilen umso mehr, erzählte, dass sie demnächst in den Schwimmclub von Radstett eintreten wolle, dass ein kleines Häschen in Aussicht stünde. Sie fuhren an Mels Haus vorbei. In der Küche brannte Licht. Sie fuhren durch Feldheim und weiter Richtung Radstett. Nach den ersten Häusern am Stadtrand wies Marilen in eine Seitenstraße. Fast am Ende der Straße angekommen rief sie »da ist es« und deutete auf ein zweigeschossiges Haus im Villenstil der dreißiger Jahre, das in einem gepflegten Garten stand.

Das Gartentor stand offen, ein breiter Kiesweg führte zur grauen Steintreppe, über die man die Haustür erreichte. Sie war von einer üppig blühenden, gelben Kletterrose umrahmt. Auf der Tür glänzte ein Messingschild mit edler Kursivschrift: Steuerkanzlei Alberti.

Das Haus hatte erst vor kurzem einen neuen Anstrich bekommen. Frisch leuchteten die weißen Wände, die graue Farbe der Sprossenfenster wiederholte sich im grauen Farbton der Haustür. Mel gefiel diese kleine Villa, sie war ihr bereits früher schon aufgefallen, als sie eher zufällig durch diese Straße gefahren war. Sie hielt vor der Gartentür an. Marilen stieg aus. Sie trug immer noch die Strickjacke, als sie an der Haustür den Klingelknopf drückte. Mel war im Auto sitzen geblieben. Frau Alberti öffnete und begann mit ihrer Tochter einen kurzen Disput.

Mel konnte nichts vom Gespräch der beiden verstehen. Doch dann stellte sich heraus, Marilen sollte die Jacke ausziehen und zum Auto bringen, was das Mädchen auch tat. Die Mutter kam hinterher und bedankte sich mehrmals, fürs Bringen, für die Freundlichkeit, Marilen eine Jacke zu leihen, für die Mühe, die Mel sich mache, denn dies alles sei eben keine Selbstverständlichkeit. Sie wisse das wirklich zu schätzen.

Mel war ausgestiegen und hielt ihre Strickjacke in der Hand. Sie traf eine Entscheidung, von der sie wenige Minuten zuvor noch nichts gewusst hatte.

»Ich bin heute gut mit dem Bild vorangekommen. Am nächsten Donnerstag wird es fertig sein. Ich schlage deshalb noch eine Sitzung vor, dann gehört es Ihnen.«

Frau Alberti klatschte begeistert in die Hände.

»Das ist wunderbar, oh, wie ich mich freue, ich kann Ihnen gar nicht sagen, wie sehr ich mich freue.«

»Dann bis nächste Woche«, sagte Mel und gab Marilen die Hand. »Wir sehen uns.« Frau Alberti ergriff mit beiden Händen Mels freie Hand und hielt sie fest.

»Ich danke Ihnen, tausend Dank, und gute Heimfahrt.«

»Ach, es ist nicht weit, Radstett-Feldheim. Es ist mein Schulweg, ich kenne jede Kurve.« Mel stieg ins Auto. Sie sah den beiden hinterher, als sie die Treppe hinaufgingen, sah wie Marilen sich umdrehte, wie sie lachte und zum Abschied beide

Arme gleichzeitig in die Luft warf und auf und ab bewegte. Sie war wieder der Vogel, der mit den Flügeln schlug. Doch nun schien es Mel, als flöge der Vogel unwiederbringlich davon.

Das Wochenende verbrachte Mel daheim im Haus. Veit war zu einer Radtour in die Vogesen aufgebrochen, zwei Freunde begleiteten ihn. Er hatte die Route geplant, die Zimmer bestellt, hatte tagelang Radwege gesichtet, den Wetterbericht verfolgt. Es sah vielversprechend aus. Am Freitagmorgen morgen fuhren sie los.

Günter und Matthias, jene Freunde, die Mels ersten Ausfall miterlebt hatten, damals auf der kleinen Hochzeitsfeier, pflegten seit der Studienzeit mit Veit freundschaftlichen Kontakt. Die beiden waren heute Kollegen in einer Anwaltskanzlei in Stuttgart. Sie hatten sich frei genommen und waren in aller Frühe mit Günters Auto nach Feldheim gefahren. Veit hatte für ein gemeinsames Frühstück am Küchentisch gesorgt. Als Mel erwachte und nach unten in die Küche ging, war das Trio bereits aufgebrochen.

Ihr ging es nicht gut. Sie war froh, allein zu sein. Sie fühlte sich kraft- und antriebslos und konnte sich zu nichts entschließen, weder wollte sie das Atelier besuchen, noch ihre Bank am Fluss. Ziellos ging sie im Haus umher, besah sich die beiden Räume, die dem Schlafzimmer gegenüber lagen und von denen aus der Blick in den kleinen Garten und über die Felder ging. Es waren wohl einmal Kinderzimmer gewesen. Jetzt waren sie mit allem angefüllt, was das Paar nicht unbedingt benötigte. Zwei Rumpelkammern, stellte sie fest und überlegte, wie sie diese Zimmerchen anderweitig nutzen könnte. Sie waren ruhig gelegen, ruhiger als das Schlafzimmer mit dem Fenster zur Straße hin. Vielleicht ließe sich aus dem einen ein Gästezimmer herrichten, obwohl sie nie Gäste hatten, die übernachteten, aus dem anderen ein zusätzliches Schreibzimmer für Veit?

In letzter Zeit hatte er vor allem zu Hause gearbeitet. Der Küchentisch schien Mel als Dauerlösung nicht geeignet. Doch der Gedanke an die Arbeit, die mit einer größeren Umgestaltung dieser Räume verbunden wäre, erschöpfte sie bereits so sehr, dass sie den Plan sofort wieder verwarf, bevor er womöglich genauere Umrisse annähme. Sie ging wieder nach unten und legte sich aufs Sofa, kroch unter die Wolldecke, die immer bereit lag. Nein, umbauen war im Augenblick das Letzte was sie zu tun bereit wäre, das ginge eindeutig über ihre Kraft. Sie fröstelte, obwohl es draußen heiß und windstill war.

Sie bereute das Versprechen, das sie Frau Alberti gestern beim Abschied gegeben hatte. Was war nur in sie gefahren, das Bild als so gut wie fertig zu bezeichnen? Warum nur hatte sie das getan? Damit hatte sie sich festgelegt, sich selbst einen Zeitplan verpasst, der sie nun drängte, das Bild aus der Hand zu geben, und was noch schlimmer war: der Umgang mit Marilen wäre damit auch beendet.

Sie musste sich jedoch eingestehen, dass das Bild längst vollendet war. Gestern bearbeitete sie noch eine kleine Stelle am Hintergrund. Es war klar, es gab nichts mehr zu tun.

Das hatte auch Marilen bemerkt, als sie es ansah.

»Es ist fertig. Wir haben es geschafft.«

»Noch nicht ganz, ein paar Kleinigkeiten möchte ich noch verbessern.« Marilen würde daheim über den Fortgang der Arbeit berichten. Die Mutter hatte sie bestimmt nach jeder Sitzung darüber befragt.

Ich musste es Frau Alberti sagen, wie weit das Portrait gediehen ist, aber ich hätte mir noch ein bisschen Zeit lassen können. Sie dachte an Marilens Umarmung. Sie hatte das Mädchen von sich geschoben. Sie fühlte Trauer und Leere und konnte sie nicht ertragen.

Das Kind füllte eine Lücke in Mels Leben, ein solches Glück hatte sie nicht erwartet. Umso schmerzlicher empfand sie nun den Verlust, den sie erleiden würde.

Marilen kommt noch einmal ins Atelier, dann ist Schluss, ich werde es überleben. Was erwarte ich von diesem Kind? Dass es mich liebt, dauernd bei mir ist? Möchte ich seine Mutter sein, eine bessere als diejenige, die ihr Kind in einer Babyklappe abgelegt hatte? Möchte ich sie ersetzen, vielleicht ist es das? Oder möchte ich wieder ein Kind sein und Marilen zur Schwester haben? Warum setzt mir diese Geschichte derart zu? Ich will das nicht, ich möchte meinen Frieden haben, nur an das denken, was der Tag bringt, neugierig sein, mich freuen können, ich bin nicht alt, doch mein Leben liegt unter einem Nebel, der sich nie lichtet, keine Sonne durchlässt, alle Farben dämpft, und wenn es schlimm kommt, in ein bleiernes Grau verwandelt. Nur in meinen Bildern leuchten Farben. Warum kann ich diese Farben nicht in mein Leben lassen, warum kann ich keinen Schlussstrich unter eine unglückliche Vergangenheit ziehen?

Sie setzte sich auf, schlang die Arme um die Knie und legte den Kopf darauf. In dieser Haltung schaukelte sie hin und her. Ein Kinderlied fiel ihr wieder ein, das die Mutter ihren kleinen Mädchen abends am Bett gesungen hatte, fester Bestandteil des abendlichen Einschlafrituals.

Mel summte die Melodie im Rhythmus des Schaukelns und dachte dabei an Cilli.

Schlafe Kind und sei behütet, alle Engel sind bei Dir.

Sie sang die Melodie wieder und wieder und wurde allmählich ruhiger. Ein Gedanke streifte sie wie ein vorbeifliegender Vogel, kurz und flüchtig. Cilli ist in guten Händen, in welchen auch immer, sie sind gut.

Am späten Nachmittag raffte sie sich auf und fuhr nach Radstett. Die Mittagshitze der Rheinebene hielt sich bis in den späten Abend, manchmal brachte ein Gewitter vorübergehende Abkühlung. Auf dem Rücksitz stand eine große Kühltasche. Sie wollte einkaufen, der Supermarkt lag günstig für sie am Stadtrand. Sie fuhr dieselbe Straße wie gestern, es war ihr

Schulweg, doch als der große Parkplatz des Einkaufscenters
in Sicht war, fuhr sie in einer spontanen Eingebung an ihm
vorbei und nahm den Weg in die Innenstadt. Gern wäre sie am
Haus der Albertis vorbeigefahren, doch es wäre ihr peinlich,
würde Frau Alberti sie entdecken. Diese Möglichkeit bestand.

Mel erreichte das Zentrum, wollte jedoch nicht aussteigen,
sondern durch die Straßen fahren und Leute sehen. Langsam
fuhr sie, mit Tempo dreißig nach Vorschrift. Beide Fenster
waren geöffnet. Ein warmer Luftstrom umschmeichelte ihren
Hals und die nackten Arme. Auf den Gehsteigen schlenderten
Menschen ohne Eile von einem Schaufenster zum nächsten,
den Sommerabend genießend. Manche gönnten sich ein Eis.
Zwei Mädchen kämpften mit zu vielen Kugeln auf zu kleinen
Tüten. Eine Mutter hielt ihr eigenes Eis in der einen, das ihres kleinen Sohnes in der anderen Hand und biss für ihn die
Kugeln in eine mundgerechte Form. Der Kleine stand vor ihr
und verlangte ungeduldig seine Tüte. Er balancierte auf den
Zehenspitzen und hielt seine Ärmchen hoch.

Die Mutter leckte auch noch die inzwischen klebrig gewordene Waffel ab und reichte sie endlich dem Jungen. Mel sah
seine kleine Zunge über das Eis flitzen, dabei fasste er ohne
aufzuschauen nach der Hand seiner Mutter.

Erleichtert bog sie um die nächste Ecke in eine schattige Allee-
straße ein und fand einen Parkplatz. Sie löste einen Parkschein,
legte ihn unter die Heckscheibe und verriegelte die Türen.

Beim Anblick des kleinen Jungen hatte sie Lust auf Eis bekommen. Ein paar Häuser weiter unten wusste sie eine Eisdiele.

Ein Tischchen an der Hauswand war frei. Sie setzte sich
und schaute auf die Straße. Hier war es ruhiger, vor allem
schattig. Ein junges Paar ging vorbei, blieb stehen. Das Mädchen fasste die Tische mit prüfendem Blick ins Auge, schien
aber unschlüssig, ob es hier sitzen wolle. Ein Tisch war noch
frei, er gefiel ihr wohl nicht, sie schüttelte den Kopf und zog
den Freund an ihrer Hand weiter. Mel schaute ihnen nach,

sah, wie der Freund seine Hand aus der des Mädchens löste. Vielleicht war es ihm beim Händchenhalten zu heiß geworden. Sie jedoch wollte wohl nicht allein gehen, denn sie legte ihren Arm um die Hüften des Jungen. Der löste sich auch aus diesem Griff und machte ein paar Hüpfer nach vorne.

Ob es wohl gut gehen wird mit den beiden?

Mel bestellte einen Schwarzwaldbecher. Sie aß langsam, mit Genuss, ließ das Eis auf der Zunge schmelzen. Die Sahne duftete zart nach Vanille, die Kirschen entfalteten im Mund ihr fruchtiges Aroma, das nach Sommer schmeckte.

Siehst du, sagte sie zu sich selbst, du kannst es doch, du musst es nur wollen, dass Farben in dein Leben kommen. Sieh dich um, es ist schön hier in der schattigen Allee. Du kannst hier sitzen, kannst genießen, die Menschen an den anderen Tischen tun das auch, es herrscht einmütige Harmonie.

Alle hier lieben Eis, das verbindet sie auf kurze Zeit und stiftet Frieden an diesem schattigen Plätzchen. Ein Spruch kam ihr in den Sinn: satt macht lieb, und »Eis essen macht glücklich«, sagte sie leise zu sich selbst.

Später bestellte sie noch einen Espresso und bezahlte. Die Stunde war um. Sie musste zurück zu ihrem Auto. Den kurzen Weg in der Allee ging sie mit federndem Schritt, wie ein junges Mädchen in ihren weißen Sandaletten. Wer ihr begegnete, sah eine schöne Frau mit schulterlangen braunen Locken. Ein ärmelloses weißes Leinenkleid ließ ihre olivfarbene Haut im Schatten der Allee dunkler erscheinen, als sie in Wirklichkeit war. Sie hielt den Kopf geneigt und lächelte, als freue sie sich auf eine lang ersehnte Verabredung.

Mel wunderte sich über die unerwartete Leichtigkeit, mit der sie ging.

Einmal, nach einer Wanderung in den Vogesen, als sie und Veit am Abend in einem Gasthof ihre schweren Rucksäcke ablegten, hatte sie, befreit von dieser Last, das Gefühl als schwebe sie. Genauso war es jetzt, doch wusste sie nicht warum.

Sie fuhr zurück, nahm einen anderen Weg durch die Stadt und fuhr zum Haus der Albertis. Das Gartentor war geschlossen, im Obergeschoss standen zwei Fenster offen, aber niemand war zu sehen. Was hatte sie erwartet? Vielleicht ein Mädchen im hellblauen Kleid, das auf der Treppe unter den gelben Rosen saß?

Mel zögerte. Am liebsten hätte sie angehalten und eine Weile vor dem Haus gewartet. Doch auf was? Welche Erklärung hätte sie für ihr Stehen ohne Absicht, einfach so?

Sie beschleunigte und fuhr weiter, doch die Leichtigkeit der vergangenen Stunde war verschwunden. Als sie in den Parkplatz des Supermarktes einbog und mit der leeren Kühltasche zu den ineinander geschobenen Einkaufswagen ging, wog diese schwer in ihrer Hand.

Die restliche Zeit des Wochenendes verbrachte Mel im Haus. Manchmal stand sie auf dem kleinen Balkon über der Haustür und schaute den Fahrzeugen nach, die unten auf der Straße vorbeifuhren. Bei Anbruch der Dämmerung setzte sie sich auf einen alten Klappstuhl und legte ihre Beine auf das Balkongeländer. Sie hatte ein Glas Rotwein dabei, das auf dem Boden stand. Ab und zu trank sie einen Schluck.

Am Samstagabend kamen viele Passanten vorbei, die einen gemütlichen Abend im Elsass verbringen wollten. Man hatte in einer der vielen Dorfwirtschaften einen langen Holztisch reserviert. Man kannte sich aus und hatte ein Stammlokal. Oft erkannte sie an sehr dicht auffahrenden Fahrzeugen eine zusammengehörige Clique, deren Mitglieder die Autohupe mit einem Morseapparat verwechselten. Dass Hupkonzerte verboten waren, interessierte die Leute offenbar nicht. Sie beobachtete einiges auf ihrem kleinen Hochsitz und machte sich ihre Gedanken.

Der ständig zunehmende Verkehr vor ihrem Haus störte sie jedoch nicht. Im Gegenteil. Es war diese Lage gewesen, weshalb sie das Häuschen so günstig erwerben konnten. Es

hatte lange leer gestanden, wurde immer wieder zum Verkauf
ausgeschrieben. Niemand wollte es haben. Sie wollte. Veit wil-
ligte ein. Er wusste warum.

An diesem Abend zog ein schweres Gewitter auf. Mel verließ ihren Balkon. Windböen fegten wie riesige Besen über
den ausgetrockneten Boden und warfen Staub in die Luft. Sie
schlugen zornig nach den Bäumen, dass sie sich bogen. Blitz
und Donner verfolgten sich in einer lärmenden Hetzjagd. Regen rauschte nieder und überflutete die Straße. Mel schloss
alle Fenster, verkroch sich unter ihrer Sofadecke und horchte
auf das Prasseln des Regens. Sie dachte an Veit und die anderen, aber zu dieser Tageszeit saßen sie wohl sicher und gemütlich in einem Gasthaus und redeten über sich und die Welt. Sie
redeten auch über Mel, das wusste sie. Sie wusste, Veit würde
über sein schwieriges Leben mit ihr berichten. Die Freunde
ließen ihn reden, hörten ihm zu, gaben ihm Ratschläge.

Mel hatte keine Freunde. Sie hatte nur Veit. Nur er hatte
einen Zugang zu ihr gefunden. Er hatte sie wie ein Kind an die
Hand genommen und ihr Sicherheit gegeben. Bei ihm konnte
sie sich anlehnen und einen Ruheplatz finden, besonders in
der ersten Zeit ihres gemeinsamen Lebens. Damals ging es ihr
gut im Vergleich zu den vorangegangenen Jahren.

Wenn sie an die ersten Monate nach dem Unglück dachte,
erinnerte sie sich vor allem an eine unendliche Einsamkeit. Es
war, als befände sie sich isoliert von den anderen Schülern in
einer Nebenwelt, zu der diese keinen Zutritt fanden. Niemand
wagte mit ihr zu reden, außer es war unumgänglich. Es schien,
als hätten die Kinder Angst vor ihr. Das Grauen und Erschrecken war sogar bei den besten Freundinnen so groß, dass sie
Mühe hatten, Mel anzuschauen. Sie begannen sie zu meiden,
taten so, als sähen sie sie nicht.

Mel hatte Verständnis für ihr Verhalten, sie betrachtete es
als eine Art Bestrafung, die sie verdiente, da sie Cilli allein-
gelassen hatte. Ihre Eltern taten ja dasselbe, indem sie nicht

mehr mit ihr über den Abend sprachen, sie nicht an ihrer eigenen Trauer teilnehmen ließen, sie nicht über den Fortgang der Ermittlungen informierten. Sie unterbrachen das Gespräch, wenn Mel ins Zimmer kam, schauten sich mit vielsagenden Blicken an und redeten Belangloses.

Die Lehrer behandelten sie rücksichtsvoll, beurteilten ihre Leistung mit Milde. Manchmal erkundigte sich der eine oder andere bei ihr, »Gibt es etwas Neues?« Doch Mel schüttelte den Kopf.

Im Alter von dreizehn Jahren hörte sie auf zu essen, saß stumm vor ihrem Teller und starrte ins Leere. Ihre Eltern wurden nervös, versuchten mit ihr zu reden. Der Vater erklärte ihr eindringlich, sie müsse essen, um gesund zu bleiben. Er schilderte ihr in allen Einzelheiten die Folgen einer Magersucht.

»Ich kann nichts essen, weil ich keinen Hunger habe«, sagte Mel.

Trinken konnte sie. Sie trank große Mengen Wasser gegen den Durst. Sie kannte das Wort Magersucht, ein schreckliches Wort, das mit ihr aber nicht das Geringste zu tun hatte. Sie konnte nichts essen, weil sie erlebte, dass die Speisen in ihr stecken blieben und nicht weiter rutschten. Das jedoch wollte sie auf keinen Fall verraten, denn sie fürchtete, an einer unheimlichen Krankheit zu leiden. Diese war in ihren Augen ebenfalls eine Strafe für ihr Versäumnis im Theater und für Cillis Verschwinden. So war es eben nur gerecht, dass sie dafür auf diese Weise leiden musste. Außerdem fühlte sie sich dadurch Cilli auf geheimnisvolle Art verbunden.

Nach kurzer Zeit war Mel so abgemagert, dass jede Rippe sichtbar war und ihre Arme dünnen Stöckchen glichen. Mels Turnlehrerin beobachtete die Veränderung ihrer Schülerin. Sie sprach mit der Rektorin. Diese verständigte die Eltern. Die waren selbst beunruhigt. Das Gespräch mit der Rektorin erschreckte sie noch mehr, denn bisher hatten sie geglaubt, nur ihnen fiele Mels Zustand auf.

Regine wollte mit ihr zum Hausarzt gehen, doch sie wehrte sich und schloss sich im Mädchenzimmer ein, legte sich in Cillis Bett und schlief. Sie schlief viel in diesen Tagen, verkroch sich unter Cillis Bettdecke wie in ein Nest, das sie nur noch verließ, um zur Schule zu gehen.

An einem der folgenden Tage, während der Unterrichtspause, sackte sie im Schulhof zu Boden und war nicht ansprechbar. Schüler schrien um Hilfe. Der Aufsichtslehrer, informiert über Mels Befinden, überlegte keine Sekunde lang und rief den Notarzt. Als der Krankenwagen mit Blaulicht in den Schulhof fuhr, war Mel wieder bei Bewusstsein. Der Lehrer bestand darauf, das Mädchen in die städtische Klinik zu bringen. Der Notarzt war derselben Meinung. Mel wurde auf eine Trage gelegt und in eine Wärmedecke gepackt.

Veit hatte diese Szene als Schüler miterlebt und konnte sie Mel später in allen Einzelheiten schildern. Während der Fahrt ins Klinikum verlor sie wieder das Bewusstsein und kam erst zu sich, als ein Arzt sich über sie beugte und mehrmals ihren Namen rief. Er war entsetzt über Mels Zustand. Er ordnete künstliche Ernährung an und erklärte den Eltern, die inzwischen eingetroffen waren, es sei eine Minute vor zwölf und er wisse nicht, ob Mel es schaffe. Oskar Abel glaubte einen Vorwurf in der Bemerkung des Arztes zu hören.

»Wir haben alles versucht, sie zum Essen zu bewegen, doch vergeblich.«

»Sie hätten früher kommen müssen«, sagte der Arzt, »darum geht es.« Er kannte Oskar. Der hätte es wissen müssen, als Zahnarzt. Er schüttelte empört den Kopf. Auch Mel war ihm bekannt. Er hatte die dramatische Geschichte dieser Familie von Anfang an verfolgt. Er war voller Mitleid mit dem abgemagerten Mädchen, das vor ihm lag und schwor sich, dieses Kind zu retten. Mel sah in ihrer jämmerlichen Verfassung jünger und kleiner aus, hilflos, ohne Kraft. Ihre großen Augen blickten staunend auf den Arzt.

»Es wird wieder gut werden«, sagte der Arzt und streichelte das magere Ärmchen.

Mel schüttelte verneinend ihren Kopf, als wisse sie es besser, es würde nie mehr gut werden. Dann weinte sie lautlos. Der Arzt sah die Tränen über ihre Wangen an den Ohren vorbei zum Hals hinlaufen.

Welche Verzweiflung, dachte er. Er wandte sich an die Eltern, die stumm zu Boden blickten.

»Wenn ihre Tochter durchkommt, wird sie psychologische Betreuung brauchen. Ich werde mich persönlich dafür einsetzen, denn das kann ich Ihnen jetzt schon sagen, allein wird dieses Kind die Last der Vergangenheit nicht tragen können. Aber jetzt müssen wir sie erst einmal über den Berg bringen.«

Der Arzt kümmerte sich um Mel wie um ein eigenes Kind. Er nahm sich Zeit, die er gar nicht hatte, setzte sich an ihr Bett und hielt ihre kleine Hand.

»Du vermisst deine Schwester,« sagte er, »doch du kannst ihr nicht helfen, wenn du nichts mehr isst. Wenn du sie finden willst, musst du stark und kräftig sein. Ich werde dir dabei helfen.«

Mel nickte, sie fasste Vertrauen zu diesem Freund an ihrem Bett. Er schrieb sie für lange Zeit krank, suchte eine geeignete Klinik, die auf Essstörungen spezialisiert war. Er sprach mit Regine und Oskar, er sprach mit der Leiterin dieser Klinik und schilderte ihr den besonderen Kummer, der Mels Erkrankung seiner Meinung nach verursachte. Er kannte diese Ärztin, legte ihr das Mädchen ans Herz und bat sie, alles dafür zu tun, dass dieses Kind sein Trauma überwindet.

Mel verbrachte einige Monate in der Kurklinik, hatte dort Kinder und Jugendliche kennengelernt, die nichts von ihrem Schicksal wussten. Unbefangen waren sie auf Mel zugegangen, hatten sich über ein neues Gesicht in ihren Reihen gefreut. Von der ersten Stunde an wurde sie in verschiedene Aktivitäten einbezogen. Es wurde gemalt, getöpfert, getanzt und gespielt. Beim

Tanz kam es nicht auf Schrittfolgen und Körperbeherrschung an, vielmehr achtete die Tanztherapeutin darauf, dass die Mädchen und Jungen in selbstgewählten Bewegungen einen Teil ihrer inneren Spannung ausdrücken konnten.

Mel liebte den Tanz. Nach anfänglichen Hemmungen ließ sie schnell alle Ängste hinter sich und wirbelte wie die anderen durch den großen Saal, oder schlurfte mit weit vorgebeugtem Oberkörper umher, tastete sich wie eine Blinde an der Wand entlang und suchte mit den Händen den Boden ab, als habe sie etwas verloren. Alles war in Ordnung, jede Bewegung, jeder Schritt. Man konnte nichts falsch machen.

Es gab einen Meditationskreis. Die Mädchen und Jungen lagen auf Gummimatten. Eine junge Frau forderte sie mit sanfter Stimme auf, die Augen zu schließen.

»Atmet ruhig ein und aus, ein und aus.«

Die Stimme führte die Patienten über eine bunt blühende Wiese, an einem klaren Bach entlang, ließ sie aus dessen Quelle trinken, und bot ihnen zuletzt ein schattiges Ruheplätzchen unter einem Baum an. Auf einem weichen Teppich aus Moospolstern am Fuß seines mächtigen Stammes durften sie sich ausruhen.

Einige schliefen beim letzten Bild regelmäßig ein, auch Mel. Im Anschluss an die Meditation fühlte sie sich gestärkt und erfrischt, als habe sie das eben Gehörte wirklich draußen in der Natur erlebt.

In der hauseigenen Schreinerei konnte sie eine kleine Schatztruhe bauen für Dinge, die sie vor anderen verbergen wollte. Das Kästchen hatte ein Schloss und Mel den passenden Schlüssel dazu.

Auf einem Webrahmen fertigte sie einen bunten Teppich, den sie jedoch am Ende der Kur nicht mitnahm. Ebenso ließ sie alles, was sie in diesen Wochen hergestellt hatte, als brauche sie die Dinge nicht, in diesem Haus zurück, in dem sie wieder zu essen gelernt hatte.

Die gelöste Atmosphäre veränderte allmählich ihren Blick, und die Therapeuten sahen, wie sich dieses seelisch und körperlich erschöpfte Kind nach und nach erholte. Vor allem war es die Ärztin, die immer wieder mit Mel sprach. In regelmäßigen Abständen holte sie das Mädchen zu sich in ihr Zimmer, sprach mit ihr über den Alltag im Kurheim, fragte nach ihren Lieblingsbüchern und ließ sich deren Inhalt beschreiben. Sie erkundigte sich nach ihren Wünschen, welche Tiere sie liebe, welche Blumen und Bäume. Sie forschte in Mels Träumen, und plötzlich drangen diese wie bei einem Dammbruch in ihren Schlaf. Es war, als flute aufgestautes Wasser ein Wüste.

Schließlich konnte Mel von dem Tag berichten, als das Schreckliche geschah, und sie verriet der Ärztin ihr Geheimnis: Meinen Eltern wäre es lieber gewesen ich wäre verschwunden und nicht meine Schwester. Dann sprach sie sprach von Cilli.

Sie sagte nicht, meine Schwester war meine beste Freundin, sondern, als sei diese ganz in ihrer Nähe, meine Schwester ist es, wir haben keine Geheimnisse voreinander, wir können uns alles sagen. Zum ersten Mal seit Cillis Verschwinden sprach sie über sie. Ihre Augen leuchteten.

Die Ärztin hielt den Atem an. Das ist ein Anfang, dachte sie, es wird weitergehen. So war es. Einige Wochen später holte Regine ihre Tochter nach Hause.

Am Tag nach dem heftigen Gewitter schien wieder die Sonne wie an allen Tagen zuvor, und Mel freute sich für die drei Radfahrer, die einen guten Tag haben würden. Sie machte einen Gang rund ums Haus, wollte sehen, ob das Unwetter Schäden hinterlassen habe. Selten ging sie in den kleinen Garten hinter dem Haus, den man durch eine Tür vom Eingangsflur aus betreten konnte.

Veit hatte bei der Besichtigung der Immobilie seinen Spaß gehabt.

»Vorn geht man hinein und auf geradem Weg hinten wieder hinaus. Warum soll man dieses Haus überhaupt kaufen?«

Doch gerade das hatte ihm gefallen. Es erinnerte ihn an das Bauernhaus seiner Großeltern in einem kleinen schwäbischen Dorf. Dort war er als Kind oft zu Besuch gewesen. Anfangs hatte er das kleine Stück Gartenland tiefgründig gerodet, da es vollkommen verwildert war. Mittlerweile hatte die angrenzende Wiese das Gärtchen wieder vereinnahmt und sich von Veits Lattenzaun nicht beeindrucken lassen. Durch dessen Zwischenräume war das Gras beharrlich bis zur Hauswand vorgewandert, an den Holzlatten selbst rankten Ackerwinden und wilde Wicken zur Freude vieler Bienen.

Veit hatte beschlossen, dieses kleine Naturparadies nicht mehr zu stören. Er hielt nur einen schmalen Wegstreifen an der Hauswand frei, belegt mit einem Band gebrannter Ziegel.

Mel benutzte den Garten nie. In der ersten Zeit hatte sie sich ab und zu vor die warme Hauswand in die Sonne gesetzt, doch lange hielt sie es dort nicht aus. Das Gefühl, etwas Wichtiges zu versäumen, ließ sie, abgewandt von der Straße, nicht zur Ruhe kommen.

Was, wenn gerade in diesem Augenblick, in dem sie hier in der Sonne döste, vor dem Haus ein Auto vorbeifuhr, in dem in einer, wie an ein Wunder grenzenden Fügung, eine Frau saß, die nicht nur Cilli ähnlich sah, sondern es auch wäre?

Auch jetzt warf sie nur einen kurzen Blick auf Wand und Dachtraufe, ging, nachdem sie nichts Auffälliges erkennen konnte, wieder ins Haus zurück und setzte sich auf ihren Balkon. Dort blieb sie, mit einer Kaffeetasse in der Hand, und kontrollierte Auto um Auto in der immerwährenden Hoffnung, in einem davon eines Tages Cilli zu entdecken.

Sie konnte nicht immer dort sitzen. Das wusste sie. Sie ging zur Schule, war im Atelier, hatte in der Küche zu tun, wollte schlafen. Aber kaum saß sie auf diesem kleinen Aussichtspunkt, musste sie es tun, sie konnte gar nicht anders, etwas zwang sie, die Straße im Auge zu haben, auch wenn sie die

Personen in den Fahrzeugen oft gar nicht deutlich erkennen konnte.

Am Mittag ging Mel in die Küche und machte sich ein Spiegelei. Sie aß es aus der Pfanne, dazu ein Stück Brot. Anschließend gönnte sie sich einen Apfel und noch einen, goss aus der großen Thermoskanne Kaffee in ihre Tasse und setzte sich wieder auf ihre Kontrollstation. So nannte Veit inzwischen den Balkon und bat Mel, es mit dieser Fahndungsmethode nicht zu übertreiben. Inzwischen war es so heiß geworden, dass sie es auf dem Klappstuhl nicht mehr aushielt und ins kühlere Zimmer ging. Sie wusste auch nicht, wann die Ausflügler nach Hause kämen und wollte auf keinen Fall dort oben von den Freunden gesichtet werden. Sie ging davon aus, dass Veit den beiden längst von ihren Angewohnheiten erzählt hatte. Sie würden Mel nicht verstehen. Günter würde Berechnungen anstellen.

»Hast du einmal überlegt, wie unwahrscheinlich es ist, dass unter all den Autos, die umherfahren, eines dabei ist, in dem deine Schwester sitzt, dieses an eurem Haus vorbeifährt, genau in dem Moment, in dem du zufällig auf dem Balkon nach ihr Ausschau hältst? Eher triffst du drei Sechser im Lotto.«

So etwas wollte sie nicht hören. Hatte Veit nicht ähnlich gesprochen, nachdem er bei Günter gewesen war? Sie wusste, wie Günter darüber dachte, sie wollte nicht von ihm belehrt werden. Wie könnte sie auch erklären, dass dieses Ausschauen für sie eine zwingende Notwendigkeit war und ihr das Gefühl gab, für Cilli etwas tun zu können. Alle Optionen waren seit langem erschöpft, alles war getan worden. Ihr blieb nur diese winzige Hoffnung auf einen Zufall, und die wollte sie niemals aufgeben.

Am späten Nachmittag saß Mel am Küchentisch und entwarf die Unterrichtsstunden der nächsten Woche. Sie hörte, wie Günter seinen Wagen auf dem kleinen Stück Wiese neben der Garage einzuparken versuchte, zweimal fuhr er zurück bis ihm der Standwinkel gefiel. Türen wurden geöffnet und wieder zugeschlagen, die Männer lachten.

Veit löste sein Fahrrad aus der Sicherung des Dachständers, hob es mit Schwung aus der Verankerung. Er stellte es ab und öffnete den Kofferraum, holte seine Gepäcktaschen heraus und warf sie auf den Boden. Er nahm seinen Fahrradhelm.

»Braucht ihr etwas aus dem Kofferraum, oder kann ich zu machen?« Als niemand antwortete, ließ er den Deckel nach unten fallen. Er griff nach seinen Taschen.

»Was ist, kommt ihr noch mit rein, wir könnten vespern und den Tag ausklingen lassen. Das wäre doch schön.«

Günter und Matthias sahen sich an.

»Was meinst du«, fragte Matthias, »wollen wir das?« Günter wollte.

»Ich kann es mir zwar zeitlich nicht mehr leisten, doch ich gebe Maja kurz Bescheid, damit sie nicht beunruhigt ist. Wir sehen uns so selten, das muss heute drin sein.«

Er zog sein Handy aus den Tiefen seiner Hosentasche, und während alle drei mit etwas steifen Beinen zur Haustür gingen, sprach er mit seiner Frau.

»Grüße von Maja«, rief er Veit und Matthias hinterher, »sie wünscht uns noch viel Spaß.«

Er klappte sein Handy ein und folgt ihnen. Im Flur war es angenehm kühl.

»Ah, welche Wohltat.«

Günter schüttelte die Beine aus, winkelte die Arme in Brusthöhe an und zog sie nach hinten.

Mel hatte ihre Unterlagen zusammengerafft und den Küchentisch freigeräumt. Sie kam jetzt in den Flur und ließ sich umarmen, von Veit, von Günter, von Matthias. Die Männer waren verschwitzt, sie konnte es riechen.

Matthias zog die Schuhe aus. Die ganze Zeit über hatte ihn eine Druckstelle am rechten Ballen geplagt. Veit war auch schon in Strümpfen und wusch sich an der Spüle die Hände.

»Oh, das tut gut«.

Er ließ kaltes Wasser über seine Unterarme laufen.

»Bitte schön, sehr zu empfehlen«.

Er bot den Freunden seinen Platz am Wasserhahn an, trocknete die Hände nicht, sondern holte aus dem Küchenschrank vier Teller. Der Tisch war schnell gedeckt. Mel hatte eine große Platte mit Leckerbissen hergerichtet. Veit freute sich. Er hatte auf Mels Fürsorge gehofft und empfand so etwas wie Stolz gegenüber seinen Freunden. Die Platte war nicht nur üppig bestückt, sondern auch noch appetitlich angerichtet. Kleine Petersiliensträußchen trennten optisch verschiedene Sorten Wurst und Käse. Hart gekochte Eier in glänzendem Weiß, rote Tomatenviertel und schwarze Oliven frischten das Angebot farblich auf. Veit brachte Bier und Wasser, stellte große Gläser auf den Tisch.

»Ich fahre, du darfst trinken. Das nächste Mal geht's anders herum«, entschied Günter.

»Klarer Fall, wir nehmen es zu Protokoll.«

Sie lachten, dann griffen die Männer zu. Mel aß etwas Käse, ein Ei und nahm sich Brot und Butter. Es schmeckte ihr. Sie war froh, dass sie am Freitagabend so umsichtig eingekauft hatte. Günter hatte sich Schwarzwälder Schinken auf den Teller gelegt und schnitt den breiten Fettrand weg. »Entschuldige«, sagte er zu Mel, »ich esse so gerne diesen Schinken, aber ich muss mit Fett aufpassen. Meine Cholesterinwerte sind nicht gerade gut.«

»Kein Problem. Ich mach es genauso. Ich mag zwar den Schinken, aber nicht das Fett. Doch du konntest jetzt auf der Tour sicher Punkte sammeln zugunsten deiner Werte oder nicht?«

»Ja, Bewegung ist immer gut, aber wir hatten es diesmal doch eher gemütlich auf unserer Weinstraßenrunde.«

Er blickte seine Gefährten an und lachte. Matthias nickte, er konnte mit vollem Mund nichts sagen. »Mir war es fast zu gemütlich«, resümierte Veit, »das nächste Mal packen wir den Grand Ballon. Ich bin ganz gut in Übung.«

»Aber eine Steigung hast du hier unten doch gar nicht dabei«, warf Günter ein.

»Ja schon, aber wenn ich längere Strecken in der Ebene fahre, bin ich trotzdem in Form.«

»Du hast es wirklich gut«, ließ sich Matthias vernehmen. Er hatte endlich den Mund frei und noch mit einem Schluck Bier nachgespült.

»Ein ideales Trainingsgebiet ist das hier, auch ohne Steigung, aber dafür direkt vor deiner Haustür.«

»Eine Steigung haben wir schon«, meldete sich Mel. »Wenn du von Auweiler aus dem Tiefgestade hochfährst, musst du ordentlich treten. Aber erzählt doch mal, hat euch das schwere Unwetter gestern unterwegs erwischt, oder ward ihr da schon unter einem sicheren Dach?«

»Ja«, antwortete Matthias, »wir hatten Glück. Wir fuhren gerade durch Riquewihr, als es losging. Wir fanden ein Plätzchen in einem Café, saßen im Trockenen. Aber es hat ordentlich gerauscht in den Gassen. Das Wasser schoss in Bächen durch den Ort.«

»Es war gut, dass wir zwei kleinere Touren geplant hatten. Da ist man flexibler und kann schneller umstellen, und gemütlicher ist es auch«, stellte Günter fest. »Mir hat übrigens unsere Rundfahrt bei Saverne am Freitag besonders gut gefallen. Auch das Gasthaus war angenehm. Tolles Essen, gute Betten, das Haus merke ich mir. Klar, die Route des Cretes ist spektakulär durch die fantastische Aussicht, und der Grand Ballon einmalig, aber ich entdecke gerade, dass ich besonders die liebliche Seite des Elsass bevorzuge. Die kleine Rundfahrt heute Morgen durch die Weinorte, sowas mag ich.«

Veit meinte, das liege am Alter, und ihm ginge es genauso, aber zum Glück könne man hier sowohl das eine wie das andere haben, je nach Lust und Befinden.

»Und wie ging es Dir«, fragte Matthias nach einem erneuten langen Zug aus seinem Glas. Er schaute Mel an und beugte sich leicht zu ihr hin. Er mochte sie und zeigte das immer wieder ganz deutlich.

»Ach mir«,

Mel überlegte kurz.

»Mir ist es sehr gut ergangen, ich war in Radstett beim Eis essen.« Einen Augenblick lang waren die drei sprachlos und man sah ihnen an, was sie dachten. Günter lag die Bemerkung auf der Zunge, »das ist ja ein wahnsinnig tolles Erlebnis, so etwas hat man auch nicht alle Tage.« Aber er hielt still und lächelte mild. Matthias schaute Mel liebevoll an, als wäre sie ein Kind, das eben etwas sehr Wichtiges gesagt hatte. Veit wunderte sich.

»Wie, ganz allein?«

Er konnte sich nicht daran erinnern, dass Mel jemals zum Eis essen nach Radstett gefahren war. »Warum soll deine Frau nicht allein Eis essen gehen, wieso wunderst Du Dich darüber?«, fragte Günter im Anwaltston.

»Nein nein, so mein ich das nicht, ich finde es ja toll, ich bin nur überrascht«, versicherte Veit übereifrig und suchte nach weiteren Erklärungen für seine Reaktion. Es half ihm aber nichts, die Freunde grinsten.

»Warst du in einer Eisdiele, oder hast du das Eis auf der Straße gegessen?« Veit fiel nichts Besseres dazu ein als diese alberne Frage, die er absolut arglos stellte, nur um irgendetwas zu sagen. Doch die beiden grinsten noch mehr.

»Habt mich doch gern!«

Er nahm sich mit den Fingern eine Scheibe Bierschinken und stopfte sie in den Mund.

»Aber das haben wir doch«, taten die Freunde scheinheilig.

»Also, wenn du das bis jetzt noch nicht gemerkt hast, besonders nach diesem Ausflug, dann können wir dir auch nicht helfen.«

Jetzt musste Mel laut lachen. Günter und Matthias lachten mit. Veit tat so, als fände er es ebenso lustig, aber er verschluckte sich und musste heftig husten. Günter blinzelte Veit mit den Augenlidern zu.

Lass es raus, schien er sagen zu wollen, aber diesmal hielt er seinen Mund.

»Wie geht es mit deiner Galerie in Köln?«

Matthias lenkte das Gespräch auf ein anderes Thema.

»Gibt es bald wieder eine Ausstellung?«

»Vielleicht«, antwortete Mel. »Klenze ist an einer Ausstellung in Paris dran, mit dem Termin gibt es aber noch Probleme. Er will fünf Künstler zeigen, und bring diese mal unter einen Hut. Jedenfalls wird es frühestens im Winter sein, eher im nächsten Frühjahr, soviel steht fest. Ich bin aber froh über die Zeitspanne, denn er möchte neben meinen alten wenigstens zwei bis drei neue Arbeiten von mir haben. Die muss ich erst mal machen.«

»Mel hat gerade einen interessanten Auftrag«, verriet Veit unüberlegt.

Er merkte nicht, wie Mel erschrak, als er das sagte. Günter fiel es sofort auf.

»Was ist das für eine Sache?«

Er schaute Mel mit gespannter Aufmerksamkeit an.

»Ach was«, sagte Mel, »es ist ein Bild wie alle anderen auch, ein Portrait. In der Art hab ich ja schon viele gemalt, nichts Außergewöhnliches.«

Günter hatte ein Gespür für Botschaften zwischen den Zeilen, was ihn als Anwalt sehr erfolgreich arbeiten ließ. Er sagte sich, wenn Mel derart tiefstapelt, dann muss es sich um etwas ganz Besonderes handeln.

»Darf man denn erfahren, wen du porträtierst? Schließlich ist es mittlerweile eine Ehre, von dir ins Visier genommen zu werden. Ich bin neugierig.«

»Es ist eine Schülerin von mir«.

Mel blickte auf ihren Teller, als sie es sagte. Sie hatte das Gefühl, etwas Verbotenes zu beichten.

Einen Augenblick lang war es still in der Küche.

»Oh là là«, rief Günter, war er doch gerade in Frankreich gewesen. Dann kam ein Pfeifton aus seinem Mund, der nichts Gutes verhieß.

»Geht das denn, Lehrerin malt Schülerin. Gibt es da nicht schulrechtliche Bestimmungen?«

»Oh je«, seufzte Matthias, »musst du jetzt damit kommen? Bedenke, Mel malt ihre Schülerin, sie vergewaltigt sie nicht!«

»Darum geht es nicht«, dozierte Günter, »du weißt genau, wie ich es meine. Es gibt Empfehlungen und es gibt Vorschriften, die den Umgang zwischen Lehrer und Schüler regeln, und das zum Schutz beider Seiten. Entschuldige Mel, das geht jetzt nicht gegen dich, ich meine das grundsätzlich.« Er redete mit Juristeneifer und schlug dabei mit seinem Zeigefinger in die Luft.

»Stellt euch nur mal Folgendes vor: ein Lehrer bittet eine Schülerin, ihm Modell zu sitzen, womöglich noch in seinem Atelier. Das muss sich dieser erst mal trauen. Sie fühlt sich geschmeichelt und willigt ein. Kann sein, es geht ihm wirklich nur um ein Bild, das er malen will, weil diese Schülerin ihn durch ihr Äußeres dazu inspiriert, alles gut und recht. Doch was ist, wenn die Schülerin ihn nun aus irgendeinem Grund beschuldigt, er habe sie während der Sitzungen unsittlich berührt? Dann ist er ein absolut armes Schwein, denn Aussage steht gegen Aussage. Kein Zeuge kann ihn entlasten und niemand wird ihm glauben. Alle sehen nur die Ausgangssituation: ein Lehrer, ein Atelier, ein junges Mädchen, dazu noch minderjährig, du liebe Zeit, ein Heiliger ist, wer sich nichts Schlimmes dabei denkt!«

Günter warf sich im Stuhl zurück, dass die Lehne krachte. Mel starrte immer noch in ihren Teller. »Wie sieht es denn in deinem Fall aus, ist die Mutter oder jemand anderes anwesend, wenn du sie malst?«

»Nein«, hauchte Mel. Sie fühlte sich wie in einem Verhör.

»Das gibt es doch nicht«, entsetzte sich Günter und schlug theatralisch die Hände vor sein Gesicht. »Da hast du ja alles, aber auch alles falsch gemacht. Schlimmer geht es nicht!«

»Jetzt mach mal einen Punkt«, beschwor ihn Matthias, »Mel weiß doch genau was sie tut.«

In gespielter Verzweiflung über so viel Naivität warf er seine Arme über den Tisch und brachte dabei seinen Teller in Schieflage.

»Das hilft ihr aber nicht, wenn es hart auf hart kommt, glaubt mir, ich kenn mich aus.«

»Ja, das wissen wir«, bestätigte Matthias, »aber du malst hier den Teufel an die Wand.«

Veit hatte die ganze Zeit ruhig zugehört. Mit Genugtuung verfolgte er, wie Günter Mel mehr und mehr verunsicherte. Er war zufrieden, dass ein Außenstehender die Angelegenheit mit Marilen in einem Licht sah, wie Mel sie von Anfang an nicht hatte sehen wollen. Jetzt wurden ihr endlich die Augen geöffnet, freute er sich heimlich, und er dachte nicht daran, ihr beizustehen. Mel schaute von ihrem Teller auf. Mit fester Stimme sagte sie:

»Ich habe die Schülerin nicht aufgefordert oder eingeladen. Die Eltern des Mädchens kamen auf mich zu und baten mich, ihr Kind zu portraitieren, weil sie meine Arbeiten kennen und schätzen. Ich habe es mir überlegt und zugesagt. Sollte es in der Schule Schwierigkeiten geben, löse ich sofort meinen Vertrag. Ich kann auch ohne sie gut leben. Marilens Eltern vertrauen mir. Ich habe keine anderen Absichten, als das Kind zu malen und das, so gut ich es kann.«

Matthias schaute sie bewundernd an. Das war eine mutige Mel, die gesprochen hatte.

Günters Mimik verriet konzentrierte Gedankenarbeit, er zog seine Lippen zwischen die Zähne.

»Wie du es darstellst, klingt es nicht schlecht. Die Eltern

vertrauen dir, schön und gut. Aber kannst du dem Mädchen vertrauen? Mädchen gleichen heute tickenden Zeitbomben, die irgendwann hochgehen können. Sie sind unberechenbar in ihren Launen und Ideen. Vieles ist für sie ein Spiel, ganz besonders, wenn sie einer Clique angehören. Dort wird dumm dahergeredet und nicht überlegt, was ein blödes Gerede auslösen kann. Oft geht es Mädchen nur darum, sich interessant zu machen. Jemand aus der Clique kann den Mund nicht halten, erzählt ausmalend weiter, die nächste tut das auch und fügt noch Erfundenes hinzu. Eine andere stellt die Sache ins Internet, und aus und vorbei ist es für einen unschuldig Betroffenen. Ich hatte schon einige solcher Fälle auf dem Tisch, das kann ich euch sagen. Ich bleib dabei, man muss sich wirklich in Acht nehmen.«

»Marilen ist keine tickende Bombe, sie ist ein freundliches, bescheidenes Mädchen mit ihren zwölf Jahren. Übrigens, das Bild ist bereits fertig und wird demnächst abgeholt.«

Günter hielt sich mit beiden Händen an der Tischkante fest und kippte seinen Stuhl nach hinten. »Ich wollte dir keine Angst machen«, sagte er beschwichtigend, »ich weiß nur einfach zu viel, um deine Situation nicht ohne Besorgnis zu sehen. Bitte, versteh mich nicht falsch. Ich freu' mich ja für dich, wenn alles gutgeht und deine Arbeit ein schöner Erfolg wird.«

Mel war plötzlich erschöpft, wünschte sich, die Freunde würden aufbrechen und heimfahren. Sie wollte allein sein. Auch schossen ihr Bilder durch den Kopf, die Günters Besorgnis durchaus rechtfertigten. Was würde er zu Marilens Umarmung sagen, was zu Mels Fahrt am Abend zum Haus der Albertis, zu all den Nachmittagen im Atelier, an denen sie zwar gemalt, aber auch sehr viel Zeit damit verbracht hatte, sich mit Marilen zu beschäftigen? Diese hatte schnell Mels Büchersammlung entdeckt, die aus einer Anzahl interessanter Bildbände bestand. Besonders von Tierfotos konnte Marilen gar nicht genug bekommen. Zu zweit hatten sie dicht nebeneinander auf dem Sofa gesessen, manchmal hatte sich Marilen eng an sie geschmiegt, eine Hand in Mels Schoß gelegt und mit der anderen im Buch geblättert. Mel atmete dabei den Duft ihrer Haare ein und spürte Marilens Locken in ihrem Gesicht.

Oft war sie mit ihr auf der Bank am Rheinufer gesessen. Sie hatten mit Nusshörnchen und Saft Picknick gehalten, waren anschließend an der Böschung eine kleine Treppe zu einem Ufervorsprung hinuntergeklettert, der wie eine winzige Halbinsel in den Fluss ragte. Dort konnte man sitzen und die Beine ins Wasser hängen. Sie hatten sich gegenseitig wie Kinder mit ihren nackten Füßen bespritzt, die sich dabei ineinander verhakten. Marilen hatte gelacht, und Mel hielt sie fest, damit sie nicht ins Wasser fiele. Absolut verboten war das, das wusste sie. Aber das Kind hatte darum gebettelt. Mel konnte ihm nichts abschlagen.

Hatte Mel dadurch das Vertrauen der Albertis missbraucht, als sie der Bitte um ein Portrait nur deshalb nachgekommen war, um ihrer Tochter nahe zu sein? Gezögert hatte sie, sich Bedenkzeit erbeten, alles nur als Vorwand, denn innerlich hatte sie gejubelt bei der Aussicht auf diese Möglichkeit.

»Trinkst du noch ein Bier?«

Veit bemerkte, dass Matthias bereits sein drittes Glas geleert hatte.

»Tut mir leid«, antwortete Günter an dessen Stelle, »ich denke, wir sollten langsam los. Für mich wird es jedenfalls höchste Zeit.«

Er stand auf, wartete nicht auf Matthias' Antwort.

»Stimmt, es wird Zeit«, meinte auch der und schob den Stuhl nach hinten. Schwerfällig erhob er sich und verzog das Gesicht. Er hatte seit dem Morgen Muskelkater und freute sich auf ein heißes Bad. Er schloss Mel in seine Arme und hielt sie lange fest.

»Ich liebe dich, es war schön, dich zu sehen mein Mädchen«, sagte er ohne Hemmung und Rücksicht auf Veit.

Der lächelte nachsichtig. Günter küsste Mel spaßhaft die Hand.

»Ich danke dir, es hat wunderbar geschmeckt. Für meine Bedenken bitte ich um Verständnis. Ich mache mir lediglich Sorgen, das verstehst Du doch?«

Er hielt ihre Hand. Mel nickte.

»Ich versteh dich schon«, sagte sie und zog ihre Hand aus der seinen.

Matthias, der erst jetzt im Stehen die Wirkung des Alkohols spürte, breitete die Arme aus, als wolle er die ganze Welt umfassen.

»Vergesst uns nicht, so vergessen wir euch auch nicht«, zitierte er ein altes Märchen und hätte gerne noch mehr zum Besten gegeben.

Doch Günter packte ihn am Arm und zog ihn aus der Küche.

Veit begleitete die beiden zum Auto. Dort verabschiedete sich Matthias erneut und etwas lärmend, wollte wieder ins Haus, um Mel noch einmal zu umarmen. Doch Veit schob ihn ins Auto und schnallte ihn fest.

»Alles klar, bis zur nächsten Tour«, sagte er und schlug die Autotür zu. Er sah dem Wagen nach, bis er hinter der ersten Kurve verschwunden war. Am liebsten wäre ich jetzt mitgefahren, dachte er und blieb noch lange stehen.

Für die nächsten Unterrichtsstunden hatte sich Mel ein Thema ausgedacht, für das sich fast alle ihre Schüler interessierten, ältere und jüngere. Es sollte die Schüler in den letzten Wochen vor den Ferien beschäftigen. Sie hatte keine Lust, sich noch weitere Themen auszudenken. Auch wussten ihre Schüler, dass die Notenkonferenz stattgefunden hatte, und jede Anstrengung ohne Einfluss auf die Beurteilung bliebe. Dies wirkte sich in der Regel negativ auf den Kunstunterricht aus. Am Montag unterrichtete sie in einer neunten Klasse. Die Schüler zeigten plötzlich ungewohntes Interesse. Das Thema lautete: denke dir eine Geschichte aus oder erzähle eine nach, die dir besonders gefällt und illustriere sie.

»Wenn wir es zeitlich schaffen, machen wir daraus ein Buch.« Mel bemerkte, wie in vielen Gesichtern nach der ersten Überraschung eine Idee aufblitzte, wie manche in sich hineinhorchten und plötzlich nickten.

»Lasst euch Zeit mit dem Projekt. Ihr könnt heute die Geschichte schreiben, am nächsten Montag die Illustrationen zeichnen, und wenn ihr länger braucht, ist das auch in Ordnung. Ihr könnt schreiben und zeichnen, was euch einfällt. Es muss nicht heute fertig werden.«

Es gab noch Fragen.

»Sollen wir mit Bleistift zeichnen oder mit Tusche, dürfen wir Filzschreiber verwenden, oder gilt auch ein Aquarell?«

Mel war es wichtig, dass die Schüler motiviert an die Arbeit gingen.

»Sucht euch aus, womit ihr am liebsten arbeiten möchtet, das ist wichtig. Um Freude daran zu haben, ist es gut, wenn ihr die Technik wählt, die euch ganz besonders liegt. Alles ist möglich. Wer schon eine Idee für die Geschichte hat, aber zuerst illustrieren möchte, kann auch das tun. Macht es so, wie es für euch am besten ist.«

Ihr lag sehr am Herzen, den Jugendlichen die Erfahrung von künstlerischer Freiheit zu ermöglichen, im Gegensatz zum strengen Leistungsplan der Schule.

Es wurde still im Klassenzimmer. Die meisten hatten zu schreiben begonnen, einige blickten zum Fenster, als erwarteten sie von draußen eine inspirierende Anregung, und wieder andere hatten ihren Zeichenblock aufgeschlagen und skizzierten Comics mit Sprechblasen.

Auch gut, dachte Mel, alles ist erlaubt. Sie freute sich über den unerwarteten Eifer aller, ohne Ausnahme. Noch nie war es ihr gelungen, die Schüler dieser Klasse so einmütig zu fesseln.

In der achten Klasse am Dienstag stellte sie das gleiche Thema und löste bei den Schülern große Aufregung aus.

»Das können wir doch gar nicht«, war die Meinung vieler, die wahrscheinlich an ihre perfekt illustrierten Bücher daheim in den Regalen dachten.

»Warum glaubt ihr, es nicht zu können, was ist für euch so schwierig daran?« Es stellte sich heraus, dass die Kinder eher Respekt vor der Geschichte als vor der Zeichnung hatten.

»Wenn das so ist, könnt ihr die Geschichte in eurem Kopf lassen und mit dem Bild beginnen. Wer sie später doch aufschreiben möchte, kann das immer noch tun.«

Das schien den meisten einzuleuchten, und so saßen viele vor ihrem Zeichenblock und schauten in die Luft. Es sah so aus, als speicherten sie etwas hinter ihrer Stirne ab wie auf der Festplatte ihrer Handys, welche die meisten von ihnen besaßen. Als Mel ein Mädchen beobachtete, das eine unsichtbare Tastatur in ihrer Handinnenfläche bediente, musste sie lachen und drehte sich um.

In Marilens Klasse war die Begeisterung groß.

»Ich weiß ganz viele Geschichten«, rief ein Junge und warf die Arme in die Luft.

Die Kinder begannen sofort, sich gegenseitig die unglaublichsten Erlebnisse zu erzählen. Die meisten redeten gleichzeitig aufeinander ein. Keiner hörte dem anderen zu. Ein lautes Stimmengewirr übertönte die von Mel. Sie bat um Ruhe. Fragen tauchten auf. Soll die Geschichte kurz oder lang sein, muss sie real, oder darf sie erfunden sein?

Ein Junge fragte: »Darf ich lügen?«

Ein anderer: »Ich weiß einen Witz, geht das auch?«

Mel wunderte sich, wie genau Kinder bei so vielen ihrer Schritte wissen wollten, ob sie richtig wären, wie sicher sie sich darin sein wollten, wie wenig sie riskierten. Immer sollte alles, was sie taten, einen Sinn haben, sollte zum Erfolg führen, weil sie gelernt hatten, Zeit nicht zu verschwenden. Die meisten von ihnen lebten nach einem anstrengenden Lern- und Freizeitprogramm.

Sie versuchte, wenigstens im Kunstunterricht den Schülern Luft zu verschaffen und sie etwas anderes zu lehren, was nicht in Büchern stand. Sie sollten ihre Fantasie entwickeln, Entdeckungen machen, staunend ihre Begabung wahrnehmen, die sie noch nicht wirklich kannten. Sie sollten im Grunde wieder das Kind werden, das sie einmal waren, als sie unbekümmert ihre Welt in Bildern erklärten.

»Das ist Mama, das ist Papa, und das bin ich.«

Manchmal dachte sie in solchen Augenblicken an ihren Kuraufenthalt, damals, als sie selbst noch ein Kind war.

»Jeder Schritt ist richtig, du kannst nichts falsch machen«, hatte die Therapeutin beim Tanzen gesagt. Das gab sie jetzt an ihre Schüler weiter.

»Alles, was euch dazu einfällt, ist in Ordnung. Ihr könnt nichts falsch machen«.

Da reckten einige die Nase hoch und schauten mit vielsagender Miene zu Mel, als wollten sie sagen, na warte, da werde ich dir aber jetzt mal was erzählen, so etwas hast du noch nie gehört! Auch Marilen hatte offensichtlich einen guten Einfall, denn Mel sah, dass sie, während sie schrieb, zufrieden lächelte und dabei immer wieder wie in einer glücklichen Erinnerung innehielt.

Mel erfuhr an diesem Tag nicht, was Marilen und die anderen geschrieben hatten. Die Kinder nahmen ihre Arbeiten mit nach Hause, konnten sie daheim noch einmal lesen. In der nächsten Woche würden sie ihre Bilder dazu malen. Alle hatten beteuert, wie gerne sie das tun möchten und welch gute Ideen sie schon hätten.

Diesmal verließ die Lehrerin das Schulhaus mit großer Befriedigung. Endlich war ihr eine gute Unterrichtseinheit gelungen. In allen Klassen.

Das muss am Thema liegen, überlegte sie, es ist interessant, herausfordernd und anspruchsvoll. Ich werde mich also in Zukunft bei meiner Themenwahl mehr anstrengen müssen.

Marilen kam zum letzten Mal ins Atelier. Mel hatte noch einmal Nusshörnchen gekauft und Apfelsaft bereitgestellt. Alles sollte so sein wie immer, doch war sie aufgeregt und in schlechter Stimmung. Sie nahm sich übel, sich in eine Situation gebracht zu haben, die sie heute völlig überforderte. Zu Beginn des Abenteuers mit ihrer Schülerin hatte sie dieses nicht zu Ende bedacht, war einfach nur gierig gewesen, dem Mädchen nahe zu sein. Nun wusste sie, dass sie sich damit keinen guten Dienst erwiesen hatte. Schon am Abend zuvor war die Freude über ihre gelungenen Schulstunden schnell verflogen. Der Gedanke an Marilens letzten Besuch in Auweiler hatte das gute Gefühl vertrieben. Geblieben war eine Traurigkeit, die aber nicht allein mit dem Ende der Ateliersitzungen erklärbar war.

Mel kannte die Anzeichen des heraufziehenden Nebels, die Trostlosigkeit in ihrem Innern, die Gleichgültigkeit gegenüber dem Alltäglichen, ihre Müdigkeit. Ihr Bett war dann der einzige Ort, an dem sie Frieden fand. Gerne hätte sie sich darin verkrochen.

Auch damals, in der ersten Zeit nach Cillis Verschwinden, war das Bett, vor allem das der Schwester, der einzige Platz gewesen, der ihr ein Überleben sicherte. Wie oft hatte sie sich stundenlang dort versteckt, hatte im Dunkeln gelegen und an nichts gedacht, außer an Cilli. Manchmal war sie darüber eingeschlafen.

Heute konnte sie sich nicht im Bett verstecken, sie musste nach Auweiler fahren, würde Frau Alberti ins Haus bitten. Zum ersten Mal sähe diese nun das Bild. Sie würden ein paar Worte wechseln, dann würde die Besitzerin ihr Bild im Kofferraum ihres Autos verstauen, der groß genug dafür war. Frau Alberti hatte vorsorglich ausgemessen.

Mel wartete auf die Ankunft von Mutter und Tochter. Sie hatte das Gefühl, als ginge sie das Ganze überhaupt nichts mehr an, als fände dieser Nachmittag bereits in ihrer Erinnerung statt und gehöre längst der Vergangenheit an.

Das Auto fuhr vor. Mel ging den beiden entgegen. Es war kühler als am Vortag, am Morgen hatte es geregnet. Marilen trug nicht ihr Sommerkleid, sondern eine hellblaue Jeanshose und ein weißes T-Shirt. Sie hielt einen Blumenstrauß in der Hand, ein Dankeschön für Mels Mühe.

Diese nahm den Strauß und roch an betörend duftenden weißen Rosen aus Albertis Garten.

»Wie wundervoll«, sagte sie und wurde verlegen.

Sie empfand Fremdheit zwischen sich und dem Mädchen, als habe es die fröhlichen Gespräche, die übermütige Stimmung und die lustigen Spritzattacken am Fluss nie gegeben.

»Möchten Sie jetzt das Bild anschauen?«

Sie wandte sich an Frau Alberti und machte eine einladende Bewegung in Richtung Haustür. »Nein, jetzt noch nicht. Ich hole Marilen heute etwas früher ab. Dann schau ich es gerne in Ruhe an. Wenn möglich, würde ich es gleich mitnehmen.«

»Ja, natürlich, das Bild ist fertig.«

Je eher die Sache beendet ist, desto besser, dachte Mel. »Bis später also«, sagte Frau Alberti, stieg ins Auto und fuhr los.

Was sie wohl denken mag, überlegte Mel. Das Bild war fertig. Dennoch hatte Mel noch um diesen Nachmittag mit Marilen gebeten. Wie konnte sie diesen Wunsch überhaupt begründen? Was dachten sich die Eltern, was dachte Marilen?

Mel leerte ein großes Glas, in dem Pinsel standen und spülte es aus. Sie füllte es mit frischem Wasser, stellte den Strauß hinein, ordnete die Rosen und roch wieder daran.

»Wie die duften«, sagte sie zu Marilen und suchte einen angemessenen Platz für ihr Geschenk.

»Dahin, stell die Blumen dahin«.

Marilen deutete auf ein niedriges, schmales Regal, das vor

dem großen Fenster stand. »So kann man den Strauß auch von draußen sehen«, sagte sie.

Mel gehorchte.

Marilen redete ihre Lehrerin im Atelier mit du an, jedoch nicht mit dem Vornamen. Sie sagte du und Frau Abel, als wäre das selbstverständlich. Keine Probleme hatte sie auch mit der offiziellen Anrede in der Schule. Sie wechselte ihre Anrede je nach Bedarf. Es gab darüber keine Vereinbarung zwischen Mel und ihrer Schülerin. Marilen hatte selbst die Sache gleich bei ihrem ersten Besuch so für sich entschieden, der jeweiligen Situation entsprechend, und Mel sah darin einen weiteren Beweis für ihre Intelligenz.

»Was machen wir jetzt?«

Marilen schielte nach den Hörnchen.

»Wenn du nichts einzuwenden hast, würde ich heute gerne noch eine kleine Zeichnung von dir machen. Ich denke an das, was du dir am Anfang gewünscht hast. Weißt du noch, du wolltest ein Baby auf einem Kissen haben.«

Mel war sich nicht sicher, ob der Wunsch noch aktuell war, wusste sie doch, wie sprunghaft das Mädchen war, wie schnell sich seine Wünsche änderten.

Marilen strahlte.

»Du willst das wirklich machen?«

»Ja natürlich, ich habe es nicht vergessen. Es geht auch ganz schnell, du brauchst heute nicht sehr lange still zu halten.«

Sie schob noch einmal den Korbstuhl vor das Fenster. Marilen setzte sich wie gewohnt hinein. »Einen Wunsch hab ich aber auch«, sagte Mel, »ich möchte deine Haare zu einem Zopf flechten, das gefällt mir für dieses Motiv ganz besonders gut.«

»Wenn du einen Zopf flechten kannst. Ich hab nur keinen Kamm dabei.«

Bedeutungsvoll, fast andächtig, sagte Mel:

»Wir brauchen keinen Kamm. Ich bin sehr gut im Zöpfe flechten, nichts leichter als das.«

Sie trat hinter Marilen und griff behutsam in ihr Haar. Sie hielt es mit beiden Händen wie in einer Schale. Sie ließ das Geriesel der Locken durch die Finger gleiten, beugte sich über die weiche Fülle und atmete ihren Duft ein. Dann teilte sie den Lockenfluss in drei Stränge und flocht diese zu einem dicken Zopf. Sie hielt ihn in ihrer rechten Hand und bedeckte ihn, als wolle sie sich niemals von ihm trennen, liebevoll mit der linken. Dann legte sie ihn sorgfältig, wie für die Ewigkeit bestimmt, auf Marilens Schulter, sodass er am Hals vorbei nach vorne fiel. Mit einem zarten Griff hielt sie das Kind an den Schultern fest und drehte seinen Oberkörper zur Seite, sein Profil dem Fenster zuwendend.

»So, so möchte ich dich zeichnen, genau in dieser Haltung. Wenn du ein paar Minuten so bleiben könntest, wäre es wunderbar.« Sie legte dem Mädchen eines der Kissen vom Sofa in den Schoß. Sie wartete ab, wie Marilen damit umginge. Zu ihrer Überraschung verschränkte sie die Arme vor der Brust und ließ das Kissen dort liegen, wo Mel es abgelegt hatte. Sie hatte geglaubt, Marilen würde das Kissen in den Arm nehmen, es wenigstens mit den Händen halten.

Doch sagte sie nichts, sondern ließ sie gewähren und fand, dass durch die abweisende Gebärde des Mädchens ein viel interessanteres und rätselhafteres Bild entstünde, als sie es sich vorgestellt hatte. Das ist gut so, sagte sich Mel, das ist sehr gut.

»Fangen wir an. Ab jetzt stillhalten!«

Mittlerweile hatte Marilen darin Übung. Mel skizzierte schnell und sicher. Das ging rasch.

»Aus, fertig«, sagte Mel nach einer Weile und legte den großen Zeichenblock auf den Boden, um Abstand von ihrer Arbeit zu haben. Sie stand vor der Skizze. Marilen hüpfte aus dem Sessel, legte das Kissen in den Korbstuhl und beugte sich über das Bild.

»Ich erkenne mich«, staunte Marilen, »nur das Baby fehlt halt noch.«

»Für das Baby brauch ich ein Foto. Wir schauen, ob wir in den Bildbänden eines finden, welches ich auf dein Kissen legen kann«, schlug Mel vor.

»Eigentlich ist Zeichnen Zauberei«, überlegte Marilen. »Alles, was man sich wünscht, kann man herbeizaubern, man malt es, und schon ist es da.«

Wie recht sie hat, dachte Mel, und sie beschreibt dabei eine wichtige Erkenntnis mit einfachsten Worten, über die Fachleute komplizierte Diskussionen führen.

Noch einmal saßen sie heute eng beieinander auf dem Sofa. Die Nusshörnchen waren verzehrt, die Brösel abgeschüttelt. Auf Mels Knien lag ein Fotoband mit dem Titel Kinder aus aller Welt. Marilen lehnte sich bei ihr an und blätterte die Seiten um. Mel legte vorsichtig den Arm um das Kind, das sich wie ein Kätzchen in ihre Umarmung kuschelte.

Mel fielen plötzlich Günters Mahnung und seine Befürchtungen ein. Sie erschrak. Mit einem Mal kamen ihr diese letzten Stunden mit diesem Mädchen unwirklich vor. Ihr war, als blicke sie von draußen durch das große Fenster in den Raum. Sie sah eine Frau und ein Kind auf einem Sofa sitzen, die ein Buch betrachten, sah, wie sich das Mädchen an die Frau schmiegt in liebevoller Zuwendung.

Die Frau hatte ihren Arm um das Kind gelegt. Wer war die Frau, wer war das Kind?

Mel sehnte das Ende des Nachmittags herbei, um allein zu sein. Zum ersten Mal empfand sie das Zusammensein mit Marilen anstrengend. Sie spürte wie eine unbekannte Hand etwas von ihr nahm, ihr etwas raubte. Die Hand nahm ihr nicht Marilen, sondern Cilli. Sie spürte, die Schwester war ihr fremd geworden, war durch die Begegnung mit Marilen entrückt. Sie konnte sich mit einem Mal nicht mehr an Cillis Kindergesicht erinnern, es war verschwunden, so wie Cilli selbst verschwunden war. Und noch etwas geschah.

Die Hand raubte Mel nicht nur die Schwester, sondern auch einen Teil ihrer eigenen Würde, von der sie zum ersten Mal Kenntnis nahm. Erst jetzt durch deren Beschädigung entdeckte sie, dass es diese Würde gab, sie eine Solche besaß.

Jetzt erkannte sie, was sie nie hatte sehen wollen. Was tu ich hier mit diesem Mädchen, was will ich von ihm? Will ich ihm hinterherlaufen, vor dem Haus warten, in dem es wohnt, zu seinem Fenster hochschauen wie ein verliebter Teenager? Was hat das Mädchen hier zu suchen, mit mir zu schaffen, welchem sinnlosen Wahn, welchem Irrtum bin ich verfallen?

Günter hatte recht. Warum gebe ich mich länger als notwendig mit einer Schülerin ab? Ich hätte Marilen nicht mehr an ihren Wunsch erinnern müssen. Sie hatte ihn längst vergessen!

Mel steigerte sich in eine maßlose Aufregung hinein, empfand das Kind als einen Eindringling in ihren heiligsten Bezirk.

Sie nahm ihren Arm von Marilen. Am liebsten hätte sie das Mädchen auf der Stelle weggeschickt.

Marilen blätterte ahnungslos im Buch, dann schlug sie mit der flachen Hand auf ein seitengroßes Foto.

»Das ist es!«

Mel nahm das Buch und stand auf. Sie konnte Marilens Nähe nicht mehr ertragen. Sie ging zum Fenster, um das Foto bei gutem Licht zu betrachten. Ein Baby lag auf einem Kissen und lutschte am Daumen. In Mels Augen war das Bild nichts Besonderes, es ähnelte allen Babyfotos auf der ganzen Welt. Alle Eltern machen entzückt solche Bilder von ihren Kleinen.

Doch war sie erleichtert, dass Marilen endlich zu einem Ergebnis gekommen war.

»Ja, das Foto ist genau richtig. Das nehmen wir.« Sie erläuterte Marilen den weiteren Verlauf.

»Ich zaubere dieses Baby auf dein Kissen. Wenn das Bild fertig ist, bringe ich es dir vorbei, dafür musst du nicht mehr herkommen, das schaff ich allein.«

Marilen machte große Augen.

»Dann bin ich nie mehr hier?«

Sie versank in Nachdenken, wurde still. Mel sagte nichts und schaute auf ihre Armbanduhr. Marilen, immer noch sprachlos, stand auf und ging zum Fenster.

»Nun«, erbarmte sich Mel, »so war es vereinbart. Heute warst du noch einmal hier. Jetzt ist die Arbeit für uns beide beendet. Das wusstest du doch, oder?«

Marilen, die mit dem Rücken zu Mel stand, nickte ein paar Mal.

»Du kannst donnerstags etwas Anderes machen, schwimmen gehen, dich mit Freunden treffen, dir fällt schon etwas ein.«

Wieder nickte Marilen und schwieg. Dann beugte sie sich über den Rosenstrauß.

Es läutete. Frau Alberti stand vor der Tür.

Mel führte sie zur Staffelei, auf der das große Gemälde stand. Sie schaute nicht auf das Bild, sondern beobachtete Frau Alberti, die zu erschrecken schien und mit einer heftigen Bewegung ihre Arme nach unten fallen ließ. Sie sagte kein Wort, stand nur da.

Mel sah, dass sie mit den Tränen kämpfte und mehrmals schluckte.

»Es ist wunderschön, wie kann ich Ihnen dafür danken?« Plötzlich weinte sie. Marilen blickte erstaunt auf ihre Mutter. Warum weint sie? Wegen eines schönen Bildes? Sie verstand es nicht.

Frau Alberti trat dicht vor das Bild und berührte Marilens kleine Fäuste, die im zarten Stoff des blauen Kleides lagen. Sie schaute ins Gesicht ihres Kindes.

»Was sagt es denn?«

Sie erwartete keine Antwort, sondern trat wieder zurück, ihren Blick nicht vom Portrait lösend.

»Mein kleines Mädchen, auf diesem Bild wird es immer mein kleines Mädchen sein.«

Auch Mel schaute sich noch einmal ihre Arbeit an. Ja, sie

war mehr als zufrieden damit. Ein geheimnisvoller Zauber ging, wie von allen ihren Werken, auch von diesem aus. Wie entstand er nur? Manche Stellen deutete Mel nur an, andere verschwammen in einer blassen Farbahnung. Leuchtende Töne brachten das Motiv zum Klingen, feine Linien umspielten formgebend die Gestalt.

Jedes ihrer Bilder ließ an einen verwunschenen Garten denken, für den es, wollte man ihn betreten, eines besonderen Schlüssels bedurfte. Dieses Bild lebte vor allem vom Blau des Kleides, das kristallklar wie Wasser über den kindlichen, mageren Körper floss. Die dunklen Haare, feuchter Erde gleichend, bildeten den Kontrast zum hellen, feinen, wie in Mondlicht getauchtes Gesicht. Der Korbstuhl, verschwommen erkennbar, zeigte durch zartes Linienspiel an manchen Stellen deutlicher das Muster seines Geflechts. Im Hintergrund schien sich Unendlichkeit auszubreiten, in allen Farbtönen der Rheinkiesel am Ufer des Flusses.

Mel hatte für Verpackungsmaterial gesorgt. Sie breitete eine lange Bahn Luftkissenfolie auf dem Boden aus und nahm das Bild von der Staffelei. Es war nicht schwer und ließ sich exakt in die Mitte der Folie legen. Sie schlug die überstehenden Teile um das Bild und befestigte sie mit Klebeband. Sie stellte das flache Paket auf den Boden.

»Dann wollen wir mal!«

Sie war fest entschlossen, diesen gefühlvollen Augenblick so nüchtern wie möglich zu beenden und trug das Bild zu Frau Albertis Wagen. Tatsächlich, es passte in den Kofferraum, allerdings musste Frau Alberti noch die Rücksitze umlegen. Dann stand sie vor Mel wie in Ehrfurcht versunken. Sie hielt deren Hand, blickte ihr in die Augen. Vor Rührung fand sie keine Worte. Mel erkannte, dass sie eine grenzenlose Bewunderin gefunden hatte.

Marilen stand stumm daneben und konnte den schnellen Abschied gar nicht fassen.

»Also Marilen, wir sehen uns in der Schule. Ich freu' mich auf deine illustrierte Geschichte. Ich bin gespannt.«

Sie gab Marilen die Hand. Das Mädchen stieg ins Auto. Während es einen verstörend fragenden Blick auf Mel warf, war dieser zumute, als breche ihr das Herz. Frau Alberti fuhr los.

Mel ging über die Wiese, vor zum Rheinufer, und setzte sich auf eine Bank. Sie spürte Schwäche in ihren Armen. Dumpf und schwer fühlten sie sich an. Traurigkeit zog auf, wie Nebel aus dem Wasser. Was war nur in sie gefahren, wie konnte sie Marilen in dieser Weise wahrnehmen? Es kam ihr jetzt vor, als habe sie das Kind bestrafen wollen, dafür dass es nicht Cilli, sondern nur Marilen ist, ein ganz gewöhnliches Mädchen das in keiner Weise Cilli ersetzen konnte. Diese Absicht hatte sie Marilen heute plötzlich in finsterem Misstrauen untergeschoben. Dass sie selbst einer Täuschung erlegen war hatte sie dem Mädchen angerechnet, ihm die Verantwortung für ihr eigenes Gefühlschaos angelastet. Dabei war das ahnungslose Kind wochenlang eine Freude für sie gewesen, es hatte seine Zeit mit ihr geteilt, ihr seine Gedanken anvertraut, es hatte sie belustigt, erstaunt, ermutigt, überrascht, und hatte sich auf sie verlassen. Sie wusste, das Kind liebte sie, auf seine offene, arglose Art, so, wie man wohl nie mehr von jemand geliebt werden wird.

Sie schaute auf den Fluss. Ein Lastkahn zog seine Bahn.

»Marilen«, flüsterte sie, »du nimmst mir Cilli nicht weg. Es war dumm von mir, so etwas zu denken. Cilli bleibt Cilli. Du bist Marilen. Cilli ist meine Schwester, du bist ein wunderbares Mädchen. Du nimmst nichts weg. Wie könntest du auch? Im Gegenteil, du hast mir etwas dazugegeben!«

Sie horchte, hoffte, Marilens Lachen zu hören, doch vom Wasser her drang nur der Warnruf des Lastkahns, der stromabwärts fuhr.

Sie stand auf. Als sie zum Haus zurück über die Wiese ging, sah sie hinter dem großen Fenster einen Strauß weißer Rosen leuchten.

Marilen kam in der darauffolgenden Woche nicht zum Unterricht. Mel war beunruhigt. Sie erkundigte sich bei der Klassenlehrerin nach ihrem Verbleib.

»Eine Blinddarmentzündung, ganz plötzlich. Am letzten Freitag wurde sie operiert. Frau Alberti hat gestern angerufen. Heute kam das ärztliche Attest. Marilen wird vor den Ferien nicht mehr in die Schule kommen. Zum Glück versäumt sie nichts. Die Zeugnisse sind alle schon geschrieben. Sie kann sich in Ruhe erholen.«

Mel knickte ein, innerlich und äußerlich. Sie hielt sich am Regal fest, vor dem sie stand.

»Was ist«, fragte die Kollegin, »ist Ihnen schlecht?«

»Nein nein«, versicherte Mel, »mein rechtes Knie ist lädiert, immer wieder sackt es weg. Ich werde mich in den Ferien darum kümmern müssen.«

»Tun Sie das, von alleine wird so etwas nie gut. Ich kenne das. Je schneller man nachschauen lässt, desto besser.« Die Kollegin ging zu ihrem Tisch und legte einen Stapel Hefte ab, den sie im Arm gehalten hatte.

Mel ging hinaus auf den Flur und schaute aus einem der großen Fenster in den Schulhof hinunter. Vier Jungen spielten mit einem Ball. Der kleinste von ihnen versuchte, ihn zu halten und kullerte ihn vor sich her, während die anderen alles taten, um ihm den Ball abzujagen. Das ging nicht ohne Geschrei. Herr Laube, der Hausmeister, kam aus der Tür des Fahrradkellers und forderte die Jungen auf, den Hof zu verlassen. Mel konnte nicht verstehen, was er sagte, doch der Arm des Mannes deutete unmissverständlich in Richtung Hoftor, das den ganzen Tag über offenstand. Erst am Abend wurde es von ihm geschlossen.

Dort standen zwei junge Frauen, jede vor einem Kinderwagen. Die Frauen winkten ihre Jungen zu sich her, als sie den Hausmeister sahen. Eine von ihnen kam in den Hof und sprach kurz mit dem Mann. Ihren Gesten nach schien sie sich zu entschuldigen, dann schob sie die Kinder, die nicht folgen wollten, mit einer Hand zum Hoftor. Dabei hielt sie den Ball im Arm. Die kleine Mütter- Kinder-Gruppe zog weiter. Der Fußball lag jetzt in einem der Kinderwagen. Das Baby strampelte heftig. Der Ball hüpfte auf und ab.

Mel starrte auf die grauen Verbundsteine, die im gesamten Schulhofareal verlegt waren, und die Herr Laube mit großer Sorgfalt sauber fegte, als gelte sein ganzes Interesse jedem einzelnen Stein. Ein trostloser Eindruck ging von ihnen aus, eine Fläche, grau und leblos, aus der sich kein einziger Grashalm durch die Ritzen wagte, wohl aus Angst, dabei von Herrn Laube erwischt zu werden.

Mel sah nur die Steine. Ihr Kopf war so leer wie der Hof unter ihr. Sie dachte gar nichts und an niemand, es war, als befände sie sich in einem unbekannten Raum, in dem man sehen, hören und riechen, aber nichts mehr denken konnte.

Am Tag darauf rief Mel bei den Albertis an. Sie hatte schlecht geschlafen, ein schrecklicher Traum hatte ihr schwer zugesetzt. Marilen war am Rheinufer in ihrem Beisein auf dem kleinen Vorsprung ausgerutscht und ins Wasser gestürzt. Mel wollte sie festhalten, doch sie hatte keine Kraft in den Händen. Die Strömung riss Marilen mit. Mel sah, wie sie mehrmals Hilfe rufend aus dem Wasser auftauchte und sich dabei wie ein Kreisel drehte. Dann verschwand sie. Der Strom gab sie nicht mehr frei.

Mel hatte im Traum geschrien, Veit rüttelte sie wach. Sie setzte sich verstört im Bett auf und begann zu weinen. Sie weinte verzweifelt und presste ihre Bettdecke vor das Gesicht. Veit nahm sie in die Arme und hielt sie fest.

»Es ist nur ein Traum, was immer du geträumt hast, es ist ein Traum.« Er ging nach unten und kochte Kaffee, brachte Mel einen vollen Becher und setzte sich zu ihr an den Bettrand. Mit Fragen hielt er sich zurück.

»Trink einen ordentlichen Schluck, dann sieht die Welt wieder anders aus.«

Mel wischte sich das verweinte Gesicht an der Bettdecke ab und griff nach dem Becher. Sie trank langsam und beruhigte sich.

»Ich erinnere mich nicht an meinen Traum. Ich habe mich nur furchtbar erschreckt.« Sie erinnerte sich an jede Einzelheit. Niemand wusste von ihrem Aufenthalt mit Marilen an dieser Uferstelle, ein Grund für sie nicht darüber zu sprechen. Sie trank ihren Kaffee, während Veit erneut in die Küche ging, um das Frühstück vorzubereiten.

Am späten Vormittag wählte Mel die Nummer der Albertis. Frau Alberti war am Telefon und bedankte sich höflich für Mels Sorge um das Kind.

»Das ist doch selbstverständlich. Ich hoffe, es geht Marilen inzwischen wieder gut nach der Operation. Sie klagte an unserem letzten Arbeitstag über keinerlei Beschwerden, Marilen war fröhlich wie immer. Ich erfuhr erst jetzt, dass sie bereits einen Tag später in die Klinik gekommen ist.«

Mel machte eine Pause und wartete.

»Sie hatte am Donnerstagabend Bauchschmerzen, die immer schlimmer wurden. Wir hofften die ganze Nacht auf eine Besserung und machten Umschläge. Am Morgen verständigten wir den Arzt, der Marilen sofort in die Klinik einwies. Es war höchste Zeit. Es geht ihr aber schon wieder ganz gut. Kinder erholen sich in der Regel schnell.«

»Kann ich Marilen besuchen?«

Frau Alberti schwieg. Mel glaubte, sie sei nicht verstanden worden und wollte ihre Frage wiederholen. Doch die Mutter hatte verstanden.

»Im Moment ist das nicht ratsam. Marilen war am Abend nach dem Atelierbesuch seltsam verändert, verschlossen und deprimiert. So haben wir sie noch nie erlebt, und wir fragen uns, ob da ein Zusammenhang mit ihrer Erkrankung besteht. Wir holen Marilen auch nicht nach Radstett zurück. Wir bringen sie direkt nach ihrer Entlassung zu meiner Schwester in die Lüneburger Heide auf deren Bauernhof. Sie hat eine Tochter in Marilens Alter. Dieser Umgang wird ihr gut tun, die beiden mögen und verstehen sich.« »Ja«, sagte Mel und noch einmal, »ja«, dann wünsche ich Marilen alles Gute.« Sie wollte weitersprechen, doch ihre Stimme brach.

»Wir melden uns noch wegen des Bildes. Wir planen einen kleinen Empfang. Doch zuerst muss Marilen wieder ganz gesund sein.«

Frau Albertis Stimme hatte einen geschäftsmäßigen Ton, der das Ende des Gesprächs ankündigte. »Alles Gute Ihnen und Ihrem Mann.«

Es klang so, als wären diese Worte die letzten, die sie mit Mel zu wechseln bereit war.

Mel war fassungslos. Gedanken wirbelten durch ihren Kopf wie Blätter im Sturm. Sie wünschte sich, Frau Albertis Worte lägen schriftlich vor ihr, damit sie diese noch einmal in Ruhe lesen und überdenken könne. Das Telefongespräch war wider Erwarten abweisend ausgefallen. Es fiel Mel schwer, sich in ihrer Verwirrung an seinen genauen Wortlaut zu erinnern. War das soeben die gleiche Frau Alberti gewesen, die neulich im Atelier in ihrer Begeisterung Mel geradezu verehrt hatte? Nach ihrer überschwänglichen Reaktion vor einer Woche empfand Mel das Gespräch heute wie eine eiskalte Dusche.

Was war bei den Albertis an jenem Abend geschehen? Hatte Marilen aus Enttäuschung über den kühlen Abschied etwas über Mel gesagt, was die Albertis missverstanden hatten? Mel fiel wieder Günter ein und seine Warnung.

Du kennst das Mädchen nicht wirklich.

Wahrscheinlich hatte er recht, was wusste sie eigentlich von Marilen? Außer der unglaubwürdigen Geschichte mit der Babyklappe hatte sie ihr harmlose Mädchengeschichten erzählt, Wünsche anvertraut und Fantasien beschrieben, die meistens mit den Worten begonnen hatten, ich stelle mir vor, ich wäre ein Vogel oder eine Schildkröte oder ein Delfin, dann könnte ich, würde ich, bekäme ich. Was alles passieren würde und könnte, war von unvorstellbarer Großartigkeit, gegen die das reale Leben des Mädchens wohl eine langweilige Plattform war.

Mel war ratlos nach diesem Telefonat. Sie spürte, dass ihr die Geschichte mit Marilen entglitt. Sie hatte keine Möglichkeit, Fragen zu stellen, ein eventuelles Missverständnis aufzuklären. Obwohl sie sich in der Sache nicht wirklich etwas vorzuwerfen hatte, glaubte sie nun, dass die Albertis dies vermutlich anders sahen. Doch was veranlasste sie dazu? Sie würde es wohl nie erfahren, und ihr war jetzt klar, dass die Einladung des Bildes wegen nie stattfinden würde. Sie behielt recht.

Wenige Tage nach diesem Gespräch war das Honorar für das Bild auf Mels Konto eingegangen, mit dem Vermerk: Honorar für Portrait.

Zwei Tage vor Beginn der Sommerferien machte ein Gerücht die Runde, das Ehepaar Alberti habe sich getrennt, die Frau sei weg und habe die Tochter mitgenommen. Der Mann habe schon seit längerem eine Geliebte.

Die Klassenlehrerin sprach darüber mit Mel. Sie wisse schon länger, dass die Ehe der Albertis in einer Krise stecke. Die Frau selbst habe ihr gegenüber einmal Entsprechendes angedeutet. Der Umzug nach Radstett hätte ein Neuanfang werden sollen. Nun erwarte jedoch die Geliebte ein Kind. Frau Alberti habe, als sie dies erfuhr, ihren Mann verlassen. Niemand wisse, wohin sie gegangen sei, sie stamme aber aus der Lüneburger Gegend und habe dort vermutlich auch Familie.

Mel sagte nichts dazu. Sie war schockiert über das soeben

Gehörte und musste sich sammeln, um nicht zu schreien. Sie nickte ununterbrochen mit dem Kopf, als ließe sich die verworrene Geschichte dadurch ordnen.

Sie fuhr nach Hause, ihre letzten Unterrichtsstunden vor den Ferien waren vorbei. Am folgenden Tag fand die traditionelle Jahresschlussfeier statt, zu der sie von der Rektorin, ihren Schülern und den Kollegen erwartet wurde. Am letzten Schultag bekamen die Schüler von den Klassenlehrern ihre Zeugnisse. Mel selbst hatte an diesem Tag keine Verpflichtungen mehr.

In der Regel traf sich das Kollegium anschließend zum Essen in einem Radstetter Lokal. Mel wäre dieses Jahr nicht dabei. Das nahm sie sich vor. Während der Heimfahrt überfiel sie ein so tiefes Mitleid mit Marilen, dass sie ihren eigenen Kummer über den Verlust des Mädchens geradezu verwerflich fand.

»Armes Kind, arme Marilen!« Sie wagte sich nicht vorzustellen, wie es ihr jetzt gehe. Das Mädchen muss von den Problemen der Eltern gewusst haben, das wurde Mel mit einem Mal klar. Frau Albertis Tränen beim Anblick des Bildes hatte Mel offenbar völlig falsch gedeutet. Auch Marilens verwunderter Blick auf die Mutter konnte genauso gut ein eher ängstlicher gewesen sein. Mit diesem Wissen schien das Mel glaubhafter. Was für ein Drama in dieser Familie!

Sie hatte es nicht bemerkt, hatte immer nur ihre eigene Befindlichkeit vor Augen, hatte sich kaum Gedanken über das Mädchen gemacht außer jene, die sie in ihrer Beziehung zu Marilen selbst betrafen. Das Kind war auf erfreuliche Weise eine Labsal für Mels verwundete Seele gewesen. Dass es Probleme haben könne, war Mel nie in den Sinn gekommen. Dabei hatte das Mädchen sich bei ihr ausgeruht von einem häuslichen Leid, hatte sich wohl die ganze Woche auf diesen Nachmittag gefreut, an dem es ohne Angst vor Streit oder beklemmendem eisigen Schweigen zwischen den Eltern ein

Kind sein durfte, dem die Nusshörnchen schmeckten, das seine große Freundin mit Wasser bespritzen durfte, das sich an sie anlehnen wollte, weil es dringend Hilfe brauchte.

Mel musste anhalten, Tränen füllten ihre Augen und nahmen ihr die Sicht. Sie konnte in eine kleine Parkbucht fahren, stellte den Motor ab, lehnte sich im Sitz zurück und weinte. Sie weinte um Marilen, nicht um ihren Verlust, sondern über ihr eigenes Unvermögen, das Bedürfnis des Mädchens nicht erkannt zu haben.

Als sie endlich weiterfahren konnte, kamen neue Gedanken hinzu. Was würde aus ihrem Bild werden? Hatte es Frau Alberti mitgenommen? Sie konnte sich nicht vorstellen, dass sie beim überstürzten Auszug ein so großes Bild hätte transportieren können. Da gab es sicher anderes einzupacken. Das Bild hing wohl noch im Haus der Albertis. Doch das musste ihr egal sein, das Bild war bezahlt und in deren Besitz. Sie hatte sich auf ein Wiedersehen mit ihrer Arbeit gefreut. Doch darauf durfte sie jetzt nicht mehr hoffen.

Dann fiel ihr Marilens illustrierte Geschichte ein. Sie hatte die fertigen Arbeiten eingesammelt, als Marilen bereits in der Klinik lag. Sie würde niemals erfahren, was sie geschrieben hatte oder wie ihre Illustrationen dazu aussahen. Das war, gemessen an der übrigen traurigen Geschichte, nicht weiter schlimm, aber Mel tat es furchtbar weh. Sie erkannte, dass sie keinerlei Möglichkeit hatte, irgendetwas in Erfahrung zu bringen. Sie würde Marilen nie wiedersehen. Das Schuljahr war zu Ende, ein Kind verließ umständehalber die Schule, sein Zeugnis wurde den Eltern zugeschickt. Nichts Außergewöhnliches, das kam immer wieder einmal vor. Alles Weitere war eine Privatsache der Eltern und ging sie, ob es ihr gefiel oder nicht, einfach nichts an.

DIE MUTTER

A M ERSTEN SONNTAG DER SOMMERFERIEN saßen Mel und Veit beim Frühstück und überlegten, ob sie mit den Fahrrädern nach Sesenheim fahren sollten. Veit hatte den Vorschlag gemacht. Er stand auf, holte die Radwanderkarte vom Elsass und breitete sie am Ende des langen Tisches aus. Mel goss sich Kaffee nach und ging mit der Tasse in der Hand zu ihm. Sie beugten sich beide über die Karte. Veit deutete auf eine Strecke, die sie noch nie gefahren waren.

Er überlegte, wo es auf diesem Weg einen Gasthof gab, den sie ansteuern konnten.

Das Telefon läutete. Mel ging es suchen. Der Klingelton rief sie ins Wohnzimmer.

Mel erschrak. Auf dem Display sah sie die Vorwahl von Felding, doch nicht die Nummer ihrer Mutter. Sie war ihr nicht bekannt.

»Ich spreche mit Frau Melanie Abel?« wollte eine Frauenstimme wissen. »Sie sind die Tochter von Frau Regine Abel?«

Mel bejahte. Die Frauenstimme stellte sich als Dr. Riedel vor. Sie sei die behandelnde Stationsärztin ihrer Mutter und müsse ihr leider mitteilen, dass diese vor einer Stunde verstorben sei. Bevor Mel reagieren konnte, fügte die Ärztin hinzu:

»Ihre Mutter wollte nicht, dass wir Sie über ihre schwere Krankheit unterrichten, nur im Falle ihres Todes.«

Als Mel immer noch schwieg, fuhr die Ärztin fort.

»Ihre Mutter musste nicht leiden, sie bekam Morphium.«

Veit war Mel gefolgt und stand in der offenen Tür.

»Was ist los?«

Mel sah ihn entgeistert an und machte eine abwehrende Handbewegung.

»Sie sind noch am Apparat?«

Die Ärztin war sich nicht sicher, ob Mel sie noch hörte, da sie bisher keinen Laut von sich gegeben hatte.

»Ja, aber was ist denn passiert?«

»Ihre Mutter hatte einen Schlaganfall, den sie nicht überleben konnte, da ihre Organe versagten. Sie war sieben Tage bei uns. Wir taten das Mögliche.«

»Ach.«

Mel verstummte.

Die Ärztin wollte wissen, ob sie kommen möchte, andernfalls würde sie die Verstorbene in die Pathologie überführen. Aber auch dort gäbe es noch die Möglichkeit, sie zu sehen.

Mel schreckte auf. »Nein, bitte noch nicht in die Pathologie, ich komme so schnell es geht, aber ich brauche wenigstens vier bis fünf Stunden für die Fahrt. Ich wohne bei Radstett am Rhein.«

»In Ordnung. Wir lassen Ihre Mutter im Zimmer, bis Sie da sind. Fahren sie vorsichtig.« Die Ärztin legte auf.

»Meine Mutter ist tot.«

Mel war eher verwundert als erschrocken über die Nachricht. Es erstaunte sie, von einer unbekannten Person und aus deren Mund etwas so Intimes zu hören. Da schob sich ein ihr fremder Mensch zwischen sie und ihre Mutter, jemand, der für Regine, als sie in höchster Not war, gesorgt hatte, vielleicht sogar Bescheid wusste über die Beziehung zwischen ihnen beiden.

Mel war das unangenehm, mehr empfand sie nicht.

Veit war nicht überrascht von der Nachricht. Er hatte in letzter Zeit oft an Regine gedacht und an die Möglichkeit, dass es ihr nicht gut ginge. Er hätte gerne Kontakt zu ihr gesucht, weil er es nicht gut fand, wie Mutter und Tochter sich verhielten. Doch Mel wollte davon nichts wissen. Er sagte nichts. Was hätte er auch sagen sollen. Trost benötigte Mel in diesem Fall nicht. Das sah er.

»Was soll ich tun«, überlegte Mel. »Ich müsste mich auf den Weg nach Felding machen.« Diese Vorstellung bereitete ihr Schwierigkeiten.

»Ja, das musst du. Wir trinken noch eine Tasse Kaffee. Dann packen wir das Nötigste zusammen und fahren los. Sonntags sind keine Lastwagen auf der Autobahn, da kommen wir gut vorwärts.«

Mel nickte, froh über Veits klare Anweisung. Sie setzte sich wieder an den Küchentisch. Der Kaffee in ihrer Tasse war lauwarm geworden. Veit schüttete ihn in das Spülbecken und goss noch einmal frischen nach.

Mel umschloss die Tasse mit beiden Händen, als wolle sie sich an ihr wärmen. Sie konnte nicht so recht glauben, was sie soeben gehört hatte. Die Situation war zu neu, um sich darin zurechtzufinden. Zu ihrer eigenen Überraschung empfand sie keinerlei Trauer, im Gegenteil, sie spürte Erleichterung. Ihr war, als gleite ein bleierner Umhang von ihren Schultern, der zu groß und zu schwer für sie gewesen war, der aber, wie es manchmal in Märchen vorkommt, auf unheimliche Art mit ihr verwachsen war. Nur ein besonderes Ereignis oder ein besonderer Mensch konnte sie von dieser Ummantelung befreien.

Sie atmete tief durch und trank ihren Kaffee.

»Es ist gut so.«

Veit wusste es. Er räumte den Küchentisch ab, griff nach Mels Tasse, kaum dass sie diese ausgetrunken hatte, spülte sie unter fließendem Wasser aus und stellte sie in den Geschirr-korb.

»Wir lassen alles so stehen. Eingeräumt wird nicht mehr. Wir packen unsere Taschen. Viel brauchen wir nicht mitzu-nehmen. In der Wohnung deiner Mutter ist alles Nötige vor-handen.«

Mel nickte zustimmend.

»Gut, dass Schulferien sind«, stellte Veit erleichtert fest.

»Wir können uns Zeit lassen und alles organisieren, was in dem Fall getan werden muss. Da kommt eine Menge auf uns zu.«

Mel ging ins Schlafzimmer und nahm Wäsche und frische T-Shirts aus dem Schrank. Eine schwarze Hose legte sie zuunterst in ihre Reisetasche. Sie konnte sich nicht vorstellen, wie viel Kleidung sie benötigte. Es war ihr gleichgültig. Notfalls konnte sie in Felding einiges kaufen.

Veit stellte seinen gepackten kleinen Koffer in den Flur, Mels Tasche daneben. Er machte noch einen Rundgang durch das Haus, kontrollierte Fenster und Kellertür.

»Hast du deinen Ausweis eingesteckt, den Führerschein?«

»Ja, hab ich.«

Er warf noch einen Blick in die Küche. Die Kochplatten waren ausgeschaltet.

»Was ist mit dem Bügeleisen?«

»Es ist kalt. Ich hab das eben noch geprüft.«

Bügelbrett und Bügeleisen standen im Schlafzimmer. Mel hatte, während sie ihre Wäsche einpackte, einen Blick darauf geworfen.

»Ich denke, wir können fahren.«

Sie nahm ihre leichte, graue Windjacke vom Garderobenhaken und zog sie an, griff nach ihrer Handtasche und trat vor die Haustür. Veit schloss ab und ging mit beiden Gepäckstücken zur Garage. Er schob das Tor nach oben. In der sonntäglichen Stille fiel ihm das Krächzen des alten Garagentores besonders unangenehm auf.

Ich muss es endlich richten lassen, dachte er und verstaute das Gepäck im Kofferraum des Autos. Mel war es, als verließe sie nicht nur das Haus, sondern auch einen Lebensabschnitt, der ihr mit einem Mal besser erschien als sie ihn zeitweise empfunden hatte. Veit, das Haus, das Atelier, die Arbeit in der Schule, alles zusammen hatte ihr geholfen, in einer für sie schwierigen Zeit zu leben. Sie sah es jetzt. Nun fürchtete sie, diese Zeit könne mit dem heutigen Tag zu Ende sein, obwohl es keinen vernünftigen Grund dafür gab. Was sollte sich ändern mit dem Tod der Mutter?

Sie würden in Felding alles regeln. Eine Bestattung musste bestellt, die Wohnung geräumt und zum Verkauf ausgeschrieben werden. Das konnte ein Makler erledigen, der in dieser begehrten Gegend schnell einen Käufer fände. Bald könnten sie zurückkehren, an den Rhein, in das Haus, in ihr Atelier. Und doch spürte sie etwas in Gang kommen, was sie nicht benennen konnte, sie jedoch beunruhigte. Ihr war, als käme seichtes Wasser in Bewegung, ströme schneller und schneller.

Sie hielt sich, während Veit in die Landstraße einbog, am Griff über dem Seitenfenster fest und drückte ihre Füße auf den Boden, als stemme sie sich gegen einen Sog, von dem sie nicht erfasst werden wollte. Es dauerte nur wenige Augenblicke, dann rief sie sich zur Ordnung und schaute nach vorn. Hier ist keine Strömung, nimm dich zusammen, beruhigte sie sich selbst.

Aber der Gedanke, dass etwas Unvorhersehbares auf sie warte, verließ sie nicht. Sie fuhren durch Radstett, von dort zur Auffahrt in die A8. Der Verkehr war dicht und schnell, erstaunlich viele Ausflügler nutzten das immer noch sonnige Wetter, Ferienbeginn. Ein Urlauberstrom bewegte sich nach Süden.

Lange sprachen sie nicht. Zu viele Gedanken waren in ihren Köpfen unterwegs, sie schwirrten umher wie Schmetterlinge, die sich nicht einfangen ließen. Bei Stuttgart fragte Veit nach einer Unterbrechung. »Ich bin froh, wenn wir alles schnell hinter uns bringen und durchfahren«, sagte Mel. Veit nickte. Mel bemerkte es nicht. Sie schaute auf Obstbäume, auf grünes Hügelland, auf die näher rückenden Randberge der schwäbischen Alb.

So etwas sieht Mutter jetzt nicht mehr, ging es ihr durch

den Kopf. Sie versuchte, den Gedanken zu verdrängen und sich auf das Nächstliegende zu konzentrieren.

»Wie kommen wir an Mutters Wohnungsschlüssel? Ich kann nur hoffen, dass irgendjemand diese in Verwahrung hat.«

»Das werden wir sehen«, sagte Veit. »Sind die Schlüssel nicht in ihrer Tasche in der Klinik, müssen wir den Hausverwalter der Wohnanlage bitten, uns zu öffnen. Das kriegen wir hin, da bin ich mir sicher.«

»Es gibt eine Nachbarin, die guten Kontakt zu Mutter hatte. Das weiß ich. Ich hab die Frau einmal gesehen und mich darüber gewundert, weil sie ein völlig anderer Typ als meine Mutter ist.«

»Was ist das für eine Frau?«

Veit war froh, dass Mel jetzt redete. Er versuchte, das Gespräch am Laufen zu halten.

Mel erinnerte sich genau.

»Ich sah die Frau bei unserem letzten Besuch, als Mutter auch im Krankenhaus lag, weißt du noch? Ich war in Mutters Wohnung, um ein Nachthemd zu holen, als jemand an der Wohnungstür läutete. Sie stand draußen und fragte mich, ob sie behilflich sein könne. Sie klang sehr besorgt. Ich war mir sicher, dass sie aus Neugierde gekommen war, um mich zu sehen. Bestimmt wusste sie viel über mich. Sie habe, meinte sie, schon viel von mir gehört. Sie trug ein dunkelgrünes Kleid, das ihre schlanke Figur betonte. Ihre Frisur sah aus wie eben vom Friseur gelegt. Sie hatte hochhackige, schwarze Schuhe an und eine mehrreihige Perlenkette lag über dem knappen runden Halsausschnitt des Kleides. Sie machte auf mich den Eindruck, als wäre sie auf dem Weg zu einer Hochzeit oder zu einem Staatsempfang. Mutter entwickelte in Felding allerdings auch diesen Hang zu einem gewissen Luxus. In ihrer Kleidung bevorzugte sie jedoch eher einen sportlichen Stil.«

Veit überraschte es, wie gut sich Mel an das Aussehen dieser Frau erinnern konnte. Aber, sagte er sich, sie ist es gewohnt, jedes Detail mit den Augen zu erfassen. Für Mel war alles wert, genau betrachtet zu werden. Ohne diese Aufmerksamkeit wäre es ihr gar nicht möglich, künstlerisch zu arbeiten.

»Wie seid ihr damals verblieben? Sicher hast du mir davon erzählt, aber ich erinnere mich nicht mehr.«

»Ich bedankte mich für ihr Angebot, sagte, dass im Augenblick keine Hilfe nötig wäre, ich aber gerne bei Bedarf darauf zurückkäme. Es sei für mich gut zu wissen, an wen ich mich im Haus wenden könne. Sie war damit zufrieden und bestellte noch Grüße an Mutter. Als ich ihr von der Nachbarin erzählte, strahlte sie und deutete an, dass zwischen ihnen beiden eine sehr herzliche Freundschaft bestünde.«

»Dann können wir ja im Notfall auf ihr Angebot zurückkommen. Es könnte sogar sein, dass diese Freundin einen Schlüssel zur Wohnung besitzt. Wir werden sehen.«

Mel war dieser Gedanke nicht angenehm. Sie wunderte sich über ein Gefühl der Abneigung, das sie gegenüber dieser Nachbarin empfand. Dasselbe hatte sie auch der Ärztin gegenüber empfunden, und ihre Benachrichtigung als Einmischung in ihre persönlichen Angelegenheiten. Der Ärztin gestand sie allerdings eine berufsbedingte Erklärungspflicht zu, der Nachbarin brachte sie im Augenblick eher Misstrauen entgegen.

Sie behielt diese Gedanken für sich, nie würde sie Veit davon erzählen, denn ihr war bewusst, diese Gefühle konnte sie weder rechtfertigen noch erklären. Die damit verbundenen Ängste waren Hirngespinste, für die sie viel zu viel Energie und Lebenskraft vergeudete.

Bei Ulm unterbrach Veit die Fahrt und fuhr auf den Parkplatz einer Raststätte. Mel war jetzt froh darüber. Im Sanitärraum musste sie sich einreihen. Zu viele Frauen sorgten an den besetzten Toiletten für eine Warteschlange, die sich jedoch überraschend schnell auflöste. Mel sah in den Spiegel, während sie sich die Hände wusch. Sie hatte am Morgen keine Zeit gehabt, sich die Haare zu waschen und daher ihre Locken im Nacken mit einem Band zusammengefasst. Im kalten Licht des Waschraums zeigten sich einige Fältchen um die Augen und auf der Stirne klar ausgeprägt, das ließ sie älter und strenger erscheinen.

Gut so, dachte Mel, das passt zum Anlass und macht mich unverletzlich. Sie wollte innerlich hart sein und dem Kommenden mit Abstand begegnen. Das sollte jeder sehen können. Mit dieser Haltung würde sie bei niemand Mitleid erregen.

Am Automaten füllten sie zwei große Tassen mit Kaffee. Veit legte sich dazu ein Stück Mohnkuchen auf den Teller, Mel eine Brezel. Wieder mussten sie sich einreihen, mehrere Männer standen vor ihnen an der Kasse. Veit schob das Tablett langsam vorwärts bis zur Kassiererin. Er gab ihr den abgezählten Betrag.

»Sehr gut«, sagte sie, lächelte ihn an und wünschte eine gute Fahrt und einen wunderschönen Tag.

Sie setzten sich an einen kleinen Tisch in der Nähe der Fenster und schwiegen. Mit Genuss aß Veit seinen Mohnkuchen. Mel beneidete ihn um seinen Appetit, auch darum, aus einer zufriedenen Familie zu stammen, keine Schwester zu vermissen und keine tote Mutter begraben zu müssen.

Ich wollte, ich steckte in einem anderen Körper, wünschte sie sich, lebte in einem anderen Land, in einer anderen Zeit, einem anderen Leben, oder noch besser in gar keinem.

Laut sagte sie: »Ich wünschte, dies wäre bereits die Heimfahrt und alles läge hinter uns.«

Veit schaute sie an. Er wusste, hinter dieser schlichten Bemerkung lauerte eine Woge der Empörung. Es war die zusammenfassende Beschreibung einer Zumutung, die Mel im Augenblick und darüber hinaus nicht auszuhalten bereit war. Er glaubte zu wissen, Mel würde ohne ihn auf der Stelle umkehren und nach Hause fahren.

»Wir schaffen das. Alles geht schneller als du denkst. Bald sitzen wir wieder hier und befinden uns auf der Heimfahrt. Lass uns gehen, je schneller wir weiterfahren desto besser.«

Er brachte das Tablett zur Geschirrabgabe.

Mel war inzwischen zum Parkplatz gegangen. Sie fuhren weiter. Veit fädelte sich wieder in den noch dichter gewordenen Autostrom ein und blieb während der ersten Kilometer auf der rechten Spur. Er beschleunigte, als er die Gelegenheit zum Überholen sah, und fuhr danach so schnell, wie es die Situation erlaubte. Später, als sie die Autobahn verlassen hatten und durch das Voralpenland kamen, fuhr er gemächlicher, ließ sich Zeit für Blicke in eine vertraute Hügellandschaft, in Dörfer, durch die er als Junge mit dem Fahrrad gekommen war, entdeckte Wegkreuze und Kapellen mit ihren Zwiebelhauben, bei denen er mit Freunden, manchmal mit seinen Eltern Rast gemacht hatte.

Sie sprachen kein Wort. Mel interessierte sich nicht im geringsten für den Reiz der Landschaft. Das heiter-fröhliche Leuchten dieses Sommertages über den grünen Wiesen und dem glänzenden Spiegel des in der Ferne blinkenden Sees, stand in Kontrast zu Mels Stimmung, die zusehends düsterer wurde. Je näher sie Felding kamen, desto mehr wuchs ihre Furcht vor einer bösen Überraschung, vor einer Hinterlassenschaft, die sie nicht annehmen wollte. Sie hatte keine konkrete Vorstellung von dieser Bedrohung, aber sie spürte sie mit allen Sinnen. Sie fröstelte, trotz der Wärme im Auto. Ihr Mund war ausgetrocknet, obwohl sie ständig aus ihrer Wasserflasche trank. In ihren Ohren rauschte es, und ihr Herz klopfte schnell und unregelmäßig. Sie stellte sich die tote Mutter vor, die auf sie zu warten schien. Sie wusste, die Mutter hatte ihr nie verziehen, Cilli allein gelassen zu haben.

Du hättest mit ihr gehen sollen.

Diesen Vorwurf hatte sie nie zurückgenommen, hatte ihn an jenem Schicksalsabend ein für alle Mal wie ein Rechtsurteil ausgesprochen, hatte ihn über die Jahre durch Blicke und Seufzer ständig erneuert. Dabei hatte Mel sich ihr Versäumnis selbst nie verzeihen können, auch ohne Regines harte Worte wäre sie genug bestraft gewesen durch das Unglück selbst.

Während ihres Studiums hatte Mel an einer Traumatherapie teilgenommen, die als Wochenendseminar an der Hochschule angeboten worden war. Man traf sich in einer Gruppe. Jeder hatte über sich selbst gesprochen. Du warst ein Kind, vergiss es nicht. Du kannst nichts dafür, dass deine Schwester verschwunden ist. Schuld hat der Entführer und sonst niemand.

Eine Zeitlang hatte ihr dieser Hinweis des Therapeuten geholfen. Später nicht mehr, heute schon gar nicht.

Ihr war, als würde sie noch einmal zur Rechenschaft gezogen von einer Frau, die zwar tot, aber als solche ein leibhaftiger Vorwurf an die Überlebende des Dramas war.

Sieh, was du angerichtet hast. Jetzt darf ich Cillis Heimkehr nicht mehr erleben. Sie findet ihre Mama nicht, wenn sie zurückkommt. Hättest du deine Schwester begleitet, wäre alles nicht passiert.

Mel weinte plötzlich. Sie schluchzte, hustete und schüttelte sich wie in einem Krampf. Sie wollte etwas sagen, verschluckte sich aber. Ihr Schluchzen und Husten hörte nicht auf. Dann weinte sie laut und ungehemmt. Es klang, als drängten alle bislang ungeweinten Tränen und mit ihnen die ganze Verzweiflung eines hilflosen Kindes aus dem dunklen Raum der Not, in dem sie jahrelang zurückgehalten und versteckt worden waren.

»Weine nur.«

Veit berührte sie an der Schulter. Er wusste, dass Mel nicht um ihre Mutter weinte, sondern um die Schwester, die, so befürchtete er, mit Regines Tod noch tiefer in der Dunkelheit verschwände.

Sie erreichten Felding am frühen Nachmittag. Das Krankenhaus lag außerhalb des Ortes auf einer Anhöhe. Die Patienten genossen von dort, soweit sie dazu in der Lage waren, einen schönen Blick über den See und auf die Berge. Die Zufahrt zur Klinik war gut ausgeschildert, und Veit fand auf Anhieb den Weg dorthin. Mel war froh, dass sie die Ortsdurchfahrt meiden konnten. Sie spürte kein Bedürfnis, am Sonntagnachmittag durch das touristisch aufgeputzte Städtchen zu fahren, die sorgfältig und teuer gekleideten Menschen zu sehen, die sich den Aufenthalt in dem bayerischen Nobelort etwas kosten ließen. Man konnte hier an jeder Ecke den Reichtum riechen. Ihrer Mutter hatte diese Atmosphäre gefallen. Sie hatte sich dieses Milieu bewusst ausgesucht, sich wenigstens diesen Traum erfüllt, nachdem das Leben ihr eine zerstörerische Bürde aufgeladen hatte.

Als sie in den großen Parkplatz des Krankenhauses einbogen, spürte Mel immer noch das dumpfe Pochen in der Brust. Sie holte tief Luft. Sie wusste, es war die Angst vor dem Kommenden, die ihr zusetzte.

»Egal, was uns erwartet, in einer Stunde ist es vorbei.«

»Was meinst du?«, fragte Veit, der sie nicht verstanden hatte.

Er fuhr noch einmal rückwärts, um das Auto exakt in eine enge Parklücke zu setzen.

»Ich sagte, in einer Stunde ist es vorbei.«

Mel wäre am liebsten nicht ausgestiegen, doch sie nahm ihre Handtasche und öffnete die Autotür. Sie schaute an den fünf Stockwerken der Klinik nach oben. Hinter irgendeinem dieser Fenster lag also ihre Mutter, in einem Zustand, den sie nicht mit ihr in Verbindung bringen konnte. Sie wollte nicht glauben, dass Regine sich die Niederlage genehmigt hatte zu sterben, entgegen ihres Grundsatzes niemals Schwächen zuzulassen und stets die Kontrolle zu behalten. Diese Einstellung hatte sie sich nach Cillis Verschwinden zu einer Überlebensstrategie erkoren, der sie so gut es ging folgte. In den Augen ihrer Tochter hatte sie sich dabei in einen harten und unnachsichtigen Menschen verwandelt, dem es vor allem um sein eigenes Wohlbefinden ging. Doch nun hatte sie sich einem

Vorgang überlassen, der ihrer unwürdig war. So empfand es die Tochter, die eher peinlich berührt als traurig war, bei dem Gedanken an eine tote Mutter, die jetzt machtlos und schutzbedürftig in einem dieser zahllosen Zimmer lag, und gerade noch so lang, bis sie zur Fahrt in die pathologische Abteilung des Hauses weggeschoben wurde. Dass sich ihre Mutter gegen nichts und niemand mehr wehren konnte, erschien Mel als eine Schmach für Regine. Doch sie erschrak vor allem bei dem Gedanken, dass sie nichts anderes als Genugtuung dabei empfand.

Veit legte den Arm um ihre Schulter.

»Los, gehen wir es an.«

Im Eingangsbereich mussten sie vor der Empfangstheke einige Minuten warten. Eine Frau verhandelte mit dem auskunftgebenden Angestellten. Sie konnte nicht glauben, dass die Person, die sie besuchen wollte, schon entlassen worden war.

»Ich kann ihnen nichts anderes sagen. Herr Reiser ist seit gestern nicht mehr auf Station, das müssen sie mir schon glauben.«

Der Pförtner deutete auf seinen Bildschirm.

Die Frau drehte sich um, schüttelte den Kopf.

»Das müsste ich doch wissen«, klagte sie und ging langsam zum Ausgang.

Mel sah den Pförtner an.

»Zu Frau Regine Abel.«

Der Mann nickte. Die Tasten unter seinen Fingern klickten. Er blickte auf.

»Frau Abel ist verstorben.«

»Wir haben die Nachricht heute Morgen bekommen«, sagte Mel.

»Gut, dann gehen Sie auf Station vier. Dort melden Sie sich im Stationszimmer. Alles Weitere erfahren Sie von der Schwester.«

Die beiden folgten den Wegweisern durch einen langen

Flur. Eine Glaswand ermöglichte den Blick in eine gut besuchte Cafeteria. Mel blieb stehen. Fast alle Tische waren besetzt. Familien trafen sich mit kranken Angehörigen, die in Bademäntel gehüllt in offensichtlich gut gelaunten Gruppen saßen, einige Patienten in Begleitung ihrer Infusionsständer. Mel entdeckte eine junge Frau in einem grünen Morgenmantel. Die hellgrüne Farbe ließ sie noch blasser aussehen als sie sowieso schon war. Ihre gebleichten Haare, die im Scheitel dunkel nachwuchsen, waren vom Liegen zerdrückt oder länger nicht gewaschen. Sie klebten in dünnen glatten Strähnen am Kopf. Ein kleines mageres und ebenso bleiches Mädchen saß auf ihrem Schoß und schaukelte unruhig mit dem Oberkörper hin und her. Beide sahen aus als hätten sie schon lange keine Sonne mehr gesehen. Auch das kleine Mädchen machte auf Mel einen kränklichen Eindruck. Ein junger Mann saß ihnen gegenüber und redete beschwörend auf die Frau ein. Dazwischen trank er Bier aus der Flasche.

Mel hätte gern gewusst, mit welchem Problem sich die beiden herumschlugen. Sie sah noch, wie die Frau heftig den Kopf schüttelte, und das Kind zu weinen begann. Doch sie folgte Veit, der schon die Aufzug-Taste gedrückt hatte.

Das Stationszimmer war nicht besetzt. Alle Schwestern waren offensichtlich unterwegs. Mel versuchte ruhig zu atmen. Das Poltern in der Herzgegend war unerträglich geworden. Sie setzte sich in einen Sessel. Das daneben stehende Tischchen war mit Zeitschriften bedeckt.

Veit war ein paar Schritte weitergegangen und machte ein Zeichen mit der Hand.

»Da kommt eine Schwester. Ich werde sie fragen.« Er ging der Frau entgegen. Sie sprachen miteinander. Mel konnte nichts davon verstehen. Veit winkte.

»Komm!«

Sie stand auf und ging auf die beiden zu. Die Schwester gab Mel die Hand.

»Mein herzliches Beileid.«

Mel war überrascht. Sie hatte diesen Empfang nicht erwartet und fühlte sich gar nicht betroffen. Die Schwester begleitete sie nun zu einer Tür und öffnete sie. Sie betrat als erste den Raum und ging zügig auf ein Bett zu, das in der Mitte des Zimmers stand. Dort blieb sie stehen und wartete mit ineinander gefalteten Händen und gesenktem Kopf, bis Mel und Veit nähertraten.

Der Raum war völlig leer, nur ein schlichtes Holzkreuz hing an der Wand. Das Bett war mit einem weißen Laken abgedeckt. Durch verschieden hohe Erhebungen war die Gestalt eines Menschen unter dem Tuch zu erkennen. Die Schwester hob nun vorsichtig am Kopfende des Bettes das Laken an und legte es sorgfältig unterhalb der verschränkten Hände der Toten ab. Der untere Teil des Körpers blieb auf diese Weise bedeckt.

Die Mutter hatte eine gelbe Rose auf ihrer Brust liegen. Die Blume sah aus, als wäre sie eben frisch geschnitten worden. Mel sah ein schneeweißes Gesicht, das nicht zu ihrer Mutter passte. Sie hatte Regines sonnengebräunte Haut in Erinnerung, die auch im Winter nie ihre frische Farbe verlor, da Regine sich gerne im Freien bewegte. Die Nase wirkte wie geeist, scharfkantig, fast durchsichtig. Sie trat stärker als zu Lebzeiten aus dem eingefallenen Gesicht hervor. Regines kräftiges graues Haare war durch einen Mittelscheitel geteilt und links und rechts über die Ohren gebürstet. Es sah aus, als trage sie eine Haube oder einen Helm auf ihrem Kopf.

Eine schreckliche Frisur ist das, dachte Mel. Gut, dass Mutter sich so nicht mehr sehen kann, sie wäre über diese Frisur entsetzt. Die Augen der Toten waren nicht vollständig geschlossen. Schmale Sehschlitze erweckten den Eindruck, als beobachte die Mutter den Besuch an ihrem Bett. Der Mund war leicht geöffnet. Das Kinn wurde von einem aufgerollten Handtuch nach oben gedrückt, ein kleines Kissen stützte den Kopf. Die Schwester sprach leise.

»Ich lasse Sie jetzt allein. Sie können bleiben, solange sie möchten.«

Damit ging sie fast lautlos aus dem Zimmer. Mel sah nach Veit. Er stand am Ende des Bettes und hielt sich an dessen Fußwand fest. Sie wollte etwas sagen, doch ihr Mund war vollkommen ausgetrocknet. Sie versuchte, mit der Zunge Speichel zu sammeln, befeuchtete ihre Lippen. Plötzlich hatte sie große Lust auf Kaffee. So intensiv war ihr Verlangen danach, dass sie glaubte, ihn riechen zu können. Gleichzeitig bemerkte sie, dass das Rumpeln in ihrer Brust verschwunden war. Sie warf noch einen Blick auf die Hände der Mutter. Auch als tote Hände waren es noch schöne Hände, zierlich und gepflegt lag die eine über der anderen, die Nägel frisch geschnitten.

Die Tochter hatte erwartet, beim Anblick ihrer toten Mutter irgendeine Botschaft in sich zu vernehmen, wie ein allerletztes Klagen über das vermisste und noch einmal Vorwürfe an das verbliebene Kind, vielleicht auch Reue über die Entfremdung zwischen ihnen beiden, für die sich Mel auch durch ihr eigenes Verhalten mit verantwortlich fühlte. Doch sie empfand nichts. Nichts geschah, was sie erregte oder erschütterte. Alles in ihr blieb stumm wie die Tote, die vor ihr lag. Alles blieb ruhig.

Mel nahm das Laken und legte es wieder über das Gesicht der Frau, die ihre Mutter gewesen war.

»Komm Veit, wir gehen.«

Sie wandte sich zur Tür, drehte sich aber noch einmal um. Eine graue Haarsträhne lugte unter dem Leintuch hervor. Sie hatte das Tuch nicht weit genug über den Kopf gezogen. Mel ging zurück zum Bett und schob die Strähne unter das Tuch. Dann verließ sie den Raum. Veit folgte ihr.

Schnell eilte sie zum Ausgang. Veit versuchte Schritt zu halten.

»Wir sollten noch mit einem Arzt sprechen, vielleicht kann er uns etwas über die genaue Todesursache sagen.«

Mel hörte nicht zu. Sie wollte, so rasch es ging, das hier

hinter sich bringen. Es interessierte sie nicht, wie und an was die Mutter letztlich gestorben war, welche Organe zuerst, welche zuletzt versagt hatten. Sie hatte einen Schlaganfall, sie war daran gestorben, mehr war dazu nicht zu sagen.

Veit resignierte. Es war nicht seine Mutter und es ging ihn deshalb auch nichts an. Im Grunde war er Mel dankbar für ihre distanzierte Haltung. Es kam ihm vor, als habe Mel alle Energie, die man für Schmerz und Trauer benötigt, in den Jahren nach Cillis Verschwinden aufgebraucht. Da war kein Gefühl mehr übrig für das krankheitsbedingte Ableben ihrer Mutter. Es musste nicht betrauert, sondern organisiert, bewältigt und aus dem Kopf geschafft werden, und zwar so schnell wie möglich. Veit verstand, dass Mel nicht nur dem Ausgang der Klinik zustrebte, sondern jenem Freiraum, der sich durch den Tod der Mutter vor ihr auftat. Als sich die Kliniktür hinter ihnen schloss, blieb Mel stehen und atmete tief durch. Sie schaute auf ihre Armbanduhr.

»Eine Stunde haben wir gebraucht, wie ich sagte, eine Stunde, nun ist es vorbei.« Sie war nur noch erleichtert.

»Ich brauch jetzt einen Kaffee. Gehen wir in das kleine Bistro im Ort. Von dort ist es nicht weit zur Wohnung.«

»Wir haben uns nicht nach den Habseligkeiten deiner Mutter erkundigt, auch nicht nach einem Hausschlüssel. Wir hätten noch einmal die Schwester befragen müssen. Wir sind einfach weggelaufen!«

Veit war stehengeblieben.

»Ich geh da nicht mehr rein«, entschied Mel, »mach was du willst.«

»Gut. Setz dich ins Auto und warte. Ich mach das, sonst müssen wir morgen noch einmal her, und das willst du sicher auch nicht.«

Mel ließ sich in ihren Sitz fallen. Sie legte den Kopf an die Stütze und fühlte sich wie nach einer bestandenen Prüfung. Sie schlief kurz ein und erwachte erst, als Veit eine Reisetasche auf den Rücksitz stellte und die Autotür zuschlug.

»Ah, du hast ein bisschen geschlafen. Das ist gut. Es hat Zeit gekostet, jemand zu finden, der Bescheid wusste. Die Schwestern waren beschäftigt. Ich musste warten, bis mich eine von ihnen ins Stationszimmer holte. Sie wollten meinen Ausweis sehen. Ich erklärte, dass ich der Schwiegersohn bin. Ich musste ein Formular unterschreiben, in das ich unsere volle Adresse eintrug. Aber wir haben die Sachen deiner Mutter, vor allem einen Hausschlüssel, den sie bei sich hatte.«

»Das ist hervorragend. Danke für die gute Tat!«

Mel war froh, dass Veit ihr einen erneuten Gang ins Haus erspart hatte.

»Lass uns fahren. Wir haben uns eine Stärkung verdient.«

Sie fuhren hinunter in den Ort zur Wohnanlage, in der Regine die vergangenen Jahre gelebt hatte. Zu ihrer Wohnung gehörte ein reservierter Parkplatz, auf dem Veit das Auto abstellte. Die Mutter hatte vor einigen Jahren ihr Auto verkauft, den Parkplatz jedoch behalten.

»Für Gäste, für alles Mögliche, für die Zukunft. Man kann ja nie wissen.« Damit hatte sie ihre Entscheidung beim jährlichen Telefongespräch mit Mel begründet. Dieser fiel ein, dass Regine sie bei ihrer Aufzählung nicht erwähnt hatte und überlegte, ob sie sich zu den Gästen, zu allem Möglichen oder zur Zukunft zählen sollte. Sie beschloss, alles Mögliche zu sein und war darüber eher belustigt als betroffen.

Zu Fuß gingen sie durch eine kleine Gasse, die zur Hauptstraße führte. Mel erinnerte sich, dass es zwischen den vielen Cafés und kleinen Geschäften, die sich beidseitig der Straße aneinanderreihten, ein kleines Bistro gab. Sie hatte dort, mitten am Tag, einmal mehrere Gläser Rotwein getrunken, ohne aufzufallen. Das war sehr angenehm gewesen. Jetzt hoffte sie, das Bistro möge noch in Betrieb sein. Tatsächlich, sie fand es wieder zwischen einem Blumengeschäft und einem Trachtenmodenladen.

Die beiden betraten einen schattigen Raum und setzten sich an einen Tisch vor dem Fenster. Dieses war in der unteren Hälfte mit leicht vergilbten Gardinen verhängt.

»Bistrogardinen«, erklärte Mel gut gelaunt und berührte das dünne Stöffchen. Der Ausstatter des Lokals hatte sich bei der Einrichtung bemüht, eine französische Atmosphäre zu schaffen. Eine die ganze Länge der Wand einnehmende, mit grünem Leder bezogene Polsterbank erfüllte seinen Anspruch. Über ihr hingen Drucke in schwarzen Rahmen mit bekannten Bildmotiven von Toulouse-Lautrec. Tänzerinnen, Freudenmädchen, Vornehme Herren mit Zylinder und um den Hals geschlungene Schals sollten französisches Lebensgefühl vermitteln. Vor der Bank standen kleinere Tische aus dunklem Holz. Zwei jeweils dazugehörende schwarze Thonetstühle rundeten das angestrebte Flair stilvoll ab. Sie hatten geglaubt, allein zu sein, doch dann entdeckten sie ein junges Paar am Ende der langen Bank im dämmerigen Licht des Lokals. Vor ihnen stand eine Flasche Rotwein. Der junge Mann füllte die Gläser. Aus einem Lautsprecher perlte dezent ein französisches Chanson in den Raum, luftig flatternd und ein bisschen melancholisch.

»Je cherche ma jolie Marie-Claire, je ne la trouve pas, je ne la trouve pas. J'aime ma petite Marie-Claire, je ne la trouverai jamais ...«

Mel wiederholte den Refrain.

»Ich werde sie niemals finden, jamais, jamais, jamais ...«

Sie zog die Getränkekarte aus einem Klemmhalter mit schmalem Standboden und hochgeklappten Seitenteilen, die beidseitig die Umrisse eines Pariser Straßenzuges erkennen ließen. In grellbunten Farben leuchteten willkürlich zusammengestellt und aneinandergereiht berühmte Bauwerke wie Oper, Louvre, Bastille, Sacre Coer und andere. In der Mitte der beiden Straßen ragte jeweils der Eiffelturm empor, ebenso grob ausgestanzt wie die Dächer der Gebäude, hoch genug, um der Speise- und Getränkekarte einen guten Stand zu geben. Mel hatte noch nie solch einen Halter gesehen und nahm ihn in die Hand. Sie hielt ihn wie ein Fernrohr vor ihr rechtes Auge und blickte durch die beiden Seitenteile. In einer langsamen Drehung besichtigte sie damit die gesamte Länge der Polsterbank, nahm das Paar ins Visier und entdeckte einen jungen Mann, der vor ihrem Sehfeld auftauchte.

Veit hatte ihr zugesehen. Er kannte Mels seltsame Spielereien. Wenn sie sich dabei unauffällig verhielt, versuchte er sie einfach zu übersehen. Oft war er aber peinlich berührt und wollte sie zur Vernunft bringen. Jetzt dachte er, ist sie wieder einmal ein Kind, das gerne mit Messer, Gabel und Schere spielt. Er hätte ihr gerne das Spielzeug aus der Hand genommen. Doch der junge Mann kam an ihren Tisch.

»Was darf ich Ihnen bringen?«

Er trug schwarze Jeans und ein blendend weißes Hemd. Im Ohr glänzte ein goldener Ring.

»Sie dürfen ihn behalten. Ich habe noch einige Schachteln voll davon auf Lager!« Mel sah ihn mit großen Augen an.

»Wirklich?« fragte sie zweifelnd.

Der Junge lachte.

»Aber ja, es würde mich freuen. Sie können zwischen den Türmen ihre Briefe einstellen, das ist doch was.«

Mel stellte die Pariser Straße behutsam vor sich auf den Tisch, als handele es sich um eine Kostbarkeit. Der Junge lächelte immer noch.

Veit dachte, er ist wohl gerührt, weil noch nie ein Gast diesem hässlichen Objekt so viel Aufmerksamkeit geschenkt hatte. Über Mels Begeisterung für dieses Ding wunderte er sich nicht. Er hatte aufgehört sich über ihre Vorlieben Gedanken zu machen. Er bestellte für sich Kaffee, Mel wollte auch Kaffee, dazu ein Glas Rotwein.

»Meine Mutter hatte eine Freundin in Frankreich. Sie hieß Annemarie.« Mel griff wieder nach ihrem Geschenk und drehte es hin und her.

»Sie sprach ein paar Mal von ihr, und einige Briefe kamen aus einem kleinen Ort, dessen Namen ich aber nicht mehr weiß. Ich war noch ein Kind. Es ist lange her. Cilli war noch bei uns. So lange ist das her.« Mel tauchte in die Vergangenheit ab. »Ich glaube, diese Freundin war einmal mit ihrem Mann bei uns zu Besuch. Ich erinnere mich jetzt an einen Mann und eine Frau, die sich mit meinen Eltern in französischer Sprache unterhielten. Ja, so war es. Cilli und ich ärgerten uns, weil wir von der Unterhaltung kein Wort verstanden. Nur deshalb erinnere ich mich. Wir glaubten, sie wollten uns vom Gespräch ausschließen.«

Veit wunderte sich. Mel hatte noch nie diese Freundin erwähnt.

»Sag mal«, überlegte er, »hatte Regine noch andere Freunde, und sollten wir sie nicht über ihren Tod informieren? Deine Mutter ist schließlich nicht sehr alt geworden. Es ist doch wahrscheinlich, dass diese Leute noch am Leben sind.«

Mel schüttelte den Kopf.

»Ich hab keine Ahnung, ob sie mit dieser Annemarie noch Kontakt hatte. Ich weiß auch sonst nichts über mögliche Bekannte oder Freunde, und ehrlich gesagt hab ich keine Lust, hier das große Ding aufzuziehen. Wem sollte es nützen? Mutter nicht und mir schon gar nicht.«

Veit empfand ihre Ansicht sehr hart, musste aber zugeben, dass Mel recht hatte.

»Gut, wir tun nur, was notwendig ist. Das wird als erstes der Gang zu einem Bestatter sein, so schnell es geht müssen wir uns darum kümmern.«

Der Kellner brachte Kaffee und Rotwein für Mel.

»Voilà«, sagte er, als er die Tassen und das Glas mit Wein auf den Tisch stellte, »à votre santé.«

Veit hätte gerne gewusst, ob er noch weitere Französischkenntnisse besäße, war aber zu träge, es nachzuprüfen, außerdem hatte er andere Sorgen. Am liebsten hätte er noch heute ein Bestattungsinstitut aufgesucht und die Beerdigung in Auftrag gegeben. Viele dieser Institute warben mit dem Angebot, stets erreichbar zu sein, Tag und Nacht, auch sonntags. Er arbeitete gerade an einem Artikel über die Wiedereingliederung von Straftätern in die Gesellschaft und hatte deshalb mit zwei Männern und einer Frau Kontakt aufgenommen, denen in sechs Monaten die Entlassung bevorstand. Einige Gespräche hatte er schon im letzten Jahr geführt und die Einsitzenden im Landesgefängnis besucht. Weitere Treffen sollten folgen. Die Leute waren überraschend begierig darauf, mit ihm über ihre Ängste vor der Zukunft zu sprechen. Nun brach in diesen Arbeitskomplex ein Todesfall ein, der ihn nicht in Terminschwierigkeiten bringen durfte.

Mel eilte es überhaupt nicht. Sie wollte auf keinen Fall heute noch bei einem Bestatter sitzen und sich Särge anschauen. Die Begegnung mit der toten Regine hatte ihr fürs Erste gereicht. Mehr Bedrückendes würde sie nicht ertragen, und außerdem wollte sie hier in dem netten Lokal erst mal in Ruhe sitzen und an gar nichts denken.

»Gut, dann können wir hier auch gleich etwas essen.« Veit nahm sich vor, noch am Abend ein Beerdigungsinstitut ausfindig zu machen und wenigstens telefonisch einen Termin für den anderen Tag zu vereinbaren.

Die Speisekarte stellte sie vor die Wahl zwischen dreierlei verschiedenen Toastbroten, einem halben Hähnchen mit Pommes Frites oder Kalbsschnitzel mit Gemüse. Auf der Rückseite entdeckte Mel noch eine Liste mit Flammkuchen.

» Ah schau, es hätte mich doch sehr gewundert, wenn es in einem Bistro keine Flammkuchen gäbe.«

»Na ja«, überlegte Veit, »Flammkuchen esse ich drüben im Elsass andauernd und vermutlich besser als in Bayern. Ich bin mir nicht sicher, ob die hier wissen, was ein guter Flammkuchen ist.«

Er winkte dem Kellner. Veit bestellte Schnitzel, Mel einen Flammkuchen und ein zweites Glas Wein.

Das Essen war hervorragend, was Veit überraschte. Das Bistro machte nicht den allerbesten Eindruck auf ihn. Die Einrichtung war zwar einigermaßen geschmackvoll, aber auch reichlich abgenutzt. Er zog einen Vergleich zwischen dem guten Essen und dem Mobiliar.

»Das gehört dazu«, sagte Mel. »In Frankreich wird nicht ständig renoviert. Man lässt die Dinge in Würde altern. Das setzt allerdings Qualität des Materials voraus. Billigware kann gar nicht altern, sie verkommt, wirkt schäbig, abgehalftert. Sieh dir diese grüne Lederbank an. Sie ist immer noch schön trotz der Gebrauchsspuren. Franzosen lieben ihre alten Möbel, die oft Generationen überleben, na ja, nicht alle Franzosen, aber sehr viele jedenfalls.«

Sie trank einen Schluck Wein und lehnte sich behaglich im Stuhl zurück. Nichts deutete darauf hin, dass diese Frau heute ihre Mutter verloren hatte, dachte Veit, aber er wunderte sich nicht. Mel selbst dachte auch nicht mehr an die letzten Stunden, sondern überließ sich der beruhigenden Wirkung des Weines und der angenehmen Stimmung in dieser kleinen Oase, die ihr im Augenblick Schutz gegen die Widrigkeiten der Wirklichkeit bot.

Nach Mels drittem Glas drängte Veit zum Aufbruch. Er wollte verhindern, dass sie sich hier zutrank und bat um die Rechnung. Der Kellner schenkte Mel zum Abschied noch eine kleine Papiertasche, mit demselben Motiv bedruckt, das auch den Klemmhalter zierte. Mel freute sich darüber wie ein Kind, als habe sie noch nie in ihrem Leben etwas so Schönes geschenkt bekommen.

Jetzt übertreibt sie aber maßlos, dachte Veit, und fand ihr Verhalten ziemlich peinlich. Aber der Junge sah das anders und bedankte sich für Mels Interesse.

»Sie haben viel Liebe für Kunst«, lobte er sie, nicht ahnend, wie recht er damit hatte.

Auf dem Weg zu Regines Wohnung trug Mel die Papiertasche in der Hand, in welcher ihr Geschenk steckte. Sie schlenkerte sie fröhlich hin und her. Sie hatte sich bei Veit eingehakt, denn der Wein war ihr nun doch in den Kopf gestiegen. Veit holte das Gepäck aus dem Auto und trug es die wenigen Schritte bis zur Haustür. Er schloss auf und sie fuhren mit dem Aufzug in den dritten Stock. Mel war froh, unbeachtet von Mitbewohnern bis zu Regines Wohnungstür zu kommen.

Im geräumigen Flur stellte Veit Koffer und Tasche ab und sah sich um. Er war nur einmal hier gewesen, als Regine ebenfalls im Krankenhaus gelegen war. Sie wohnten damals in einer Pension, weil Mel nicht in der Wohnung ihrer Mutter schlafen wollte. Auf Bitten der Mutter hatten sie lediglich einige Dinge aus der Wohnung geholt, dabei wartete Veit in dieser Diele, bis Mel das Gewünschte gefunden hatte. Er erinnerte sich an eine besondere Haarbürste mit Silbergriff und an ein hellblaues, seidig schimmerndes Nachthemd.

Diesmal war die Situation eine andere. Durch Regines Tod war diese Wohnung heute schon Mels Eigentum geworden, es sei denn, ein Testament besagte etwas Anderes. Das werden wir bald wissen, dachte er.

Auch Mel sah sich um. Sie fühlte sich unbehaglich in der mit edlen Landhausmöbeln eingerichteten großen Diele. Ein uralter Bauernschrank diente als Garderobe, ein Sitzbänkchen erleichterte das Anziehen der Schuhe, der Schuhlöffel aus dunklem Horn hing am Seitenteil der Bank an einem kunstvoll geschmiedeten Haken. Vor einem zierlichen Sekretär hatte Regine auf einem antiken Kirschbaumstuhl gesessen, Notizen geschrieben und Telefongespräche geführt. Auf einer Kommode leuchtete alabasterweiß der Kopf eines jungen Mädchens mit hochgesteckten Zöpfen. Es trug einen Kranz aus Rosen auf den dicken Flechten. Seine nackten Schultern gingen in ein fließendes Gewand über, das, faltenreich drapiert, den Sockel der Büste bildete. Mel starrte den wunderschönen Mädchenkopf an. Sie dachte an Marilen.

Neben dem Köpfchen welkten in einer Vase weiße Rosen. Einige Blütenblätter lagen verstreut um die Vase und vor dem schönen Kind, das durch eine leichte Neigung des Kopfes traurig wirkte. Mel wurde es unheimlich beim Anblick des Arrangements.

Das schöne Mädchen mit den Zöpfen, die weißen Rosen, erinnerten sie an vergangene Tage mit Marilen. Sie strich ihm zärtlich über den Kopf. »Sei nicht traurig Marilen, ich nehme dich mit«, tröstete sie das Kind und sich selbst. Dieses Köpfchen würde sie zu sich nehmen, vor allem Anderen.

Als sie die Tür zum Wohnzimmer öffnete, kam sie sich wie ein Eindringling in verbotenes Gelände vor. Diese Wohnung hier in Felding war Regines Rückzugsort gewesen. Hier hatte sie sich nicht nur räumlich von ihrem vorherigen Leben getrennt, sondern auch von all den Menschen, die sie bis dahin gekannt hatte. Genau wusste die Tochter nicht, wie konsequent sie ihre Kontakte gekappt hatte, doch sah es ganz so aus, als sei ihr der Ausstieg aus dem alten Leben gelungen. Nie mehr hatte sie sich nach irgendjemand erkundigt, den sie gekannt hatte. Nie sprach sie über ihren Mann Oskar. Wie Regine hier gelebt, was sie gedacht oder getan hatte, wusste Mel nicht. Mit einer Nachbarin hatte sie offenbar Kontakt, und Mel war sich sicher, diese Frau würde sich umgehend bemerkbar machen.

Nun stand sie in der Wohnung ihrer Mutter, die diese bedachtsam gehütet hatte wie einen geheimen Unterschlupf. Nur einmal hatte ihn Mel betreten dürfen, als sie Haarbürste und Nachthemd dort holte, nach Anweisung und genauer Wegbeschreibung durch die Wohnung.

»Geh auf direktem Weg ins Schlafzimmer, erste Türe links im Flur. Zieh die oberste Schublade in der weißen Wäschekommode auf. Dort liegen meine Nachthemden, das blaue ganz obenauf, die Bürste liegt auf dem Frisiertisch.«

Damals war es Regines Wohnung gewesen. Mel hatte sich

beeilt und kaum Blicke nach rechts und links geworfen. Jetzt war die Wohnung herrenlos und verwaist, und Mel kam es vor, als entblöße sie mit jedem Schritt und jedem Blick das geheime Leben einer Frau, die auf ihre eigene Weise versucht hatte, ihr Schicksal ertragbar zu machen. Regine hatte großzügig möbliert und sich mit kostbaren Teppichen und Antiquitäten umgeben. Die Möbel waren durchweg Einzelstücke von Wert und in einem kühnen Stilmix zusammengestellt. Ein rosafarbenes Empiresofa harmonierte im Wohnzimmer mit zwei schwarzen Ledersesseln in Würfelform. Auch im Schlafzimmer staunte Mel über eigenwillige Lösungen, an die sie sich nicht erinnerte. Als Mel das Nachthemd holte, schlief Regine in einem Bauernbett, nun war es durch ein modernes Doppelbett ohne Kopf- und Fußteil ausgetauscht. Das Bett schien neu zu sein und stand wie eine Insel in der Mitte des Raumes auf einem großen weißen Berberteppich. Mel bückte sich und legte ihre Hand auf den Teppich. Er fühlte sich wie das kurz geschorene Fell eines Schafes an. Sie zog ihre Schuhe aus, um ihn nicht zu beschmutzen und wanderte um die Insel herum, fuhr mit der Hand über die Türen der raumhohen Einbauschränke, die Regines gesamte Garderobe enthielten. Sie besah sich in zwei schmalen Glasvitrinen zahlreiche kleine Porzellanfiguren, die Kinder in verschiedenen Posen zeigten. In Biedermeiertracht gekleidete Püppchen, Holländer Jungen und Mädchen in Holzschuhen, Kimono tragende kleine Japanerinnen tummelten sich wie auf einem Spielplatz zwischen Figürchen in Dirndln und Lederhosen.

Mel entdeckte die Kommode, die sie schon einmal geöffnet hatte. Sie tat es aufs Neue und zog die oberste Schublade heraus. Zwischen duftenden Lavendelsäckchen lagen mehrere Nachthemden sorgfältig gefaltet nebeneinander. In den anderen Schubladen lagerte Regines gesamte Wäsche, Garnituren teurer Marken und von edler Qualität. Sie hat sich selbst verwöhnt, dachte Mel, und befühlte ein zartgelbes Seidenunterhemd mit einem feinen Spitzenoberteil. Mel schloss die Schieber und ging in die Diele.

Veit saß am Sekretär und telefonierte.

»Nein, es reicht, wenn wir morgen früh vorbeikommen. Neun Uhr ist in Ordnung.«

Er hatte eines der beiden Feldinger Bestattungsinstitute erreicht und sofort diesen Termin vereinbart.

Mel überlegte, wo sie schlafen könnten. Sie öffnete die Tür zu einem weiteren Zimmer. Erschrocken starrte sie auf zwei weiße Betten seitlich an den Wänden. An deren Ende stand jeweils ein schmaler Kleiderschrank, vor der Fensterfront zwei Tischchen dicht beieinander, vor jedem ein weißlackierter Stuhl mit abgerundeter Lehne. Mel blickte in ihr Kinderzimmer, von dem sich Regine offensichtlich nicht hatte trennen können.

Das unerwartete Wiedersehen mit dem Zimmer ihrer Kindheit empfand sie als eine starke Zumutung. Also doch, hier war die Überraschung, die sie befürchtet hatte. Zitternd öffnete sie die Tür von Cillis Schrank. Sie hatte es schon vermutet. Cillis Kleider, Hosen, T-Shirts und Röckchen hingen über Bügeln oder waren in Fächer eingeordnet. Entsetzt riss sie die Tür des anderen Schranks auf. Er war leer.

»Versteh es halt«, sagte Veit, der ihr gefolgt war. »Cilli ist ihr verlorenes Kind, wie hätte sie es anders überleben können.«

Er setzte sich auf einen der Stühle und besah sich die Fotografien, die in Silberrahmen auf den Tischen standen. Ein Bilderbogen der Zwillinge. Alle Phasen ihrer Entwicklung gab es zu sehen. Regine mit den Babys im Arm, die Krabbelkinder im Garten auf der frisch gemähten Wiese, erste Schritte an Regines Hand, die Zwillinge mit kleinen Rucksäckchen auf dem Rücken, mit Schultüten im Arm, die Zwillinge auf der Schaukel im Garten, im Badeanzug am Strand von Bibione, und ein Doppelportrait, das in den Wochen vor dem Unglück entstanden war. Beide Mädchen trugen die Haare offen und lehnten ihre Köpfe aneinander. Sie lachten.

Veit stellte sich Regine vor, wie sie immer wieder dieses Zimmer aufgesucht, die Kleider gelüftet und wieder eingeräumt, die Betten aufgeschüttelt, und wie sie sich die Fotografien angesehen hatte. Wie viele Tränen mögen hier geflossen sein! Er verstand, dies war ein Erinnerungsraum, ein Zufluchtsort für eine verzweifelte Mutter, die in diesem Allerheiligsten Trost gesucht, und, so hoffte er, auch gefunden hatte.

»Lassen wir das Zimmer und schlafen in Regines Doppelbett. Es ist so gut wie neu und nicht mit der Vergangenheit belastet.«

Er zog Mel am Arm in die Diele und schloss die Tür.

In der Küche öffnete er eine Flasche Rotwein, die er in einem Vorratsschrank gefunden hatte. Sie saßen auf einer in alpenländischem Stil geschreinerten Eckbank am dazu passenden Bauerntisch, umgeben von einer hochmodernen, in neutralem Weiß gehaltenen Einbauküche.

»Als erstes gehen wir morgen früh zum Bestatter. Dann müssen wir Regines Dokumente sichten. Eventuell ist ein Testament hinterlegt. Was soll mit der Wohnung geschehen? Wir könnten sofort einen Makler suchen, der den Verkauf in die Hand nimmt.«

Mel jammerte.

»Was soll ich denn mit Cillis Kleidern machen? Ich kann sie doch nicht einfach wegwerfen!«

»Das musst du jetzt nicht entscheiden, wir packen sie in eine Schachtel und nehmen sie mit.«

Mel nickte erleichtert, ja, das war gut so. Heute war sie sowieso nicht mehr in der Lage, vernünftig zu denken. Das überließ sie Veit wie so vieles in ihrem Leben. Sie war wieder einmal dankbar, ihn an ihrer Seite zu wissen.

Sie hatten in Regines Bett überraschend gut geschlafen. Veit lobte beim Frühstück die Matratze, nicht zu weich und nicht zu fest, genau richtig für einen erholsamen Schlaf. Er hatte in der Nacht noch frische Überzüge aufgelegt und Mel, die nicht mehr in der Lage war, sich zu waschen, wie ein Kind versorgt und zugedeckt. Am Morgen hatte sie geduscht und saß jetzt erstaunlich erfrischt am Tisch. Es schien, als habe sie das Kinderzimmer wieder vergessen.

Gegen neun Uhr gingen sie in das Bestattungsinstitut, das sich in der Nähe des Marktplatzes befand. Eine junge Frau begrüßte sie.

»Ich bin Elke Mandel und in diesem Fall ihr Ansprechpartner.« »Ein Trauerfall«, fuhr sie fort, »stellt uns vor schwierige Entscheidungen. Ich möchte Ihnen in dieser Lage behilflich sein und bedanke mich für Ihr Vertrauen.«

Sie bat Veit und Mel an einen mächtigen Mahagonischreibtisch und bot Kaffee oder Wasser an. Als die beiden verneinten, kam sie sehr rasch und geschult zum Wesentlichen.

»Was wir zuerst klären sollten, ist die Frage, welche Art der Bestattung Sie wünschen.«

»Meine Mutter wird eingeäschert«, sagte Mel und verhinderte damit eine langatmige Beschreibung aller Möglichkeiten.

»Ah ja«, sagte die Frau. »Dann ist die Art des Sarges zu klären, und welche Urne Sie für Ihre Frau Mutter wünschen.«

Sie breitete vor Mel einen Prospekt aus und deutete mit einer dezenten Handbewegung auf Abbildungen von Särgen.

»Natürlich können Sie ein sehr kostbares Exemplar wählen, doch für eine Feuerbestattung empfehlen wir in der Regel einen schlichten Sarg aus Tannenholz, der eine schnelle Verbrennung begünstigt.«

Veit war angetan von der Ehrlichkeit der Frau, die ihnen nicht aus Geschäftsinteresse ein teures Stück verkaufen wollte. Er fühlte sich gut beraten.

»Den nehmen wir«, entschied Mel mit fester Stimme und suchte nach den Urnen.

»Dazu darf ich Sie in unseren Schauraum bitten. Wenn Sie mir folgen wollen.«

Nebenan stellten Glasvitrinen, mit einem großen Ange-

bot unterschiedlich gestalteter Urnen, Mel vor die schwierige
Wahl, ein passendes Gefäß für ihre Mutter zu finden. Sie ging
hin und her und überlegte, welcher Topf ihrer Mutter wohl
am besten gefallen hätte. Der Sarg war ein vorübergehender
Aufenthaltsort, in der Urne würde sie schließlich viele Jahre
verbringen müssen. Sie tat sich schwer mit der Entscheidung
zwischen einer weißen Urne, verziert mit grünen Ginkgoblät-
tern und einem dunkelblauen, von winzigen Goldpünktchen
übersäten Gefäß. Bei der letzteren fielen ihr sternenklare
Nächte ein. Regine war gerne im Sommer an solchen Abenden im Garten gesessen und hatte den Himmel bewundert.
Cilli und sie durften bei ihr sitzen und länger aufbleiben. Sie
saßen lange auf der Schaukel und flüsterten.

»Ich nehme diese hier.«

Mel ließ sich die Himmelsurne geben. Sie hielt sie hoch
und schaute sie von allen Seiten an.

»Eine sehr schöne Urne«, bestätigte Frau Mandel.

Mel vermutete, sie hätte das zu jeder ihrer Entscheidung
gesagt.

Zurück am Schreibtisch notierte die Frau das für sie Wis-
senswerte. Die Wahl der Blumen für die Kirche bereitete Mel
Mühe. Sie musste die Frau davon überzeugen, kein unnatür-
lich aufgeblasenes Bukett zu platzieren, womöglich mit exoti-
schen Pflanzen.

»Meine Mutter mochte Lavendel und weiße Rosen.«

Da Mel eine evangelische Trauerfeier mit anschließender
Urnenbeisetzung bestellte, würde sich der Pastor der Gemeinde für ein persönliches Gespräch melden. Alle Verhandlungen
mit der Friedhofsverwaltung sowie die Meldung beim Standesamt übernahm das Institut. Auf eine Todesanzeige im Lo-
kalblatt wollte Mel zuerst verzichten, doch Frau Mandel über-
zeugte sie davon, es doch zu tun, damit Klarheit herrsche. Es
seien schon die wildesten Gerüchte über Personen in Umlauf
gewesen, wenn der Ort nicht genügend informiert worden

war. Erst vor kurzem sei ein längst verstorbener Mann, dessen Tod nicht im Blatt stand, von einem Feldinger Einwohner angeblich auswärts gesichtet worden, wodurch große Verwirrung geherrscht habe. Die Familie des Mannes habe sich vor den vielen Anrufern kaum retten können.

Mel und Veit wurden in einen Nebenraum gebeten. In bequemen Sesseln sitzend, sollten sie in Ruhe ihren Text für die Anzeige formulieren. Die Bestatterin telefonierte inzwischen mit dem evangelischen Pfarramt, der Friedhofsverwaltung und dem Krematorium.

Mel schrieb:

Unsere Mutter hat nach einem leidvollen Leben Ruhe gefunden. Auf ihrem letzten Weg begleiten sie ihre Tochter Melanie Abel mit Veit Klarenberg, und wo immer sie sein mag, auch ihre Tochter Cäcilie.

Als Elke den Text las, sah sie Mel mit einem interessierten Blick in die Augen. Dann nickte sie anerkennend.

»Ich werde die Annonce in die nächste Ausgabe des Lokalblattes geben.« Ergänzend zu Mels Text fügte sie Regines Namen sowie Geburts- und Sterbedatum hinzu.

Sie hatte bereits den Verbrennungszeitpunkt, den Termin für Trauerfeier und Beisetzung und den Platz im Friedhof bei der evangelischen Kirche organisiert. Mel war zufrieden.

»Oh, da habe ich doch noch etwas übersehen.«

Frau Mandel hatte noch einmal alle Punkte ihres Arbeitsblattes durchgesehen und mit ihrem Kugelschreiber abgehakt.

»Falls Sie für Ihre Mutter persönliche Kleidung wünschen, sollten Sie diese heute noch vorbeibringen. Wenn möglich, wählen Sie bitte Wolle, Seide oder Baumwolle, keine Synthetik. Es tut mir leid, Ihnen solche Informationen zumuten zu müssen, das ist nicht leicht für Sie.« Sie gab Mel ihre Karte und bat sie, bei Unklarheiten anzurufen.

»Natürlich soll meine Mutter etwas Schönes anziehen. Ich bin Ihnen dankbar für den Hinweis.«

»Es gehört zu meinen Aufgaben.« Die Frau lächelte und legte die Hände ineinander.

Veit und Mel verabschiedeten sich. Sie waren erleichtert. Alles war ihnen abgenommen worden, sie mussten sich um nichts mehr kümmern, außer um ein Kleidungsstück aus Regines übervollen Schränken.

Da es bereits Mittag war, schlug Veit einen Gang zum See vor. Auf der Terrasse eines Seestüberls gab es einen freien Tisch. Der Blick aufs Wasser und hinüber in die Berge war beruhigend. Die Sonne umsorgte sie auch unter dem dunkelblauen Schirm mit wohliger Wärme. Draußen auf dem See dümpelten Segelboote in der Mittagsflaute. Mel schloss für kurze Zeit die Augen und horchte auf die Geräusche. Wie gedämpft hörte sie das Klappern von Besteck, die Stimmen und das Lachen der anderen Gäste. Einmal kam ein Ruf vom Wasser her, vielleicht aus einem Ruderboot.

»Ja, Mutter hat sich ein schönes Plätzchen ausgesucht, langsam kann ich sie verstehen.«

Am Nachmittag erforschte Mel die Schränke im Schlafzimmer und fand ein jadegrünes Kleid aus schwerer Wildseide. Ein eingenähtes Etikett unterrichtete über die Stoffbeschaffenheit. Es war schlicht geschnitten, mit langem Rock und kelchförmigen Ärmeln. Der Halsausschnitt war mit einem kleinen Stehkragen gefasst, der an traditionelle asiatische Kleidung erinnerte. Mel war glücklich über ihren Fund.

Sie zeigte Veit das Kleid. Er überlegte, für welchen Anlass sich Regine dieses wunderschöne Exemplar gekauft hatte.

»Mutter hat bei ihren Anrufen von Opernbesuchen geschwärmt. Ob sie dabei dieses Kleid getragen hatte?«

Mel konnte sich das gut vorstellen.

Später, bei der Durchsicht von Regines Kontoauszügen, entdeckte Veit Abbuchungen eines Münchner Hotels nahe der Oper, in dem sie regelmäßig übernachtet hatte. Dort hatte sie sich angekleidet und war mit diesem festlichen Kleid den kurzen Weg zur Oper gegangen. Mel faltete das Kleid zusammen und steckte es in eine große Plastiktüte.

Veit übernahm den erneuten Gang zum Bestattungsinstitut und traf die junge Frau. Ein schneller Blick in die Tüte machte sie neugierig. Sie nahm das Kleid und hielt es mit einem bewundernden »Oh ist das schön«, in die Höhe.

»Wenn Sie noch einen Musikwunsch haben, den wir bei der Trauerfeier erfüllen können, rufen Sie an. Wir spielen auf CD alles ein, was Sie vorschlagen.«

Sie reichte Veit die Hand.

»Wir sehen uns in der Kirche. Wir begleiten Sie auf zurückhaltende Weise, ohne Sie zu stören und garantieren für einen würdevollen Ablauf.«

Veit besorgte auf dem Rückweg Brot, Käse und etwas Wurst. Er wollte heute nicht mehr ausgehen, sondern am Abend Regines Unterlagen durchsehen. Krankenkasse und Rentenstelle mussten informiert, eventuelle Daueraufträge gekündigt werden. Womöglich fand sich im Sekretär ein handgeschriebenes Testament. Wenn Mel einverstanden war, wollte er in Felding selbst einen Makler für die Wohnung suchen, und das möglichst bald, denn er hatte keine Lust, für jeden Vorgang erneut hierher zu fahren. Er ging schnell. Es gab viel zu tun.

Am Abend durchsuchte Veit den kleinen Sekretär und wurde schnell fündig. Regine hatte eine Mappe angelegt, die alle wichtigen Papiere enthielt.

»Das wundert mich nicht«, sagte Mel, »Mutter hat immer Ordnung gehalten und jahrelang die Buchführung für Vaters Praxis erledigt.«

Ein Testament war nicht zu finden, doch ein handgeschriebener Hinweis auf einen Feldinger Notar, bei dem ein Testament hinterlegt sei.

»Also doch. Wir müssen nun Kontakt aufnehmen.« Veit

stöhnte, denn er sah wieder einen Tag entschwinden. In einer Schublade des Sekretärs entdeckte er Briefe, die mit einem Band zusammengehalten wurden. Sie waren an Regine Abel adressiert und mit französischen Briefmarken beklebt. Der Absender war eine Anne-Marie Durange, aus einem Ort namens Banlac.

»Sieh mal, was ich gefunden habe.«

Er rief nach Mel, die in der Küche eine Weinflasche entkorkte.

Sie trinkt einfach zu viel, dachte Veit. Wenn das hier vorbei ist, muss sich etwas ändern. Jetzt kann ich ihr deswegen keine Vorhaltungen machen, es ist nicht die rechte Zeit dafür.

Mel legte den Korkenzieher auf den Bauerntisch und kam in die Diele. Veit reichte ihr das Päckchen. Sie schaute auf den Absender.

»Ja, das ist sie, das ist Mutters Freundin Annemarie, die nach Frankreich geheiratet hat. Du liebe Zeit, sie hat die Briefe so lange aufbewahrt!«

Mel las den Ortsnamen Banlac mehrmals laut. Ihr war, als tauche mit ihm eine verschüttete Erinnerung auf. Sie sah wieder dieses französisch sprechende Paar im Haus ihrer Eltern, und mit einem Mal wurde ihr bewusst, wann es gewesen war.

Am Tag vor Cillis Verschwinden hatten die Eltern ein Abschiedsessen für Annemarie und Jean-Luc gegeben. Am nächsten Tag fuhren die beiden früh morgens zurück nach Frankreich. Sie waren mehrere Tage in der Stadt gewesen und hatten im Hotel gewohnt. Jean-Luc erhielt bei ihrem Vater eine Zahnbehandlung, was wohl der eigentliche Grund dieses Aufenthalts gewesen war. Mel erinnerte sich plötzlich an Einzelheiten. Regine und Annemarie sprachen deutsch, wenn Jean-Luc nicht zugegen war. Natürlich taten sie das, denn Annemarie war eine Schulfreundin ihrer Mutter, sie hatten zusammen studiert und waren unzertrennlich gewesen. In ihrer Verzweiflung hatte Regine allerdings nicht daran gedacht, Annemarie über das Unglück zu informieren und ihr erst viele Wochen danach geschrieben. Nur ein einziger Brief war daraufhin eingetroffen. Regine hatte beim Lesen geweint.

»Annemarie schreibt so tröstlich«, hatte sie gesagt und den Brief immer und immer wieder gelesen. Danach blieben weitere Briefe aus. Regine hörte nichts mehr von ihr.

Mel wusste nicht, von welcher Seite der Briefwechsel unterbrochen worden, oder ob es später noch einmal zu einem Kontakt der Frauen gekommen war. Regine hatte damals nach dem Unglück viele Verbindungen gelöst, auch von Annemarie nie mehr gesprochen.

»Ich will heute Abend nicht mehr darin lesen, obwohl ich neugierig bin. Aber ich möchte gut schlafen und mich nicht mit alten Geschichten belasten.«

»Find ich sehr vernünftig. Wir könnten uns stattdessen überlegen, welche Musik für die Trauerfeier in Frage käme.«

»Gut«, sagte Mel und goss in der Küche Wein in zwei Gläser. Die Briefe hatte sie beiseite gelegt. Sie saßen am gemütlichen Bauerntisch, aßen Brot, Käse und Wurst und machten sich Gedanken über Regines musikalische Vorlieben.

»Wir sollten an die Oper denken, die sie so gerne besuchte«, schlug Mel vor.

Veit fiel jedoch nichts Passendes ein. Er ging nie in eine Oper und kannte sich nicht damit aus. »Mutter nahm uns einmal in die Oper Hänsel und Gretel mit. Sie wurde im Stadttheater aufgeführt. Es war ein Ereignis. Wir waren völlig verzaubert an diesem Abend. Danach sang sie gerne das Lied von den vierzehn Engeln. Wir fanden es wunderbar. Was meinst du, passt das?«

»Aber ja.«

Veit war begeistert. »Wir nehmen eine Orchesterfassung ohne Text.«

Sie waren froh über die Idee. Etwas Anderes wäre ihnen heute auch gar nicht mehr eingefallen.

Am anderen Morgen gab Veit telefonisch den Musikwunsch durch.

»Das geht in Ordnung. Wir haben eine gute CD mit Orchesterfassung, eine sehr schöne und tröstliche Musik, sie wird immer wieder gewünscht.«

Veit hörte, wie Frau Mandel seinen Vorschlag eintippte.

»Haben Sie noch einen weiteren Wunsch, vielleicht für den Beginn der Trauerfeier? Üblich ist es, die Feier musikalisch zu umrahmen.«

»Ja«, Veit war überrascht über seine Spontaneität.

»Das Ave Verum von Mozart mit Chor.«

Wieder klickten Tasten.

»Gut. Dann haben wir zum Eingang das Ave Verum, und zum Ausgang den Humperdinck, richtig?« »Genau.«

Veit nahm sich vor, Mel nichts von seiner Entscheidung zu sagen. Das Ave Verum war sein Lieblingsstück. Er wollte es Regine zum Abschied schenken.

Später saßen sie wieder im Seestüberl. Der Blick über die weite Wasserfläche tat gut.

»Wir können die Wohnung vorerst nicht verkaufen. Wir müssen auf den Erbschein warten. Ich befürchte, wir werden noch öfter die Fahrt hierher machen müssen«, klagte Mel.

Sie waren beim Notar gewesen. Er hatte Regines Testament eröffnet.

»Ich verfüge, dass im Fall meines Todes mein gesamtes Barvermögen und meine Wohnung in Felding in den Besitz meiner Tochter Melanie Abel übergeht. Sollte meine vermisste Tochter Cäcilie leben, ist das Vermögen zwischen meinen Töchtern gerecht zu teilen.«

Das war Regines letzter Wille.

»Wir müssen die Wohnung nicht verkaufen«, sagte Veit, »wir könnten sie auch vermieten. Was hältst Du davon?«

»Auf keinen Fall. Ich bin froh, wenn es nichts mehr gibt, was mich in irgendeiner Weise an meine Vergangenheit erinnert. Vielleicht könnten wir mit dem Geld das Atelier erwerben, wenn Kramer dazu bereit wäre es zu verkaufen?«

»Ja wenn. Ich kann mir nicht vorstellen, dass Kramer so schnell seine Absicht ändert. So wie es ist, läuft es doch bestens für ihn.«

Sie aßen. Jeder hing seinen Gedanken nach, die ganz unterschiedlich waren. Veit überlegte, am nächsten Tag nach Hause zu fahren und erst zur Trauerfeier wiederzukommen. Mel dachte daran, für Cilli ein Sonderkonto einzurichten, das bis zu ihrem Auftauchen Zinsen trüge. Dieser Gedanke, für die Schwester Geld anzulegen, ließ die Möglichkeit, sie könnte irgendwo leben, mit einem Mal wahrscheinlicher werden. Allein Geld auf einem Cilli-Konto zu wissen, machte sie in Mels Augen lebendiger.

Laut sagte sie: »Ich werde Cillis Geld auf ein Bankkonto legen. Wenn sie irgendwann wieder kommt, ist sie gleich flüssig und kann sich das Nötigste kaufen.«

Veit schaute sie prüfend an und überlegte, ob mit ihr alles in Ordnung sei. Sie hatte wieder einmal diesen Blick nach innen, den er so fürchtete.

»Lass uns nach Hause gehen, wir öffnen noch eine Flasche Wein und besprechen ein paar Dinge.« Er winkte der Kellnerin, bezahlte und behielt dabei Mel im Auge.

»Einen schönen Tag«, wünschte die Frau im Dirndl und lud sich mit geübter Hand das benutzte Geschirr auf den kräftigen Arm.

Mel hielt das Briefpäckchen in der Hand, als müsse sie zuerst sein Gewicht schätzen, dann öffnete sie das Band, mit dem es verschnürt war. Sie breitete die Briefe auf dem Küchentisch aus und zählte, es waren neun. Sie zögerte, konnte sich nicht entscheiden, welches Kuvert sie als erstes öffnen sollte.

»Ich könnte die Briefe ungeöffnet vernichten.«

»Das könntest du. Es wäre aber schade. Vielleicht erfährst du ein paar interessante Neuigkeiten über Regine.«

Veit durchsuchte Regines Kontoauszüge nach Dauerauf-
trägen.

»Ich weiß nicht, ob ich das möchte«, sagte Mel.

Sie weigert sich, die Mutter in einem anderen Licht zu sehen, als sie es bisher getan hat, dachte Veit, aber vielleicht gibt
es für sie auch ein Briefgeheimnis über den Tod hinaus, das sie
nicht verletzen will.

»Wenn du ein Problem damit hast, lass es bleiben. Wir können die Briefe im Werkstattofen des Ateliers verbrennen.«

Der kleine Kanonenofen war noch tauglich, ersetzte jedoch nicht die Gasheizung, die Herr Kramer vor einigen Jahren eingebaut hatte.

Wieder machte Veit eine Notiz auf seinem Block, ein Kinderdorf hatte regelmäßig Beträge abgebucht. Ein Kinderdorf,
dachte er, das muss Mel nun wirklich nicht wissen.

Er trank einen Schluck Wein. Mel griff ebenfalls zu ihrem
Glas und öffnete kurzentschlossen den ersten Brief, den sie
mit geschlossenen Augen wie in einem Spiel ergriffen hatte.
Ihr Herz klopfte heftig, als sie die ersten Zeilen las.

»Liebe Regine, zum Geburtstag der Zwillinge grüßen wir
ganz herzlich. Umarme die Kleinen in unserem Namen und sei
versichert, dass wir an diesem Tag in besonderer Weise mit Dir
verbunden sind. Jean-Luc hat einen kleinen Betrag für die Mädchen überwiesen, über den Du nach Bedarf verfügen sollst.«

Dann folgten Schilderungen aus Annemaries Leben. Sie
hatte in Banlac eine kleine medizinische Ambulanz eröffnet.

»Auch die Leute aus den umliegenden Dörfern sind froh,
dass sie nicht für jede Kleinigkeit in die Stadt fahren müssen.
Sie gehen inzwischen lieber zur L'Allemande, wie ich hier genannt werde. Hier draußen im Outback gab es bislang keinen
einzigen Arzt, und, wie ich schon schrieb, ist das Leben hier alles
andere als bequem. Der Schnee liegt meterhoch vor der Tür.

Jean-Luc räumt täglich mit dem Traktor die Wege frei, damit wir ins Dorf fahren können. Immer wieder träume ich von

einem Haus unten im Ort, in dem wir besser leben könnten, aber hier vermietet niemand etwas, obwohl einige Häuser leer stehen. In einem leeren Haus gibt es keinen Streit, sagen die Leute. Mehr als die beiden Räume für meine Praxis war bisher nicht zu bekommen. Jean-Luc hat kein Problem mit der Situation, er ist schließlich auf dem Hofgut zwischen Schafen aufgewachsen. Doch ich bin mir nicht sicher, ob ich es ein Leben lang in diesem alten Kasten aushalte.«

Sie beschrieb dann eingehend Jean-Lucs Arbeit auf der Gemeindeverwaltung. Vor kurzem war er zum Bürgermeister gewählt worden, mangels anderer Kandidaten, wie Annemarie belustigt anfügte. Zu Banlac gehörten noch weitere kleine verstreute Weiler und Gehöfte, die im strengen Winter nur mit Geländefahrzeugen und Schneeketten erreichbar waren.

»Jean-Luc besucht regelmäßig die entfernt wohnenden Gemeindemitglieder, sitzt stundenlang in deren Küchen herum, hört sich ihre Sorgen und die immer gleichen Geschichten an und wird mit allerhand Selbstgebranntem und Gebackenem verwöhnt. So ist es üblich in der schwach besiedelten Region, in der Jean-Luc zu Hause ist, bekannt bei jedermann und beliebt.«

All dies beschrieb Annemarie mit einem Hang zum Spott, vor allem, wenn sie über ihre Mitmenschen urteilte, was den Brief schon deswegen lesenswert machte.

»Sie hat nicht nur Medizin studiert. Sie kann auch schreiben. Kein Wunder, dass Mutter so an ihr hing.«

Mel schob Veit das Blatt Papier zu und öffnete das nächste Kuvert. Er legte den Konto-Ordner auf die Eckbank und las den Brief noch einmal durch. Er schaute auf das Datum. Annemarie hatte ihn am Dreikönigstag geschrieben. Offenbar hatte sie an diesem Tag Zeit dafür gefunden.

Mel las diesmal von Schwierigkeiten mit Annemaries Schwiegervater, der ernstlich krank war, sich von der deutschen Ärztin aber nicht behandeln lassen wollte.

»Du weißt ja, mein Schwiegervater war in der Resistance und hasst immer noch alle Deutschen. Zum Glück wohnt er im Anbau und wird von einer Magd versorgt, ja ja, so etwas gibt es hier noch! Sie ist schon lange im Dienst der Familie. Meines Erachtens ist sie ein bisschen schwach im Kopf, eher unerträglich dumm, heißt Elise und ist dreißig Jahre alt. Sie hat keinen anderen Plan als den, ihr Leben hier mit uns verbringen zu wollen. Anscheinend betrachtet sie uns als ihre Familie. Zum Glück kocht sie gut und kümmert sich in Nibelungentreue um den Alten. So brauch ich es nicht zu tun. Darüber bin ich sehr froh. Den Alten seh' ich fast nie, er meidet mich. Elise wird vom Alten aufgestachelt und redet nur das Nötigste mit mir.«

Mel war unangenehm berührt von Annemaries respektlosem Ton. Das klang nicht lustig, sondern verächtlich, sie wunderte sich über Mutters Freundin.

Am Ende des Briefes hieß es, »Gottlob, der Alte ist gestorben. Elise sitzt in einer Ecke und spielt die Heulsuse, das hat mir gerade noch gefehlt. Wenn ich könnte, würde ich ihr kündigen, aber Jean-Luc ist dagegen. Er sagt, Elise sei ein Engel und schon mit sechzehn Jahren zu seiner Familie in Dienst gekommen. Oh wie ich diesen Gottverlassenen Ort hasse!«

Im nächsten Brief fand Mel eine rätselhafte Anmerkung.

»Hör mal«, sagte sie zu Veit, »wie findest du denn diese Bemerkung?« Sie begann:

»Ich bin Dir, liebe Regine, keineswegs böse oder trage Dir in irgendeiner Weise etwas nach, sondern bin dankbar für die gute Lösung, die uns allen hilft, unser Leben zu gestalten und auch weiterhin gute Freunde zu bleiben.«

Mel schaute Veit fragend an.

»Wie ist der Brief datiert?«, fragte Veit.

»Sie schreibt ihn im September 1972. Sie beglückwünscht meine Eltern zu deren Hochzeit.«

»Deine Mutter war bei der Hochzeit demnach bereits schwanger, wenn ich an dein Geburtsdatum denke«, berechnete Veit.

»Ja, aber das war eigentlich nichts Besonderes, sie hat es uns Kindern oft erzählt. Sie hatte Probleme mit ihrem Brautkleid, das am Tag vor der Trauung noch erweitert werden musste, weil sie so schnell zunahm. Sie hat aber nicht gewusst, dass sie Zwillinge bekommt. Für uns war das eine lustige Geschichte, denn Mutter sagte jedes Mal: »auf diese Weise habt ihr die Hochzeit eurer Eltern mitfeiern dürfen, das gelingt nicht allen Kindern.«

Veit war nachdenklich geworden. Von welcher guten Lösung sprach Annemarie, und weswegen war sie auf Regine nicht mehr böse gewesen? Er wusste, dass auch Regine Medizin studiert, das Examen aber nicht gemacht hatte. Annemarie dagegen hatte es geschafft und sogar in Frankreich eine eigene kleine Praxis eröffnet. Vielleicht hatte es deswegen zwischen den beiden gekriselt? Nur ein Brief war nach Cillis Verschwinden noch angekommen. Zumindest war er in dieser Sammlung enthalten. Es war ein kurzes Schreiben, voller Mitgefühl und der Aussage, dass das Entsetzen über das schreckliche Unglück sie beide verstummen ließe.

Offenbar waren sie wirklich verstummt, denn Mel wusste von keiner weiteren Post aus Frankreich.

»Ich würde mich erinnern, denn ein Brief aus Banlac war jedes Mal ein Großereignis und wurde tagelang von meinen Eltern besprochen.«

»Was meinst du, jetzt haben wir diese Adresse, wir könnten versuchsweise eine Todesanzeige schicken. Es wäre doch interessant, ob jemand reagiert.«

Mel sammelte die herumliegenden Blätter ein und steckte sie in die Kuverts zurück.

»Ich habe da eine ganz andere Idee.«

Sie betonte jedes Wort einzeln.

»Ich denke, ich fahre dort hin.«

»Wie meinst du das?«

»Na, wie ich es sage. Wir fahren nach Banlac und schauen

nach, ob die guten Freunde noch leben. Das Zentralmassiv soll
zudem eine sehenswerte Region sein.«

Veit sah sie ungläubig an. Hatte er sie richtig verstanden?
Er war von ihrer plötzlichen Unternehmungslust überrascht.
Er dachte nach. Das wäre eine interessante Sache, eine sehr
interessante sogar. Der Gedanke gefiel ihm. Sein Journalisten-
herz schlug schneller und die Neugier auf diese Leute beflü-
gelte seine Fantasie. Am liebsten hätte er Regine gleich morgen zu Grabe gebracht, um übermorgen losfahren zu können.

»Du hast recht, wir machen das. Die Idee ist toll! Ich wäre
nie darauf gekommen. Wir bringen das hier schleunigst hinter
uns und fahren nach Frankreich.«

Der Plan wirkte wie eine hohe Dosis Adrenalin. Plötzlich
war diese zähe, ermüdende Beerdigungsgeschichte nur noch
eine Sache von Stunden oder wenigen Tagen. Man konnte
sich eines Toten nicht einfach entledigen. Schritt für Schritt
mussten Bedingungen erfüllt, musste der Würde des Verstorbenen gedient, sein Umfeld mit einbezogen werden. Ein Toter
stellte Forderungen!

Doch jetzt war dieser Gedanke zu einer Reise aufgetaucht,
mit interessantem Ziel und einer spontanen faszinierenden Idee.
Veit hing nicht mehr in der Trauerwarteschleife von Regine,
sondern spürte sich vom Reiz des Neuen angenehm beflügelt.

Er blieb die Tage bis zur Beerdigung in Felding. Energiege-
laden telefonierte er mit seiner Zeitung und zog den Artikel
über die Strafgefangenen zurück, versprach aber, ihn für eine
spätere Ausgabe zu liefern. Er deutete an, eine interessante
Sache zu verfolgen, die mit den Anfängen der deutsch-französischen Freundschaft zusammenhinge. Der Chefredakteur
war interessiert.

»Machen sie mal, das klingt gut!«

Der evangelische Pastor rief an, er lud zu einem Gespräch ins
Pfarrhaus.

»Ich kann ihnen nichts über meine Mutter sagen, wir hatten kaum Kontakt.« Mel hatte kein Bedürfnis, mit diesem Mann über Regine zu sprechen und bat ihn, die Beerdigung in seinem Sinne durchzuführen, sie sei dafür sehr dankbar.

»Kann ich vom besonderen Leid ihrer Mutter sprechen? Ich frage das, denn es betrifft schließlich auch Sie.«

»Ja, das können Sie gerne tun, ich denke, es wäre meiner Mutter recht.«

»Das glaube ich auch. Ich kannte Ihre Mutter ganz gut, wir sprachen oft miteinander. Sie war ein aktives Gemeindemitglied, außerdem sang sie im Heimatchor, der unsere Gottesdienste bereicherte.« Der Pastor beharrte nicht auf einem Gespräch. Er akzeptierte ihre Absage.

Ihre Mutter in einem Chor? Mel glaubte, nicht recht zu hören, aber warum wunderte sie sich, hatte sie nicht soeben zugegeben, ihre Mutter so gut wie nicht gekannt zu haben?

Zur Trauerfeier in der evangelischen Kirche kamen mehr Menschen als Mel erwartet hatte. Regine pflegte offensichtlich im Ort gute Kontakte. Veit vermutete, dass der ungewöhnliche Text der Todesanzeige die Neugierde der Feldinger geweckt und sie in die Kirche gelockt hatte. Viele sahen sich unruhig um, als erwarteten sie einen außergewöhnlichen Gast. Auf den Stufen vor dem Altarstein stand auf einem kleinen schwarzen Podest die Urne, umgeben von einem Feld weißer Rosen und duftendem Lavendel. Die goldenen Punkte auf dem nachtblauen Gefäß glänzten im Kerzenlicht. Es war ein schöner Anblick.

Mels Blick traf den der Bestatterin, die im schwarzen Kostüm seitlich unter den Altarstufen stand und Ruhe ausstrahlte. Mel nickte ihr anerkennend zu. Die junge Frau bedankte sich mit einem Lächeln.

Der Pastor stand nahe bei dem Blumenfeld, faltete jetzt die Hände und sah zu Boden. In der Kirche wurde es still. Dann erklangen die ersten Takte des Ave Verum, zuerst sehr zart und kaum vernehmbar, dann langsam anschwellend und ergreifend schön. Mel sah auf Veit. Sie wusste, dass hier sein Lieblingsstück erklang und drückte seine Hand. Nachdem die Stimmen in einem zarten Hauch verklungen waren, begann der Pastor mit der Trauerrede. Er schilderte Regine als eine Frau, die Schweres im Leben ertragen musste, die sich aber nie aufgegeben habe, und die Hoffnung als obersten Leitstern ihrem Leben vorangestellt hatte. Er erinnerte sich an persönliche Begegnungen mit dieser tapferen Frau, deren Hoffnung sich nicht nur darin erschöpfte, die vermisste Tochter wieder in ihren Armen zu halten, nein, sie richtete ihre Hoffnung zu allererst auf Gott und seinen unerforschlichen Ratschluss.

Gott hat mir das Kind geschenkt, er wird es behüten und unversehrt in seinen guten Händen halten.

Der Pastor fuhr fort:

»Diese Worte, die mich tief beeindruckten, hat Regine Abel einmal selbst gesagt. Das waren Worte einer Frau, die wusste, von was sie sprach. Ihr Vertrauen in die Güte Gottes war bewundernswert, und wir dürfen uns ein Beispiel an ihr nehmen.«

Dann folgten einige allgemeine Betrachtungen zu Tod und Auferstehung, und wieder war von Hoffnung die Rede. Als er geendet hatte, traten sechs Frauen aus den Kirchenbänken und formierten sich vor der Urne zu einer Gruppe. Alle waren dunkel gekleidet und hatten um den Hals einen violetten Schal geschlungen. Eine der Frauen trat etwas nach vorn und kündigte ein Lied an, das sie Regine zu Ehren und zum Abschied singen würden.

»Danke, Regine, für Deine Freude am Gesang und für Deine schöne Stimme, mit der du uns viele Jahre unterstützt hast. Wir singen nun für Dich Dein Lieblingslied.«

Die Frau reihte sich wieder in die Gruppe ein, gab dann mit der Hand ein kurzes Zeichen.

Oh, der Feldinger Heimatchor, eine Frauenabordnung, schoss es Mel durch den Kopf. Elke Mandel nickte ihr zu, es sollte eine Überraschung sein, über die sie informiert war. Mel hörte zu ihrem Erstaunen ein ihr unbekanntes Lied. Schön und traurig zugleich drangen die Verse in ihr Herz, und obwohl sie sich entschlossen gegen Tränen wehrte, stiegen sie unaufhaltsam in ihre Augen. Die wehmütig fließende Weise erzählte von einem schweren Traum, der ahnungsvoll Bilder von Vergänglichkeit und Zerstörung beschwor.

»Ich hab die Nacht geträumet, wohl einen schweren Traum.
Es wuchs in meinem Garten ein Rosmarienbaum.
Ein Kirchhof war der Garten, ein Blumenbeet das Grab,
und von dem grünen Baume fiel Kron und Blüte ab.

Die Blätter tät ich sammeln in einen kühlen Krug.
Der fiel mir aus den Händen, dass er in Stücken schlug.
Draus sah ich Perlen rinnen und Tröpflein rosenrot.
Was mag der Traum bedeuten? Ach, Liebste, bist du tot?«

Mel, die jedes Wort des Liedes verstanden hatte, saß wie versteinert in der Kirchenbank und weinte lautlos. Veit bemerkte es nicht. Die Frauen lauschten ihren verwehenden Tönen nach und gingen still zurück an ihren Platz.

Der Pfarrer sprach die Aussegnungsgebete. Dann flutete in einer sanften Welle die tröstliche Melodie der vierzehn Englein heran.

»Abends, wenn ich schlafen geh,
vierzehn Englein um mich stehn ...«

Mel beruhigte sich. Sie konzentrierte sich auf ihre Atmung und spürte, dass sich der heftige Sturm der Rührung wieder legte. Sie schaute vertrauensvoll auf Elke Mandel, die gerade zwei jungen, angemessen dunkel gekleideten Männern, vielleicht Studenten, einen unauffälligen Wink gab. Die beiden begannen die Rosen und Lavendelgebinde zuerst an Mel und Veit, danach an die Besucher in den vorderen Bänken zu verteilen.

Der Pastor verneigte sich vor der Urne, nahm sie dann auf und übergab sie der Bestatterin. Er winkte Mel und Veit an seine Seite und folgte mit ihnen der jungen Frau, die das Gefäß mit Regines Asche in würdevoller Haltung in ihren Händen trug. So formierte sich ein Trauerzug, der in langsamer Gangart durch das Kirchenportal den Weg zum Urnenfeld des Friedhofs nahm. Vor einer ausgehobenen, quadratischen Grube blieb Elke Mandel stehen, trat ohne weiteres an deren Rand, kniete sich nieder und senkte die Urne in die Erde. Sie stand auf, verneigte sich und trat zur Seite. Der Pastor sprach noch einmal ein Gebet, segnete Regines Asche mit einem kleinen Holzkreuz und stieß es anschließend in den aufgeworfenen Hügel neben der Erdöffnung. Mit einer kleinen Schaufel warf er etwas Erde in das Grab.

»Asche zu Asche, Staub zu Staub.«

Dann reichte er Mel und Veit die Hand und wünschte ihnen Gottes Segen. Er verließ den Friedhof. Seine Aufgabe war beendet. Auf einen Wink von Elke legte Veit seinen Rosenstrauß an den Rand der Grube und warf eine Schaufel Erde auf die Urne. Mel legte ihre Rosen neben Veits Blumen. Sie zögerte, fasste die Erde mit der bloßen Hand, hielt sie eine kurze Zeit über das Grab und ließ sie dann über Regines Urne rieseln. Die Bestatterin blieb so lange, bis alle Rosen-und Lavendelsträuße um das Grab verteilt waren, dann verabschiedete sie sich herzlich und mit einfachen Worten, indem sie Mel und Veit alles Gute wünschte.

Einen Augenblick lang erfasste Mel verzweifelte Ratlosigkeit. Wie sollte es ohne diese tüchtige junge Frau denn weitergehen? Sie hatte alles so gut besorgt und schien ihr plötzlich unentbehrlich. Am liebsten wäre sie mit ihr gegangen, wäre gerne bei ihr geblieben, jetzt und überhaupt. Doch sie wurde von fremden Menschen umdrängt, die ihr die Hand schüttelten, ihr sagten, wie sehr sie ihre Mutter geschätzt, wie gut sie sie gekannt hatten. Als sie sich noch einmal umschaute, war Elke nicht mehr zu sehen.

Am Tag nach der Beerdigung fuhren Mel und Veit zurück nach Feldheim. Regines Wohnung hatten sie verschlossen und den Schlüssel im Notariat hinterlegt. Die Briefe aus Banlac nahmen sie mit, die Alabasterbüste hatte Mel in Handtücher gewickelt, in eine Schachtel gepackt und auf dem Rücksitz verstaut. Das Paket fand Halt zwischen zwei prall gefüllten Müllsäcken mit Cillis Kinderkleidung. Sonst war alles in der Wohnung an seinem Platz geblieben und sollte, nach Erhalt des Erbscheins, veräußert werden. Das würde ein Feldinger Makler besorgen. Vorerst hatten sie erledigt, was möglich war, jetzt wollten sie sich erholen und die Fahrt nach Frankreich planen.

Sie kehrten diesmal in einem Rasthof vor dem Aichelberg ein und suchten sich einen ungestörten Platz im Garten. Es war angenehm warm, sie hatten sich mit Kaffee, Kuchen und Mineralwasser versorgt und genossen die Ruhe nach den anstrengenden Tagen.

Veit sagte: »Siehst du, jetzt sind wir so weit, wie du auf der Hinfahrt hattest sein wollen, es ist vorbei!«

»Ja, ich kann es noch gar nicht glauben. Wir haben es geschafft.«

Mel erinnerte sich an ihren dringenden Wunsch, der ihr auf der Fahrt nach Felding beinahe unerreichbar erschienen war. Jetzt war er in Erfüllung gegangen, sie hatten die schwierigen Tage hinter sich gebracht und konnten in ihr eigenes Leben zurückkehren. Sie hing schlaff im Stuhl und blinzelte träge in die Sonne.

Dann setzte sie sich ruckartig auf und nahm die Kuchengabel zur Hand.

»Ich bin froh, dass Mutters Nachbarin weggezogen ist. Ich hätte es sicher nicht ertragen, von dieser Frau über Lebensgewohnheiten und Vorlieben meiner Mutter aufgeklärt zu werden. Womöglich hatte Mutter in ihren späten Jahren noch einen Liebhaber, weiß man's? Jedenfalls hat ein älterer Herr am Grab auffällig geweint, das fiel mir auf. Ich hatte schon Angst, er käme zu uns her und gebe sich als Lebensgefährte zu erkennen. Zum Glück war er plötzlich verschwunden. Das war gut so, denn je weniger ich von ihr weiß, desto besser geht es mir. Das wenige, das mir jetzt nicht erspart werden konnte, ist schon genug. Ich hab die ganzen Jahre gut ohne sie gelebt und sie ohne mich, und dabei wird es bleiben.«

»Das ist wohl wahr, sie ist schließlich tot«, sagte Veit.

Mel fuchtelte erregt mit der Kuchengabel durch die Luft und ließ sie wie ein Fallbeil in ihren Kuchen stürzen.

»Hoppla!«

Veit befürchtete einen Gabelangriff auch auf seinen Kuchen und hielt zum Spaß beide Hände über ihn.

»Die Nachbarin ist zu ihrem Sohn nach Hamburg gezogen, weißt du das nicht?« Er hatte mit dem Hausmeister der Wohnanlage gesprochen und sich nach der Frau erkundigt.

»Nein, weiß ich nicht, ich war nur erleichtert, dass uns niemand im Haus belästigte. Der neue Nachbar war die ganze Woche über unsichtbar, das war ein edler Zug von ihm.«

Mel musste lachen, als sie bemerkte, dass Veit noch immer schützend die Hände über seinen Kuchen hielt.

»Ich tu ihm nichts«, versprach sie, »mir reicht mein eigener, ganz ehrlich.« Sie fielen in eine übermütige Stimmung. Die Erleichterung bescherte ihnen Sektlaune, obwohl sie Mineralwasser tranken. Die gute Stimmung hielt an. Gegen Abend kamen sie nach Radstett und beschlossen, in einer kleinen Trattoria Da Salvatore noch etwas zu essen. Sie kannten den

Wirt gut. Bei allen möglichen Anlässen versorgte er Mels Lehrerkollegium mit Pizzen.

»Ah, was ist mit euch, es sind Ferien, ihr müsst verreisen, raus mit euch nach Italien ans Meer, nicht hier bleiben in Stadt!«

Veit beruhigte ihn.

»Das machen wir noch, das kommt schon. Aber wir haben gerade Mels Mutter beerdigt.«

Salvatore schlug seine Hände vors Gesicht.

»Oh nein nein nein, wenn Mama gestorben, das ist sehr schlimm, Mama ist beste, man hat nur eine. Komm her, Melania, armes Kind.«

Er drückte sie an seine Brust.

»Ihr braucht einen Schnaps, setzt euch, ein Schnaps wird helfen, dir auch Veit, du bist der Mann, musst die arme Kleine trösten.«

Salvatore rannte aufgeregt hinter die Theke und füllte drei Schnapsgläschen mit Grappa. Er hatte einen sehr guten unter Verschluss. Er setzte sich zu den beiden an den Tisch und nahm ein Glas.

»Auf Mama!«

Mel und Veit stießen mit ihm an.

»Auf Mama!«

Er brachte ihnen ihre Pizza, achtete besorgt auf Mel, ob sie auch ordentlich esse, tätschelte immer wieder im Vorbeigehen ihre Schulter.

»Schlimm schlimm.«

Als sie bezahlen wollten, lehnte er ab. Sie waren eingeladen, würden ihn beleidigen, wenn sie dies ausschlügen, Mama wäre böse auf ihn, wenn er sich heute nicht um ihr armes Kind kümmerte.

»Das nächste Mal kannst du bezahlen, heute nicht.« Veit bedankte sich.

Noch einmal umarmte Salvatore seine Frau.

»Nicht weinen, bella Mella, Mama ist im Himmel, sie kann sehen, dass es dir gut geht!« Endlich ließ der Wirt sie gehen.

»Ja, das ist Salvatore.«

Veit schmunzelte, als sie den kleinen Parkplatz hinter Salvatores Gaststätte verließen. Obwohl sie nicht am Haus der Albertis vorbeifuhren, dachte Mel an Marilen. Das Bild änderte sich, sie waren wieder zu Hause, und alle Probleme, die sie zurückgelassen hatte, waren auch noch da. Sie wunderte sich darüber, denn sie hatte das Gefühl, eine Ewigkeit lang fort gewesen zu sein, aus einer anderen Welt und Zeit zu kommen.

Zu Hause stellte Mel den Mädchenkopf auf eine Kommode im Wohnzimmer, den Klemmhalter aus dem Feldinger Bistro in ein Regal und steckte die Briefe aus Banlac zwischen die beiden Eiffeltürme.

Ihr gefällt das seltsame Stück aus unerklärlichen Gründen, dachte Veit und sagte nichts. Solche Stilfragen waren ihm nicht wichtig genug, um sich darüber auszulassen. Immerhin waren die Briefe jetzt gut in der Pariser Straße untergebracht.

Veit kaufte in Radstett eine große Frankreichkarte, dazu eine kleinere für das Gebiet der Auvergne und des Zentralmassivs und einen Reiseführer mit detailreichen Beschreibungen dieser Regionen. Er saß vor seinem Notebook, studierte über Satellit die geplante Route und fand den kleinen Ort Banlac in einer weitläufigen Senke, am Fuß der steilen Flanke einer ausgedehnten Hochebene. Diese gehört zu den einsamsten Gegenden Zentralfrankreichs. Die Menschen leben vor allem von Schafzucht und der Käseherstellung. Landflucht beschrieb der Reiseführer als das große Problem der Region, auch ausgelöst von den harten und langen Wintern, der stürmischen Herbstzeit und des kurzen heißen Sommers, in dem der karg wachsende Trockenrasen unter einer gleißenden Sonne verbrannte.

Er zoomte das Dorf auf Maximalgröße heran, spazierte mit den Augen durch eine Straße, vorbei an der Mairie, die auf dem Bildschirm schriftlich gekennzeichnet war, ein quadratisch erscheinender Würfel mit zwei Kaminen. Auf einem weiten Platz sah er eine Kirche, daneben einen klotzartigen Turm, dessen spitzer Helm höher erschien als sein Unterbau. Hinter der Kirche lag ein Friedhof, eine Mauer umgab in rundum. Veit konnte die Gräber erkennen.

Von diesem Platz aus führten mehrere schmale Wege an den Dorfrand und versackten im freien Feld. Die Durchgangsstraße zog in einer Serpentinenspur auf die Hochebene. Hier zweigten drei schmale Sträßchen in verschiedene Richtungen ab. Kein leichter Weg im Winter, wenn man von dort oben ins Dorf hinunterfahren muss. Veit dachte an Annemaries Klage. Er suchte das Hofgut der Familie Durange und entdeckte einen Dreiseitenhof in größerer Entfernung von Banlac. Andere weit verstreute Gehöfte erschienen ihm zu klein, als dass sie zur Beschreibung in Annemaries Briefen gepasst hätten.

Ich weiß nicht, wie lange ich es in dem alten Kasten aushalten werde.

Im rechten Winkel standen zwei schmale Gebäude zum Haupthaus, das eher einem Herrschafts- als einem Bauernhaus glich. Alle Gebäude waren im Grundriss gleich lang, doch schienen die Flügelhäuser um ein Stockwerk niedriger zu sein. Das Nebenhaus! Veit erinnerte sich, dass Annemarie schrieb, ihr Schwiegervater würde in einem Nebenhaus oder Anbau von der einfältigen Elise versorgt.

Er klickte auf den Rundblick und umkreiste den Hof, erkannte eine lückenhafte Mauer aus Bruchstein, die einmal das Gut umgeben hatte, jetzt aber an verschiedenen Stellen eingebrochen war. Üppiger Wildwuchs verschiedener Kletterpflanzen überwucherte die zerfallende Mauer und eine Toreinfahrt, von der nur noch die äußeren Pfosten standen. Er blickte erregt auf Haus und Hof und stellte sich vor, dass Regines alte Freunde hier gerade an einem Tisch saßen und von der ungeliebten Elise ein gutes Essen serviert bekämen, denn kochen kann sie, hieß es im Brief.

Im Vogelflug streifte Veit über die endlose Hochebene, über weit auseinander liegende, oft in Mulden geduckte Steinhäuser und Hofstellen, über savannenartiges Land, das von einem Netz niedriger Steinmauern durchzogen war. Sich gegenseitig stützende Bäume trotzten in Gruppen einem kargen Boden und ziehendem Wind. Struppiges Buschwerk bildete grüne Inseln im Trockengrasland. Schafherden lagen wie weiße Wollteppiche auf gelblich- braunem Boden, und in weiter Ferne und verschwommen erkennbar, vermutete Veit dunkel bewaldete Bergkämme.

Veit war fasziniert von dem, was er entdeckte, ebenso von der Vorstellung, dass sie in wenigen Tagen selbst in diesem Landstrich sein würden, der zuvor noch nie sein Interesse geweckt hatte, dessen geheimnisvollem Zauber er aber schon bei der virtuellen Erforschung erlag.

Während er sich mit der Reiseplanung beschäftigte, fuhr Mel ins Atelier um nachzusehen, ob dort alles in Ordnung war. Diese Sorge war vollkommen unbegründet, da Herr Kramer sein tägliches Augenmerk auf das Anwesen warf, unabhängig davon, ob seine Mieter an- oder abwesend waren.

Mel öffnete eines der Fenster um zu lüften. Marilens Rosen standen als kahle Stängel noch im Glas, die weißen Blütenblätter waren abgefallen und lagen eingetrocknet auf dem Fensterbrett. Mel nahm die Stängel und steckte sie in den Papierkorb. Dabei verletzte sie sich an den immer noch scharfen Dornen.

»Mist«, sagte sie und saugte sich das Blut vom Finger. Den trüben Rest des Wassers schüttete sie in die Toilette, trocknete das Glas mit einem Knäuel Toilettenpapier, das sie in der Schüssel abspülte, und stellte es zu den Farbdosen und Pinseln ins Regal. Die Blütenblättchen ließ sie liegen, sie würden dort keinen Schaden anrichten.

Sie sah sich um. Nichts außer den welken Rosenblättern erinnerte an die Zeit mit Marilen. Mel konnte sich nicht mehr vorstellen, was sie an diesen Nachmittagen mit dem Mädchen so sehr überwältigt, beunruhigt und verwirrt hatte. Ihre Gefühle für Marilen waren wie weggeblasen, sie glaubte nicht einmal mehr, diese jemals gehabt zu haben. Sie erinnerte sich zwar daran, doch eher wie an einen Film, der sie irgendwann vor langer Zeit tief bewegt, nun aber keine Wirkung mehr auf sie hatte.

Aber, überlegte Mel, vielleicht lagen diese Gefühle für Marilen eingetrocknet auf dem Grund ihrer Seele, wie die Rosenblätter auf dem Fensterbrett? Vielleicht waren sie nur überdeckt von den vielen Eindrücken in Felding, wie dem Anblick der toten Mutter, der Entdeckung der alten Briefe oder ihres Kinderzimmers mit Cillis Kleidern? Gerne hätte sie die Aufregung, die Freude und die Beglückung durch die Nähe des Kindes noch einmal gespürt, wie zum Beweis, dass sie dieses wirklich erlebt hatte, aber sie spürte, dass nichts mehr in ihrem Innern davon vorhanden war. Nicht einmal die reale Begegnung mit dem Mädchen hätte den Zauber dieser Tage wiederbringen können.

Ihre Mappe lag noch auf dem großen Tisch. Sie schlug sie auf und betrachtete die Skizze, welche Marilen mit Zopf und Kissen zeigte. Sie erwartete wenigstens beim Anblick dieses Bildes ein Gefühl der Freude oder eine ähnlich geartete Regung, aber die Zeichnung blieb so stumm wie Mels Empfinden. Da war nichts als das ausdrucksstarke Abbild eines jungen Mädchens, das im Halbprofil in einem Korbstuhl saß und nach unten blickte. In seinem Schoß lag ein kleines Kissen. Seine Haare waren zu einem Zopf geflochten, der über die Schulter nach vorne gelegt war. Die Zeichnung war außergewöhnlich schön, das Mädchen auch. Eigentlich hatte sie geplant, nach dieser Skizze ein farbiges Bild als Geschenk für Marilen zu malen und dabei ein Baby auf das Kissen zu legen.

Dieses Vorhaben erschien ihr jetzt reichlich unangemessen und übertrieben, und sie beschloss, es bei der Zeichnung zu belassen. Sie nahm einen Bleistift und signierte das Blatt mit Datum und ihrem Namen. Darunter schrieb sie eine kleine Widmung.

Für Marilen, in den Sommertagen am Rhein.

Sie schlug die Mappe zu. Sie würde das Bild vielleicht morgen bei den Albertis abgeben, oder zumindest bei der Person, die von der Familie noch anzutreffen wäre, vermutlich bei Herrn Alberti. Sie schloss das Fenster wieder, nahm die Mappe und verließ das Atelier früher als sie vorgehabt hatte. Im Augenblick war ihr nicht danach, sich länger als nötig hier aufzuhalten. Sie schloss die Tür ab und legte die Mappe auf den Rücksitz des Autos.

Sie zögerte, ging dann über die Straße zum Haus der Kramers und läutete. Kaum war der Klingelton verstummt, wurde auch schon die Tür aufgerissen und die beiden drängten gleichzeitig, sich gegenseitig behindernd, über die Schwelle. Sie hatten Mel über die Straße kommen sehen und bereits im Hauseingang auf das Klingelzeichen gewartet.

»Ja, die Frau Abel«, freuten sie sich. Jeder ergriff eine von Mels Händen. Sie schüttelten sie derart, dass Mel fast das Gleichgewicht verlor. Mit so viel Begeisterung hatte sie nicht gerechnet.

»Wir glaubten schon, Sie und Ihr Mann seien in den Urlaub gefahren, weil keiner von euch drüben in der Werkstatt war,« sagte Herr Kramer. Seine Frau war sich jedoch sicher: »Das hätten Sie uns doch bestimmt mitgeteilt!«

»Natürlich melden wir uns vorher bei Ihnen ab, wenn wir längere Zeit unterwegs sind. Deshalb komm ich heute auch vorbei. In der letzten Woche mussten wir überstürzt nach Felding fahren, da meine Mutter gestorben war. Wir hatten in der Hektik nicht daran gedacht sie zu informieren.« Kramers, die Mels Hände noch nicht freigegeben hatten, begannen aufs Neue mit dem Schütteln, diesmal aus Schreck und Anteilnahme. Sie zogen sie in den Flur. So eine schlimme Nachricht könne man nicht zwischen Tür und Angel besprechen.

Mel hatte es befürchtet. Am liebsten hätte sie deshalb den Todesfall gar nicht erwähnt, andererseits verdienten es die Kramers, die Wahrheit zu hören. Sie waren schließlich sehr hilfsbereit. Sie übertrieben es zwar manchmal mit der Hilfe, doch Mel schätzte sie beide in ihrer ehrlichen und originellen Art. Außerdem spürte sie, Kramers hatten sie ins Herz geschlossen.

Sie ließ sich nicht lange bitten und setzte sich an den Tisch in der gemütlichen Wohnküche. Sie war hier nicht zum ersten Mal. Frau Kramer hatte frischen Kaffee gekocht. Ein Käsekuchen stand auf dem Tisch. Ohne zu fragen füllte sie eine Tasse für Mel und legte ihr ein Stück Kuchen auf den Teller, der schon dort stand, als habe sie Mel bereits erwartet.

»Nun essen Sie mal ordentlich. Wenn man einen Trauerfall in der Familie hat, dazu noch die eigene Mutter beerdigen musste, braucht man Stärkung.«

Die freundliche, selbstverständliche Weise, mit der Frau Kramer für Mels Wohlbefinden sorgte, tat ihr gut. Beim Anblick des Kuchens hatte sie richtig Hunger bekommen. Frau Kramer hatte recht, eine Stärkung war jetzt genau das Richtige, und der Käsekuchen schmeckte.

Auch Kramers griffen zu, und Mel genoss außer Kaffee und Kuchen ein Gefühl von Geborgenheit in ihrer Gesellschaft. Sie erzählte von der Beerdigung, von der Mutter, sogar vom Kinderzimmer, das die Mutter in ihrer Wohnung eingerichtet hatte.

»Ach, das kann ich gut verstehen«, sagte Frau Kramer mitfühlend und den Tränen nahe.

Mel schüttete den alten Leuten ihr Herz aus, sie wunderte sich nicht, dass sie das tat, es geschah wie von selbst und mit großem Bedürfnis.

Kramers hörten aufmerksam zu. Immer wieder schüttelten sie den Kopf über so viel Unglück, das Mels Familie heimgesucht hatte. Herr Kramer war insgeheim stolz, dass er dieser leidgeprüften Frau seine Werkstatt überlassen hatte und niemand anderem, für ihn im Nachhinein noch eine sinnvolle und gute Entscheidung. Frau Kramer war glücklich, dass sie Mel wenigstens mit ihrem Käsekuchen etwas Gutes tun konnte. Mel war gerade dabei, das zweite Stück zu verspeisen.

Beim dritten Stück des Kuchens, der so locker und saftig war wie Mel noch nie einen gegessen hatte, kam sie endlich auf den eigentlichen Zweck ihres Besuchs zu sprechen.

»Wir werden übermorgen verreisen, nach Frankreich. Wie lange wir unterwegs sind, kann ich nicht genau sagen, zwei Wochen aber mindestens.«

»Das ist eine gute Idee«, sagte Frau Kramer, »tun Sie etwas für sich und Ihren Mann. Unterwegs kommt man auf andere Gedanken und ist abgelenkt. Einfach mal 'raus gehen und alles hinter sich lassen. Das wird Ihnen guttun.«

Kramers versprachen, das Atelier im Auge zu haben, auch mal reinzuschauen und zu lüften. Sie würden es gerne tun. Mel zweifelte nicht daran.

Am Tag darauf fuhr sie nach Radstett, die Mappe mit der Zeichnung lag auf dem Rücksitz. Sie war fest entschlossen, das Geschenk für Marilen noch vor der Reise abzugeben.

»Ich mach das jetzt. Wenn wir aus dem Urlaub zurück sind, weiß ich nicht, ob ich es noch tun möchte. Doch habe ich es Marilen versprochen.«

Als sie sich dem Haus der Albertis näherte, fuhr sie langsamer, zuletzt im Schritttempo bis zum Eingangsbereich. Sie blieb eine Weile sitzen und schaute hinüber zur anderen Straßenseite, auf die geschlossene Gartentür und die Steintreppe, auf der Marilen gestanden und mit hochgereckten Armen gewunken hatte. Die Kletterrose neben der Haustür stand im zweiten Blütenflor, der sich bescheidener zeigte als der erste. Sie stieg aus und nahm die Mappe vom Rücksitz, ging über die Straße und stand vor der Gartentür. Sie war aufgeregt und überlegte, wieder umzukehren und nach Hause zu fahren. Noch konnte sie das tun, niemand hatte sie bemerkt. Doch dann drückte sie entschlossen auf die Klingel und wartete.

Die Schließanlage am Gartentor summte.

Mel öffnete die Tür und ging sehr langsam auf die Treppe zu. Was würde sie dort oben erwarten? Sie war sich nicht mehr sicher, ob dieser Schritt sinnvoll oder nicht ein riesiger Fehler war. Was würde Herr Alberti sagen, wenn sie hier ohne Voranmeldung auftauchte, nachdem sich das Ehepaar anscheinend eine negative Meinung über sie gebildet hatte?

Das kam Mel erst jetzt in den Sinn, daran hatte sie vorher überhaupt nicht gedacht. Doch nun war es für einen Rückzug zu spät, denn eine junge Frau stand in der Türöffnung unter den Rosen. Sie war groß gewachsen, hatte blondes, sehr langes glattes Haar, das sie mit einem dunklen Reif aus der Stirne hielt. Sie war unübersehbar schwanger.

Die Geliebte. Das hatte Mel nicht erwartet. Die Frau lächelte.

»Ja?«

Das Wort klang wie eine Frage.

Mel stieg die Stufen zu ihr hoch.

»Ich bin Melanie Abel, Marilens Lehrerin. Ich möchte hier ein Geschenk für Marilen abgeben, da ich ihre jetzige Adresse nicht weiß.«

Leicht und natürlich kamen Mel die Worte über die Lippen. Jetzt erschien es ihr völlig in Ordnung, was sie tat.

»Aber gerne«, sagte die junge Frau und gab Mel die Hand.

»Ich bin Sonja, ich freu' mich, dass Sie gekommen sind. Sie haben dieses wunderbare Bild gemalt, das über der alten Kommode hängt, möchten Sie es vielleicht sehen?«

Unbefangen bat die Frau Mel ins Haus. Sie hatte es zuvor noch nie betreten. Als sie zögerte, fügte Sonja hinzu:

»Ich bin allein. Michael musste für einige Tage beruflich nach Köln.«

Warum sagte das die Frau, dazu in einem fast verschwörerischen Ton? Mel wunderte sich. Ob diese Sonja ahnte, was in ihr vorging? Sie überlegte gerade, dass sie sich nicht hinter dem Rücken von Herrn Alberti in dessen Haus schleichen wollte, denn so würde es ihr vorkommen nach dem unmissverständlichen Telefongespräch mit seiner Frau. Nein, das kam nicht in Frage, so gerne sie ihr Bild wiedergesehen hätte, so freundlich Sonja war, und so gerne sie mehr erfahren hätte über Marilen und ihre Mutter. Sie zweifelte nicht daran, dass Sonja ihr bereitwillig alles erzählen würde, was sie selbst wusste.

»Es tut mir leid, aber ich möchte das jetzt lieber nicht tun, so sehr es mich freut, Sie kennenzulernen. Ich bin Ihnen aber dankbar, wenn Sie dafür sorgen könnten, dass Marilen mein Geschenk erhält. Ich vertraue Ihnen die Mappe mit der Zeichnung an. Sie dürfen gerne einen Blick darauf werfen.«

Mel gab Sonja die Mappe, die sie hastig öffnete.

»Oh wie schön«, rief Sonja begeistert und sah Mel mit leuchtenden Augen an.

»Marilen wird ihr Bild bekommen. Ich verbürge mich dafür. Sie können ganz sicher sein.« Sie betrachtete voller Bewunderung, dann eher nachdenklich prüfend das Portrait. Mel kam der Verdacht, dass Sonja Marilen gar nicht kannte, sie womöglich noch nie gesehen hatte. Nach Frau Albertis überstürzter Abreise erschien es ihr wahrscheinlich. Sonja schloss die Mappe und gab Mel die Hand.

»Sie können sich auf mich verlassen«, wiederholte sie beinahe feierlich, dann, als habe sie soeben den besten Einfall ihres Lebens, »es wäre doch schön, wenn wir zwei uns einmal treffen könnten, vielleicht hier in Radstett in einem Café?«

»Das wäre möglich«, sagte Mel gedehnt und wusste gleichzeitig, dass sie falsche Hoffnungen weckte. Sie jedenfalls würde diese Bekanntschaft nicht fördern, so verlockend die Konstellation auch sein mochte, und so sehr sie sich Sonjas Abbild auf einer ihrer Leinwände vorstellen konnte.

Nein, sagte Mel streng zu sich selbst, Schluss damit, mit dem Haus Alberti habe ich abgeschlossen. Trotzdem ließ sie Sonjas Frage offen.

»Mal sehen. Morgen fahren wir erst einmal in den Urlaub, wie lange wir wegbleiben, wissen wir noch nicht.«

»Lassen Sie von sich hören, wenn Sie wieder daheim sind«, rief Sonja Mel hinterher, die schon auf dem Weg zur Gartentür war.

»Mach ich.«

Mel wusste, dass es eine Lüge war.

Mel besorgte im Supermarkt Reiseproviant: Äpfel, gemischte Nüsse und Trockenkekse. Alles Weitere würde sich auf der Fahrt ergeben.

»Wir machen keine Wüstentour, wir fahren nach Frankreich!«

Veit freute sich nicht nur auf neue Eindrücke, sondern auch auf gutes Essen in den kommenden Tagen. Am Abend packten sie ihre Reisetaschen und stellten sie griffbereit in den Flur. Am kommenden Morgen sollte es schnell gehen. Eine Tasse Kaffee würde genügen, ein Frühstück war für unterwegs geplant. Mel gefiel Veits Lässigkeit, mit der er die Fahrt plante oder eher nicht plante. Er hatte eine ungefähre Route im Kopf, die sie aber von Fall zu Fall ändern würden. Er machte sich keine Sorgen um Unterkünfte, keine Gedanken, wie lange sie bleiben wollten.

»Wir lassen uns überraschen, was der Tag bringt. Wir sind in Frankreich, je parle francais, also wo wäre ein Problem?«

Trotz Veits Sorglosigkeit lag Mel lange wach. Das Erlebnis mit Sonja beschäftigte sie. Sie war erleichtert, dass ihr eine Begegnung mit Marilens Vater erspart geblieben war. Doch Sonjas Vorschlag sich zu treffen, hatte sie unangenehm berührt. Die Erinnerung daran bohrte sich in ihr Bewusstsein wie ein beginnender Zahnschmerz in den Kiefer. Zunehmende

Empörung machte sich breit. Was fiel dieser Frau eigentlich ein, ihr ohne Hemmung ein Treffen vorzuschlagen! Ich kenne sie nicht, sie kennt mich nicht. Glaubt sie denn, dass sie mit dem Mann gleichzeitig alle Kontakte der zerstörten Familie übernehmen könnte? Hat sie zu viele Fernsehfilme gesehen, in denen das erstaunlich locker praktiziert wird? Sieht sie sich als Teil dieser Flimmerwelt?

Ja genau, das wird es sein, so sieht sie auch aus: groß, blond, hübsch, sich alles nehmend, was das Leben zu bieten hat, und das natürlich ohne Rücksicht auf andere. Gleich ist man schwanger. Natürlich, Frau Alberti konnte keine Kinder bekommen. Marilen wurde adoptiert! Jetzt tut diese Sonja so, als habe sie das beste Verhältnis zu Marilen, als wäre es für sie das einfachste der Welt, Marilen die Zeichnung selbst zu überbringen. Dabei kennt sie Marilen wahrscheinlich nicht einmal. Ich verbürge mich dafür, hatte sie großspurig versprochen. Wer ist sie denn, dass sie sich dafür verbürgen kann?

Mel wurde wütend und gleichzeitig hellwach. Wie dumm bin ich doch, warf sie sich vor, hätte ich die Zeichnung nur nicht dieser Frau überlassen!

»Ich vertraue Ihnen meine Zeichnung an«, ahmte sie sich selbstverachtend nach. So ein Blödsinn. Das kann nur mir einfallen. Die neue Frau des Herrn Alberti kann jetzt damit machen was sie will. Ich habe ihr meine Arbeit in die Hand gegeben, ich habe sie der Frau anvertraut, die Mutter und Tochter vertrieben hat. Wie konnte ich das tun? Mel musste aufstehen, ihre Wut trieb sie aus dem Bett. Sie ging nach unten in die Küche und goss sich Rotwein in ein Glas, den sie noch in einer Flasche fand. Sie hatten am Abend nur Wasser getrunken, um frisch für die Fahrt zu sein. Sie setzte sich an den Tisch und versuchte sich zu beruhigen. Aber den Ärger über die Begegnung mit Sonja konnte auch der Wein nicht vertreiben. Die Erkenntnis, dass sie es selbst war, die diese Begegnung ermöglicht hatte, hielt sie noch lange am Küchentisch fest.

Sie fuhren Richtung Basel. Der Himmel war bedeckt. Wolken hingen tief über Schwarzwald und Vogesen. Zum Glück regnete es nicht, was die Fahrt entlang der endlosen Lastwagenkolonnen erleichterte. Als sie die Autobahn in Richtung Belfort wechselten, brach die Sonne durch die aufreißende Wolkendecke.

»Wie wäre es mit einem Frühstück?«

Veit dachte an eine Pause. Mel hatte den Straßenatlas auf den Knien liegen.

»Die nächste Ausfahrt ist bei Montbeliard!«

Veit musste sich konzentrieren. Vor ihm fuhren zwei Lastwagen fast tempogleich nebeneinander und blockierten beide Fahrspuren. Endlich gelang es dem Fahrer auf der linken Spur, an seinem Kollegen vorbeizuziehen. Er scherte gefährlich knapp vor diesem wieder ein, und Veit stellte sich die Frage, welchen Vorteil er nun davon habe. Ob er nur aus Langeweile ein Überholspiel riskiert hatte? Veit hatte verlangsamt und Abstand gehalten, da er nicht wusste, wie der Vorgang enden würde. Nun fuhr er an den beiden Schwerlastern vorbei und hatte wieder freie Sicht in das weitläufige Hügelland und auf die bewaldeten Ausläufer des Jura.

Mel dachte nicht mehr an das Erlebnis mit Sonja, auch nicht an die Tage in Felding und die tote Mutter. Mit dem Aufbruch zu dieser Reise schien es ihr, als habe sie all ihre Probleme zurückgelassen, daheim in Feldheim, eingeschlossen im Haus an der Straße und dem Zerfall überlassen. Neugierde und Unternehmungslust versetzten sie in eine fast übermüti-

ge, erwartungsvolle Stimmung. Sie hatte sich bequem gekleidet, trug eine hellblaue Jeanshose und ein weißes T-Shirt. Die
Haare waren im Nacken zusammengebunden.

Wie schön sie ist, dachte Veit, der sie mit einem kurzen
Blick streifte. Sie war immer noch das junge Mädchen, das
ihn wie kein anderes in seinem Leben fasziniert hatte. Als sie
damals im Schulhof ohnmächtig geworden war, als die Sani-
täter sie auf die Trage legten, ins Auto schoben und die Türen
verschlossen, als die Sirene aufheulte und das Fahrzeug mit
pulsierendem Blaulicht losraste, wäre Veit am liebsten dem
Krankenwagen hinterhergerannt. Es war für ihn unerträglich
gewesen, im Schulhof zu stehen und in der anschließenden
Geschichtsstunde die Französische Revolution zu erörtern. Er
hatte befürchtet, sie müsse sterben, und er sähe sie nie wieder.

Jetzt saß sie neben ihm und verfolgte den Flusslauf des
Doubs, der, von den Jurahöhen kommend, sie eine lange Weg-
strecke begleiten würde. Sie fuhr mit dem Zeigefinger an der
blau eingezeichneten Schlangenlinie entlang.

»Ah, da ist er ja wieder«, sagte sie, wenn sie ihn im Linien-
gewirr der Karte verloren glaubte und plötzlich wiedersah. Vor
Montbeliard ordnete Veit sich zeitig ein und fuhr in die Aus-
fahrschleife, die sie in großem Bogen um ein Industriegebiet
führte. Er folgte den Wegweisern in die Altstadt, fand einen
großen Parkplatz nur wenige Meter vom Zentrum entfernt.
Sie stiegen aus und sahen sich um. Sie hatten keine Stadt-
besichtigung im Sinn, da sie heute noch so weit wie möglich
vorankommen wollten, aber ein schönes Café hätten sie ganz
gerne gefunden. Das gab es auch.

In einer schmalen Seitengasse standen Tische und Stühle
vor einer Bäckerei. Mit einer, auf beiden Seiten bunt bemal-
ten Flachfigur aus Metall, einer fröhlich lachenden Bäckerin in
Lebensgröße, die ein Tablett mit zur Pyramide aufgehäuften
Croissants in den Händen hielt, warb die Backstube für ein gutes Frühstück mit frischen Backwaren aus eigener Herstellung.

All das war auf der Schürze der Bäckerin zu lesen. Sie folgten ihrer Einladung und bestellten bei einem jungen Mädchen, das leider keinerlei Ähnlichkeit mit der bunten Figur hatte, was Veit bedauerte, ein Frühstück mit Kaffee, Schinkenbaguette und Obstsalat. Ein Naturjoghurt sei mit im Angebot, sagte das Mädchen.

»Dann nehmen wir den auch noch«, ließ Veit sein einwandfreies Französisch aufleben und lachte. Er fühlte sich wohl wie schon lange nicht mehr und streichelte Mels Wange.

»Wie schön, dass wir zwei diese Reise machen, es macht mich richtig glücklich.«

»Ja, es ist gut, dass wir zusammen unterwegs sind.« Sie nahm seine Hand und hielt sie für einen kurzen Augenblick zwischen ihren beiden Händen. Dann schlug sie einen kleinen Reiseführer im Taschenbuchformat auf und suchte im Register den Namen Montbeliard.

»Oh, hör mal, was das steht, das wusste ich nicht. Die Stadt liegt an der Mündung der Lizaine, die hier im Stadtgebiet in den Allan mündet, und der fließt wieder in den Doubs, der nicht weit von hier die große Kehre macht.«

Auf der Karte sah der Flusslauf des Doubs wie ein langgezogenes U aus.

»Du interessierst Dich für Flüsse?«, wunderte sich Veit. »Das wusste ich gar nicht.«

»Ja, Flüsse sind meine allerliebsten Gewässer. Darum sitze ich auch so gerne auf unserer Bank am Rhein. Das Meer ist für mich im Vergleich dazu eine riesige unüberschaubare Fläche. Oft liegt es träge unter der Sonne, nur bei Sturm schlägt es Wellen und macht sich wichtig. Flüsse dagegen sind Individualisten, keiner gleicht dem anderen. Viele versuchten, aus ihrem Ursprung ein Geheimnis zu machen, nur wenige konnten es bis heute bewahren. Einige sprudeln aus kleinen Quelltöpfen, andere rieseln aus Felsspalten und verlassen als dünnes Rinnsal ihren versteckten Geburtsort weit oben in den

Bergen. Sie machen dort erste Fließversuche, werden nach und nach von weiteren Zuflüssen gespeist, werden schneller, wilder, breiter, stürzen über Steilhänge und rauschen durch Schluchten, tosen an Felswänden entlang, durchbrechen mit Gewalt, was sich ihnen entgegenstellt oder suchen sich friedfertig einen Umweg.« Mel bekam glänzende Augen, die all das zu sehen schienen, von dem sie sprach.

»Sie führen Samen seltener Alpen- und Wildblumen mit sich und streuen sie mit großzügiger Geste ins Land.« Mel fuhr mit der Hand in einem Bogen über den Tisch als streue sie Samen über die Tischplatte und auf Veits Beine. »Sie graben sich ein Bett, fließen durch Seen, versickern manchmal und tauchen an anderer Stelle wieder auf. Sie steigen, treten über ihre Ufer, breiten sich aus und fluten Land. Sie spritzen, gurgeln, drehen Strudel, umspülen kleine Inseln, branden gegen Hindernisse, nagen schäumend an Brückenpfeilern, und wenn im Winter harter Frost ihr Bett mit einer Decke aus Eis überzieht, klopfen kleine Wellen gegen die gläserne Haut. »Hallo, vergesst uns nicht, wir kommen wieder.« Einige ziehen in majestätischer Ruhe durch die Welt, nehmen kleinere Kollegen mit auf ihre Fahrt und bringen sich und sie an das Ziel ihrer Reise, dahin, wo sich im Delta Meer und Fluss umarmen und vermischen.«

Mel machte eine Redepause, weil Veit sie ungläubig ansah.

»Was ist denn«, wollte sie wissen, »sag ich etwas Falsches?«

»Nein, es ist nicht falsch, was du sagst, es ist nur wunderschön. So hab ich dich noch nie reden hören, so noch nie über Flüsse nachgedacht.«

Er wollte noch mehr dazu sagen, doch das Mädchen brachte das Frühstück. Es war üppig angerichtet. Sie saßen etwas ratlos vor mehrschichtig belegten langen Schinkenbaguettes, vor großen Schüsseln mit Obstsalat und Riesenbechern weißem Joghurt. Große bauchige Kaffeeschalen waren randvoll gefüllt, und es war nicht einfach, sie ohne etwas zu verschütten

an die Lippen zu setzen. Der erste Versuch war der schwierigs-
te, danach ging es leichter.

Kaffee gäbe es gerne noch mehr, hatte das Mädchen beruhigend gesagt und bon Appétit gewünscht.

»Wenn ich das hier schaffe, muss ich vor dem Abend nichts
mehr essen«, vermutete Veit.

Er biss in das armdicke Brot, das eher in das Maul eines
Pferdes gepasst hätte als zwischen Veits Zähne, aß dazu Obstsalat und leerte den Joghurtbecher bis auf seinen Grund, indem
er ihn mit einem langstieligen Löffel sorgfältig auskratzte.

Mel hatte eine Umverteilung des Belages vorgenommen,
Brot und Schinkenpaket geteilt und das Fleisch jeweils auf einer Baguettehälfte abgelegt. Jetzt war der Imbiss mundgerech-
ter zubereitet. Sie vermischte den Obstsalat mit Joghurt. So aß
sie ihn gern.

»Ich möchte die Stelle besichtigen, an der die Lizaine in
den Alland mündet. Sie kann nicht so weit weg sein.«

Mel hatte davon im Reiseführer gelesen.

»Warum nicht?«, antwortete Veit. Er war bereit, ihr an diesem Tag alle Wünsche zu erfüllen.

Sie bezahlten. Veit erprobte sein Französisch in einem lockeren Geplauder mit dem jungen Mädchen. Es lachte laut
auf, als Veit klagte, sie habe gar keine Ähnlichkeit mit ihrem
Portrait, ob das der Künstler denn nicht bemerkt habe?

Er deutete auf die Metallbäckerin in ihrer Nähe. Sie schüttelte sich vor Lachen, das war bislang noch keinem ihrer Gäste
aufgefallen. Sie bekam ja einiges zu hören, aber so etwas, nein
so etwas! Sie lachte wieder und steckte Veits Geldschein in ein
Fach ihrer Börse.

Die beiden Besucher gingen los, drehten sich noch einmal
um und winkten. Das Mädchen stellte das Geschirr auf ihr
Tablett und hob es hoch. Da sie nun zum Winken keine freie
Hand hatte, schüttelte sie, immer noch lachend den Kopf und
rief:

»Ich werde mich beim Künstler beschweren, der kriegt was zu hören!«

Sie gingen über den großen Platz, durch zwei weitere Gassen und standen nach der Überquerung einer stark befahrenen Straße an der Mündung der Lizaine. Der Fluss trieb aus einer Kanalöffnung hinaus ins Freie und verschwand nach wenigen Metern im Wasserarm des Allan.

»Er hat nach der Unterquerung der Stadt noch einmal frische Luft geschnappt«, sagte Mel, als handele es sich um ein Tier, das aus der Gefangenschaft in die Freiheit entwichen war.

»Er kommt aus den schönen Vogesen, fließt durch Täler und Wiesen und muss hier durch eine lange dunkle Röhre. Von der Stadt sieht er nichts. Das kann ihm sicher nicht gefallen.«

Sie wandte sich abrupt ab.

»Fahren wir weiter«, schlug sie vor, »wir können für den armen Kerl hier sowieso nichts mehr tun.« Sie klappte ihren kleinen Reiseführer zu.

»Na ja«, sagte Veit, »immerhin tummeln sich er und Allan jetzt zusammen in einem Bett, das wird ihm gefallen. Später sind Doubs und die Saone noch dabei, das sind doch gute Aussichten.«

Mel lächelte schwach. Der Blick in die Flussmündung hatte sie traurig gemacht.

Sie fuhren ohne Halt bis Beaune. Der Verkehr war nun dichter geworden. Lastwagen hatten die rechte Spur in ihrem Besitz und bildeten endlose Ketten. Veit fuhr durchgehend links und musste sich konzentrieren. Auf der Höhe von Beaune wechselte er in die Route du Soleil, die zusätzlichen Schwerverkehr aus Paris mit sich brachte. Mel war eingeschlafen und wachte erst auf, als Veit in einer Ausfahrt langsam fuhr. Er hatte beschlossen, in Chalon sur Saone zu übernachten und erst am nächsten Tag nach Clermont Ferrand zu fahren.

»Wir suchen hier ein Hotel, für heute reicht es.«

Er nahm die nördliche Ausfahrt und folgte der in die Innenstadt führenden Straße. Im Zentrum fand er in der Nähe des Marktplatzes eine Parkbucht. Er stieg aus. Mel blieb sitzen, sie war vom langen Autoschlaf benommen. Ihr war leicht übel, vor den Augen flimmerte das Licht des späten Nachmittags.

Veit kam schnell zurück. Er hatte von einer Frau die Adresse des Touristikbüros erfahren.

»Direkt gegenüber liegt das Musée du Nicéphore Niépce. Das müssen Sie unbedingt besuchen!« Veit versprach es, obwohl er nicht wusste, wie er das arrangieren sollte.

Er ging zum Wagen zurück.

»Du kannst sitzen bleiben, das Infobüro ist nicht weit. Ich besorge uns eine Unterkunft.«

»Nein warte, ich komme mit«, sagte Mel. »Ein wenig laufen ist jetzt besser.« Sie stieg aus, klemmte ihre Handtasche unter den Arm.

»Wir müssen vor zum Fluss. Das Büro ist an der Uferstraße.« Mel wurde hellwach, als sie das hörte.

»Wunderbar, das will ich sehen!«

Sie gingen durch eine Gasse mit interessanten kleinen Läden. Im Vorbeigehen streifte Mels Blick einen Buchladen, zwei Chocolaterien, ein Blumengeschäft mit geflochtenen Blütenkränzen im Schaufenster und auf Tischchen neben der Ladentür. Bei einem Stand mit Keramikwaren blieb sie kurz stehen. Vor einem Antiquitätengeschäft lud eine alte Schulbank zum Ausruhen ein, ein altes Weinfass vor einer Vinothek zum Verkosten. Zwischen den letzten Häusern der Gasse, die bereits angenehmen Schatten spendete, tauchte der Bildausschnitt auf ein Stück Straße auf, hinter der die glitzernde Wasserfläche der Saone in der Nachmittagssonne glänzte.

Mel lief schneller. Veit machte sich Gedanken, seit wann sie sich so sehr für Flüsse interessierte. Es war ihm völlig neu, oder er bemerkte es erst jetzt. Sie gingen ein kurzes Stück

die Uferstraße entlang, Mel, so nah es ging, an der Seite des
Flusses, kamen an diesem Museum für Geschichte und Technik der mechanischen Bilderzeugung vorbei, welches die Frau
empfohlen hatte, und fanden wie beschrieben das Touristikbüro.

Mel blieb am Ufer der Saone, setzte sich auf eine Bank
und verfolgte das Spiel der kleinen Sonnenspiegel, die auf den
Wellen schaukelten. Veit hatte Glück. Die Finger eines jungen Mannes mit tiefschwarzem Lockenkopf tanzten auf der
Tastatur des Computers. Das Klickgeräusch der Tasten schien
sich auf seine Locken zu übertragen, sie wippten im Rhythmus der hüpfenden Finger. »Ah!« sagte er und blickte Veit aus
kreisrunden, dünn geränderten Brillengläsern an, »ich habe
ein Zimmer im Hotel Serafine, ich könnte es für Sie sofort
reservieren.«

»Das ist sehr freundlich«, sagte Veit und lauschte dem Telefongespräch. Der Junge behielt Veit im Auge und lächelte
ihm vielversprechend zu.

»Ja«, sagte er, »ein Doppelzimmer für eine Nacht. Gut, ich
schicke die Gäste gleich zu Ihnen.« Inzwischen war auch Mel
gekommen, ihr war eingefallen, nach Prospekten und einem
Stadtplan zu fragen.

»Es hat geklappt«, sagte Veit, »dieser junge Mann hat uns
soeben ein Zimmer besorgt.«

»Oh, das ist wunderbar!«

Sie schenkte dem Jungen ein strahlendes Lächeln, wis-
send, es würde ihm gefallen. Er bedankte sich dafür mit einem
Päckchen Prospektmaterial und einem, mit den Sehenswür-
digkeiten der Stadt bebilderten Stadtplan. Ein Faltblatt, das
die Lebensgeschichte des Nicéphore Nièpce beschrieb, legte er
noch oben auf den kleinen Stapel. Er deutete lachend auf das
Portrait des Erfinders der Fotografie.

»Den müssen Sie kennenlernen, das ist ein sehr interessanter Mann!«

»Gut zu wissen, ich liebe interessante Männer.«

Dabei glitzerten ihre Augen aus Freude über diesen Jungen mit seinen hüpfenden Kringellocken. »Ich bin Marcel«, sagte der Junge und verbeugte sich wie der wohlerzogene Sprössling einer versunkenen Epoche.

Er hatte Mels Bekenntnis auf sich bezogen und die versteckte Botschaft verstanden.

»Ah«, sagte Mel und spielte mit, »ich bin Mel, das ist Veit.« Sie sagte nicht, das ist mein Mann. Das hätte dem lockeren Geplänkel seinen Reiz genommen.

»Ich fühle mich geehrt, Ihnen behilflich zu sein.«

Marcel verbeugte sich aufs Neue, diesmal tiefer. Er dachte angestrengt nach, was er noch für die netten Leute tun könne, besonders für die Frau.

»Bleiben Sie länger hier in der Stadt?«, versuchte er das Gespräch zu dehnen, obwohl er gerade selbst das Zimmer für nur eine Nacht gebucht hatte.

Mel bedauerte sehr, dass sie schon morgen weiterfahren würden und fragte sich im Stillen, warum das sein müsse.

Veit wartete geduldig auf das Ende des Spiels zwischen den beiden. Dabei erfuhr er, dass Marcel Pharmazie studiere, sein Onkel eine Apotheke in Chalon besitze und nur darauf warte, bis er, Marcel, sein Examen in der Tasche habe. Die Arbeit im Touristikbüro sei nur ein Studentenjob, seit der letzten Viertelstunde jedoch ein ganz besonders schöner, verriet er mit einem Blick auf Mel und einem hintergründigen Lächeln. Auf seinen Wangen erschienen Grübchen.

Er hat es wirklich drauf, ging es Veit durch den Kopf, der kommt im Leben nicht zu kurz. Er dachte dabei nicht nur an den verwirrenden Charme des Jungen, sondern auch an die Apotheke des Onkels.

Veit wurde wieder einmal bewusst, welch günstigen Umständen er selbst ein sorgloses Leben verdankte. Marcels Geplauder rief es wieder in sein Bewusstsein.

Mel durchschnitt mit einem »Vielleicht kommen wir morgen noch einmal vorbei und berichten, wie uns das Hotel gefallen hat«, den Faden, den sie beide gesponnen hatten. Marcel trat mit ihnen vor die Tür und zeigte in die Richtung, in der das Hotel lag.

»Wir müssen zuerst den Wagen holen. Ich hoffe, wir können in der Nähe des Hauses parken?«

»Versuchen Sie es. In der Straße dort gibt es zwei reservierte Plätze für Gäste. In einem kleinen Hof auf der Rückseite des Hauses kann auch geparkt werden.«

Marcel machte nun die dritte und tiefste Verbeugung, richtete sich auf und schüttelte seine Lockenpracht.

»Alles Gute und bon Voyage«, rief er den beiden hinterher. Er hielt sich dabei mit einer Hand am Türstock fest und ließ sich, auf einem Bein stehend, schräg in den Fußweg hängen. Wie ein Schaffner bei der Abfahrt des Zuges bewegte er einen Arm auf und ab.

»Er ist ein Clown«, bemerkte Mel und wollte etwas ganz Anderes sagen.

»Ich bin überrascht, wie gut dein Französisch ist«, sagte Veit, als sie am Musée Nicéphore Nièpce vorbeigingen.

»Wir könnten das Museum auf der Heimfahrt besuchen und unserem Freund Marcel von unserer Reise berichten.«

Veit suchte den Eingang zu der Gasse, durch die sie gekommen waren.

»Da ist sie ja!«

Er erkannte die schmale Straße. Diesmal blieb er vor den Schaufenstern der kleinen, besonderen Läden stehen, begeisterte sich für die Blumenkränze, die Töpferwaren und die Vinothek, kündigte an, heute noch ein schönes Glas Wein trinken zu wollen und versuchte, Mel zum Kauf eines Krügleins oder einer anderen getöpferten Erinnerung an Chalon sur Saone zu überreden.

Mel sammelte keine Reiseerinnerungen. Veit wusste das.

Doch er hatte das Bedürfnis ihr eine Freude zu machen. Warum gerade jetzt? Er unterließ es darauf eine Antwort zu finden.

Sie fuhren mit dem Auto nach Marcels Stadtplan vor ein dreistöckiges schmales Haus, an dessen Fenstern üppige Blumenpracht aus vorgesetzten Kästen quoll. Drei flache Stufen führten in ein Restaurant. Le Petit Cheval stand auf dem Schild über dem Eingang. Ein auf den Hinterbeinen stehendes wieherndes Pferd, das eher einem Esel glich, illustrierte den Namen. Neben der Tür wies eine kleine Tafel in der Form eines Pfeils zum Eingang des Hotels.

Veit fuhr durch den seitlichen Torbogen und landete in einem Hof, der an der Seite zum Nachbarhaus Parkplätze für Hotelgäste bot. Das Hotel selbst, ein freundlich wirkendes, weißes Gebäude mit langen, bis zum Boden reichenden Fenstern, bildete eine weitere Begrenzung des Areals. Oleanderbüsche, Olivenbäumchen und Lavendelsträucher wuchsen in großen Tontrögen, und eine karminrote Kletterrose überwucherte die ganze Front einer hohen Ziegelmauer, die den Hof nach Westen hin abschloss.

Hinter der Mauer vermutete Mel einen Garten. Etliche Bäume bildeten dort in erstaunlicher Höhe ein Blätterdach, das vom Hof aus zu sehen war.

»Vielleicht steht zwischen den Stämmen ein Pavillon oder ein Brunnen?« Sie hoffte, von ihrem Zimmer aus einen Blick über die Mauer werfen zu können. Veit holte die Taschen aus dem Kofferraum. Sie betraten das Hotel.

Keine Respekt abnötigende Edelholztheke stand zu ihrem Empfang, sondern ein weiß lasierter Werkstatttisch. Eine Frau mit langen, naturgewellten grauen Haaren, die mit Spangen hinter den Ohren festgesteckt waren, begrüßte die beiden Gäste, als wären sie alte Bekannte, auf die sie schon lange warte.

»Marcel hat Sie hergeschickt. Ich freue mich, dass Sie gekommen sind. Setzen Sie sich. Kann ich Ihnen etwas anbieten?«

Mel hatte Durst. Auch Veit trank gern das Wasser, das die

Frau ihnen in aquamarinfarbenen Gläsern servierte. Sie trug ein einfach geschnittenes knöchellanges blaues Leinenkleid mit weiten Ärmeln. An ihrem Handgelenk erregten in einem breiten Silberreif gefasste, grünschimmernde Malachitsteine unterschiedlicher Größe Mels Aufmerksamkeit. Sie sieht aus wie eine Kunsthandwerkerin, die nebenbei ein Hotel betreibt, dachte sie.

Die Frau hieß Serafine wie das Hotel.

Ich habe ein Zimmer im Serafine für Sie, hatte Marcel zu Veit gesagt.

Dann gehört ihr das Hotel, dachte Veit, als Serafine sich vorstellte. Sie reichte ihnen den Zimmerschlüssel.

»Wenn Sie irgendetwas brauchen, lassen Sie es mich wissen. Ich helfe gern und kann die meisten Wünsche meiner Gäste erfüllen.«

Sie zeigte ihnen den Frühstücksraum, spartanisch eingerichtet mit dem Nötigsten, Tische und Stühle in hellem Holz, ein altes Küchenbuffet, das sie womöglich eigenhändig von alten Lackresten befreit hatte, in den tiefliegenden Fenstern einige blau glasierte Krüge mit Lavendelsträußen. Der Raum war weiß gestrichen, kein einziges Bild hing an den Wänden. Es gab eine breite Steintreppe in den Oberstock. Rötlich braune Terrakottafliesen auf den Stufen erinnerten Mel an ein Haus in der Toskana, in dem sie einige Wochen während ihres Studiums gewohnt hatte.

Vom Zimmer aus konnte sie zu ihrer Freude über die Mauer blicken. Serafine hatte ihnen ein Eckzimmer gegeben, mit Aussicht zum Hof und in den Garten. Mel öffnete die beiden Flügeltüren des Gartenfensters, beugte sich über ein Gittergeländer und sah tatsächlich, was sie vermutet hatte. Unter der Baumgruppe stand ein sechseckiger Pavillon, eine kunstvolle Eisenkonstruktion, dem Stil nach aus dem neunzehnten Jahrhundert. Er war an einigen Stellen verrostet, an anderen sichtlich ausgebessert, was für die Zeit sprach, aus der er vermutlich stammte.

»Viele Eisendekorationen und Gartenmöbel werden heute künstlich gerostet, weil es Mode ist, aber dieser Pavillon hier wird eindeutig immer wieder vom Rost befreit und sieht aus, als habe schon der Erfinder der Fotografie daringesessen.«

Veit lachte und schaute neugierig in den Garten. Ein großes, fast quadratisches Gelände lag unter ihm, rundum von Häusern begrenzt und mit gärtnerischem Können bepflanzt, dabei an einigen Stellen leicht verwildert, dadurch besonders schön und geheimnisvoll. Ein Kiesweg führte aus dem Pavillon zu einem Rosenrondell, von dort verzweigte er sich sternförmig nach allen Seiten. Sie standen nebeneinander und genossen den Anblick dieses Paradieses. Veit legte den Arm um Mels Hüfte und drückte sie an sich.

»Das haben wir Marcel zu verdanken«, sagte sie. »Ich vermute, er wusste genau, welches Hotel er uns vermitteln wollte.«

Veit nahm seinen Arm von ihr und ging zurück ins Zimmer. Es entsprach dem Gesamtstil des Hauses. Kein Bild an der Wand, offene Regale, ein breites schnörkelloses Bettgestell mit sehr guten Matratzen. Auf beiden Seiten des Bettes ein kleiner Tisch, ein Stuhl, sonst nichts. Doch an den Fenstern zum Verdunkeln blaue Vorhänge in der traditionellen Musterart provenzalischer Stoffe.

Blau scheint Serafines Lieblingsfarbe zu sein, dachte Veit und erinnerte sich an ein tiefes Blau ihrer Augen.

Sie aßen in einem Restaurant an der Place Saint Vincent zu Abend, saßen an einem kleinen Tisch im Freien, in unmittelbarer Nähe der gleichnamigen Kathedrale. Gelbes Scheinwerferlicht vergoldete ihre hochragende Fassade und die mächtigen Türme vor dem allmählich dunkel werdenden Himmel. Ein warmer Luftzug strich um Mels nackte Beine wie eine zärtlich gestimmte Katze. Sie tranken Wein und sprachen wenig, der Tag war gut verlaufen. Veit dachte an den nächsten Aufenthalt in Clermont-Ferrand. Sie waren sich schon zu Hause einig gewesen, einige Tage in dieser Stadt zu verbringen, um von dort aus die Vulkanlandschaft der Auvergne zu erkunden.

Mel dachte zum ersten Mal an die Briefe, die in ihrer Reisetasche lagen, Briefe von Annemarie Durange. Jetzt, an diesem schönen Abend, war sie sich nicht mehr sicher, ob sie diese Leute überhaupt besuchen wollte. Was gingen diese Menschen sie eigentlich an? Was hatte sie mit ihnen zu tun? Es waren Freunde der Eltern gewesen, vor sehr langer Zeit. Sie hatte mit Veit nicht mehr über sie gesprochen, seit ihrer Heimkehr nach Feldheim. Ja, die Briefe hatten sie auf den Gedanken gebracht, hierher zu fahren und diese Freunde aufzusuchen, aber an den Tagen der Beerdigung hatte sie in einem Ausnahmezustand gelebt, und in einem solchen werden gerne voreilige Entschlüsse gefasst. Was ihr in diesen Tagen wichtig erschien, war mittlerweile bedeutungslos geworden. Jetzt war jetzt, und es war schön. Die Beisetzung mit all ihren Anforderungen lag weit zurück. Was sollte es noch nützen diese Leute zu sehen? Vielleicht waren sie gar nicht bereit sie zu empfangen, waren erschrocken über den Besuch, fühlten sich belästigt? Vielleicht waren sie krank oder geschieden oder beides? Vielleicht lebten sie gar nicht mehr und waren in ihrer einsamen Behausung erfroren?

Ich weiß nicht, wie lange ich es in diesem alten Kasten aushalten werde.

Mel erinnerte sich an diese Worte im Brief. Sie wusste mit einem Mal nicht mehr, warum sie die Schreiben überhaupt eingesteckt hatte. Nun lagen sie wie eine Art seltsames Vermächtnis auf dem Grund ihrer Tasche.

Zurück im »Serafine«, nach einem kurzen Spaziergang durch die Altstadt, auf den Mel bestanden hatte, breitete Veit auf seinem Tisch eine Karte aus.

»Warum sollen wir auf dem schnellsten Weg Clermont-Ferrand erreichen, wenn es auch langsamer geht? Burgund ist zu schön, um einfach durchzufahren. Wir kommen auf diesem Weg durch Paray le Monial und Vichy. Natürlich kostet diese Strecke etwas Zeit, aber die haben wir ja, oder?«

Mel konnte nicht sofort antworten. Sie lag angekleidet auf dem Bett und betrieb Beingymnastik.

Die Beklemmung, die die Erinnerung an die Briefe bei ihr ausgelöst hatte, löste sich allmählich im Rhythmus der Bewegung. Sie hob und senkte im Wechsel ihre ausgestreckten Beine, zog sie dann gleichzeitig in die Höhe und versuchte sie so lange wie möglich in der Luft zu halten. Zuletzt nahm sie Schwung und stand mit einem Satz vor dem Bett.

»Lass die Route mal sehen«, sagte sie und beugte sich über die Karte, die Veit auf seinem Tisch ausgelegt hatte.

Er fuhr die Strecke mit einem Bleistift nach und zeigte ihr die wichtigsten Orte, durch die sie kämen.

»Ja, das sieht doch sehr interessant aus. Allzu weit ist es ja auch nicht, und wie ich sehe, liegt Vichy am Allier. Ein Grund mehr, dort vorbeizuschauen.«

Sie hielt kurz inne.

»Ich möchte gerne morgen fahren!«

»Ist mir recht, ich lese dann die Karte. Vermutlich muss ich dich in einigen Orten durch komplizierte Kreisel lotsen. Schau dir die Straßenführung vor den Städten einmal an, es sieht nicht einfach aus.«

Mel studierte die Straßenkarte genauer. Die Neugierde auf die Weiterfahrt gab ihr wieder das gute Gefühl zurück, das sie tagsüber begleitet hatte.

Sie schliefen bei weit geöffnetem Fenster. Die blauen Vorhänge bauschten sich in der kühler gewordenen Nachtluft, als atmeten sie die Wärme des Tages aus. Mel horchte noch eine Zeit lang auf die Geräusche des Gartens, in dem der Geist des Pavillons zu erwachen schien. Er spielte mit dem Kies auf den Wegen, brachte die eisernen Ornamente seiner Behausung zum Klingen, rüttelte an den Baumstämmen und ließ das Blätterdach rascheln. Es hörte sich an, als erzählten sich die Blätter im Dunkel der Nacht die Geschichten des Tages, weil sie nur in diesen Stunden sprechen durften. Er streifte mit seinen Händen über die hohen Kuppeln der Rosmarin-Thymian-und Lavendelsträucher, die unter seiner Berührung zitterten, und ließ ein verlorenes Seidentuch in den Himmel flattern. Eine zarte Brise zog über den Garten und schickte Grüße vom Wasser der Saone. Von der noch warmen Mauer stieg der Duft der karminroten Rose auf.

Mel fühlte sich im Zauber dieser Nacht wie Goldmarie, auf die ein glänzender Schleier fällt, ein unverhofftes Geschenk dieser Reise. Eine warme Rührung stieg in ihr auf. Sie hörte Veits Worte, mit denen er ihre Traurigkeit hatte vertreiben wollen.

»Lizaine und Allan tummeln sich zusammen in einem Bett, und später machen Doubs und Saone dann auch noch mit, das sind doch gute Aussichten.«

Plötzlich weinte sie, lautlos. Tränen liefen über ihr Gesicht, sammelten sich in kleinen Rinnsalen, rannen in ihren Mund und zu den Ohren hin, wo sie im weit geöffneten Fächer ihrer Haare versickerten. Mel verschluckte sich und rang nach Luft. Eine salzige Woge rollte über sie hinweg. Mit ihr kam die Erkenntnis um ein Versäumnis, etwas nicht gesehen zu haben. Sie war blind gewesen, für das Glück, Veit an ihrer Seite zu haben. Veit, der sie tröstete, durch seinen nicht versiegenden Humor aufmunterte, sie umsorgte, sie durch schwere Jahre begleitete, der ihre Launen ertrug und sie bei der Suche nach Cilli unterstützt hatte. Sie wusste, er war der einzige Mensch, dem sie bedingungslos vertraute und den sie liebte. Was hätte sie ohne ihn angefangen, wie leben können? Sie drehte sich zur Seite, sah auf Veits Rücken, der sich wie ein schützender Wall aus den weißen Laken erhob. Vorsichtig legte sie ihre Hand an seinen Körper, spürte dessen Wärme und in ihren Fingern den gleichmäßigen Wellengang seines Atems. Obwohl schlafend, war Veit ihr in diesem Augenblick nah wie nie zuvor.

Sie vermieden eine stark befahrene Route und fuhren über schmale Landstraßen, um einen Eindruck der wunderschönen Bourgogne zu bekommen. Die Straße wand sich kurvenreich durch weite Senken und über runde Buckel, um auf einigen Abschnitten kerzengerade bis zum Horizont zu führen. Zu beiden Seiten glänzte feuchtgrünes Weideland, doch die rasch hochsteigende Sonne sog schon den Tau der Nacht aus den Halmen, und wärmte die mächtigen Rücken der grasenden rauchweißen Rinder. Einige von ihnen standen reglos an den Zäunen und hielten nach etwas Ausschau. Nach was? Wie lange schon? Ein weitmaschiges Netz langlaufender Hecken gewährte Vögeln und Kleintieren Unterschlupf und verwandelte das Land in ein Mosaik aus Wiesen und Feldern. Immer wieder tauchte in der Tiefe der Wiesengründe ein Herrenhaus vor dem Saum eines Laubwaldes auf. Aus der Ferne erschien es märchenhaft verwunschen und unbewohnt. Schiefergraue Dächer saßen wie riesige Hauben auf den Mauern der schloss-ähnlichen Gebäude. Reihen hoher Fenster ließen sie zerbrechlicher erscheinen als sie waren. Meist führte eine Allee mit schattenspenden Bäumen bis vor ein eisernes Gittertor, das offenstehend die Anwesenheit der Bewohner verriet.

Mel dachte an ihr Lieblingsbuch Le grand Meaulnes von Alain Fournier. Hier in dieser Gegend wäre vielleicht das Gut Les Sablonnières zu vermuten, in dem Francois Seurel, der Freund des großen Meaulnes, gelebt hatte, in dem er dessen kleine Tochter betreut und sich um die verlassene Yvonne von Galais gesorgt hatte, in dem er erlebte, dass sein Freund Augustin, der große Meaulnes, gekommen war, um ihm seine einzige Freude zu nehmen. Sie kannte die Textstelle im genauen Wortlaut:

Und schon sah ich vor mir, wie er in der Nacht, seine Tochter in seinen Mantel gehüllt, auf neue Abenteuer auszog.

Mel seufzte aus schwerem Herzen.

»Was ist, sollen wir Pause machen?«

Veit war besorgt.

»Nein.« Mel lachte schon wieder.

»Ich bin nur immer wieder unglücklich bei dem Gedanken, dass er womöglich verschwunden ist. Ich wünschte mir, er hätte seinen Freund nicht verlassen, der das Kind ebenso liebte wie er.«

»Wen meinst du?«

»Augustin, den großen Meaulnes. Als ich das Buch zum ersten Mal las, musste ich schrecklich weinen.«

Sie sah Veit kurz an.

»Beim zweiten Mal auch«, gestand sie, »und beim dritten Mal hab ich auf das schmerzliche Ende einfach verzichtet. Aber ich forschte nach, in welcher Region die Geschichte tatsächlich spielt. Es ist die Gegend um Bourges. Es ist nicht hier. Trotzdem musste ich jetzt daran denken.«

Veit kannte den Autor, aber nicht den Roman. Er wusste, dass Fournier nur diesen einzigen vollendet hatte. Als junger Mann fiel er bereits im Ersten Weltkrieg.

Ich werde den Roman lesen, nahm er sich vor. Er hatte seinen Autor mit einem Schlag berühmt gemacht, nicht nur in Frankreich.

»Was gefällt dir an der Geschichte?«

»Das weiß ich gar nicht so genau.«

Mel dachte nach.

»Ich glaube, es ist vor allem die geheimnisvolle Atmosphäre, die über allem schwebt. Traum und Wirklichkeit vermischen sich in unerfüllbarer Jugendsehnsucht und in der Tragik des Missverständnisses. Da verlässt dieser Augustin Meaulnes am Morgen nach der Hochzeitsnacht seine nach langer Suche wiedergefundene große Liebe Yvonne, um ein gegebenes Versprechen einzulösen, und als er endlich nach Hause findet, ist Yvonne gestorben. Es geht nicht gut aus, aber auch nicht völlig schlecht, da er ein kleines Mädchen vorfindet, seine Tochter. Mit ihr verlässt er seinen besten Freund Francois, der sich einstweilen liebevoll um das Kind gekümmert hatte. Doch eigentlich geschieht dieses Verlassen-Werden in der Fantasie des Freundes, nach meinem Verständnis. In der Geschichte heißt es: schon sieht Francois es vor sich. Für mich bedeutet das, er befürchtet es. Ob der große Meaulnes tatsächlich fortgegangen ist, bleibt in meinen Augen offen. Im Grunde lässt der Autor seinen Leser mit derselben Befürchtung zurück, die er fortan mit dem armen Francois teilen muss.«

Mel hielt kurz inne.

»Ich merke gerade beim Erzählen, wie schwierig es ist, über die reine Handlung das Magische der Geschichte wiederzugeben. Man muss sie lesen. Das Eigentliche steht zwischen den Zeilen.«

Mel überholte einen Traktor und sah von Weitem die ersten Häuser einer Ortschaft.

»Wollen wir die Kirche anschauen?«

Ein alles überragendes romanisches Bauwerk beherrschte den Blick auf den kleinen Ort, in dem Mel ein solches Monument nicht erwartet hatte.

»Für Burgund keine Seltenheit«, sagte Veit. »Hier findet man an den entlegensten Plätzen bauliche Kostbarkeiten, leider dem Zerfall oft näher als der Ewigkeit, für die sie einst geschaffen wurden.«

Sie parkten auf dem weitläufigen Dorfplatz, in dessen Mitte die Kirche stand, eine dreischiffige Basilika. Alle Türen waren verschlossen. In der kleinen Bäckerei gegenüber des Haupteingangs erfuhren sie, die Kirche würde nur zum Sonntagsgottesdienst geöffnet.

Sie tranken Kaffee an einem kleinen Tisch in einer Ecke des Verkaufsraumes. Ein geblümtes abwaschbares Wachstuch war mit Klammern am Tischrand befestigt. Die Bäckersfrau wischte noch schnell mit einem feuchten Lappen darüber. Veit entdeckte auf der Theke eine ofenfrische Apfeltarte und bestellte ein Stück, das die Frau vor seinen Augen auf doppelte Breite aus dem Kuchenrund schnitt.

»Oh là là«, sagte er, »das ist eine Riesentarte für meinen Riesenhunger.« Die Bäckerin, aus Freude über die Anerkennung,
schäumte noch einen Sahneturm neben das Kuchenstück.

»Und Madame?«

Madame habe noch keinen Hunger nach einem ausgedehnten Frühstück, doch er müsse ständig essen, Tag und
Nacht, und könne sich beim Anblick dieser wunderbaren Tar-
te überhaupt nicht beherrschen. Er hielt seine Hände vor den
Bauch und deutete dessen zukünftigen Umfang an. Die Bäckerin lachte schallend beim Blick auf Veits schlanke Figur.

»Oh, die Männer, sie lieben es süß und reichlich!«

Sie wusste wohl, von was sie sprach. Sie selbst war eine
kleine magere Frau, die aussah, als esse sie nie ein Stück ihrer
eigenen Backwaren, sondern ernähre sich ausschließlich von
Gemüse. Sie hielt ihre Haare mit einem frisch gebügelten ro-
saroten Dreieckstüchlein aus dem Gesicht, um sicherzugehen,
dass ja keines davon zwischen den Gebäckstücken landete. Sie
warf Mel einen anerkennenden Blick zu.

»Sie haben einen fröhlichen Mann, da können Sie froh
sein, nicht alle sind so lustig und freundlich.«

In dem Moment brachte ein beleibter, auffällig bleicher
Mann ein großes Blech mit frischen Croissants in den Verkaufs-
raum. Er nickte den Gästen mit ernstem, fast traurigem Blick zu,
sagte aber kein Wort. Ein ärmelloses weißes Unterhemd spannte über seinem Bauch, graue Hosenträger verhinderten das Ab-
gleiten einer weiten weißen Hose. In der dunklen Behaarung
seiner Unterarme hing Mehl. Teilnahmslos sah er zu, wie seine Frau mit flinker Hand die Hörnchen in einer flachen Schale auslegte. In kreisförmiger Anordnung wuchs der Berg auf
stattliche Höhe. Das letzte bildete den krönenden Abschluss der
Kuppel. Die Frau rieb ihre Hände aneinander als löse sie damit
einige Teigkrümel von der Haut. Dann schubste sie das oberste
Croissant noch etwas in die Mitte des Gebäckhügels. »Gut so«,
sagte sie und lächelte zufrieden. Stumm nahm der Mann das

leere Blech unter den Arm und ging zurück in seine Backstube.

Mel war nun klar, was die Bäckersfrau mit ihrer Andeutung, nicht alle Männer wären so fröhlich, gemeint hatte. Ja, Veit war ein wirklich guter Kamerad, sie hatte es wieder neu entdeckt und war darüber sehr froh. Sie streichelte Veits Arm und sah ihn liebevoll an. Er lächelte zurück und schob ihr eine braune Locke hinter das Ohr. Dann fuhr er zärtlich mit der Hand über ihre Wange. Es ging ihnen gut auf ihrer Reise, so gut wie schon lange nicht mehr. Sie vergaßen nach und nach die vergangenen Wochen, gaben sich ganz dem Augenblick hin und entdeckten nicht nur neue Wege, sondern auch einander auf neue Weise und mit anderen Augen.

In Paray le Monial konnten sie endlich eine bedeutende Kirche von innen besichtigen. Eine Touristengruppe folgte ihrem Führer durch das Kirchenschiff. Mel saß auf einem, der in französischen Kirchen üblichen Stühle, dessen Rückenlehne einer kurzen Leiter glich und dadurch bequemes Anlehnen verhinderte. Die Stühle waren wohl in der Absicht konstruiert, müde Gläubige wach zu halten. Mel saß in aufrechter Haltung, anders ging es gar nicht, und studierte ihren Reiseführer. Sie schaute nach oben in das Gewölbe des Mittelschiffes. Der Autor des Buches hatte sie soeben belehrt, dass in der Relation zwischen Höhe und Breite die Betonung des vertikalen hier besonders deutlich sichtbar wäre und einen Grundzug der clunyazensischen Bauschule verriete.

Während ihres Studiums musste sich Mel mit Kunstgeschichte beschäftigen. Sie hatte es mit wenig Begeisterung getan. Die Prüfung in Kunstgeschichte hatte sie nur mit ausreichend bestanden, da es ihr in dieser Zeit besonders schwergefallen war, sich zu konzentrieren. Die Baustile und die Jahreszahlen hatten sie überhaupt nicht interessiert. Das Wesentliche hatte man darüber schon in der Schule gelernt und Genaueres wollte sie nicht wissen. Es war ihr gleichgültig, zu welcher

Zeit dieses oder jenes entstanden war, und wie sich der eine Stil aus dem anderen entwickelt hatte und warum. Sie hatte sich nur deshalb für Kunsterziehung entschieden, weil sie sich durch die Malerei persönliche Vorteile versprach. Bereits am Gymnasium hatte sie entdeckt, dass Malen eine Möglichkeit war, sich vorübergehend selbst zu vergessen. Nach Cillis Verschwinden war der Kunstunterricht das einzige Fach gewesen, in dem sie während der Arbeit an einem Bild oder einem Projekt nicht an ihre Schwester dachte. Der Umgang mit Farben, der Blick auf weißes Papier oder auf eine noch leere Leinwand aktivierte Kräfte in ihrem Innern, die sonst nicht vorhanden oder abrufbar waren. Den Lernstoff der anderen Fächer eignete sie sich nur mit Mühe an, ihr Abiturnote war entsprechend. Trotzdem übergab ihr die Rektorin das Zeugnis mit einer anerkennenden kurzen Rede. Es sei für Mel eine großartige Leistung, unter dem Eindruck des tragischen Unglücks nicht aufgegeben, sondern das Bestmögliche erreicht zu haben, und sie gratuliere ihr ganz besonders zu ihrem Erfolg.

Auch jetzt in der Kirche Sacré Coeur, einer wichtigen Zeugin des allmählichen Stilwandels von der Romanik in die entstehende Gotik, erlahmte ihr Verlangen nach kunstgeschichtlichem Wissen in kürzester Zeit. Sie saß zwar gerne in Kirchen, aber nicht aus Interesse an deren Baugeschichte. Sie ließ die Atmosphäre auf sich wirken, genoss das Gefühl, das sie in ihr auslöste. Oft spürte sie unter den weiten Gewölben aus Stein und Glas eine feierliche Ruhe in sich und großen Abstand zur Welt dort draußen. Dabei ließ sie ihre Gedanken schweifen, und manchmal war sie nahe daran einzuschlafen.

Jetzt las sie über die Nonne Maria Margareta Allacoque, der im Alter von 23 Jahren Jesus erschienen war und ihr sein Herz gezeigt hatte, und das in wiederkehrender Folge. Wie war das möglich? Wie konnte sich ein Mensch so in einem geistigen Austausch verlieren, dass er Dinge sah, die anderen verborgen blieben?

Als Mel von ihrem Buch aufblickte, sah sie im Mittelgang eine junge Frau, die auf den Knien lag. Ihre Stirn berührte fast den Steinboden. Regungslos kniete sie wie in Erstarrung. Einige Leute gingen in respektvollem oder ängstlichem Bogen an ihr vorbei. Mel konnte den Blick nicht von dieser Frau lassen. So etwas hatte sie noch nie gesehen. Was ging in dieser in sich versunkenen Gestalt vor? Betete sie? Vermutlich tat sie das, doch warum auf diese Weise? Was war der Grund? Vielleicht hatte sie großen Kummer, betete um ein Kind, das sie bisher noch nicht bekommen hatte, sich jedoch sehnlichst wünschte. Oder fühlte sie sich schuldig? Vielleicht tat sie eines Vergehens wegen Abbitte? Krank könnte sie sein, unheilbar vielleicht, oder jemand anderer war krank, den sie liebte? Sie war der einzige Mensch, der sich in dieser Kirche so hemmungslos auf den Boden geworfen hatte.

Veit kam von einem Rundgang zurück und setzte sich auf den freien Stuhl neben Mel. Er wollte etwas sagen, doch Mel legte ihren Zeigefinger an den Mund und deutete mit dem anderen auf die Frau, die einige Meter vor ihnen immer noch in unveränderter Haltung auf dem Boden lag. Lange Haare fielen seitlich herab und verhüllten das Gesicht.

Maria Magdalena, ging es Veit durch den Kopf. Er war beunruhigt. Vielleicht war die Frau verwirrt, war in die Kirche geflüchtet und wurde gesucht?

Er wollte gehen, doch Mel hielt ihn zurück. Sie wollte unbedingt das Ende dieser Szene erleben, wollte sehen, wie die Frau aussah, wie lange sie es in dieser Demutshaltung aushielt. Vielleicht konnte sie im Gesicht der Frau etwas über das Anliegen erkennen, welches sie zu Boden geworfen hatte? Es dauerte eine Viertelstunde, ehe sich die Beterin erhob. Ganz langsam setzte sie sich zuerst auf die Fersen, blickte vor zum Chorraum und verbeugte sich noch einmal tief. Dann stand sie auf und drehte sich um.

Mel und Veit blickten in ein zerstörtes Gesicht. Eine tiefe

Narbe zog sich vom Haaransatz über die Stirn und die rechte
Schläfe bis zum Wangenknochen. Das Auge war geschlossen
und eingefallen. Das andere Auge blickte Mel direkt ins Gesicht und ließ seinen bohrenden Blick nicht von ihr. Mel kam
es vor, als habe die Frau die ganze Zeit gespürt, dass sie von
ihr beobachtet wurde. Eine flächige Brandnarbe überzog die
deformierte Nase, das Kinn und Teile des Halses. Wie es unter dem Ausschnitt der Bluse weiterging, wagte Mel sich nicht
vorzustellen. Sie erschrak furchtbar und schaute zu Boden.
Veit legte den Arm um ihre Schulter und zog sie an sich. Sie
warteten, bis sich die Frau entfernt hatte, dann standen sie auf
und verließen schweigend die Kirche.

Es war Mittag und sehr heiß geworden. In der kühlen Kirche
hatten sie nicht mehr an die Hitze gedacht, die hier draußen
auf dem Platz vor dem Hauptportal glühte. Sie waren noch
immer schockiert von diesem Erlebnis in der Kirche.

»Am liebsten würde ich jetzt gleich weiterfahren«, sagte
Mel, »wir haben noch eine ordentliche Strecke vor uns.«

»Das machen wir auf alle Fälle. Ich frag mich nur, ob du
nicht etwas essen solltest. Hast du denn keinen Hunger?«

»Lass uns nach Vichy fahren. So lange halt ich es gut aus. Ich
könnte hier an diesem Ort keinen Bissen herunterbekommen.«

Veit fragte nicht warum, ihm ging es genauso. Sie gingen zu
ihrem Parkplatz, nicht weit entfernt von der Kirche und ließen
Paray le Monial mit einem Gefühl der Irritation hinter sich.

Jetzt fuhr Veit. In einem riesigen Supermarkt außerhalb der
Stadt kaufte er noch ein paar Flaschen Mineralwasser und einen
Bund Bananen. Er sorgte sich, weil Mel seit dem Frühstück bei
Serafine nichts mehr gegessen hatte und hoffte, dass sie Lust auf
eine Banane habe. Ja, die Bananen waren willkommen.

Während Veit sich in eine vierspurige Schnellstraße einfä-
delte, musste er zunächst hinter mehreren Lastwagen aushar-
ren, bevor er auf die linke Spur wechseln konnte. Mel trank

aus der Flasche und aß das Obst. Er sah mit Befriedigung, dass es ihr schmeckte, denn sie nahm noch eine zweite Banane und öffnete die Schale.

»Sie könnte wenigstens die Nase operieren lassen. Die plastische Chirurgie vollbringt heutzutage wahre Wunder.«

Mel hielt die halb geschälte Banane in ihrer Hand, vergaß aber, sie zu essen.

»Ich sah im Fernsehen eine Frau, die nach einem Unfall mit schwersten Gesichtsverletzungen wieder ein fast normales Aussehen hatte. Es wurde ein Vorher-Nachher-Bild gezeigt. Die Frau weinte vor Glück, als sie von ihrem Chirurgen erzählte. Es klang wie eine Liebeserklärung, als sie unter Tränen sagte: »Mein Arzt ist ein echter Künstler.«

Der Verkehr wurde ruhiger, die Abstände zwischen den Autos größer. Veit konnte entspannter fahren.

»Ja, natürlich müsste sie nicht so aussehen. Ich frage mich aber inzwischen, nach ihrem Auftritt in der Kirche, ob nicht eine zusätzliche Störung bei ihr vorliegt. Vielleicht sieht sie sich als eine Auserwählte, die einen Sühnegedanken verinnerlicht hat. Vielleicht will sie ihr eigenes Leid aufopfern, um so für die Verderbtheit der Menschen zu leiden. Die Nähe zu diesen Erscheinungen der Maria Margareta Alacoque bringt mich auf den Gedanken. Vielleicht trägt sie die Narben wie ein Zeichen im Gesicht, vielleicht wie Wundmale, eventuell selbst erzeugt, nachdem es mit echten Wundmalen nicht so recht hatte klappen wollen. Warum hat sie dich so herausfordernd angeschaut? Vor allem das hat mich misstrauisch gemacht.«

»Ich kann mir nicht vorstellen, dass sich jemand derart selbstverstümmelt. Sie war so jung, wahrscheinlich auch noch schön. Ich nehme an, sie hatte einen Autounfall.«

»Das kann natürlich auch sein, wir wissen es nicht. Was wir wissen, ist, dass sie sich auffällig benommen hat. Sie machte mir bereits Sorgen, noch ehe ich ihr Gesicht gesehen hatte.«

»Das ist wahr. Sie hat die Aufmerksamkeit aller erregt, die

an ihr vorbeigehen mussten. Sie lag mitten im Weg!«

»Genau das meine ich. Irgendwo steht in der Bibel der Satz: *Wenn du beten willst, geh in deine Kammer und schließ die Tür zu.* Eine kluge Empfehlung, denn Beten ist in meinen Augen etwas Intimes.«

Veit bedauerte es, dass sie diesem Mädchen begegnet waren. Er war wütend auf sie, weil sie andere Menschen mit ihrem Verhalten störte und belastete. Er warf ihr sogar vor, sie zielte darauf ab, anderen durch herausfordernde Blicke eine Mitschuld zu geben, an was auch immer. Er bedauerte diese Begegnung vor allem wegen Mel, die auf der Fahrt so fröhlich gewesen war und jetzt diesen unheimlichen Schrecken erleben musste. Ausgerechnet Mel, dachte er.

»Für mich besteht kein Zweifel«, sagte er laut, »die Frau ist eine religiöse Fanatikerin. Vielleicht sind die Verletzungen Folgen ihres Wahns, oder der Wahn Folgen ihrer Verletzung. Was sie jetzt treibt, ist jedenfalls absolut grenzwertig. Ich bin sicher, sie wird irgendwann in einer psychiatrischen Klinik landen.«

Die vierspurige Strecke war zu Ende. Veit wechselte in eine Verbindungsstraße Richtung Vichy, auf der man nur in ausgewiesenen Abschnitten überholen konnte. Er fuhr hinter einem Omnibus her und warf kurze Blicke ins Hügelland. Wälder und Weinberge prägten wechselweise die Landschaft. Die Straße führte über kleinere Brücken, und überquerte mehrmals die Schleifen eines mäandernden Flüsschens. Es war nicht allzu weit bis Vichy, das wusste er, darum fasste er sich in Geduld und freute sich, als Mel endlich ihre zweite Banane aß.

Am Abend erreichten sie Clermont Ferrand, das vorläufige Ziel ihrer Reise. Sie hatten in Vichy eine längere Pause eingelegt und in einem Bistro am Ufer des Allier Salat Nicoise gegessen. Zuvor waren sie ein Stück durch die mondän wirkende Stadt gewandert, vorbei an luxuriösen Hotels und prachtvollen Monumentalbauten, Palmenhainen in Kübeln vor teuren

Geschäften, an Jugendstilvillen in riesigen Gärten und öffent-
lichen Parkanlagen. Die Atmosphäre einer Bäderstadt war
vorherrschend und drückte auf Beider Gemüt.

Mel drängte zum Fluss. Sie sah auf der Karte ihres Reise-
führers, dass er nicht weit von ihnen entfernt sein konnte. Erst
in diesem kleinen Bistro fühlte sie sich endlich wieder wohl.
Der Blick auf das Wasser brachte ihr ein gutes Gefühl zurück.

Der Fluss, an dieser Stelle aufgestaut zu einer Art See, floss
träge an ihnen vorbei, obwohl er, was Mel ihrem Büchlein ent-
nehmen konnte, als wilder Wasserweg in den Cevennen auf
den Weg gegangen war. Hier umfloss er die Stadt in einem
leichten Bogen. Auf einem Luftbild sah es aus, als streiche er
sie flüchtig im Vorbeiziehen.

Veit sorgte für das Nachtquartier. In einem Reisebüro in
der Nähe des Casinos, hatte er einen Touristikplan von Clermont besorgt. Dieses Mal wollte er nicht erst bei der Ankunft
ein Zimmer suchen. Er ging die Liste der Hotels durch und aktivierte zum ersten Mal sein Handy. Er versuchte es mit einem
Hotel etwas außerhalb der Innenstadt und hatte sofort Erfolg.
Das Hotel hieß Bel Air, ein verheißungsvoller Name.

Zwei Doppelzimmer wären noch frei, sagte eine Frauenstimme. Eines davon habe Balkon und sei deshalb etwas teurer.

Parkplätze?

Aber ja, zehn Zimmer, zehn Plätze.

Veit reservierte das Balkonzimmer.

»Wir sind gegen Abend bei Ihnen.«

Er nannte seinen Namen, er buchstabierte, dann war alles
klar.

»Wir haben ein Zimmer in Clermont. Ich kann nur hoffen,
dass wir nach der guten Unterkunft in Chalon auch dieses Mal
Glück haben.«

»Ach, Serafine war schon etwas Besonderes,« antwortete
Mel in glücklicher Erinnerung an den kurzen Aufenthalt und
an die Nacht.

Beim Frühstück hatte sie Mel einen weißen Seidenschal gezeigt.

»Er lag heute Morgen auf Ihrem Auto. Ich denke, Sie haben ihn schon vermisst?« Mel hatte staunend das transparente Gewebe des Tuchs befühlt.

»Nein, es gehört mir nicht, leider. Aber komisch, ich habe heute Nacht von diesem Tuch geträumt. Es flog an unserem offenen Fenster vorbei. Ein seltsamer Traum.«

»Oh, das war ein guter Traum«, hatte Serafine beruhigt. »Sie werden eine fröhliche Reise haben, das sagt ihr Traum.«

Mel bestellte noch Kaffee, Veit eine Cola. Dann bezahlten sie bei einem älteren Kellner, den auch das reichliche Trinkgeld nicht aus seiner überheblichen Gleichgültigkeit riss. Auf dem Rückweg zum Parkplatz gingen sie durch dieselben Straßen, die sie gekommen waren, atmeten noch einmal Kurstadtozon, und Mel dachte plötzlich an ihre Mutter. Ihr hätte es in Vichy gefallen. Sie lief schneller, Veit kam kaum hinterher.

Clermont Ferrand! Sie standen auf einem Balkon. Ein junges Mädchen, die Tochter des Hoteliers, zeigte auf die Kette der Puys, der Vulkanberge der Auvergne, und auf den alles überragenden Gipfel, den Puy de Dome.

»Das ist unser Hausberg«, sagte sie stolz.

Das kleine Hotel lag auf einer leichten Anhöhe. Den Namen Bel Air trug es nicht zu Unrecht, denn in knapper Entfernung zum Haus begann ein großes Waldgebiet, das leicht ansteigend aus dem weiten Talbecken führte. Die Entfernung zur Innenstadt sei nicht sehr groß, versicherte das Mädchen. Sie fasste Veit und Mel ganz kurz ins Auge, als nähme sie Maß.

»Kein Problem für Sie, dem Fußweg in die Stadt zu folgen. Das ist abends praktisch, wenn Sie Wein trinken möchten. Hierher finden sie immer zurück.«

Sie schien einiges mit Gästen erlebt zu haben.

»Bei Bedarf holen wir Sie auch gerne ab, keine Frage!«
Veit lachte.

»Ich hoffe nicht, dass es nötig sein wird.«

Er wunderte sich über diese Sorge des Mädchens. Vielleicht
hatten sie hier mit der Stadtrandlage ihres Hotels manchmal
Probleme?

»Sie melden sich, wenn Sie noch etwas benötigen. Übrigens, ich bin Sandrine.«

Damit ließ sie die beiden allein. Mel schaute nach unten in
den großen Garten, über die Stadt und in die Berge. Es war noch
nicht dunkel, es war warm, und es war ruhig. Gartenliegen,
Stühle und Tische standen mitten im Gras, unter Bäumen weiß
gestrichene Bänke. Am Balkongeländer rankten ineinander
verschlungen blaue Clematis und zitronengelbe Kletterrosen.
Offenbar handelte es sich um länger blühende Sorten, denn die
Rosenzeit hatte ihren Höhepunkt bereits überschritten.

Ein Bild sprang Mel ins Gedächtnis: eine Steintreppe, ein
zwölfjähriges Mädchen unter einem Bogen gelber Rosen. Es
winkte ihr zu. Mel schüttelte den Kopf, als hätte sich eine Wes-
pe in ihrem Haar verfangen.

Zwei bequeme Gartenstühle und ein kleines Tischchen
standen in der einen Ecke, ein Liegestuhl an der anderen Seite
des Balkons. Sie setzte sich auf einen der Stühle.

»Mein Gott Veit, wie hast du das gut gemacht!«

»Ja, mich freut es auch, aber es war einfach Zufall. Ich habe
nichts dafür getan.«

»Du hast telefoniert!«

Sie lachten beide.

An diesem Abend blieben sie zum Essen im Hotel. Im Erdgeschoss gab es einen Gastraum. Ein Willkommensgruß mit ihren Namen auf zwei, mit Goldrand verzierten Karten, die in den
kunstvoll gefalteten Servietten steckten, wies ihnen ihren reser-
vierten Tisch zu. Aus dreierlei Gerichten konnten sie wählen.
Sie aßen Scholle mit Gemüse und tranken leichten Weißwein.

Sandrine bediente. Sie tat es mit freundlicher Zurückhaltung.

»Alles in Ordnung?« fragte sie im Vorbeigehen.

»Alles perfekt«, meldete Veit.

Es gab weitere Gäste, die wie herbeigezaubert an ihren Tischen saßen, nachdem das Haus zuvor alles andere als bewohnt gewirkt hatte. Es waren ruhige Leute, kein Schreihals war dabei, kein lauter Wichtigtuer, keine nervös nörgelnde Gattin eines geduldigen Ehemannes. Man sprach mit gedämpfter Stimme. Nach dem Abendessen, manche tranken noch einen Espresso, wurden die Stimmen lauter. Zwischen einigen Tischen hatten sich Bekanntschaften entwickelt. Ein junger Mann faltete auf dem Nachbartisch eine Karte auf und beschrieb einem älteren Paar die Wanderung des heutigen Tages. Seine Partnerin korrigierte von ihrem Platz aus reichlich oft seine Schilderung. Einmal stand sie auf und zeigte auf einen Ort, den er mit einem anderen verwechselt hatte.

»Hier war das«, sagte sie streng. Es klang, als wisse sie noch ganz andere Dinge besser.

Mel wollte den restlichen Abend auf dem Balkon verbringen. Veit ließ sich von Sandrine eine Flasche Rotwein auf die Rechnung setzen.

»Gläser sind im Zimmer«, informierte Sandrine. »Sie haben einen kleinen Geschirrschrank mit dem Nötigsten. Korkenzieher finden Sie dort auch.«

Sie stiegen die Treppe zum zweiten Stock hinauf. Im Vergleich mit der kargen Ausstattung in Serafines Hotel wollte dieses hier seine Gäste mit einem romantischen Ambiente verwöhnen. Rosentapeten vom Erdgeschoss bis unters Dach. Stufenartig, dem Treppenlauf folgend, Bilder an den Wänden, historische Fotografien von Land und Leuten aus dem neunzehnten Jahrhundert. Frauen in Tracht vor oder nach dem Kirchgang, Kinder in Schuluniform, Mädchen mit Handarbeiten beschäftigt, stickend oder stopfend. Männer in einem

Wirtshausgarten, sorgfältig in Szene gesetzt mit hochgehalte-
nen Weingläsern, ein Picknick unter Bäumen mit dem Puy du
Dome im Hintergrund.

Mel folgte den Bildern von Stufe zu Stufe. Ihr gefiel, dass
sich alle Fotografien hinter entspiegeltem Glas in schwarzen
schmalen Rahmen präsentierten. Cremefarbene, breitrandige
Passepartouts brachten die Schwarz-Weiß-Aufnahmen vollendet zur Wirkung.

»Da hat sich jemand professionell betätigt«, sagte sie zu
Veit und ließ sich Zeit für diese außergewöhnliche Treppen-
hausgalerie.

Mel öffnete die Tür zum Balkon. Es war dunkel geworden.
Einige Gäste, die balkonlosen, hatten sich zu einer Runde im
Garten zusammengesetzt und tranken Wein. Ab und zu hörte
sie Gesprächsfetzen, dazwischen Lachen, jedoch nicht störend.
Man nahm Rücksicht aufeinander. Jeder verhielt sich so, wie
er es für sich selbst wünschte.

Veit öffnete die Flasche, brachte Gläser. Sie schauten auf das
leuchtende Clermont. Die Berge versteckten sich in der Dunkelheit, nur ein rundum ansteigender Lichterreigen ließ sie er-
ahnen. In den Bäumen im Garten glimmten Lampions auf.

»Es sind Solarleuchten«, stellte Veit prosaisch fest. »Ich erkenne sie an der langsam sich steigernden Helligkeit. Sie spei-
chern tagsüber das Sonnenlicht und geben es bei Dunkelheit
wieder ab.«

»Dass es Lampions gibt, wusste ich nicht. Außenleuchten
an Treppen und Wegen kenne ich, wir haben sie im Schulhof.«

Mel stand auf und blickte in den Garten. Die inzwischen
heller leuchtenden farbigen Kugeln ließen an Kindertage und
Feste im Freien denken. Veit sinnierte.

»Meine Großeltern, bei denen ich oft zu Besuch war, be-
reiteten für mich und ein paar Nachbarskinder auf ihrem Hof
jedes Jahr ein Sommerfest. Sie hängten große Lampions in
die Bäume, und Großvater hatte Mühe sie anzuzünden. Er

schleppte eine Bockleiter von einem Lampion zum anderen und zündete bei Einbruch der Nacht die Kerzen an. Für mich und meine Freunde war das Fest aber erst dann gelungen, wenn mindestens ein oder zwei der leuchtenden Bälle Feuer fingen. Es brennt, es brennt, schrien wir begeistert und bildeten sofort eine Löschkette. Mit kleinen gefüllten Eimerchen, die aus Sicherheitsgründen schon bereitstanden, warfen wir Wasser nach oben, aber Großvater hatte wie immer schon den Schlauch parat. Eine Weile überließ er uns dem Spiel, dann drehte er auf und, Wasser Marsch, der Spuk hatte ein Ende. Heute vermute ich, dass Großvater den Bränden etwas nachgeholfen hat und die Lampions zum Schaukeln brachte. Denn auch ihm machte das Feuerspiel richtig Spaß.«

Mel bekam einen Lachanfall. Sie sah den kleinen Veit vor sich, der vergeblich versuchte, Wasser aus seinem kleinen Eimer nach den Lampions zu werfen.

»Das ist eine wunderbare Geschichte«, sagte sie mit weicher Stimme. Sie war sehr glücklich an diesem Abend, und Veit war glücklich, weil sie es war. Sollte es doch noch irgendwann ein normales gemeinsames Leben für sie geben, ohne die Belastungen der Vergangenheit, ohne Angst vor psychischen Einbrüchen, die Veit mit Mel erlebt hatte und fürchtete? Er sah Mel wieder vor sich, wie sie einmal verbotenerweise auf die Mauerbrüstung eines Stausees geklettert und wie ein Seiltänzer hin und her balanciert war. Sie hatte die Arme wie zum Abflug ausgebreitet.

Danach hatte er mit aller Strenge verlangt, sie müsse zu einem Therapeuten gehen, andernfalls verlasse er sie. Das hatte sie getan, auch Tabletten hatte sie geschluckt, immer wieder, und immer wieder andere im Lauf der Jahre, doch weder diese noch ein Therapeut hatten ihr endgültig helfen können. Niemand konnte das für sie tun, was sie so dringend gebraucht hätte, ihr die Frage aller Fragen beantworten:

»Was geschah mit meiner Schwester?«

Die Frau in Sacré Coeur in Paray le Monial hatte ihm große Angst gemacht. Wie weit konnte es mit einem Menschen
kommen, der eine Linie überschritten hatte, der außer sich geraten war? Wie weit weg war Mel eigentlich von dieser Frau?
Er sah sie an. Sie wirkte gelöst und sorglos. Er würde sie weiterhin beschützen, mit all seinen Möglichkeiten. Diese Reise
war eine gute Idee gewesen, dachte er und sagte es auch.

Als sie zum Frühstück gingen, regnete es. Der Raum lag im
ersten Stock und hatte einen Ausgang auf den schmalen Balkon über der Eingangstür. Drei bodentiefe Fenster sorgten
für freundliche Helligkeit trotz des Regens. Ein französisches
Frühstück sei für deutsche Verhältnisse eine magere Angelegenheit, hieß es im Reiseführer, aber weder auf Serafines noch
dieses Frühstück im Bel Air traf die Beurteilung zu.

Im Zimmer stand eine stämmige Frau mit weißer Schürze, die der Fotogalerie im Treppenhaus entstiegen schien. Der
Rock aus grün-weiß kariertem Baumwollstoff sah unter der
gestärkten Schürze hervor und reichte ihr fast bis zu den Fesseln. Ihr Haar fand in einem Nackenknoten kunstfertig gestal-
tete Ordnung. Die weiße Bluse mit gebauschten Ärmeln bis zu
den Ellbogen rundete den Eindruck von Appetitlichkeit und
Sorgfalt ab. Sie bürgte allein optisch für absolute Betreuung
ihrer Gäste und deren Wohlbefinden. Die Freude auf ein gutes
Frühstück stieg mit dem Anblick dieser Frau, einer besorgten
Herbergsmutter, die ihre Besucher mit Hingabe verwöhnte.
Als sie Mel und Veit sah, ging sie eilig auf sie zu.

»Willkommen zum Frühstück, alles steht für Sie bereit.«
Sie führte sie an einen gedeckten runden Tisch. In ihrem Haus
mussten sich die Gäste nicht selbst bedienen.

»Sie haben gut geschlafen? Wunderbar, dann bring ich Ihnen
Kaffee oder Tee, vielleicht Kakao, was immer Sie wünschen.«

Mel und Veit bestellten Kaffee. Die Frau holte ihn frisch
gebrüht in einer Thermoskanne aus der Küche und goss ihn

in die großen bauchigen Tassen. Dabei hielt sie ein schneeweißes Tuch unter die Kanne, um Tropfen sofort aufzunehmen. Milch gab es heiß in einem Extrakännchen. Dann stellte sie eine reich beladene drehbare Etagere zwischen Mel und Veit, die zwar den Blick der beiden zueinander verhinderte, dafür auf all das lenkte, was ein Gast nach Meinung der Wirtin am Morgen benötigt. Auf fünf, nach oben hin kleiner werdenden Tellern sollten Wurst, Käse, Eier, Butter, selbstgekochte Marmelade in kleinen irdenen Töpfchen, Joghurt, Obst und Müsli zu einem kraftspendenden Frühstück verhelfen. Rühr- oder Spiegelei mit oder ohne Speck konnte bestellt werden und wurde wie am Nachbartisch in einem Eisenpfännchen rauchheiß serviert. Ein Korb mit frischen Brötchen, Croissants und einige Scheiben Vollkornbrot fand auch noch Platz.

»Rufen Sie, wenn etwas fehlt.«

Fast alle Tische waren inzwischen besetzt. Die Herbergsmutter ging hin und her, blickte diskret in die Kaffeetassen und kam sofort mit Nachschub.

»Wir haben es gut«, sagte Mel und suchte über die Stockwerke der Etagere hinweg Veits Augen.

»Ich genieße es, hier zu sein.«

Dann fuhr sie fort, jetzt wieder gänzlich hinter dem Speisenturm versteckt: »Danke für alles.«

Veit streichelte ihre Hand, die er zu sich über den Tisch zog. Dann drehte er ihre Innenseite nach oben und legte eines der gekochten Eier hinein. Sie erschrak, lachte, das Ei rollte von der Hand und schlingerte über den Tisch, vom Brotkorb wurde es ausgebremst.

Während des Frühstücks hörte der Regen auf. Sandrine steckte den Kopf durch die Tür und rief »Maman!« Maman stellte die Thermoskanne ab, entschuldigte sich bei den Gästen.

»Ich bin sofort wieder zurück!«

Als sie wiederkam, lächelte sie versonnen und nahm die Kanne mit einer fast zärtlich anmutenden Geste zur Hand.

Veit und Mel entschieden sich für einen Stadtbesuch. An den weiteren Tagen wollten sie in die Vulkanberge der Auvergne fahren. Dort würden sie auch wandern, gute Schuhe hatten sie jedenfalls eingepackt. Sie meldeten sich für das Abendessen ab. Sie wollten keine festen Termine beachten, außer den der Frühstückszeit. So waren sie frei für die Überraschungen des Tages.

Der Weg in die Stadt führte ein kurzes Stück abwärts, vorbei an Einfamilienhäusern aus ähnlicher Zeit, in der auch das Bel Air erbaut worden war, freundlich gehobener Villenstil der zwanziger Jahre, dazwischen auch bescheidene Nachkriegshäuser, nicht sehr groß, die Gärten dafür umso mehr.

»Solche Grundstücke sind heute unbezahlbar«, sagte Veit. »Die Häuser selbst stellen in dem Fall wahrscheinlich nicht den Hauptwert der Immobilie dar, sondern das Grundstück.«

Mel interessierte sich im Moment nicht für Veits Überlegung. Die Gartenvorstadt erinnerte sie an das Wohnviertel, in dem sie aufgewachsen war, ruhig, gediegen, uneinnehmbar. Hohe Zäune erschwerten teilweise den Blick in die Gärten, Sprechanlagen prüften in sicherer Entfernung zum Haus den Besucher.

Dann, dazwischen, ein halb zerfallenes Gebäude mit rundem Turm, Spitzbogenfenster in neugotischem Stil in Turm und Haus, deren Gläser an vielen Stellen zerbrochen oder eingeschlagen waren. Fast sah es aus, als stabilisiere Schlingknöterich notdürftig das Gebäude, als dichtes Netz umspannte er die Mauern. Mel blieb stehen. Das gefiel ihr. Der verwilderte Garten war leicht zugänglich, der Eisenzaun stellenweise nach innen in das Grundstück gekippt. Kein Verbotsschild hinderte am Betreten des verborgenen Paradieses, wie Mel es nannte.

»Wir könnten es kaufen, es ist wie eine verwunschene Insel im Meer der Normalität«, schlug sie vor und begann über das eingeknickte Eisengitter zu steigen.

»Tu es nicht«, bettelte Veit, »ich habe keine Lust, dieses verwahrloste Gelände zu besichtigen, schon gar nicht zu kaufen.«

Er befürchtete Unvorstellbares.

Doch Mel hörte nicht auf ihn. Geschickt wie ein Seiltänzer balancierte sie auf den teils rostigen Gitterstäben und schaffte es, in einer klassischen Balettpose auf einem Bein zu stehen.

»Warum nicht, es ist einzigartig, der Garten, das Haus!« Wie ein Marktschreier breitete sie ihre Arme aus, als wolle sie eine Ware anbieten.

»Das Haus ist eine Abrissbude, schau doch mal hin!«

Mel schaute hin, indem sie zum Spaß beide Hände, als umfassten sie ein Fernglas, vor die Augen hielt.

»Ich kann gar nichts sehen, wo siehst du denn eine Abrissbude? Ich sehe nur ein schönes altes Haus.«

Sie drehte sich in alle Richtungen, als suche sie vergeblich die von Veit gesichtete Ruine. Das Gitter schwankte unter ihren Füßen.

»Mach, was du willst, bleib hier in diesem Irrgarten. Ich geh jedenfalls weiter.« Veit war plötzlich wütend.

»Wenn du es nicht haben willst, dann kann ich es auch alleine kaufen. Geld hab ich genug!«

Mit herausforderndem Blick und auf dem Eisenzaun schaukelnd war Mel bereit, das gute Einvernehmen zwischen ihnen aufs Spiel zu setzen.

Da war sie wieder, diese Mel, die ihn immer wieder an den Rand der Verzweiflung getrieben hatte. Aber warum heute, warum jetzt nach diesen harmonischen Tagen? Worum ging es ihr? Es konnte doch nicht sein, dass sie es mit dieser Schrottvilla ernst meinte. Außerdem war sie sicher unverkäuflich, daran dachte sie überhaupt nicht.

»Spar dein Geld«, sagte er kalt, »vielleicht wirst du es bald für etwas brauchen, das wichtiger sein wird.«

»Was meinst du damit?«, fragte sie mit Misstrauen in der Stimme.

Sie kam langsam von dem Gitter herunter, Veit wachsam im Auge behaltend.

»Was meinst du?« Sie sagte es noch einmal. Schlagartig war sie vom übermütigen Mädchen zu einer ängstlichen Frau mutiert.

»Ach«, beschwichtigte Veit, »ich hab das nur so dahingesagt, einfach so, ohne nachzudenken. Ich wollte, dass du aufhörst, und wir endlich in die Stadt kommen.«

Ein Vater hatte sein Kind überlistet. Sie ging ergeben an seiner Seite dahin, unzufrieden mit Veits Erklärung.

»So schlecht ist das Haus nicht, es ist nicht so schlecht, gar nicht so schlecht.«

Sie murmelte vor sich hin und stocherte in Gedanken grüblerisch in Veits Andeutung herum. Veit kaute an seiner Enttäuschung. Erst gestern noch hatte er auf ein normales Leben mit Mel gehofft, auf ein Leben an der Seite einer verlässlichen, erwachsenen Frau. War es für Mel denn niemals möglich, ihre Launen und Bedürfnisse zugunsten anderer zurückzustellen? Warum musste sie jetzt dieses Theater auf dem Eisengitter veranstalten und wie ein Kind auf ihrem Wunsch beharren? Dabei wusste sie genau, dass so ein Projekt für sie beide nicht in Frage kam. Er jedenfalls würde sich hier nicht ansiedeln wollen! Was ging in ihr vor, wenn sie sich so kindisch aufführte? Sie hätte in Ruhe mit ihm reden können, heute, nachher, in einem Café oder Restaurant.

Veit, hätte sie sagen können, ich hab da eine Idee. Was hältst du von dem Haus, das wir gesehen haben, von dieser alten Villa? Zumindest das Grundstück wäre es doch wert, dass wir uns informieren.

Aber nein, diese Möglichkeit fiel ihr nicht ein. Schnell entflammt für eine Sache, wurde sie zu einer ungeduldigen Verfechterin und ließ keine weiteren Argumente zu. Veit wurde immer wütender, je näher sie dem Stadtkern kamen. Er wusste nicht mehr, was er hier wollte. Kirchen besichtigen, Opernhaus und Rathaus, großartige Plätze mit großartigen Brunnen, verwinkelte Gassen und breite Prachtstraßen mit teuren Geschäften, was sollte das?

Am liebsten hätte er sich ins Auto gesetzt und wäre ohne Mel weitergefahren, irgendwohin, um einfach Ruhe zu haben. Nun diese Stadt, wollte er sie überhaupt kennenlernen? Für den Weg dorthin waren sie eine halbe Stunde unterwegs gewesen, die Zeit bei der Bruchvilla dazugerechnet.

Die Regenwolken hatten sich verzogen. Sie spazierten schweigend durch die verwinkelte Innenstadt, aus deren Mitte sich die Kathedrale erhob. Diese hatten sie gestern schon beim Blick von ihrem Balkon entdeckt, ein alles überragendes, dunkles Bauwerk. Ein filigranes Kunstwerk aus schwarzer Schokolade auf einer riesigen Servierplatte sei das was sie hier sehe, hatte Mel über Clermonts Dächerlandschaft mit Kirche gesagt. Es erinnere sie an einen Film über französische Zuckerbäcker, die kühne, zerbrechliche Gebilde aus Zucker und Schokolade für einen Wettbewerb geschaffen hatten. Ein besonders fantasievoll aufgetürmtes Werk aus feinsten Zuckergittern war vor den Augen der Juroren in sich zusammengebrochen. Der junge Chocolatier hatte geweint, die Arbeit mehrerer Wochen war umsonst gewesen. »Was für Ideen du immer hast«, hatte Veit sich wieder einmal gewundert. Niemals wäre ihm ein solcher Vergleich eingefallen.

Schwarz erscheinend aus der Ferne, dunkelgrau beim Näherkommen, aus Lavastein erbaut, machte die Kathedrale auf die beiden einen düsteren Eindruck. Mel schlug ihren Führer auf und las den Namen, Notre Dame de L'assomption.

»Maria Himmelfahrt«, übersetzte Veit. Es waren seine ersten Worte nach dem Zwischenfall.

Im Inneren der Kirche schien es Mel, als stünde sie in einer riesigen, von außen beleuchteten Laterne. Buntglasfenster in prachtvollen Farben, blau und rot schimmernde Rosetten an den Seiten des Querschiffes. Ein blendender Lichtkranz aus schmalen, hohen Fenstern im Chorraum warf Farbbahnen an Wände und Säulen. Ein fünfschiffiges Raumwunder aus Pfeilern und Mauerbögen machte den bedrückenden Ersteindruck vergessen. Ihre wurde schwindelig beim Blick in die Höhe. Sie lehnte sich an eine der Säulen, fühlte sich klein und verloren. Ihre Augen suchten Veit. Sie konnte ihn nicht entdecken. Sie kam sich noch verlorener vor. Touristen unterhielten sich laut mit einem Führer, fremde Stimmen in englischer Sprache erreichten in Schüben ihr Ohr. Sie wurde unruhig, hatte plötzlich das Gefühl, verlassen worden zu sein. Sie kannte niemand, und niemand vermisste sie.

Wo war Veit, was war geschehen? Sie rannte am Rand der Stuhlreihen durch Besuchergruppen zum Haupteingang und stieß dort auf ihn. Er hatte an einem Stand einen kleinen Kirchenführer gekauft und blätterte darin.

Mel sagte nichts. Sie befürchtete, er sähe die Panik in ihren Augen. Sie wandte sich ab, bekam einen Hustenanfall, sagte, sie würde draußen auf ihn warten. Doch Veit ging mit ihr. Auf Empfehlung ihres Büchleins suchten sie den Weg zur Basilika Notre Dame du Port.

Auf einem Platz, nicht weit von der Kathedrale entfernt, erregte ein Brunnen von beachtlicher Höhe Mels Aufmerksamkeit. Ein gotisches Bauwerk, aufstrebend wie die Kathedrale, von der sie gerade kamen und aus denselben dunklen Lavasteinen erbaut wie diese. Ihre Augen wanderten von einem großen achteckigen Becken zum nächstkleineren, doch höheren, das sich aus ihm erhob. An allen acht Ecken spritzten Säulenkerzen Wasserstrahlbogen in die Höhe. In seiner Mitte trug ein Turm drei Stockwerke übereinander liegender Schalen und Becken, aus denen, wie aus den weit geöffneten Mündern von Masken, Wasserspeiern und kleiner Figuren, pulsierende Fontänen kaskadenartig in die Tiefe fielen. Aus allen Öffnungen floss das Wasser von einem Behältnis in das darunterliegende, nach einem spielerisch geordneten Plan. Ein Brunnenturm, monumental und filigran zugleich, lebendig im Rauschen des Wassers, und in der großmütigen Geste, allen, die an seine Becken kommen, von seinem Element zu spenden.

Veit ging um das Brunnenbecken, tauchte mehrmals seine Hände ins Wasser und ließ es durch die Finger rinnen. Es tat ihm gut.

Mel hatte den Hustenanfall überwunden, auch Veit hatte sich etwas beruhigt. Sie gingen weiter. Mel orientierte sich auf einem kleinen Stadtplan, der Teil ihres Buches war. Unvermittelt stießen sie im Gewirr der Häuser auf die romanische Basilika. Sie stand nicht frei zugänglich auf einem Platz, sondern eingezwängt zwischen Geschäften und Wohngebäuden. Veit suchte sich in der Kirche, nahe des Eingangs einen Sitzplatz, während Mel mit ihrem Führer in der Hand einen Rundgang machte. Sie hatten sich im Augenblick so gut wie nichts zu sagen. Veit sah, wie sie gegen ihre sonstige Gewohnheit eifrig studierte, ihre Hand an Säulen legte, sie ertastete und umrundete. Es belustigte ihn, wie aufmerksam sie nach oben zur Decke sah, eine Hand an die Stirne haltend, wie interessiert sie in ihrem Büchlein blätterte, wie zufrieden sie nickte, wenn sie ein darin abgebildetes Detail entdeckte, das kunsthistorisch von großer Wichtigkeit war. Ab und zu schaute sie zu ihm hin, behielt ihn im Blick. Sie war es nicht gewohnt, ihn so reglos sitzen zu sehen, das beunruhigte sie.

Doch Veit fühlte eine Erschöpfung, die er nicht kannte. Er war manchmal müde, ja, nach einer Radtour ausgepumpt, doch das war eine andere Müdigkeit als diese hier, jetzt in der Kirche. Ewig hätte er so sitzen wollen. Er stützte seine Ellbogen auf die Knie und legte den Kopf in die Hände. Warum waren sie hier? Es war Mels Idee gewesen, diese Reise zu machen, eigentlich um die Duranges zu besuchen, die Freunde ihrer Eltern. Warum taten sie es nicht sofort? Seine Begeisterung für diese Reise war verflogen. Er wunderte sich selbst darüber und überlegte, welchen Grund es dafür gab. War es möglich, dass es allein Mels albernes Verhalten bei dem Abrisshaus war, oder gab es noch andere Gründe? Warum war er so enttäuscht und auch wütend gewesen, sie wieder in der Rolle des eigensinnigen Kindes zu sehen? Er kannte sie schließlich.

Es gab eine Mel, die er liebte. Diese war begabt, in Fach-
kreisen bekannt, sie hatte Erfolg. Der war ihm dabei nicht das
wichtigste, sondern die Frau, die sich auf dieser Ebene als Erwachsene bewährte und wie eine solche verhielt. Niemals würde sie sich in Anwesenheit ihres Galeristen Friedhelm Klenze
so betragen wie in seiner. Niemals würde sie vor ihrem Galeristen auf einem Gitter herumschaukeln und Unmögliches
verlangen. Sie wäre vernünftig, einsichtig, wenn nötig kom-
promissbereit. Sie war eine ernst zu nehmende Partnerin im
Kunstbetrieb des Herrn Klenze. Der hatte keine Ahnung, wie
wankelmütig, launisch und absturzfähig sie war. Auf den Vernissagen ihrer Bilder hatte sie stets geglänzt. Journalisten hatten sie umringt, wollten dem Geheimnis ihrer Arbeit auf die
Spur kommen und dem ihrer Person. Sie vermuteten hinter
beidem ein Gesamtkonzept, dem Mel nie widersprach.

»Es ist gut, wenn sie so denken«, hatte sie zu Veit gesagt,
»und recht haben sie mit ihrer Vermutung auch, mehr als sie
ahnen.«

Und schließlich war sie Lehrerin. An der Schule hatte es
ihretwegen nie Probleme gegeben, die Kollegen schätzten sie.
Veit wurde klar, er hätte gerne eine erwachsene Mel und kein
Kind, für welches er eine Fürsorgepflicht übernommen hatte. Zu Beginn der Reise hatte es Anzeichen gegeben, die ihn
an eine Änderung ihres Zusammenlebens glauben ließen. Die
Enttäuschung war nur durch seine falsche Hoffnung zu erklären. Es würde sich niemals etwas zwischen ihnen bewegen,
Mel konnte sich nicht wirklich von ihrer Vergangenheit distanzieren, aber hatte er das nicht immer gewusst?

Diese Erkenntnis machte ihn müde und traurig. Die Kraft,
die ihn in den ersten Jahren ihrer Ehe beflügelt hatte, war
schon lange verbraucht. Er sehnte sich nach jemand, der nicht
nur sich sah, sondern auch ihn, nach jemand, der ihn auffing,
der ihn aufbaute und ermunterte, wenn es ihm schlecht ging,

an den er sich auch einmal anlehnen konnte.

»Man kann nicht immer nur geben, man muss auch einmal bekommen.« Veit flüsterte es leise in seine Hände hinein.

Er stand auf und ging langsam im Mittelschiff nach vorn. Mel sah es und war erleichtert. Sie deutete mit ausgestrecktem Arm auf den lichtdurchfluteten Arkadenhalbkreis in der Apsis, durch dessen schlanke Säulen hindurch der Blick auf die großen farbigen Fenster eines Kapellenkranzes fiel. Sie nickte bedeutungsvoll mit dem Kopf, als wolle sie ihn dringend auf eine wichtige Entdeckung aufmerksam machen. Auch Veit bemerkte nun die besondere Bauart dieser Kirche. Die vollkommene Auflösung massiver Wände durch Arkaden in Chor und Mittelschiff ließ den Innenraum trotz seiner Größe nicht schwerfällig wirken. Indirektes Licht fiel aus großen Fenstern der Seitenschiffe und winzigen Öffnungen in den Emporen und erzeugte mit den leuchtenden Buntglasfenstern hinter den Chorarkaden eine weiche Helligkeit im gesamten Raum der Kirche. Im Mittelschiff selbst konnte Veit keine einzige Lichtquelle entdecken. Hier wäre es dunkel, dränge nicht alles Licht wie gefiltert zwischen Säulen und Mauerbogen hindurch. Eine geheimnisvolle Helle war das, beruhigend und verheißungsvoll zugleich, lockend und dazu verführend, sich auf die Suche nach ihrer Quelle zu machen.

In der Altstadt gönnten sie sich in einem kleinen Café eine Pause. Mel sprach wenig. Sie hatte sich eine Aprikosentarte bestellt, hatte richtig Hunger. Veit aß nichts, er trank Kaffee, danach einen Pastis.

Später schlenderten sie durch Gassen, über Plätze, ziellos.

Veit hatte keine Lust auf weitere Besichtigungen. Er sagte es. Sie landeten in einer Buchhandlung. Die Verkaufsräume waren in dem schmalen Haus über drei Stockwerke verteilt. Sie verloren sich aus den Augen, sahen sich und verloren sich wieder. Mel stöberte im Erdgeschoss zwischen Neuauflagen und Taschenbüchern. Sie hoffte auf eine besondere Ausgabe ihres

Lieblingsbuches in Originalsprache. Veit war auf der Suche nach Reiseliteratur über die Auvergne nach oben gestiegen.

Doch suchte er nichts außer Ruhe. Er bestellte sich einen Espresso an einer Kaffeetheke und setzte sich in einen tiefen roten Ledersessel. Er beobachtete nur. Frauen, Männer, Schüler, Studenten standen vor Regalen, vor Tischen mit ausgelegten Büchern in Themenauswahl. Schriften über die Auvergne fanden sich auf einem eigenen Tisch, in dessen Mitte auf der Spitze einer Bücherpyramide ein Modell des Puy de Dome thronte. Ein Plastikgebilde, das einer Modelleisenbahnanlage entnommen schien. Die meisten Kunden suchten selbst, manche ließen sich beraten. Der angenehme Klang der französischen Sprache und das Aroma des Espresso versetzten ihn in eine wohlige Stimmung. Er wollte allein sein, das plötzlich so enge Zusammensein mit Mel machte ihm zu schaffen. Er hatte sich in der Basilika dazu entschlossen, den Aufenthalt hier abzukürzen. Er konnte nicht tagelang mit ihr in den Vulkanbergen umhersteigen, das war ihm klar geworden. Vielleicht war diese Vorstellung mit ein Grund für seine plötzliche Wut gewesen. Er fühlte sich jedenfalls deutlich besser, ja erleichtert, seit er diese Entscheidung getroffen hatte. Wenn er es sich recht überlegte, waren sie es nicht gewohnt, eine längere Zeit miteinander zu verbringen, nicht auf diese Weise.

Die Tage in Felding, als sie in Regines Wohnung gelebt hatten, waren mit Pflichten ausgefüllt gewesen. Ein Termin war auf einen anderen gefolgt, zuletzt Regines Beerdigung. Da hatten solche Gefühle wie er sie hier empfand keinen Platz gehabt. Selten verreisten sie, selten zusammen. Nie hatten sie Vergnügen in Flugreisen, Bus- oder Kreuzfahrten, in Bildungsreisen oder Wanderferien gesucht, oder sich zur Erholung an einen Süd- oder Nordstrand gelegt. Waren sie unterwegs, dann immer im Zusammenhang mit ihrer Arbeit und einem Ziel vor Augen, wie die Vernissagen, zu denen er Mel begleitete. Er hatte Vorträge gehalten, Mel war mitgekommen. In den Schulferien widmete Mel sich vor allem ihrer Malerei. Er arbeitete an seinen Artikeln und an seinem Buch. Sie waren beschäftigt, jeder auf seine Weise. Seit sie am Rhein wohnten, waren sie zufrieden mit Schwarzwald, Elsass, den Vogesen, und mit Auweiler am Rhein. Das war genug.

Veit kannte jedoch den wahren Grund für ihre Reiseunlust. Er wusste, Mel konnte nicht unbeschwert genießen. Niemals wünschte sie sich um ihrer selbst willen und nur zu ihrem Vergnügen einen Urlaubsaufenthalt oder eine längere Reise. Sie hatten nie darüber gesprochen, doch Veit kannte sie gut genug um zu wissen, was in ihr vorging. So lange sie nicht sicher war, dass Cilli dieselben Vergnügungen wie sie erleben konnte, würde sie sich solche auch nicht erlauben. Schließlich war der Wunsch, in die Auvergne zu fahren, auch nicht aus ihrem dringenden Bedürfnis entstanden, die Auvergne zu sehen, sondern vergessene Freunde der Eltern zu besuchen, warum auch immer.

»Da fahr ich hin«, hatte sie spontan gesagt.

»Wir fahren da hin«, sagte Veit in einem Restaurant in der Altstadt, in dem sie zu Abend aßen. »Sobald wie möglich fahren wir da hin.«

»Was meinst du?« fragte Mel, obwohl sie wusste, was er meinte.

»Na, zu den Duranges, das wolltest du doch.«

Sie legte die Gabel auf den Teller.

»Ja, das wollte ich«, sagte sie zögernd, als wäre sie sich nicht mehr sicher. Veit überhörte den Zweifel in ihrer Stimme absichtlich. Er machte einen Plan.

»Zwei Tage für die Vulkanberge, am dritten Tag die Fahrt nach Banlac. Wenn es uns dort gefällt, können wir auch ein paar Tage bleiben. Die Gegend muss sehr interessant sein.«

»Und wenn die Duranges uns nicht sehen möchten? Wir überfallen sie ja regelrecht!«

»Das werden wir herausfinden, das ist ja das Spannende an der Sache.«

Er hatte beruflich Leute manchmal überraschend aufgesucht und dabei die interessantesten Erfahrungen gemacht. War er willkommen gewesen, hatten sich oft Gespräche entwickelt, die mit einem Vorbereitungsplan so nie möglich gewesen wären. Überrumpelung war eine erfolgreiche Strategie, um mehr zu erfahren als zu erwarten war. Nicht immer, aber oft hatte es gut funktioniert.

Er war wieder in seinem Element, er betrachtete diesen Besuch als eine Recherche. Es wäre fantastisch, wenn die Duranges ihnen von der Zeit erzählten, in denen sie jung gewesen waren, studiert und einander kennengelernt hatten.

Jean-Luc hatte immerhin als Austauschstudent im Rahmen der deutsch-französischen Freundschaft in Deutschland eine Zeit lang studiert. Darüber konnte man schreiben, dieses Thema könnte ein interessanter Beitrag für die Wochenendausgabe seiner Zeitung sein. Er sah den Titel vor sich. Deutsch-französischer Austausch, die Anfänge. Im Untertitel: Was wurde aus den Schülern und Studenten? Er würde noch weitere Ehemalige suchen, über sie schreiben. Jean-Luc sollte den Anfang machen. Natürlich musste er sein Einverständnis geben. Eine ganz neue Idee keimte da auf, schon in Felding hatte er daran gedacht, nun formte sie sich zu einem realisierbaren Projekt. Vergessen waren die Kümmernisse der vergangenen Stunden, er lebte zusehends auf. Mel war froh ihn so zu sehen,

»Gut, dann machen wir es so, wir fahren da hin.«

Auf dem Heimweg war es schon dämmerig, als sie noch einmal an der Bruchvilla vorbeikamen. Mel schaute auf die andere Straßenseite, um sie nicht sehen zu müssen. Veit war gerührt. Er legte den Arm um ihre Schulter.

»Komm, es ist nicht mehr weit.«

Die Balkonlosen saßen wieder im Garten. Veit holte die Weinflasche und Gläser. Sie saßen auf ihrem Freisitz und horchten auf die Stimmen unter ihnen, die ein Lied versuchten. Nach kurzer Einübung klang es ganz schön. Die Lampions in den Bäumen schimmerten auf, wurden heller. Die Stimmen sangen von Liebe, was sonst, aber auch von Bergen und Seen, Abschied und Heimkehr und von sehr weiten Wegen. Alles konnten die beiden nicht verstehen, denn es waren rücksichtsvolle Gäste und sie sangen nicht laut.

Zwei Tage blieben sie in Clermont Ferrand. Sie fuhren in die Chaîne des Puys, die Bergkette westlich von Clermont, und mit dem Auto auf den Puy de Dome, der Aussicht wegen. Die Stadt wirkte von dort oben größer, die Kathedrale kleiner als beim Blick von ihrem Balkon. Gut, dass sie dort gewesen waren, so wussten sie, wie es sich wirklich verhielt. Sie wanderten von einem Kraterrand zu einem weiteren, blickten in den breiten und tiefen Trichter, der mit dickem Graspolster bewachsen war. In einem flacheren Becken lagen sie auf dem Boden und schauten in den Himmel, bewunderten einen Gleitschirmflieger, der über sie hinweg segelte. Ob er sie sah? Mel glaubte, er winke ihnen zu und fühlte sich plötzlich gleichermaßen der Erde verhaftet, und dem Himmel so nah. Sie griff mit den Händen ins Gras, hielt sich daran fest um nicht abzuheben und dem davonfliegenden Unbekannten zu folgen.

Sie fuhren auf kurvigen Straßen durch den Regionalpark der Auvergne.

»Fahren Sie nach Le Mont-Dore und besteigen Sie den Puy de Sancy. Dann erleben Sie eine der schönsten Strecken, die Sie hier haben können«, riet ihnen ein älterer Herr im Bel Air, der sogar zum Frühstück eine Baskenmütze trug.

»An klaren Tagen kann man vom Puy de Sancy bis zum Mont Blanc sehen«, rief er Veit noch hinterher, als dieser zum Auto ging.

Der Mann hatte sie gut beraten. Aussichtsbuchten an der Straße bescherten ihnen die Sicht auf Vulkankegel, Felsforma-

tionen und Maare. Mel wähnte sich in einer bewaldeten Mond-
landschaft, sagte, sie fühle sich auf einen anderen Planeten versetzt, befürchte, nicht mehr auf die Erde zurückzufinden.

Diese Angst verging in Le Mont-Dore. Der kleine Kurort
war gänzlich in Touristenhand. Ein gut geerdeter Menschen-
strom bewegte sich durch die Gassen und nichts verwies auf
eine außerirdische Welt. Veit fuhr kurz entschlossen ohne Halt
durch den Ort bis zum Fuß des Puy de Sancy. Es gab eine Seil-
bahn, die sie nicht benutzten, es gab eine Talstation mit einem
Parkplatz.

Sie zogen ihre Wanderstiefel an und gingen los, erreichten
ohne größere Anstrengung auf einem breiten Schotterweg die
Bergstation der Bahn. Ein stufenartig angelegter Pfad führte
sie über die letzten hundert Meter auf den Gipfel. Mel fasste
nach Veits Hand. Sie sahen die Vulkankette mit dem Puy de
Dome, das weite, vielgestaltige Hochland des Zentralmassivs
und erkannten in großer Ferne den weißen Gipfel des Mont
Blanc. Die Menschen, die sich hier oben zusammengefunden
hatten, machten sich gegenseitig auf dieses seltene Ereignis
aufmerksam. Ein alle tausend Jahre erscheinender Komet hätte kaum größere Begeisterung ausgelöst als die Sicht auf das
weiße Massiv.

»Das ist er, natürlich, das ist er!«, rief ein Mann überschwänglich.

»Sie müssen dorthin schauen«, belehrte er eine Wanderin,
die nicht sah, was alle sahen. Er fasste sie an den Schultern und
drehte sie wie eine Puppe in die passende Richtung.

An den Abenden kehrten sie in Landgasthöfen an der Straße ein, aßen Hähnchen mit Weinsoße oder Rinderbraten, tranken Rotwein, Veit, der Fahrer, nur ein Glas, Mel etwas mehr.

Zurück im Bel Air, saßen sie noch lange auf ihrem Balkon,
tranken wieder Wein. Veit legte die Route für die Weiterfahrt
fest.

Am dritten Tag brachen sie auf, Veit neugierig auf Kommendes, Mel schweren Herzens. Maman hatte ihnen in einem Körbchen Proviant für die Reise mitgegeben: Brioches, Käse und eine luftgetrocknete Dauerwurst. Mel war gerührt, nahm das Körbchen an sich und wurde von der liebenswerten Gästemutter umarmt. Sie hatte sich in dem gemütlich heimeligen Haus wohlgefühlt und verließ es ungern. Wie würde es nun weitergehen, was würde sie erwarten?

Zunächst eine mehrstündige Fahrt auf der Autobahn über Ussel und Brive-La-Gaillard. Veit fuhr, von einer kurzen Pause auf einem Rastplatz abgesehen, in einem Stück bis nach Cahors. Er hatte es eilig, und er hatte Glück. Es gab keine Staus, es lief sehr gut. Mel überließ ihm das Steuer. Sie hatte keine Lust zu fahren, keine Lust zu schauen, keine zu reden. Sie versuchte zu schlafen. Es gelang ihr nicht. Ihr innerer Widerstand gegen diesen Teil der Reise hielt sie wach und wurde größer, je näher sie ihrem Ziel kamen. Ein kleiner Ort auf einem Hochplateau des Zentralmassivs wurde ihr von Kilometer zu Kilometer unsympathischer.

Sie wollte nicht dorthin, nicht nach Banlac, nicht mehr. Sie überlegte, ob sie Veit dazu überreden könne, alleine zu den Duranges zu gehen. Er, nicht sie, hatte inzwischen dieses Interesse an dem Besuch. Er hatte Pläne. Also konnte er sie besuchen, dazu brauchte er sie nicht. Sie war jedenfalls nicht mehr an einem Treffen mit den Leuten interessiert, sollte es diese überhaupt noch geben. Insgeheim hoffte sie, das Ehepaar wäre weggezogen oder verstorben. Warum sollten sie noch leben? Meine Mutter lebt inzwischen auch nicht mehr. Verstorben wäre mir am liebsten, dachte sie. Sind sie nur fortgezogen, begänne Veit, weiter nach ihnen zu forschen und gäbe keine Ruhe. Wenn sie nicht mehr lebten, könnte sie die Angelegenheit vergessen, sogar die Briefe würde sie hier in der Gegend auf irgendeine Art entsorgen. Auf keinen Fall würde sie diese wieder mit nach Hause nehmen. Weg damit und aus!

Sie könnten noch ein paar Tage in der Gegend bleiben oder weiter in den Süden fahren, Avignon, Arles, Aix, Orange. Diese Namen versöhnten sie etwas mit der Realität, die im Augenblick Cahors hieß und unumstößlich auf der Ausfahrttafel zu lesen war.

Es war Nachmittag.

»Wir brauchen von Cahors nach Banlac zwei bis drei Stunden über die kurvigen Straßen ins Bergland. Wenn wir dort sind, ist es nicht sicher, ob wir eine Übernachtung finden. Mir ist das zu riskant. Ich schlage vor, ich suche hier für eine Nacht ein Zimmer. Morgen fahren wir dann in Ruhe weiter.«

»Das ist mir gleich recht«, sagte Mel, »nur müssen wir hier in der Stadt auch erst mal eine Unterkunft finden.«

»Wir werden sehen. Bis jetzt hatten wir noch jedes Mal Glück.« Im Touristikbüro in der Altstadt war ihnen eine ältere Dame freundlich gesonnen, schüttelte aber bedenklich den Kopf.

»Sie möchten nur eine Nacht bleiben? Das wird schwierig, wir sind hier ziemlich ausgebucht mit Feriengästen, aber warten Sie«, ihr erhobener Zeigefinger ließ hoffen, »vielleicht gibt es im Bon Voyage noch einen Platz, die sind dort auf Kurzaufenthalte eingestellt.«

Sie gab ihnen einen kleinen Stadtplan und machte darauf mit ihrem Kugelschreiber einen Kringel um die eventuelle Unterkunft. Tatsächlich bekamen sie außerhalb der Innenstadt für eine Nacht ein Zimmer.

Ein schlichter Wohnblock neben anderen Wohnblöcken beherbergte in zwei Etagen ein Frühstückshotel. Im Erdgeschoss des Gebäudes gab es einen Frisör und ein Bistro, im danebenliegenden eine Bäckerei und eine chemische Reinigung. Die Häuser lagen direkt an einer Straße, die im Augenblick einen ruhigen Eindruck machte. In der Tiefgarage konnten die Gäste ihr Auto parken und von dort direkt mit dem Aufzug in ihr Stockwerk fahren.

»Für die eine Nacht wird es schon gehen.«

»Es ist in Ordnung«, sagte Mel. Ich finde die Anonymität in diesem Hotel für den Anlass gerade passend. Ich will hier keine Wurzeln schlagen.«

Sie dachte an Maman im Bel Air. Das Zimmer hier war klein, doch mit dem Nötigsten ausgestattet für den durchreisenden Gast. Alles war vorhanden, Dusche, Bett, Nachtkästchen, Schrank, TV und Minibar. Über dem Bett hing in Breitformat und schmal gerahmt ein Stich des mittelalterlichen Cahors in der bekannten Ansicht mit Flussschlinge rund um die Stadt.

Mel war bei der Anmeldung über die Zurückhaltung des Personals erleichtert. Ein knappes Bon Soir, das Anmeldeformular musste ausgefüllt werden, der Schlüssel wurde über die Theke gereicht. »Haben Sie einen guten Aufenthalt«, und schon liefen die Finger des jungen Mannes wieder über die Tastatur des Computers. Sie empfand es als eine Wohltat, so wenig beachtet zu werden.

Sie gingen zu Fuß in die Innenstadt und fanden ein Restaurant am Fluss. Durch ein großes Panoramafenster sahen sie auf die Brücke, die ihnen schon auf dem Stich über dem Bett aufgefallen war. Auch die Speisekarte zeigte einen Bilderbogen der Stadt und warb für einen längeren Aufenthalt in Cahors. Es gab Crêpes mit Steinpilzen für Mel, eine Lammkeule mit Gemüse für Veit, dazu Wein und Wasser.

»Es wäre mir recht, du besuchtest die Duranges ohne mich. Ich möchte die Erinnerung an diese Leute nicht mehr auffrischen. Im Augenblick ist das ein echtes Problem für mich«, sagte Mel.

»Aber es war doch deine Idee gewesen, was ist denn plötzlich das Problem?«

»Ja, ich weiß, es tut mir auch leid. Ich hätte schon viel früher meine Bedenken äußern sollen.« Mel dachte nach, wie sie es Veit am besten erklären konnte.

»Ich kann mich nur vage an das Ehepaar erinnern, ich weiß aber, dass es große Aufregung wegen des Besuches gab. Cilli und ich bekamen neue Sommerkleider und neue Sandalen. Mein Vater war schlecht gelaunt, ich glaube, er mochte Jean-Luc nicht besonders. Annemarie war eine sehr lustige Frau, sie hatte mit uns Spaß und wollte viel von uns wissen. Dann sprachen sie mit meinen Eltern französisch, dabei wurden sie laut, doch wir konnten natürlich nicht verstehen was gesprochen wurde. Später, als das mit Cilli passiert war, hat sich Annemarie, bis auf einen einzigen Brief, nicht mehr um meine Mutter gekümmert, was sie sehr kränkte. Vielleicht will ich sie deshalb nicht sehen, weil mir klar geworden ist, dass sie nichts mehr von Mutter hatte wissen wollen. Ich kann doch nach so vielen Jahren nicht plötzlich vor ihrer Tür stehen und Hallo sagen. Hallo, ich bin die Melanie Abel. Vielleicht erinnern Sie sich? Meine Mutter Regine war Ihre beste Freundin. Seit kurzem ist sie tot, und meine Zwillingsschwester ist seit dreißig Jahren vermisst. Aber das wissen Sie ja schon. Ich wollte nur mal vorbeikommen und nachschauen, wie es Ihnen so geht.«

Mel war beunruhigt und ratlos.

»Glaub' mir, ich hab das in Felding noch ganz anders empfunden. Da war es mir sogar wichtig erschienen, hierher zu kommen. Ich weiß eigentlich gar nicht mehr warum. Jetzt finde ich es nur noch schrecklich, und nun sitzen wir hier, und ich weiß nicht, wie es weitergehen soll.«

Veit konnte nicht sofort antworten, weil der Kellner das Essen auftrug. Er musste den Wein verkosten. Der Kellner schenkte ein und wünschte bon Appétit.

»Wir müssen nichts entscheiden. Ich versteh deine Bedenken. Vielleicht können wir in Banlac überlegen, ob du mitkommst oder nicht. Ich möchte natürlich das Ehepaar sehen, aber ich tu mich leicht, ich habe ja auch kein Problem mit den beiden, das weißt du ja. Ich könnte zu dem Hofgut fahren und erst mal die Lage erforschen. Falls ich sie antreffe, stelle ich mich ihnen vor, erwähne aber nicht, dass du in Banlac in einem Gasthaus wartest. Kannst du dir das vorstellen?«

Mel aß von der Crêpe und überlegte. Sie nickte.

»Ja, das ginge. Ich glaube, für mich ist nur wichtig, dass ich die Duranges nicht sehe, ja, das ist es, ich will sie nicht sehen!«

»Das kriegen wir hin«, sagte Veit übermütig und war ihr dankbar, dass sie seinen Vorschlag akzeptierte.

Später wanderten sie am Fluss entlang. Mel war es, als entdecke sie ihn erst in diesem Augenblick. Erst jetzt hatte sie Augen für ihn und die Besonderheiten dieser Stadt. Sie gingen über die historische Wehrbrücke, einmal hin und einmal her, betrachteten die mächtigen Türme mit ihren Zinnen und Pechnasen und sahen im Spiegel des Wassers die aufleuchtenden Lichter der Stadt, die sich für den hereinbrechenden Abend in ein festliches Glitzergewand kleidete. In einem Bistro an der Uferstraße tranken sie Espresso und Pastis. Mel hatte sich beruhigt. Sie machte sich keine Gedanken mehr über den kommenden Tag. Veit würde sie, wie versprochen, aus der Geschichte heraushalten. Es war damit seine Geschichte, nicht mehr ihre, sie konnte sich, das wusste sie, auf ihn verlassen. Auf dem Weg zu ihrem Wohnblock kamen sie an einer Eisdiele vorbei. Mel hatte Lust auf Eis. Als ich das letzte Mal Eis gegessen habe, wohnte Marilen noch in Radstett, dachte sie. Sie kaufte sich zwei Kugeln auf der Tüte.

Ein appetitlich angerichtetes Buffet erwartete sie zum Frühstück. Sie bedienten sich selbst mit Weißbrot, Käse und Obst. Kaffee stand in großen Thermoskannen bereit. Man musste nur auf einen Hebel drücken und die Tasse unter den Ausgießer halten. Kein Personal weit und breit, aber einzelne Gäste, der Kleidung nach Geschäftsleute, und zwei junge Paare mit ähnlicher Absicht wie Mel und Veit, nur eine Nacht hier zu verbringen. Mel hatte nicht gut geschlafen. Sie aß wenig, trank dafür umso mehr Kaffee.

»Ich geh noch einmal Kaffee pumpen«, sagte sie und füllte ihre Tasse. Sie hatten ihre Reisetaschen schon mitgebracht, gleich nach dem Frühstück würden sie weiterfahren. Veit bezahlte die Hotelrechnung, der junge Mann druckte eine Quittung aus, reichte sie Veit und wünschte, wie erwartet und dem Hotelnamen entsprechend, bon Voyage. Und diesmal verlor er ein kurzes Lächeln.

Sie ließen Cahors hinter sich, nach einiger Zeit auch das Flusstal und fuhren auf einer schmalen, in die Höhe führenden kurvigen Straße durch kleine Weiler, vorbei an einsam liegenden Hofstellen und durch schattige Eichenwälder. Nach und nach erreichten sie die Hochfläche eines kargen, von der Sonne ausgetrockneten Heidelandes. Mel war erstaunt über die schier endlose Weite, die sich vor ihnen auftat. Kaum Punkte, an die sich das Auge halten konnte, nur ab und zu kleine Inseln dicht aneinandergedrängter Bäume, die sich gegenseitig Schatten spendeten. Buckliger Kriechwacholder duckte sich in der schon am Vormittag sengend heißen Sonne. Disteln und Kreuzdorn wuchsen zwischen zahllosen niederen Grenzmauern aus Bruchstein. Ab und zu ein Schafstall, nicht weit davon entfernt ein einsames Gehöft, niedrige Steinhäuser mit kleinen Fenstern, die im Sommer die Hitze, im Winter die eisige Kälte auszusperren halfen, die Dächer aus Steinplatten, alles grau in grau.

Mel starrte fasziniert in eine Landschaft, die sie so nicht erwartet hatte. Veit war vorbereitet durch die Satellitenbilder des Computers, er hatte das hier alles schon gesehen, obwohl er noch nie da gewesen war.

Dazwischen änderte sich das Plateau, wurde hügeliger. Flaumeichen schienen gezeichnet vom Kampf mit der Witterung. Sie trotzten einzeln oder in Gruppen Kälte und Schnee, ertrugen die heißen Sommer und stemmten sich gegen die heftigen Stürme im Herbst, was ihnen das Aussehen abgekämpfter Helden gab. »Sie sind Helden der Natur«, sagte Mel

und sah ihnen nach. Gerne wäre sie ausgestiegen um sie genauer zu betrachten, doch nun führte, fast unvermittelt die
Straße in engen Serpentinen abwärts.

»Sind wir da?«, fragte Mel erschrocken.

»Aber nein, wir müssen auf der anderen Seite des Tals wieder nach oben, wir durchqueren es nur.« Es war, als gönne
ihnen das Land hier unten eine leichte Abkühlung. Sie fuhren
an einem schmalen Flüsschen entlang, dessen breites Bett auf
große Wassermengen im Frühjahr schließen ließ. Auch die
mittelalterliche Steinbrücke, die sie überquerten, bestätigte
Mels Vermutung. Die Pfeiler des Brückenbogens standen auf
trockenem Grund, waren sicher zu anderer Zeit donnernden
Wassermassen ausgesetzt. Die Häuser des Dorfes jedenfalls
hielten respektvollen Abstand zum Fluss. Der Ort zog sich zu
beiden Seiten des Tales hoch, bis zu den schroff aufragenden
Felswänden des Plateaus.

»Müssen wir dort hochfahren?«

Mel drückte sich ängstlich in den Sitz.

»Nicht senkrecht«, sagte Veit belustigt, »die Straße ist gut
ausgebaut und führt in Serpentinen nach oben.«

Es hatte bedrohlicher ausgesehen als es in Wirklichkeit
war. Mit einer begleitenden Mauerbrüstung war die Straße
nach drei Kehren überwunden. Mel hoffte, dass ihnen kein
Auto entgegenkommen möge und schloss die Augen.

Seltsam, dachte sie, normalerweise kenne ich bei Autofahrten keinerlei Angst, was ist das heute nur?

Noch einmal eine lange Fahrt durch Hitze und Ödland. Ab
und zu spendete ein Eichenwäldchen erleichternden Schatten.
Einige Autos fuhren an ihnen vorbei.

Wo wollen sie hin, wo wollen wir hin, dachte Mel.

Bei einem Bauernhof hielt Veit an. Er hatte vor dem Haus
eine Frau entdeckt, die mit zwei kleinen Kindern sprach. Er
stieg aus und blieb vor dem Mäuerchen stehen, das sich in
großem Bogen um das Grundstück zog.

»Kann ich Sie etwas fragen?«

Die Frau trat näher, die zwei Jungen hüpften neugierig mit.

»Ist das die Straße nach Banlac?«

»Ja, ja, Banlac«, sagte sie und hielt die Hand über die Augen.

»Ist es noch weit?«, wollte Veit wissen. Das sagte er nur, um noch etwas zu sagen, denn er wusste, dass sie bald dort wären.

»Nein, nicht weit«, erklärte sie und wandte sich den Kindern zu, die ungeduldig an ihrem Rock zerrten und auf etwas zu warten schienen.

Veit bedankte sich und stieg wieder ins Auto.

»Warst du dir nicht mehr sicher, ob wir richtig sind?«, wunderte sich Mel.

»Schon, aber an dieser Abzweigung vorhin sah ich keinen Wegweiser, und ich möchte hier keinen Umweg fahren müssen.«

Nach einigen Minuten senkte sich die Straße abwärts. In einer breiten Talsenke sahen sie eine Ortschaft, die sich bis zum gegenüberliegenden Steilabbruch der Plateaukante ausbreitete. Der Taleinschnitt erinnerte Veit an eine Riesenwelle, die flach anrollend, sich an einer Seite steil nach oben türmte. Dort oben auf der Höhe musste das Hofgut der Duranges sein.

Der Ort unter ihnen war Banlac.

Er fuhr langsam, um sich den Blick einzuprägen und sagte: »Das ist es.«

Mel beugte sich vor, um besser zu sehen. Eine in der Länge des Talbeckens sich ausbreitende Ansiedelung grauer Steinhäuser wurde von einer schmalen Straße durchschnitten. Sie zog sich am Ende des Ortes am Fuß der Steilkante entlang und verschwand in einem Knick, den das Tal an dieser Stelle machte. Zwei kleine Sträßchen führten von der Ortsmitte aus in den unbesiedelten Teil des Beckens und endeten im freien Feld.

Veit erkannte all das wieder und war angenehm erregt. Der Ort war größer, als er erwartet hatte. Umso so besser, so würden sie hier hoffentlich ein Zimmer für die Nacht bekommen. Nicht steil, aber stetig nach unten ging es auf geradem Weg am Abhang der zurückliegenden Hochebene, passend für eine unaufgeregte Einkehr in das seltsame Abenteuer, das er hier zu finden hoffte.

Sie waren seit ihrem Frühstück unterwegs, jetzt war es Mittag und die Hitze war gewaltig. Er bog in die menschenleere Dorfstraße ein. Wie unbewohnt wirkten die grauen Häuser zu beiden Seiten. Fensterläden waren eingeklappt, die würden wohl erst am späten Nachmittag wieder offenstehen. Veit erkannte den grauen Würfel mit den zwei Kaminen, die Mairie und einen winzigen Supermarkt, zu dem eher der Name Minimarkt passte. Er fuhr über den Platz vor der Kirche. Der Turm war etwas höher und sein spitzes Dach niedriger, als es ihm im Computer erschienen war. Drei Häuser weiter zeigte ein Wirtshaus an, dass es geöffnet habe.

Was für ein Glück, dachte Veit. Parkplatznot herrschte keine. Er stellte das Auto direkt vor dem Gasthof ab. Er hieß Le Grand Maronne, Große Kastanie. So hieß er vermutlich nicht ohne Grund, denn vor der Kirche stand eine riesige Kastanie, ebenso zu beiden Seiten der Mairie und des Gasthofs. Der Kellersockel des Hauses war fensterlos und lediglich von schmalen vergitterten Mauerschlitzen durchbrochen. Sie stiegen über eine Steintreppe zum Eingang im Hochparterre und betraten die Gaststube.

Im Dunkel des Raumes sahen sie zunächst nichts, dann eine an den Wänden umlaufende Bank, davor Holztische und Stühle, eine Theke ohne Wirt. Es war angenehm kühl. Veit machte Geräusche, hustete ein bisschen. Sie setzten sich und warteten. Nach kurzer Zeit kam eine junge Frau aus der Tiefe des Gastraumes, trat aber nicht an ihren Tisch, sondern rief über den Tresen: »Quelque chose à manger?«

»Oui, à manger,« rief Veit zurück.

Sie verschwand, wie sie gekommen war.

»Vielleicht geht sie erstmal fragen, ob sowas hier zu machen ist«, spottete Mel.

»Na ja«, sagte Veit, »die Leute hier essen vielleicht erst am Abend, was bei der Hitze auch verständlich ist«. Die Frau kam zurück und sagte, es gebe Kartoffelomelette oder Hähnchen mit Zwiebelweinsoße.

Sie bestellten Hähnchen, dazu Wasser. Während sie darauf warteten, studierte Mel einige vergilbte Fotografien, die über den Tischen in grauen, bleistiftdünnen Rahmen hingen. Es waren die üblichen Fotos, Menschen der Region bei ihrer Arbeit im Ort oder oben auf dem Plateau. Mauern wurden gezogen, Schafe geschoren, in einer Wanne milchige Suppe zu Käse gerührt. Ein kräftiger Mann hielt einen riesigen Holzlöffel wie ein Ruder in die cremige Masse und lachte in die Kamera. Auf einem Schlachtfest ging es hoch her. Männer tranken Schnaps aus der Flasche. Das Bild eines neugeweihten Priesters mit seiner Primizbraut, einem kleinen mageren Mädchen im langen weißen Kleid vor einer blumenbekränzten Haustür. Der ernste Blick des Kindes sprach von lastender Verantwortung für seine Aufgabe an diesem Ehrentag, er ließ es vermutlich älter erscheinen als es war. Das Mädchen trug einen bräutlichen Schleier, der auf dünnen, mit Brennschere gewellten Haarsträhnen lag. Ein mit wenigen Blüten geschmücktes Efeukränzchen war nach vorn in die Stirn des Kindes gerutscht, über seinen gefalteten Händen hing ein perlmuttschimmernder Rosenkranz. Die Kleine erinnerte Mel an eine Madonnenstatue in der Auweiler Kirche.

Daneben ein Foto des Jungpriesters, umringt von Gratulanten, zuvorderst ein Mann mit Amtskette, offensichtlich der Bürgermeister von Banlac. Das Foto war alt, der Bürgermeister jung, und Mel traf die Erkenntnis wie ein Hieb, er könnte es sein, Jean-Luc, der Jugendfreund ihrer Eltern.

Sicher war sie sich nicht, sie konnte sich jedenfalls nicht an sein Aussehen erinnern. Dieser Mann hier war von beeindruckender Größe. Er lachte mit weit geöffnetem Mund. Dichtes dunkles Lockenhaar fiel in seine Stirn und warf einen Schatten über seine Augen. Sie wollte das Foto gerade Veit zeigen, als die junge Frau das Essen brachte. Jetzt, aus der Nähe, sah Mel, dass sie noch sehr jung war, vielleicht sechzehn oder siebzehn Jahre alt. Sie reichte das Besteck in eingerollten Stoffservietten, weißes gestärktes Leinen. Die Hähnchen schmeckten sehr gut, die Zwiebeln mild und weingetränkt. Mel zeigte auf die Fotografie und äußerte ihre Vermutung. Veit bekam Journalistenfieber, er rechnete nach.

»Man müsste wissen, wann das Foto gemacht wurde. Am besten erkundigen wir uns. Dabei frag ich gleich nach einem Quartier.«

Ohne Mels Antwort abzuwarten, rief er das Mädchen an den Tisch und zeigte auf das Foto an der Wand.

»Wissen Sie, wann diese Aufnahme gemacht wurde?« Sie lachte laut auf.

»Nein, das weiß ich nicht. Es hängt schon ewig hier, aber ich kann fragen, wenn Sie möchten.« »Das wäre wunderbar«, freute er sich und sah sie durch die Tür hinter dem Tresen verschwinden. Mel war nervös geworden. Wenn das Foto wirklich Jean-Luc zeigte, wäre die Abmachung, die sie mit Veit getroffen hatte hinfällig geworden. Kein Bild wollte sie von dem Ehepaar haben, weder ein früheres noch ein heutiges. Nichts sollte zusätzlich durch ihren Kopf spuken. Vehement wehrte sie sich gegen Eindrücke, die ihr daheim noch wichtig erschienen, jetzt aber eher belastend waren. Aber sie war selbst schuld. Sie hatte die Fotos entdeckt und neugierig betrachtet. Warum war sie nicht sitzen geblieben und hatte in Ruhe auf das Essen gewartet? Sie ärgerte sich über sich selbst.

Eine alte Frau mit Kopftuch, in der Art gebunden, wie es Frauen bei der Landarbeit tragen, kam schwerfällig gehend an ihren Tisch. Abwägend betrachtete sie die Gäste. Das Mädchen blieb neugierig hinter dem Tresen stehen und tat beschäftigt.

»Was möchten Sie wissen?«, fragte die Wirtin. Es klang, als könne sie alle Fragen der Welt beantworten.

Veit fragte nicht nach dem Entstehungsjahr der Fotografie, sondern deutete auf das Foto.

»Kennen Sie den Namen dieses Mannes? Er trägt eine Amtskette. Wir vermuten, es ist der Bürgermeister.«

Die Frau spähte nach dem Foto, beugte sich vor und hielt sich dabei an einer Stuhllehne fest.

»Ja, das war unser Bürgermeister, Jean-Luc Durange. Ich habe ihn gekannt. Er war ein guter Mann, hat uns einige Male unterstützt, auch als mein Mann gestorben ist.«

Sie hielt inne, schnaufte wie nach großer Anstrengung und wandte sich wieder ihren Gästen zu.

»Er ist sicher schon lange in Pension«, spann Veit den Faden weiter.

»Ja, das war er. Aber nun ist auch das vorbei. Eine schlimme Geschichte.« Sie nickte vor sich hin und versank in Gedanken.

»Was ist passiert?«, fragte Veit und forschte weiter. »Wir möchten ihn gerne besuchen, unsere Eltern waren mit ihm befreundet. Sie lernten sich während des Studiums kennen.«

Er schwindelte, hatte seine Eltern zu Jean-Lucs Freunden erklärt, aber das musste sein. Mel sah ihn mit großen Augen an.

»Ah, so, ja«, stotterte die Frau, »aber da kommen Sie zu spät. Beide sind tot, liegen draußen auf dem Friedhof.«

Mel sog die Luft ein und stieß sie erleichtert wieder aus. Gott sei Dank, dachte sie und streckte unter dem Tisch entspannt die Beine von sich.

»Was ist passiert?«, wiederholte Veit seine Frage. Er war enttäuscht.

Die alte Frau wurde gesprächiger.

»Es war ein schrecklicher Unfall.«

Sie wandte sich zum Tresen.

»Zwei Schnäpse für die Herrschaften und einen für mich!« Sie setzte sich. Das Mädchen stellte ein Tablett mit drei randvollen Schnapsgläsern auf den Tisch. Die Altwirtin trank das Glas in einem Zug aus und ließ sich nochmals nachgießen.

»Oma, trink nicht so viel«, mahnte die Enkelin.

»A votre Santé«, sagte diese.

Dann fiel ihr ein, was sie sagen wollte.

»Die beiden, Jean-Luc und die Deutsche fuhren vor zwei Jahren im Winter auf der verschneiten Straße vom Hofgut ins Dorf. Das war für Durange kein Problem. Er ist hier aufgewachsen und kannte sich aus. Er fuhr mit Schneeketten, das war er gewohnt. Aber er bekam am Steuer einen Herzinfarkt. Der Wagen schoss über die Kante. Er war sofort tot, die Deutsche auch.«

Jetzt trank auch Mel ihren Schnaps. Veit hatte nur ein wenig davon genippt. Die Deutsche, das war Annemarie, Mutters beste Freundin.

Mel bekam nachgegossen und begann daraufhin, vom Tod ihrer Mutter zu erzählen, dass diese eben erst verstorben sei und sie den Duranges die Nachricht persönlich habe überbringen wollen. Sie finde es tragisch, dass sie es jetzt nicht mehr tun könne.

Das entsprach zwar nicht der Wahrheit, doch die Erleichterung über diese Todesnachricht machte Mel redselig. Veit staunte.

Die Altwirtin streichelte nun Mels Arm und wollte mit einem weiteren Gläschen den hausüblichen Trost spenden. Er sah diese Entwicklung mit Besorgnis und rief die Enkelin.

»Wir bezahlen«, sagte er zu dem Mädchen.

Doch die Altwirtin war mit ihrer Erzählung noch nicht am Ende.

»Jean-Lucs Tochter ist nun auch gestorben.«

Der Schnaps hatte sich inzwischen schwer auf ihre Zunge gelegt.

»Das war im letzten Winter. Aber die war ja schon immer krank, eine schwere Grippe hat sie nicht mehr überlebt, liegt jetzt im Friedhof bei ihren Eltern. Ja, unsere Winter hier sind hart, da kann es einen schon erwischen.«

Die Wirtin nahm einen Schluck.

»Eine Tochter? Die Duranges hatten eine Tochter?« Mel konnte nicht glauben, was sie da hörte, und Veit verschlug es die Sprache.

»Ja, eine Tochter, aber sie war behindert, man sah sie in den letzten Jahren nie mehr im Dorf. Sie war stumm und nicht ganz richtig im Kopf.«

Die Frau machte eine despektierliche Handbewegung vor ihrem Gesicht, die an einen, auf höchster Drehzahl arbeitenden Scheibenwischer denken ließ. Dann klagte sie, »und jetzt sitzt Elise, die alte Magd, allein auf dem Gut und ist, wie man sagt, total verwirrt.«

Veit horchte auf. Die Angestellte Elise wohnte noch auf dem Hofgut? So war noch Leben im Haus, ein Grund vorbeizuschauen! Er schöpfte wieder Hoffnung, aber auf was? Eine behinderte Tochter, dachte Mel, das war also der Grund, weshalb Annemarie die Verbindung abgebrochen hatte. Ihr war nun vieles klar. Die ehrgeizige, erfolgreiche Ärztin hatte noch eine behinderte Tochter bekommen und dies Regine gegenüber verheimlicht. Mutter hat es also nicht gewusst, denn die Duranges beendeten lieber die Freundschaft, als diesen Schicksalsschlag zu bekennen.

Veit fasste einen Entschluss.

»Lass uns jetzt gehen und zu dem Gut fahren, ich möchte es auf jeden Fall sehen. Nachdem niemand mehr von der Sippe lebt, kannst du mitkommen, was meinst du?«

»Ja, das geht, aber wo übernachten wir heute, ich bin nicht sicher ob ich hier in diesem Gasthaus schlafen möchte.«

»Wir werden sehen. Ich denke, wir fahren weiter, übernachten irgendwo. Grand Massif, Provence, Arles, Aix, Avignon, Orange, Genf. Die Welt ist groß!«

Veit beglich die Rechnung, dann überließen sie die Wirtin

ihrem Schnaps, der dieser inzwischen wichtiger geworden war als das Gespräch mit den Reisenden.

Die Straße ins Hochland war wieder einmal steil und kurvig, und sie überlegten, an welcher Stelle die Duranges über die Kante gestürzt waren, wie die Wirtin es genannt hatte. Sie erkannten sie nicht. Allerdings war eine Kurve mit einer Leitplanke versehen, der restliche Straßenrand nicht. Vielleicht war es hier passiert, und man hatte die Konsequenz aus dem Unfall gezogen.

Sie erreichten die Höhe in kurzer Zeit. Veit hielt an, um einen selbstgezeichneten Plan mit der Realität zu vergleichen. Er hatte das Satellitenfoto ausgedruckt und die Straße deutlicher nachgezeichnet.

»Noch fünf Kilometer auf der Straße, dann biege ich in diesen Weg ein, er führt direkt zum Gut.«

Mel hielt jetzt zur Orientierung das Papier in der Hand. Trotzdem übersahen sie die Wegeinfahrt, denn riesige Buchsbaumbüsche nahmen die Sicht auf die Abzweigung. Veit hielt an und setzte zurück, fuhr dann sehr langsam und vorsichtig in einen Weg, der einmal eine breite Allee gewesen sein mag. Jetzt war er fast zugewachsen, die Zweige der hohen Hecke schlugen gegen den Wagen. Hier war wohl schon lange kein größeres Gefährt mehr durchgefahren. Der Weg endete bei zwei Steinsäulen, in denen noch die Eisenangeln eines ehemaligen Tores steckten.

Veit fuhr in einen großen Hof. Ein zweigeschossiger, rechteckiger Steinbau wurde von zwei flacheren Gebäuden flankiert. Sie standen in einigem Abstand im rechten Winkel zum Wohnhaus. Es war schmucklos und verwahrlost, nur eine breite Steintreppe mit mächtigem Mauergeländer machte einen fast herrschaftlichen Eindruck. In zwei riesigen Tonkübeln zu beiden Seiten am Fuß der Treppe wucherte Gras, verdorrt hing es über den Rand der Gefäße. Der Hof machte einen verlassenen Eindruck, doch ein altes Fahrrad, das an der Hauswand lehnte, ließ auf Bewohner schließen.

Sie stiegen aus. Veit holte tief Luft. Mel ging hin und her. Die Nebengebäude schienen als Garagen, Schafstall oder Werkstatt zu dienen. Sie blickte durch eines der kleinen Fenster in den Türen, aber in den Räumen war es zu dunkel, um etwas erkennen zu können. Schafe gab es hier jedenfalls keine, so viel war sicher. Über diesen Nutzräumen befand sich ein Wohngeschoss. Kleine Fenster ließen kleine, niedrige Räume vermuten. Vielleicht waren dort unter dem Dach die Kammern für Knechte und Mägde gewesen? Vielleicht hatte dort der Alte gelebt, über den Annemarie so verächtlich geschrieben hatte?

»Was sollen wir jetzt tun? Hier ist niemand, lass uns weiterfahren«, schlug Mel vor.

»Auf keinen Fall, wir gehen jetzt, wie man das normalerweise so macht, die Treppe hoch und läuten oder klopfen an.« Niemals wollte Veit das Feld so schnell räumen. Als er den Fuß auf die erste Stufe setzte, kam hinter dem Haupthaus eine kleine, ältere Frau hervor und schaute ängstlich in den Hof. Sie hatte wohl Geräusche gehört und wollte sehen, was hier vor sich ging. Sie trug ein dickes Bündel Heu im Arm, das sie wie ein Schutzschild vor sich hielt. Ihre Haare waren grau wie die Mauern des Hofes, in unterschiedlich langen Büscheln standen sie steif wie Halme in die Luft und sahen aus, als hätte sie mit einer Sichel Hand an sie gelegt. Sie trug eine ärmellose Kleiderschürze, die am Saum eingerissen war. Ihre nackten kurzen Beine steckten in knöchelhohen Lederstiefeln.

»Es ist Elise«, flüsterte Mel und trat einen Schritt zurück.

Veit starrte die Erscheinung wortlos an.

»Es kann nur Elise sein, sie wohnt hier. Die Wirtin sagte es.«

Beide blieben stehen und wagten nicht auf die kleine Person zuzugehen. Auch die Frau stand reglos und hielt sich an ihrem Heubündel fest. So standen sie sich eine Zeit lang stumm gegenüber. Plötzlich näherte sich die Gestalt mit seltsamen, winzigen Trippelschrittchen.

Sie geht wie ein Kind, das gerade laufen lernt, dachte Veit und erinnerte sich an das, was die Wirtin in Banlac über Elise gesagt hatte.

»Sie ist verwirrt, die arme Elise.«

Die Frau drückte ihren Ballen fest vor die Brust und starrte unverwandt auf Mel. Sie ist so verrückt wie die Beterin in Paray Le Monial, dachte Mel, und ging nochmals einen Schritt zurück.

Die Frau ließ den Packen fallen und sackte in die Knie, direkt in ihr Heu.

Mel erschrak, »Oh, bitte nicht!«

Sie schaute ratlos auf Veit. Er wollte der Frau zu Hilfe kommen, doch sie ließ es nicht zu. Sie wühlte mit den Händen im Heu, als suche sie etwas. Sie murmelte vor sich hin, doch Veit verstand sie nicht. Er kniete sich neben sie, horchte. Sie sah ihn an und stammelte:

»Cecilli, meine Cecilli, meine Kleine.«

Das wiederholte sie mehrmals und deutete dabei auf Mel, die nichts von dem verstand, was diese Verrückte Veit zuraunte. Doch nun begriff Veit.

Für ihn war es, als öffne sich in diesem Augenblick ein dichter, schwarzer Vorhang. Er gab den Blick frei auf ein noch verschwommen undeutliches Bild, das aber vor seinen Augen schnell an Schärfe gewann. Gedankenfetzen schossen durch seinen Kopf wie Teile eines Puzzles, das sich plötzlich wie von selbst zusammenfügte: der Besuch der Duranges am Vortag von Cillis Verschwinden, der Abbruch der Freundschaft, das behinderte Kind der Annemarie, man sah es in den letzten Jahren nie, hatte die Wirtin gesagt.

Er fasste Elise an beiden Händen und hielt diese fest.

Jetzt verstand Mel, was Veit sagte.

»Das ist nicht Cecilli, das ist ihre Schwester!«

Nun musste er sich um Mel kümmern. Noch stand sie. Dann legte sich kalkiges Weiß auf ihr Gesicht. Er fing sie auf, legte sie flach auf den Boden und schob ihr die Handtasche unter den Kopf. Elise jammerte noch immer, kroch zu ihr hin und wiederholte ständig »meine Kleine, meine Cecilli, mein Kind.«

Mel hörte nichts davon. Der Schock gönnte ihr die Gnade einer dunklen Pause. Veit tätschelte ihre Wangen, während Elise Mels Arme in einer Aufwärtsbewegung massierte. Zu zweit arbeiteten sie an der Bewusstlosen, die keine Anstalten machte, ihre Augen zu öffnen.

»Wach auf, meine Kleine«, feuerte Elise sie in einem französischen Dialekt und mit rauer Stimme an. Dann warf sie plötzlich ihren Kopf in den Nacken und lachte laut auf wie nach einem schwer erkämpften Sieg.

Es wurde eine lange schlaflose Nacht. Veit hatte Mel mit Elises Hilfe in das Haus getragen, hatte sie in ein Bett gelegt. Sie war bei Bewusstsein, hatte aber Valium genommen. Veits Reiseapotheke war stets gut bestückt. Sie trank Wasser und wunderte sich über nichts.

Es war etwas geschehen, das registrierte sie, doch sie war müde und wollte nur noch schlafen.

Elise saß an ihrem Bett, danach Veit, dann beide. Die Frau erwies sich als gute Wärterin. Sie hielt Mels Hand, auch dann noch, als sie endlich verstanden hatte, wer hier lag. Veit hatte es ihr in aller Deutlichkeit erklärt.

Elise war keineswegs verwirrt. Der Schock des vermeintlichen Wiedersehens mit einer Verstorbenen hatte sie vorübergehend verstört. Doch sie war eigenwillig geworden in einem einsamen Leben im Dienst für andere. Cecilli aber, das Mädchen, war die große Liebe ihres Lebens gewesen. Nun hatte sein Tod Elises Seele endgültig ausgetrocknet. Sie war verkümmert wie der Boden, auf dem sie lebte. Schon lange eins mit der Dürre und Kargheit des Landes und der Härte des Lebens hier, war Elise jedoch daran gewöhnt, sich den Gegebenheiten anzupassen um zu überleben.

Umsichtig sorgte sie nun wie eine Mutter für Mel und Veit.

»Sie müssen etwas essen, mein Junge, es kommen schwere Tage.« Sie brachte einen Teller mit Brot und Käse. Sie aßen an einem kleinen Tischchen neben der schlafenden Mel. Dann begann Elise zu erzählen.

Sie war als sechzehnjähriges Mädchen bei den Duranges in Dienst gekommen. Sie hatte geputzt, gekocht und Schafe gehütet, als Grand-Mère starb allein den Haushalt versorgt, dann Grand-Père gepflegt bis zu seinem Tod. Jean-Luc hatte Madame Anne-Marie aus Deutschland mitgebracht. Sie und Grand-Père mochten sich nicht. Er war im Widerstand gewesen, er hasste die Deutschen. Irgendwann nach seinem Tod fuhren Jean-Luc und Madame nach Deutschland. Elise dachte nach, warf einen besorgten Blick auf die schlafende Mel. Sie sprach jetzt leiser, um Mel nicht zu wecken, oder weil sie das eben erst gehörte noch nicht wirklich glauben konnte. »Sie holten in Deutschland das Kind von Madames Schwester, die verstorben war. Cecilli hatte keine Mutter mehr. Aus Kummer darüber war sie stumm geworden. Immer wieder sprach Madame vom tragischen Schicksal ihrer kleinen Nichte, ich war deswegen sehr traurig. Sie adoptierten die arme Kleine. Das Kind war krank. Madame war Doktorin, sie half der Kleinen, gab ihr Tabletten, auch Spritzen, aber es wurde nicht besser, eher schlimmer. Sie musste hier zur Schule gehen, sie lernte sehr schlecht, sie war ja immer müde und hatte meistens starkes Kopfweh. Häufig litt sie unter starkem Nasenbluten. Sie war so oft krank und aß sehr wenig. Sie musste sich oft erbrechen. Freunde hatte sie auch nicht, aber sie hatte mich«, sagte Elise und ihre Augen leuchteten.

Veit hätte am liebsten geweint. Wie sollte er jemals Mel diese Wahrheit zumuten. Noch schlief sie, aber sie würde alles über ihre Schwester wissen wollen, jedes Detail.

»Cecilli war mein Kind«, fuhr Elise fort. »Ich habe sie getröstet, habe ihr Geschichten vorgelesen und sie zum Sprechen gebracht. Sie sprach nur mit mir, niemals mit ihren Eltern oder Anderen. Niemand wusste, dass sie es konnte.«

»Was war später, als sie älter wurde, was tat sie, konnte sie einen Beruf erlernen?«

»Aber nein, das wäre nicht möglich gewesen, sie war ja viel zu krank. Sie lebte hier bei mir, wir arbeiteten zusammen. Manchmal kochte sie, wenn es ihr besser ging, aber meistens war sie zu schwach, um den ganzen Tag auf den Beinen zu sein. Sie musste viel liegen. Madame Anne-Marie versorgte sie mit ihren Medikamenten, war aber nicht immer freundlich zu ihr.«

Vor Veit tat sich ein Abgrund auf.

»Kam denn nie ein anderer Arzt zu Cecilli, wenn sie krank war?«

»Aber nein, Madame war eine gute Doktorin, alle in Banlac gingen zu ihr. Sie war sehr gut und zuverlässig, aber nicht beliebt, eine Deutsche halt, sagten die Leute. Dann passierte das Unglück«. Elise schwieg eine Weile.

»Cecilli hat nicht geweint, als die Eltern tot waren. Danach ging es ihr sogar ein bisschen besser.«

»Wer gab ihr danach die Medikamente, ging sie zu einem anderen Arzt?« Veit war fassungslos.

»Niemand gab ihr etwas. Sie brauche das nicht, sagte sie. Doch sie magerte schrecklich ab, und im letzten Winter bekam sie hohes Fieber. Ich wollte einen Arzt holen, aber sie erschrak und wollte keinen. Monsieur Roland, der einmal in der Woche mit dem Lebensmittelauto vorbeikommt, verständigte einen Notarzt. Als der kam, war sie tot. Sie war an einer Grippe gestorben. Leber und Nieren hätten versagt, dann das Herz, sagte der Arzt.«

Jetzt weinte Elise. Später holte sie eine Fotografie aus ihrem Zimmer.

»Ich habe nur dieses eine Bild von meinem Kind«, sagte sie und gab Veit zögernd ihren Schatz. Eine junge, sehr magere Frau mit kurzem Haar und ausgebleichtem T-Shirt saß auf der Steintreppe vor dem Haus. Sie war barfuß und trug einen weiten Sommerrock. Sie hielt ihn mit ihren Händen über den Knien fest, denn es schien stark zu winden. Ohne Lächeln schaute sie in die Kamera, als gelte ihr ganzes Interesse dem Fotografen. Die Frau auf der Treppe war Mel, oder sie sah aus wie Mel.

Jetzt weinte Veit.

Er fuhr am anderen Morgen hinunter nach Banlac. Mel schlief noch immer. Er wusste sie in den besten Händen, die es gab. Er ging in die Mairie und verlangte, den Bürgermeister zu sprechen. Er sei außer Haus, erfuhr er von dessen Sekretärin. Er fragte nach dem Chef der Gendarmerie. Der sei im Haus, sagte die Dame.

»Ich möchte ihn sprechen«, verlangte Veit mit fester Stimme.

»Um was geht es denn?«, fragte sie in nachsichtig geduldigem Ton.

»Es geht um Entführung einer Minderjährigen, schwere Misshandlung mit Todesfolge und Menschenraub«.

Die Dame erbleichte. Entsetzt griff sie nach dem Telefon.

»Hier ist ein Herr, der Anzeige erstatten möchte«. Nach einer längeren Pause, in der sie in den Hörer lauschte, wiederholte die Dame exakt Veits Worte.

»Entführung einer Minderjährigen, schwere Misshandlung mit Todesfolge und Menschenraub«. Sie legte auf.

»Zimmer zwölf«, sagte sie. Schockiert starrte sie Veit hinterher, als er ihr Büro verließ.

Der Polizeichef hörte sich Veits Geschichte mit fachlichem und menschlichem Interesse an, hielt zeitweise beide Hände vor sein Gesicht. Er ließ Kaffee kommen. Seine große Sorge aber galt dem ehrenden Andenken des Bürgermeisters Durange.

»Er ist Ehrenbürger der Gemeinde. Wie um Gottes Willen soll ich das unseren Leuten vermitteln? Die Familie Durange ist hier alteingesessen, hat viel Gutes in der Gemeinde bewirkt.

Es ist eine Katastrophe«, klagte er.

»Ja, das ist es«, sagte Veit wütend. »Besonders für meine Frau. Sie ist die Zwillingsschwester des Opfers!«

»Aber wen wollen Sie anklagen? Die Täter sind tot, das Opfer auch.«

»Meine Frau ist nicht tot, sie wird ein Leben lang unter diesem Verbrechen leiden!«

»Das ist sehr bedauerlich, und ich überlege was zu tun ist. Könnten Sie sich vorstellen«, sagte er nach einer Pause, »dass die Schuld an der Entführung allein die Frau von Durange trägt?« Er sagte nicht die Deutsche, obwohl Veit fast darauf gewartet hatte.

»Nein, das kann ich mir nicht vorstellen. An der Entführung waren beide gleich verantwortlich beteiligt. Nun, ich weiß, eine Anklage kann im juristischen Sinn nicht mehr erhoben werden, die Täter leben nicht mehr«, sagte Veit, »aber wie wäre es mit der Aberkennung der Ehrenbürgerwürde, das dürfte doch das Mindeste sein, was die Gemeinde tun könnte.«

Der Präfekt wiegte seinen Kopf hin und her, verunsichert durch das Ansinnen des Fremden, dann zustimmend nickend:

»Ich werde mich persönlich dafür einsetzen.«

»Gut. Ich verlasse mich auf Sie. Andernfalls rauscht die Angelegenheit durch die Presse!«

Veit wusste um die Wirkung seiner Drohung. Er war Journalist.

Als er im Hofgut eintraf, fand er ein Häuflein Elend in der Küche vor. Beide Frauen weinten. Die Fotografie lag auf dem großen Tisch, an dem sie saßen. Es sah so aus, als habe Elise Mel die ganze Geschichte bereits erzählt. Mels Französischkenntnisse waren gut genug um Elise zu verstehen. Veit war es recht, es musste sein, und Elise war für Mel der richtige Mensch dafür. Sie hatte Cilli geliebt, hatte ihr geholfen, hatte sie ernährt und angeleitet. Und wenn es ein winziges Glück in

Cillis Leben gegeben hatte, dann war das Elise zu verdanken. Sie war die Kronzeugin für Cillis Leben, für ihren Leidensweg, und wäre das auch im Fall eines Prozesses gewesen. Auch wenn Mel jetzt schrecklich weinte, so hatte sie hier doch den Menschen getroffen, der ihr von Cilli berichten konnte. Die Wahrheit, nach der sie so lang suchte, hatte sie endlich nach so vielen Jahren in diesem einsamen Haus gefunden. Sie war schrecklich, doch die Ungewissheit war es auch gewesen.

Mel war bald, nachdem Veit in den Ort gefahren war, aufgewacht. Sie sah sich in einem fremden Bett und wusste nichts mehr von dem Ereignis des gestrigen Tages. Elise saß bei ihr und hielt ihre Hand. Dann gab sie ihr ein Glas mit Wasser.

»Du musst trinken, meine Kleine!«

Mel hatte großen Durst und trank. Sie betrachtete Elise. Es kam ihr so vor, als wäre ein außerirdisches, seltsames Wesen an ihrem Bettrand gelandet. Sie war vom Valium noch benommen, aber mit dem Wasser kam auch langsam Leben in ihren Körper. Sie wollte aufstehen. Elise half ihr aus dem Bett. Mel verlor das Gleichgewicht und Elise stützte sie.

»Du musst gehen, mein Kind, sonst wirst du krank!« Sie führte Mel in eine große Küche. Dort hatte sie ein einfaches Frühstück vorbereitet. Auf dem Tisch stand eine Kaffeekanne unter der Wärmehaube, ein Korb mit Brot, Butter und Käse lagen auf einem Teller.

»Du musst essen, mein Mädchen!«

Sie drückte Mel auf einen Stuhl und goss Kaffee in die Schale. Sie nahm eine Scheibe Brot aus dem Korb, bestrich sie mit Butter, legte Käse darauf, gab es Mel in die Hand und sagte:

»Nun iss.«

Mel biss gehorsam in das Brot, und Elise saß mit gefalteten Händen dabei und schaute ihr andächtig zu.

»Trink auch Kaffee«, und Mel trank Kaffee.

Elise achtete auf jeden Bissen und jeden Schluck, den Mel nahm.

»So ist es gut«, sagte sie, »das machst du gut.«

Mel fröstelte. Elise holte eine Decke und legte sie um Mels Schulter. Sie fühlte sich wie in einem Traum oder wie in einem düsteren Märchen. Durch einen bösen Zauber verwunschen, wurde sie anscheinend an einem fremden Ort festgehalten. Gleich käme eine Fee und machte mit ihrem Zauberstab dem Spuk ein Ende.

Doch keine Fee tauchte auf, stattdessen setzte Elise sich neben Mel und erzählte ihr die Geschichte eines kleinen Mädchens, das eines Tages hier auf dem Hofgut angekommen war. Sie sparte nichts aus und schonte Mel nicht.

»Du musst es wissen. Du hast darauf ein Recht!«

Bis gestern hatte Elise selbst nichts von einer Entführung geahnt. Sie hatte den Duranges geglaubt, was sie ihr erzählten. Sie hätte sich ein solches Verbrechen auch gar nicht vorstellen können, nicht hier im Haus, nicht bei den Duranges. Das waren hochgeachtete Leute. Elise war selbst tief entsetzt und beklagte das Leid ihres armen Kindes.

Mel hörte ihr zu, als handele es sich um eine Geschichte, die sie nicht betraf. Hier soll Cilli gelebt haben? Sie konnte es nicht mit ihrer eigenen Vorstellung verbinden. Elise holte das Foto und gab es Mel. Sie sah eine junge Frau mit ernstem Blick auf der Treppe sitzen, vor dem Haus, vor dem sie gestern angekommen waren. Sie sah ihr, obwohl sie mager war, sehr ähnlich. Mel erkannte sich auf dem Foto selbst, aber da sie es nicht sein konnte, war dies ihre Schwester, es war Cilli. Daran gab es keinen Zweifel. Nach und nach sickerte die Wahrheit in ihr Bewusstsein. Sie erfasste allmählich das Ausmaß eines Verbrechens, das in seinem teuflischen Plan für sie nicht denkbar war. Sie hielt Cillis Foto in der Hand und weinte. Elise befürchtete, es könnten Tränen auf ihr einziges Erinnerungsstück fallen. Sie nahm es Mel vorsichtig aus der Hand, legte es etwas weiter weg auf den Tisch, dann weinte sie auch.

Mel weinte nur dieses einzige Mal. Später ging sie ruhig und gesammelt mit Elise durch das Haus und ließ sich die Räume der Familie Durange zeigen. Schweres Mobiliar aus der Zeit der Großeltern, dunkles Holz, für Generationen gedacht. Schlafzimmer, Wohn- und Speisezimmer, Arbeitsräume mit klobigen Schreibtischen und abgewetzten Ledersesseln. Ein Billardtisch in einem fast leeren Raum, in einer Ecke drei Stühle um einen Tisch. In einer schwarzen Vitrine standen eine Anzahl Flaschen mit Cognac, Pastis und Schnäpsen. Eine alte Standuhr war irgendwann um 15 Uhr stehen geblieben. Niemand zog sie seither auf.

Elise nahm Mel an der Hand, bevor sie eine letzte Tür öffnete. Sie führte sie in Cillis Zimmer. Mel sagte kein Wort. Sie sah sich um. Ein Bett aus dunkel gefärbtem Holz mit hohem Kopf- und Fußteil, ein Nachtkästchen im selben altmodisch anmutenden Stil, ein brauner Kleiderschrank mit einem ovalen Spiegel in der Mitteltür und vor dem bodentiefen Fenster ein kleiner Holztisch, davor ein Stuhl mit hoher Rückenlehne. Die Möbel waren alle ziemlich alt. Sicher hatte Annemarie sie aus dem ganzen Haus zusammengetragen, doch das Zimmer selbst wirkte nicht so düster wie die anderen Räume, die Mel gesehen hatte. Die Wände waren mit einer Blumentapete beklebt, die sich an einigen Stellen von der Wand löste. Weiße, duftige Vorhänge umrahmten das große Fenster, durch das jetzt eine milde Nachmittagssonne schien.

»Ich beziehe jede Woche das Bett mit frischer Wäsche«, sagte Elise, setzte sich an den Bettrand und strich über die Decke. Dann legte sie die Hände in den Schoß. Mel tat es ihr nach. Elise sprach mehr zu sich selbst als mit Mel:

»Ich sitze jeden Tag hier und denke an mein Kind, dann geht es mir besser. Cecilli saß oft am Tisch und schaute durchs Fenster, besonders im Winter, wenn es sehr kalt war und sich im Hof der Schnee auftürmte. Ich suchte sie und fand sie hier. Sie hat nie gelesen oder geschrieben, außer es waren Schularbeiten zu machen. Das tat sie nicht oft, denn sie war die meiste Zeit nicht in der Schule. Ein Zeugnis bekam sie trotzdem. Jean-Luc kannte ja den Lehrer gut. Ich ging zu ihr und sagte, komm in die Küche mein Kind, dort ist es warm. Sie kam und setzte sich an den Küchentisch. Ich kochte Kakao und gab ihr ein Stück Hefekuchen, den mochte sie sehr.

Wir aßen auch zusammen am Küchentisch zu Mittag. Madame aß mittags in Banlac, sie hatte ja die Praxis. Sie kochte nie. Jean-Luc speiste in der Mairie oder im Maronne. Abends aß jeder für sich. Sie kamen zu unterschiedlicher Zeit nach Hause, da gab es nur noch Käse und Obst.

Das Kind sahen sie wenig, sie waren kaum hier. Sie überließen Cecilli mir, sie interessierten sich nicht besonders für sie. Madame sorgte sich jedoch sehr um ihre Gesundheit und gab ihr abends ihre Medikamente. Später, als die Krankheit immer schlimmer wurde, und Cecilli nicht mehr zur Schule ging, half sie mir bei meiner Arbeit, all die Jahre hindurch, so gut sie das in ihrem Zustand konnte. Wie eine Magd arbeitete sie, wie ich. Sie wurde im Lauf der Jahre auch so behandelt. Die Duranges vergaßen, dass sie ihre Tochter war. Mir war das recht, sie war inzwischen mein Kind geworden, ich sorgte für sie und schützte sie. Wir beide waren immer beieinander, bis Cecilli starb.«

Elise schwieg und sah auf ihre Hände. Mel hatte wortlos zugehört. Sie konnte sich nicht vorstellen, dass alles wirklich so stattgefunden hatte.

Warum hatte Cilli sich nicht gewehrt?

Mel verstand es nicht, und es passte nicht zu Cillis lebhafter Art und ihrer Intelligenz. Sie hatte ihre Schwester ganz anders in Erinnerung. Elises Schilderung machte Cilli zu einer fremden Person, die sie nicht kannte. »Hat Cecilli sich nie an ihre Familie erinnert, an mich, ihre Schwester?«

Sie konnte nicht glauben, was Elise erzählte. Wie konnte das sein?

»Nein, sie erinnerte sich an niemand, an nichts, auch nicht

an ihre Mutter. Doch später, als sie mit mir sprach, sagte sie, ihre Mutter sei gestorben. Es war dieselbe Geschichte die Madame verbreitete, als Cecilli zu uns kam.« Elise schwieg. Dann erinnerte sie sich an einen Zwischenfall, dem sie bisher keine Bedeutung zugestanden hatte. »Madame Anne-Marie besaß eine kleine Figurengruppe aus fein bemaltem Porzellan. Sie stand auf ihrem Schreibtisch. Auf einer Blumenwiese tanzten zwei kleine Mädchen in festlichen blauen Kleidern. Sie hielten sich an den Händen, ihre weiten Röckchen flogen hoch. Die Püppchen waren allerliebst, sie glichen sich wie ein Ei dem anderen, sie gefielen mir sehr. Eines Tages suchte ich Cecilli und fand sie im Zimmer von Madame. Das war verboten. Sie hielt die Figuren in der Hand, das war auch verboten, doch zum ersten Mal sah ich sie lächeln. Madame war mir gefolgt. Sie geriet außer sich und schrie so laut, »fass sie nicht an,« dass Cecilli im Schreck die kleinen Tänzerinnen fallen ließ. Sie zerbrachen, und Madame schrie noch lauter. Ich sammelte die Scherben ein und tröstete Cecilli in der Küche mit Kakao. Sie weinte nicht, saß nur in sich versunken vor ihrer Tasse. Damals sprach sie noch kein Wort.«

»Sie konnte sich nicht wehren«, sagte Veit am Abend, als sie mit Elise in der Küche saßen. »Sie bekam diese Medikamente, Cilli stand jahrelang unter Drogen. Die zerstörten nicht nur ihren Körper, sondern ebenso ihre Persönlichkeit, bei Kindern geht das sehr schnell, da wirken solche Substanzen verheerend, selbst in geringen Mengen. Sie machten sie krank. Daran ist sie zuletzt gestorben.«

Mel sagte nichts zu all dem. Das Grauen hatte sie innerlich eingefroren. Sie fühlte nichts mehr, tat, was Veit und Elise von ihr verlangten. Die wollte, dass sie aß, und Veit, dass sie schlief. Sie schluckte am Abend eine Tablette und versank in tiefen Schlaf.

»Ein paar Tage wird das gehen«, sagte Veit zu Elise, »dann muss sie wieder ohne Medikamente auskommen. Dafür sorge ich.«

Sie blieben zwei Wochen im Hofgut bei Elise. Diese kochte und richtete in einem der Schlafzimmer für Mel und Veit ein Nachtquartier.

Mel ging durch das Haus, suchte Cillis Spur darin und fand nichts. Nichts brachte sie Cilli näher, nichts half ihr, das Mädchen wiederzuerkennen, das damals verschwunden war. Fremde Kleider hingen in ihrem Schrank. Zwei Jeanshosen lagen frisch gewaschen in einem Regalfach, ebenso ordentlich gefaltete Schlüpfer, Unterhemden, T-Shirts, Strümpfe und Pullover. Das war Elises Werk. Zwei weite Sommerröcke und ein altmodischer Mantel hingen auf Bügeln. Die Kleidungsstücke hätten jedermann gehören können. Das Mädchen, das Mel kannte, hatte hier keine Spur hinterlassen.

Ein Auto fuhr in den Hof. Der Bürgermeister von Banlac stieg aus. Veit begrüßte ihn und bat ihn ins Haus. Elise kam dazu, Mel erst auf Veits dringende Bitte.

»Es ist wichtig, er muss dich sehen.«

Monsieur Varelle erschrak, als Mel ins Zimmer kam. Er kannte die Frau, die vor ihm stand. Einige Male war er bei seinem Vorgänger Durange zu Gast gewesen und hatte sie gesehen. Sie sei krank, hieß es, und krank hatte sie auch ausgesehen, abgemagert und bleich. Diese Frau hier war ein lebendes Abbild der Verstorbenen. Sie machte zwar einen erschöpften Eindruck auf ihn, schien aber gesund zu sein und besser ernährt als ihre Schwester.

Er ergriff Mels Hand und hielt sie fest.

»Ich bin zutiefst entsetzt über das, was sich in diesem Haus abgespielt hat. Es ist für uns hier nicht zu fassen, und ich bitte Sie im Namen unserer Gemeinde um Verzeihung. Wir alle hier ließen uns von Menschen blenden, die unser Vertrauen missbrauchten und Ihnen und Ihrer Familie großes Leid zugefügt haben. Jean-Luc Durange hat nicht nur Ihre Schwester entführt, er hat auch sein Amt als Bürgermeister missbraucht und in krimineller Weise Dokumente gefälscht!«

Er zeigte den beiden eine Adoptionsurkunde und wies darauf hin, dass sie einwandfrei ausgestellt und rechtskräftig war. Veit entdeckte, dass in dem Papier Cillis Geburtsdatum nicht stimmte. Durange hatte sie ein Jahr älter gemacht, als sie in Wirklichkeit war. Das hatte Cillis Pflichtschulzeit verkürzt, und er konnte sie dadurch schneller im Hofgut verstecken. Er wies den Bürgermeister darauf hin. Herr Varell seufzte.

»Ja, er war ein Verbrecher, so schwer es mir fällt, das zu glauben. Doch jetzt wissen wir, dass es sich um eine Fälschung handelt, und Durange alle notwendigen Unterschriften selbst geleistet hat. Durange hatte in seiner Position anscheinend ohne Schwierigkeiten alle für eine Adoption erforderlichen Papiere beschaffen können. Und letztlich war er hier die höchste Instanz die alle Dokumente absegnet. Niemand hat jemals diese Papiere in Frage gestellt. Es gab auch nie den geringsten Verdacht, oder gar einen Anlass, daran zu zweifeln. Im Gegenteil, man bewunderte die beiden für ihren Großmut, ein behindertes Kind zu adoptieren. Auch die Doktorin wurde infolgedessen sehr geachtet. Als ihre Ambulanz geräumt wurde mangels eines Nachfolgers, gab es dort keine Drogen oder schwere Betäubungsmittel. Ein berufsbedingter Vorrat an Heil- Schmerz- und Schlafmittel entsprach der erlaubten Menge, die eine Landpraxis in Vorrat haben muss. Es gibt in Banlac schließlich keine Apotheke. Alles war in Ordnung und von einem Vertreter des Apothekerverbandes so bestätigt. Beim Tod der Duranges erbte die Adoptivtochter testamentarisch festgelegt das gesamte Vermögen. Ich war als Vormund für die behinderte Tochter bestellt. Im Todesfall der Tochter hatte Jean-Luc vorausschauend die Gemeinde Banlac als Erbin eingetragen. Elise hatte Wohnrecht erhalten. Damit hat er wieder die Menschen hier durch einen Akt der Großmütigkeit für sich eingenommen. Er gilt hier als Wohltäter der Gemeinde. Nun haben wir gestern in einer außerordentlichen Sitzung beschlossen, von diesem Erbe zurückzutreten. Wir möchten Ihnen als bescheidene Wiedergutmachung das Hofgut und die weitere Hinterlassenschaft der Familie Durange übergeben.«

Herr Varelle hatte zu diesem Zweck ein Schriftstück vorbereitet, das Mel unterschrieb. Zuletzt verkündete er, dass dem ehemaligen Bürgermeister Durange die Ehrenbürgerwürde aberkannt worden war. Auch das habe man gestern schriftlich beurkundet. In weniger offiziell klingenden Worten sagte er:

»Der ganze Ort steht unter Schock!«

Mel bedankte sich für die Anteilnahme, sagte, es ginge ihr nicht gut und sie müsse sich hinlegen. Das verstand Herr Varelle nur allzu gut und hoffte, es möge ihr bald besser gehen. Veit holte Cognac und trank mit dem Bürgermeister ein Glas.

Mel war, ohne es in letzter Konsequenz zu erfassen, Besitzerin der Hofstelle geworden. Ein Barvermögen war auch vorhanden. Cilli hatte in den letzten beiden Jahren von diesem Geld gelebt. Der Bürgermeister hatte Veit einen genauen Überblick über das gesamte Erbe gegeben. Das Land, das zum Gut gehört, war zum Teil an Schafzüchter verpachtet. Der Sohn eines dieser Bauern hatte das Foto von Cilli auf der Treppe gemacht.

»Er mochte Cilli, aber sie hat es nicht bemerkt«, sagte Elise.

Noch am selben Abend überschrieb Mel den Besitz und das sonstige Vermögen auf Elise. Sie tat es handschriftlich, auf einem Blatt Papier, das sie von einem leeren Briefblock riss.

»Es ist Cillis Wunsch«, sagte sie und unterschrieb als Erste. Elise musste unterschreiben, und Veit bezeugte den Willen seiner Frau ebenfalls mit seiner Unterschrift. Sie wollte Elises weiteres Leben sichern. Sie war die Hüterin ihrer Schwester gewesen, sie hatte sie versorgt, war nie von ihrer Seite gewichen.

»Wir hatten schöne Stunden zusammen«, erzählte Elise. »Manchmal haben wir gesungen, Cecilli hatte eine schöne Stimme. Sie tat es, wenn die Duranges nicht zu Hause waren. Ich habe sie die Lieder meiner Kinderzeit gelehrt, und manchmal sang sie für mich ein Lied in deutscher Sprache. Das war ihr eines Tages plötzlich in den Sinn gekommen. Ich habe es gelernt und ihr vorgesungen, wenn ihr sehr schlecht ging und sie mit Fieber im Bett lag.«

»Was ist das für ein Lied?«, fragte Mel aufgeregt.

Elise sang mit eingerosteter Stimme und französischem Akzent.

»Schlafe Kind und sei behütet, alle Engel sind bei dir.« Da war sie plötzlich, die Spur, die Mel suchte. Sie sah Cilli im Bett liegen, ihre Schwester, hier in ihrem Bett in diesem Mädchenzimmer. Elise saß bei ihr und hielt ihre Hand. Ja, ihre kleine Schwester hatte hier gelebt, war hier erwachsen und eine Frau geworden, war durch eine Hölle gegangen, aber ein Engel hatte sie die ganzen Jahre lang behütet und begleitet.

Elise führte Mel und Veit zum Grab der Familie Durange. Es lag direkt vor einer, an dieser Stelle besonders hohen Steinmauer im Schatten einer Flaumeiche, die sich über ein großes Grabfeld neigte. Sein Rand war mit unterschiedlich großen Bruchsteinen eingefasst. Die Zweige eines Kriechwacholders legten sich wie schützende Arme über die Erde. Aus einem dunklen Lavasteinblock ragte ein Metallkreuz empor. Auf dem Stein standen die Namen der Verstorbenen, zwei Spalten eingravierte Familiengeschichte, darunter das unentdeckte Verbrechen der letzten Generation. Unter den Namen der Entführer stand der Name ihres Opfers, Cecile Durange.

»Ich möchte sie hier herausholen«, flüsterte Mel.

Zwei alte Frauen standen in der Nähe und grüßten Elise. Immer wieder schauten sie auf Mel und flüsterten miteinander. Endlich kamen sie und gaben Mel, ohne etwas zu sagen, die Hand. Die ältere der beiden streichelte ihren Arm. Mel sah Tränen in ihren Augen. Herr Varelle hatte recht, die Geschichte war inzwischen im ganzen Ort zum wichtigsten Gesprächsthema geworden.

Später gab Elise Mel ein flaches Päckchen Briefe.

»Ich habe sie erst vor einigen Wochen im Schreibtisch von Madame entdeckt, als ich endlich einmal ihre vielen Schlüssel den Schlössern zuordnen konnte. Zwei passten in den Schreibtisch, da lagen diese Briefe.«

Mel erkannte auf der Rückseite der Kuverts die Handschrift und den Namen ihrer Mutter. Vielleicht ist das auch ein Schlüssel, der in ein Schloss passt, dachte sie. Ihr Herz schlug schnell, als sie den ersten der Briefe öffnete. Elise wollte aus der Küche gehen, um sie bei ihrer Lektüre nicht zu stören. »Bleib da, bitte, bleib da!«

Elise blieb.

»Alles ist gut, meine liebe Annemarie«, schrieb ihre Mutter. »Wir haben kleine Mädchen bekommen. Oskar ist ganz aus dem Häuschen. Er ist so dankbar über unser Zusammensein und das Glück mit den Kindern.«

Danach folgte eine Schilderung der Geburt und der ersten Tage mit den Babys daheim. Regine schloss den Brief mit dem Versprechen, Annemarie und Jean-Luc über die Entwicklung der Kinder zu berichten.

Ein früherer Brief beunruhigte Mel.

»Liebe Annemarie, ich hoffe, du kannst es mir irgendwann verzeihen, was ich getan habe. Ich wollte Deine und Jean-Lucs Beziehung nicht zerstören, bitte glaube mir! Du weißt, wie es geschehen ist! Nach eurem Streit, über den Jean-Luc sehr unglücklich war, kam er zu mir und wollte nur darüber reden. Wir haben dabei getrunken, zuletzt ist es zwischen uns passiert. Es ist ohne Absicht geschehen, hat nichts zu bedeuten, das weißt Du, und ich bereue es zutiefst, denn ich wollte Dir in keiner Weise und niemals weh tun!«

Mel öffnete hastig den letzten Brief. Er war viel später datiert und schilderte ausführlich die Entwicklung der kleinen Mädchen. Mel erfuhr von den ersten Worten, die sie sprachen und von den ersten Schritten die sie und Cilli machten.

»Sie sind wie kleine Teddybären, verspielt und aneinander-
hängend. Sie kugeln durch die Wohnung, klettern überall
hoch und laufen lachend hintereinander her. Keines will ohne
das andere sein.« Dann der Satz, der Mel fast um den Verstand
brachte.

»Ich bin Jean-Luc so dankbar, dass er keinen Anspruch an
seine Kinder stellt. Für Oskar und mich sind die Kleinen zur
Erfüllung unseres Lebens geworden. Ich hoffe für Dich, liebste
Freundin, dass Du in Bälde ein ebensolches Glück in Deiner Ehe
mit Jean-Luc erleben kannst, und dieses Mal in einer für ihn
gesellschaftlich anerkannten Situation.«

Elise verstand kein Wort. Mel verstand alles. Sie saß versteinert auf ihrem Stuhl und rührte sich nicht. Elise wurde es
unheimlich.

»Mel«, sagte sie, »Mel, Kind was ist los?«

Mel schob ihr die Briefe zu, aber Elise konnte sie nicht lesen. Sie rief nach Veit. Er war draußen im Hof und versuchte, an Elises altem Fahrrad die Kette zu spannen. Er rannte
mit schwarzen Händen in die Küche, Schlimmes befürchtend,
denn Elises Stimme hatte alarmierend geklungen.

Sie gab ihm den letzten Brief, der Mels Entsetzen ausgelöst
hatte. Veit las ihn.

»Es war noch nicht genug«, sagte er, »einfach noch nicht
genug!« Dann erklärte er Elise den Zusammenhang zwischen
Mels Schock und den Schriftstücken auf dem Küchentisch.

Mel erholte sich nicht mehr. Sie hatte keine Sprache für
diese neueste Erkenntnis. Stumm ging sie umher, kam zum
Essen, wenn Elise sie rief, oder saß bei ihr am Küchentisch und
sah ihr bei der Arbeit zu.

»Schneide mir die Karotten in schmale Scheiben«, sagte
Elise und gab ihr ein Messer und einen Berg gewaschener Rü-
ben. Mel schnitt sie mit bedächtiger Bewegung in kleine dünne Rädchen. Lieber Gott, dachte Elise, wie sie mich an mein
armes Kind erinnert.

Veit saß in der Mairie bei Herrn Varelle. Er übergab dem Bürgermeister das Papier, das Mels Willen bezeugte, Elise das Hofgut zu überlassen. Varelle versprach, sich darum zu kümmern, ebenso um die Umbettung der Urne. Der Bürgermeister tat alles, um Mels Wunsch zu erfüllen. Es erwies sich, dass sein Arm lang und weitreichend genug war, um eine unbürokratische und schnelle Lösung zu ermöglichen.

»Danken Sie mir nicht«, wehrte er ab. »Es ist das Mindeste, was ich für Ihre Frau tun kann.« Er war ein freundlicher Mann. Nur Veit und Elise, Bürgermeister, Gemeindepfarrer und der Polizeichef wohnten einige Tage später der Aushebung von Cillis Urne bei. Mel hatte Fieber und war auf dem Hof geblieben. Morgen würde Veit mit ihr nach Hause fahren und sie zum Arzt bringen. Es wurde Zeit für die Heimkehr.

Die Urne wurde gereinigt und kam in eine schwarze Holzkiste mit Messingtragegriffen. Den Deckel der Kiste verzierten gekreuzte goldene Palmenblätter. Der Bürgermeister lud zu einem kleinen Empfang ins Rathaus. Verschiedene Gemeindemitglieder sowie der Chef der Gendarmerie mit einem Kollegen hatten sich eingefunden. Die Holzkiste stand mitten im Raum auf einem Tisch, flankiert von zwei brennenden Kerzen. Es gab leichte Getränke, aber auch Wein. Der Pfarrer sprach noch einmal ein Gebet und segnete die Urne. Er wünschte Cecile eine gute Heimkehr in das Land ihrer Kindheit, ihrer Eltern und ihrer geliebten Schwester, das ihr auf so schreckliche Weise geraubt worden war.

An dieser Stelle weinten die meisten Anwesenden, die zu Cillis Abschied gekommen waren. Zuletzt sprach auch der Bürgermeister und verabschiedete sich mit einem deutschen Satz:

»Wir werden Cäcilie Abel nicht vergessen.«

Die Gendarmen trugen die Kiste zu Veits Auto und stellten sie in den Kofferraum. Für einen Augenblick standen sie still, nahmen die Mütze ab und legten die Hand an die Stirn. Dann fuhren Veit und Elise mit Cilli noch einmal über die Bergstraße hinauf zum Hofgut, wo sie die Nacht im Schutz des Hauses verbrachte. Von Mel konnte Veit im Augenblick keine Hilfe erwarten. Er packte ihre und seine Taschen und stellte sie neben Cillis Kiste in den Kofferraum.

Elise hatte Frühstück gemacht. Sie war schon seit fünf Uhr auf den Beinen. Vor Aufregung hatte sie nicht geschlafen. Nun saßen sie noch einmal zusammen am Küchentisch und tranken Kaffee. Immer, wenn Elise Mel anschaute, flossen Tränen. Sie kämpfte seit dem frühen Morgen mit ihnen und konnte nicht fassen, dass die beiden Lieben sie verließen.

»Mel, mein Kind«, sagte sie unter Schluchzen, »du hast mir das Hofgut gegeben. Wenn ich sterbe, bekommst du es wieder, das verspreche ich.«

Mel streichelte Elises Arm.

»Du sollst nicht sterben!«

Dann versank sie wieder in ihre Lethargie und ließ alles ohne Anteilnahme über sich ergehen. Wie ein Kind ging sie an Elises Hand die Treppe hinunter zum Auto. Veit zeigte ihr die Kiste zwischen den Reisetaschen und Mel nickte zustimmend. Dann hing Elise an ihr und konnte nicht loslassen. »Bitte, Melli«, bettelte sie, »kommt wieder und bleibt, hier ist doch Platz genug für uns alle.«

»Wir sehen uns wieder«, versprach Veit und hatte keine Ahnung, ob er dieses Versprechen einlösen könne. Das Auto fuhr langsam aus dem Hof, mit Cilli, Mel und Veit. Elise saß auf den Stufen der Treppe und weinte nur noch einmal in ihrem Leben. Es hörte niemand.

Veit fuhr auf einem anderen Weg zurück, quer durch das Bergland des Zentralmassivs. Er folgte der Straße, ohne die Schönheit der Landschaft wahrzunehmen, durch die sie ihn führte. Er hatte keinen Blick für die tief eingeschnittenen Flusstäler der Causses, nicht für die weiten und offenen Senken des Cantal, seine gezackten Bergkämme und hochragen-

den Gipfel. Der Puy Mary grüßte von weitem, er beachtete ihn
nicht. Er fuhr, als wäre er auf der Flucht, wusste nicht, wem er
entrinnen wollte, vor was er floh. Ihm war, als geriete er von
einem Schrecken in den anderen, ließ er den einen hinter sich,
fürchtete er schon den kommenden. Wie sollte es jetzt weitergehen? Bei Massiac erreichte er die Autobahn nach Clermont Ferrand. Diesmal mied er die Strecke durch Vichy und
Paray le Monial, sondern nutzte eine Querverbindung über
Tarare nach Lyon, erreichte die Route du Soleil am Abend.
Er fuhr und fuhr, so schnell es die Vorschrift erlaubte, meistens schneller. Er gönnte sich zwei Pausen an Rastplätzen um
sich zu erholen, trank Kaffee und versorgte sich und Mel mit
Wasser und Käsebaguettes. Mel wollte nichts essen. Sie hatte
Fieber und fiel zeitweise in einen unruhigen Schlaf. Er fuhr
in die Nacht und so schnell es ging. Der Verkehr beruhigte
sich, als er das Autobahnkreuz Paris-Beaune hinter sich ließ.
Namen tauchten auf, die ihn an einen glücklichen Reisebe-
ginn erinnerten: Besancon, Baumes les Dames, Montbeliard.
Gegen zwei Uhr morgens erreichte er den Rhein und stand
eine Stunde später in Feldheim vor der Garage. Sie waren angekommen, alle drei.

Er half Mel aus dem Auto. Ihr Fieber war während der Fahrt
gestiegen. Er befühlte ihre Stirn. Veit führte die Kranke ins
Haus, half ihr ins Bett, gab ihr zu trinken und eine fiebersen-
kende Tablette. Dann trug er die Schwarze Kiste in den Flur
und stellte sie auf den Boden. Fürs erste stand sie hier sicher,
morgen musste er sich bei der Friedhofsverwaltung in Radstett
melden. Doch am nächsten Morgen hatte er keine Zeit, sich
um Tote zu kümmern. Mel ging es sehr schlecht. Sie fanta-
sierte und verlangte nach Elise. Veit rief den Notarzt, der sie
ins städtische Krankenhaus nach Radstett brachte. Er fuhr mit
dem Auto hinterher und erledigte die Aufnahmeformalitäten.
Als er Mel versorgt wusste, ging er zur Friedhofsverwaltung.
Das Büro war bereits von der Gendarmerie in Banlac infor-

miert. Die Angestellte erledigte die erforderlichen Maßnahmen mit großer Zuvorkommenheit und Diskretion. Noch am
selben Abend holte ein Wagen des städtischen Bestattungs-
dienstes die Urne ab. Sie würde bis zu Mels Genesung in einer
Ruhehalle des Friedhofs stehen.

Mel blieb eine Woche im Krankenhaus. Sie bekam Infusionen
und wurde untersucht. Die Ärzte waren ratlos und konnten
keine Diagnose stellen. Sie wurde für eine CT in die Röhre
geschoben, doch ein Entzündungsherd, der das hohe Fieber
erklärt hätte, fand sich nicht.

»Sie braucht Ruhe«, sagte der Arzt. »Gab es große Aufregung in letzter Zeit?« »Ja, die gab es.«

Veit nahm Mel mit nach Hause. Er hatte inzwischen für
Cillis Urne ein Grab gekauft, groß genug für sie und weitere
Gäste. Und eines Tages war Mel soweit, dass sie Cilli in ihr
neues Zuhause betten konnten. Allein sie beide begleiteten
den Priester, der noch einmal die Totengebete sprach. Den
Psalm Der Herr ist mein Hirte, mir wird nichts mangeln, hatte
sich Mel gewünscht. Sie stand auf schwachen Beinen vor dem
Grab ihrer Schwester und hielt einen Strauß weißer Rosen in
der Hand. Der Priester rammte ein kleines Holzkreuz in den
Erdaushub. Cäcilie Abel stand auf dem Querbalken, Geburts-
und Todestag darunter, auch das Datum ihrer Heimkehr. Mel
und Veit blieben so lange beim Grab, bis zwei Arbeiter es zu-
geschaufelt hatten. Die Männer stießen das Kreuz mit Cillis
Namen in den lockeren Boden, danach gaben sie den beiden
die Hand. Mel legte die Rosen auf das kleine kahle Erdfeld.
Dann verließen sie den Friedhof und fuhren heim.

An diesem Abend sprach Mel zum ersten Mal über die Duranges.

»Mutter hat so wenig von ihnen erzählt. Ich wusste nur, dass
Jean-Luc ein französischer Austauschstudent war, und sie mit

Annemarie seit der Schulzeit befreundet war. Sie war meine beste Freundin, hatte sie einmal wehmütig gesagt. Sie hatten zusammen in derselben Stadt studiert und lernten dort den Franzosen und Oskar kennen. Sie waren während des Studiums eine unzertrennliche Clique. Das hat sie mir erzählt, mehr nicht.

Als Regine von Jean-Luc schwanger war, haben sich die vier offenbar darauf geeinigt, dass Mutter und Oskar das Kind behielten. Wahrscheinlich war Jean-Luc darüber entsetzt gewesen, ein uneheliches und ungewolltes Kind mit einer deutschen Studentin zu bekommen. Dass es dann sogar zwei Kinder waren, hätte die Sache für ihn noch schwieriger gemacht. In meiner Geburtsurkunde ist Oskar der eingetragene Vater.

Jean-Luc hatte Probleme mit seiner Familie, mit seinem Milieu. Auch Annemarie war, als seine offiziell Verlobte, bei den Duranges nicht willkommen gewesen. Das hat mir Elise gesagt. Ich verstehe darum nicht, warum er nicht einfach Gras über die Vergangenheit wachsen ließ? Er wollte das Kind mit Regine doch gar nicht! Sie hatten diese Vereinbarung getroffen. Alles lief gut für ihn, für alle, ganz nach Wunsch. Warum tat er dann so etwas Schreckliches? Ich versteh es nicht. Und warum behandelten sie Cilli so lieblos? Er war doch immerhin ihr Vater, warum hat er sein Kind nicht geschützt?«

Sie sprach von Jean-Luc, als sei er nur Cillis Vater gewesen.

Veit überlegte seine Antwort genau.

»Ich glaube, Annemarie wollte sich an deiner Mutter rächen. Sie konnte ihr nie verzeihen, dass sie ihren Verlobten verführt hatte, wie sie glaubte. Sie selber konnte vielleicht kein Kind bekommen. Deine Mutter hatte zwei, noch dazu von ihrem Mann Jean-Luc. Welch unerträgliche Vorstellung für Annemarie! Da half auf Dauer keine noch so gut gemeinte Vereinbarung, sie konnte es nicht ertragen. Sie musste sich wenigstens eines der Kinder holen, von der Frau, die sie so furchtbar hintergangen hatte, von deiner Mutter, ihrer besten Freundin. Vielleicht kam ihr die Idee zu einer Entführung

spontan bei dem Besuch, oder sie handelte nach sorgfältig aus-
gearbeitetem Plan, klar ist, sie wollte Deine Mutter bestrafen.
Das ist ihr gelungen. Es ging ihr nicht um ein Kind, sondern
um Rache. Vielleicht setzte sie, um ans Ziel zu kommen, sogar ihren Mann unter Druck, verlangte Wiedergutmachung
für seinen Seitensprung? Vielleicht warf sie ihm ständig vor,
wie dumm er gewesen war, auf seine Kinder zu verzichten,
wie feige er in der Sache entschieden habe, wie dreist Regine und Oskar ihn über den Tisch gezogen hätten. Vielleicht
hoffte Jean-Luc mit der Entführung die Achtung seiner Frau
zurückzugewinnen? Alles ist denkbar. Jedenfalls war sie krank
vor Eifersucht und Neid! Allerdings ging von Cilli eine Gefahr
für die Duranges aus, die Gefahr, dass sie sich wehrte, dass sie,
obwohl es Freunde der Eltern waren, die Absicht ihrer Entführer durchschaute. Sie hätte fliehen und sie verraten können.
Ein elfjähriges Mädchen lässt sich nicht einfach mitnehmen,
dazu musste sie ruhiggestellt werden. Und das gelang Annemarie mit Medikamenten, vom ersten Tag der Entführung
an. Jean-Luc hat seine Frau einfach machen lassen, hat zugesehen, denn für ihn stand viel auf dem Spiel, das wissen wir
inzwischen. Angenommen, Jean-Luc hätte irgendwann die
Tat bereut und daran gedacht, Cilli zurückzubringen, wären
er und Annemarie als Kindesentführer entlarvt gewesen. Das
konnten sie nicht riskieren. Aus Sorge vor einer Entdeckung
taten sie alles, und Annemarie hatte als Ärztin keine Probleme,
Medikamente zu beschaffen für Cillis Betäubung.«

»Aber wie konnten sie Cilli überhaupt entführen, wie war
das möglich?«

»Ich habe nur eine einzige, wirklich plausible Erklärung.
Ich glaube nicht, dass Annemarie irgendwo draußen vor dem
Theater auf Euch gewartet hat, sondern in der letzten Reihe
des Saales saß. Als sie sah, wie Cilli zur Toilette ging, ist sie ihr
gefolgt. Die Angestellte an der Tür konnte sich zwar an niemand erinnern, der nach Cilli noch den Saal verlassen hatte,

gab aber an, kurz darauf zur Kasse gegangen zu sein, um mit der Kollegin zu reden. Ich habe mir damals alle Details notiert. Womöglich hat Annemarie Cilli mit einer Lüge durch den Notausgang gelockt, ihr vielleicht weisgemacht, dass zu Hause etwas passiert sei und du bereits auf dem Heimweg wärst. Oder sie betäubte das Kind mit einer vorbereiteten Spritze. Jean-Luc muss in der Nähe im Auto gewartet haben, anders kann ich mir den Vorgang nicht vorstellen. Vielleicht hatten sie sogar geplant, euch beide zu entführen, wer weiß? Die Polizei verhörte zwar die Angestellten des Theaters, ging aber immer davon aus, der Täter sei von außen gekommen. Haben denn die Duranges von eurem Theaterbesuch gewusst?«

Mel dachte nach.

»Die Eltern hatten die Duranges am Abend zu einem Essen eingeladen. Dabei war es spät geworden. Anderntags wollten sie zurück nach Frankreich fahren. Ich nehme an, sie sprachen über das Puppentheater. Annemarie war sehr neugierig, interessierte sich für alles, was Cilli und ich taten, wollte so vieles wissen. Wir wunderten uns darüber, noch nie hatte uns jemand so viel Aufmerksamkeit geschenkt, und ich glaube es hat uns gefallen. Sie sprachen auch über Exupéry, das weiß ich noch. Jean-Luc kannte alle seine Bücher, das beeindruckte uns. Bei dieser Gelegenheit hatten sie wohl von der Aufführung im alten Kino gehört. Sie hatten für uns kleine Fotoapparate in der Stadt gekauft. Regine war darüber nicht begeistert gewesen, eher verärgert, mein Vater auch. Sie fanden, Annemarie übertreibe es mit den Geschenken. Jetzt kann ich mich wieder an so vieles erinnern!«

»Wir wissen mittlerweile viel, aber nicht alles«, sagte Veit, »auch nicht, wie sie Cilli über die Grenze brachten.«

Er sah etwas, was er nicht sehen wollte. Er verscheuchte das Bild. Ich will es mir gar nicht vorstellen, dachte er, denn Elise hatte ihm gesagt, das Kind sei bei seiner Ankunft verwirrt, krank und stumm gewesen.

»Einen Gedanken darf ich nicht denken, er bringt mich um den Verstand«, sagte Mel.

Veit nickte. »Ich weiß.« Auch er durfte ihn nicht denken. Wären sie ein Jahr früher nach Banlac gekommen, hätten sie Cilli lebend gefunden. »Wir konnten es nicht wissen«, sagte er und hatte keinen Trost mehr für Mel.

In der Nacht verfasste Mel einen Brief an das staatliche Schulamt. Sie kündigte zum Schuljahresbeginn ihren Vertrag. Sie würde nie mehr unterrichten, das war nun einfach nicht mehr möglich. Dann ging sie zu Bett, starrte in die Dunkelheit und wartete auf das Ende der Nacht.

Sehr früh am Morgen ging Mel ins Badezimmer und fuhr mit unbarmherziger Hand durch ihre zerzausten Locken.

Sie ergriff dicke Haarsträne und zerrte an ihnen, dass es schmerzte. Dann setzte sie eine Schere an und schnitt zu. Strähne um Strähne fiel. Sie füllten das Waschbecken und häuften sich auf dem Boden, blieben auf ihren Schultern liegen, als wollten sie sich nicht von ihr trennen. Mel achtete nicht auf den Schnitt, nur auf das radikale Entfernen dessen, was sie auf fühlbare Weise all die Jahre mit Cilli verbunden hatte.

Als sie nichts mehr fand was abzuschneiden war, holte sie Besen und Schaufel, fegte die Haare zusammen und kippte sie in den Mülleimer. Veit schlief noch. Sie kleidete sich an und fuhr mit dem Auto nach Auweiler ins Atelier. Ungesehen von Kramers betrat sie das Haus. Sie schob den großen Holztisch beiseite und schaffte einen freien Platz in der Mitte des Raumes. Sie legte ihre längsten Latten auf den Boden und steckte sie zum größten Rahmen zusammen, den sie je benutzt hatte. Sie zog Leinwand von ihrer breitesten Rolle und spannte sie über den Rahmen. Mit heftigen Stößen schlug sie mit dem Tacker Klammern in Stoff und Holz. Dann stemmte sie das Riesenbild gegen die Wand. Sie öffnete Farbdosen, stellte sie auf den Boden, holte Pinsel und begann zu malen. Sie skizzierte mit schnellem Strich eine Steintreppe, auf deren Stufen zwei Frauen saßen. Sie waren barfuß und trugen weite Sommerröcke. Diese hielten sie mit ihren Händen über den Knien fest, als wollten sie verhindern, dass der Wind sie hochwehte. Sie hatten langes gelocktes Haar und lächelten sich zu. Mels Strich wurde langsamer. Sie senkte den Pinsel nach unten, aus den Borsten tropfte Farbe. Sie blickte auf die Frauen, als nehme sie von ihnen Abschied. Dann übermalte sie deren Locken und ihr Lächeln, zuletzt die Gesichter der beiden. Ihr Arm wurde schwer, der Pinsel fiel ihr aus der Hand.

Sie weinte.

Sie nahm den Pinsel wieder auf, tauchte ihn in eine Dose mit tiefschwarzer Farbe und zog in wilden Strichen Kreise und Balken über das gesamte riesige Format. Ein immer dichteres Gitterwerk überzog das Bild. Allmählich verschwanden die Frauen und die Treppe völlig unter Mels verzweifelt zerstörerischem Tun.

Sie weinte.

Sie weinte und malte, schmierte, spritzte und weinte und hämmerte mit dem Pinsel gegen die Leinwand, die federnd nachgab. Farbe lief vom Bild zu Boden und bildete einen wachsenden See. Sie achtete nicht auf den Boden und nicht auf ihre Kleidung, sie stand in einer klebrigen Masse. Sie warf den Pinsel von sich und drückte die Hände in den schmierigen See. Sie weinte lauter und besudelte wie von Sinnen das Bild und sich selbst, rieb Farbe in ihr Gesicht und über die Brust, über Arme, Bauch und Beine. Sie malte nicht mehr, sie wütete. Sie wütete mit der Farbe und gegen sie. Sie wütete gegen das Bild und sich selbst, gegen die Verbrecher und das Leid ihrer Schwester und ihr eigenes, gegen Versagen und Feigheit, Versäumnis, Gleichgültigkeit, Macht und Lüge.

Sie kämpfte und wusste nicht mehr um was. Sie kämpfte wie eine Ertrinkende, schlug um sich, als ginge es um Leben oder Tod. Und das tat es auch.